Robert Becker
Abgruppiert!
Roman aus der Arbeitswelt

Robert Becker

Abgruppiert!

Roman aus der Arbeitswelt

Bibliografische Information der Deutschen Nationalbibliothek:
Die Deutsche Nationalbibliothek verzeichnet diese Publikation in
der Deutschen Nationalbibliografie; detaillierte bibliografische
Daten sind im Internet über http://dnb.dnb.de abrufbar.

1. Auflage, Februar 2015
ungekürzt
© 2015 Robert Becker
Alle Rechte vorbehalten
Umschlag-Illustration: Lotta Wulk
Satz: Rainer Sumpf
Gesetzt aus der Plantin Std 10/11,8

Herstellung und Verlag:
BoD-Books on Demand, Norderstedt

ISBN: 978-3-7386-7288-6

Mein besonderer Dank gilt Friedrich, ohne den meine Aufzeichnungen definitiv „Privatsache" geblieben wären.

AUGUST

Schon nach wenigen Tagen an meinem neuen Arbeitsplatz muss ich sagen: „Hier geht es ja genauso weiter, wie es in der alten Firma aufgehört hat." Dort hatte ich gelernt und kam die ersten Jahre ganz gut zurecht, bis es zu den großen Umbrüchen in der Fertigung und später bei uns im Werkzeugbau kam. Dann gingen die besten Kumpels weg und am Schluss gab es nur noch ein gegenseitiges In-die-Pfanne-Hauen. Der neue Meister – direkt von der obersten Heeresleitung eingesetzt, vorbei an den erfahrenen Kollegen – wollte immer nur alles besser wissen und niemals Fehler zugeben. Schlimmer noch: Er hat seine Fehler auf die anderen geschoben, am Schluss auch auf mich.

Ich sage mir jetzt: Den Fehler bei der alten Firma darfst du hier nicht wieder machen! Als es nämlich hart auf hart kam, konnte ich nicht mehr auflisten, wer welche Aufträge erteilt hatte und wie der große Reinfall mit den neuen Werkzeugen entstanden war. Das soll mir nicht noch mal passieren: Ich bin zwar nach den ersten drei Tagen in der neuen Firma ganz schön geschafft, aber es ist wohl ratsam, mehr zu tun, als einfach nur aufzupassen.

Also halte ich bis auf Weiteres lieber mal fest, was da so abgeht. Schließlich stimmt es ja: Wer schreibt, der bleibt.

10.8.
Kaum hatte ich heute Morgen den Kittel angezogen und mir die Zeichnung noch mal auf die Werkbank gelegt, da kam schon von Peter Fischer die Warnung:
Guck net so lang in de Zeichnung rum, werf' lieber die Maschin' ō. Der Moser war schon do. Der will wisse, wonn du die Grundplatt' fertisch hosst.
Was habt ihr denn hier für einen Meister? Will der denn, dass man hirnlos drauf losschafft, ohne zu überlegen? Ich hab' doch gestern schon gesagt, dass die Zeichnung unvollständig ist.
Du kennst'en doch. Der wird dir niemols zugebe, dass do was fehlt. Für den is' die Konstruktion heilisch.
Ich kenne ihn ja gerade nicht. Und mit der Konstruktionsabteilung hatte ich noch rein gar nichts zu tun. Meinst du, nach zwei Tagen kenne ich schon alle Leute in eurer Firma? Und außerdem: Beim Spritzgusswerkzeug ist in der Seitenansicht die Einspritzdüse zylindrisch gezeichnet und

in der Draufsicht konisch. *Was denn jetzt? Da ist kein Radius, also müssten dann doch in der Seitenansicht beide Durchmesser gezeichnet werden.*
Babbel net so viel. Ich gebb' der en gude Rat: Schaff' endlich! Wie siehst du denn die Sache? Du hast doch auch nicht gerade erst ausgelernt! Eine Zeichnung muss vollständig und widerspruchsfrei sein. Ein Werkzeugmacher hat doch auch eine gewisse Verantwortung. Du willst dir doch nicht vorwerfen lassen, am Ende wochenlang für umsonst gearbeitet zu haben, weil das Werkzeug nicht passt.
Do häng ich mich net roi. Ich leg' mich mid dem Master net ö.
Es war offensichtlich sinnlos, hier an die Einsicht zu appellieren. Peter ist zu eingeschüchtert und ängstlich. Ich wollte auf Manfred warten, der hat die meiste Erfahrung in der Werkstatt. Er kommt normalerweise mit dem späteren Bus, würde aber bald da sein. Prompt kam aber der Meister.
Wo hängt's? Herr Becker, wollen wir nicht mal anfangen?
Ich bin dabei, habe aber ein Problem mit der Zeichnung. Hier stimmt anscheinend was nicht, schauen Sie ...
Arbeiten Sie bitte nach Zeichnung und versuchen Sie nicht, hier den Konstrukteur zu spielen. Dafür haben wir andere Leute hier im Haus.
Aber wenn an der Zeichnung etwas unklar ist, dann muss ich doch ...
Sie wollen doch nicht unserer Konstruktion ein schlechtes Zeugnis ausstellen? Sie sind gerade mal zwei Tage hier. Werfen Sie endlich die Fräse an. Ende der übernächsten Woche muss das Schneidwerkzeug fertig sein und dann muss schleunigst das Spritzgusswerkzeug gemacht werden. Für das erste Werkzeug hat Herr Schellhuber Ihnen ja schon die Grundplatte vorbereitet. Ich will sehen, dass Sie diese Woche mit den Fräsarbeiten fertig werden und nächste Woche ans Schleifen gehen. Danach ran an den Spritzguss!
Aber was bringt es, wenn ich etwas fräse, was nachher gar nicht passen kann, dann ....
Halten Sie den Mund, legen Sie los!
Er drehte sich um und ging einfach weg. Ist der immer so oder kann der nur mit mir nicht? Jetzt konnte jedenfalls nur noch Manfred was bewirken. Fünf Minuten später war er da. Meine Erklärungen und Bedenken teilte er ohne Einschränkung:
Ja, logischerweise müsste die Düse an dieser Stelle hier konisch sein. Aber das muss nicht durchgängig sein.
Ja, aber wo ist die Grenze? Wo hört das Konische auf?
Ich habe die Erfahrung gemacht, dass unsre Frau Meirad in den Zeichnungen die Seitenansicht nicht ganz ernst nimmt. Geh' einfach von der Draufsicht aus!
Kann man denn nicht mit ihr reden? Bei der Matrizenzeichnung fehlt ja auch was, guck..

Das hab' ich schon gesehen, aber wir machen es so, wie die da oben es wollen. Ich setz' mich nicht in die Nesseln. Die Grundplatte habe ich ja schon weitgehend vorbereitet.
Aber du hast doch die meiste Erfahrung. Auf dich hören Sie doch! Denkste! Hier wird nicht zusammengeschafft. Hier weiß jeder alles besser, und keiner will was annehmen. Glaub' mir: Du machst am besten dei' Arbeit und versuchst net, andre von ihren Fehlern zu überzeugen.
Ich will ja niemandem am Zeug flicken, aber wir können doch so zusammenarbeiten, dass ...
Vergiss es!
Also auch zwecklos. Schon nach zwei Tagen habe ich großen Respekt vor dem fachlichen Können von Manfred, aber ein Kämpfer ist er nun wirklich nicht. Wenn Klaus, den ich noch nicht kenne, aus dem Urlaub zurückkommt, wird es vielleicht anders. Wir werden sehen.

Ich ging an's Fräsen und holte mir bei den Fragen zur besten Reihenfolge der Arbeitsschritte bei Manfred gute Tipps (bei diesem Werkzeug ausnahmsweise die kurzen Seiten zuerst rannehmen und so weiter). Ein Kumpel ist er ja, da gibt es kein Vertun. Nur, dass er in die Pause reinschafft, finde ich nicht gerade toll. Er ist so von seiner Arbeit besessen ....

Beim Mittagessen in der Kantine lernte ich ein paar weitere Kollegen kennen. Ein bunter Haufen, aber ganz offensichtlich auch verschiedene Grüppchen, die wenig miteinander zu tun haben oder zu tun haben wollen. Was dahinter steckt, ist mir nicht klar. Die Anrede von Stefan Marxer, Kontroletti in der Dreherei, war etwas seltsam.
Hallo Robert, wann bekomm' ich dein Werkzeug in die Kontrolle?
Was hast du denn mit „meinem Werkzeug" zu tun?
Ich muss für Qualität sorgen. Das weißt du vielleicht noch nicht. Ich bin der Qualitätsmanagementbeauftragte. Deswegen müssen alle Werkstücke, jedenfalls wenn es was Neues ist, auf meinen Tisch.
Davon weiß ich nichts. Wenn ich das Werkzeug fertig habe, übergebe ich es dem Meister, dem Moser. Was der dann damit macht, ist nicht meine Baustelle.
Ich will aber vorher schon mal schauen, ob das richtig ist, was du da machst. Ich schau mir das morgen mal an.
Vorläufig kannst du gar nichts sehen. Ich bin noch am Fräsen. Frühestens nächste Woche geht es ans Schleifen. Vorher muss noch erodiert werden. Außerdem: Von welchem Werkzeug sprichst du denn? Vom Schnitt oder vom Spritzgusswerkzeug?
Du sollst doch ein Werkzeug für die Kunststoffräder machen. Ich will mal sehen, ob die Evolvente stimmt.

Ich dachte für mich: Was für ein Idiot! Er will am Werkzeug sehen, ob die Evolvente stimmt! Das könnte er bestenfalls, wenn die ersten Muster gespritzt sind und er sie auf dem Zweiflankenprüfgerät ablaufen lassen würde. Ich sagte aber nur:
Du sprichst also vom Spritzgusswerkzeug. Mit dem fange ich frühestens in zwei, eher in drei Wochen an.
Wie sollen wir denn die Termine halten? Ihr Leute im Werkzeugbau habt vielleicht ein Leben! Die Leute in der Produktion arbeiten größtenteils im Akkord und ihr habt einen Lenz. Das muss ich mit dem Mühleisen besprechen.
Nachdem er fort war, fragte ich die anderen, wer denn Mühleisen ist. Harald klärte mich auf.
Aner von de Hohe Herrn. Der is' jetzt ach noch Geschäftsführer geworn. Haste noch nett soin neie BMW gesehe? Abber sach mol, was babbelt ihr donn in de Paus von de Abbeit?
Ich habe nicht angefangen. Das war euer Kontrolletti.
Nur langsam, Jüngchen. Der Pimpf ist dem Chef in de Asch gekroche und hat den Tschopp nur desdewesche kriet. Die Langjährische gucke in die Rehr. Der wird ach noch auf de Bode zerickkomme. Haste noch net gemerkt, dass die Dreher jetzt noch mehr auf stur schalde?
Wie soll ich das sehen? Erstens bin ich nicht in der Dreherei und zweitens bin ich erst zwei Tage da.
Is' schon o. k. Des werste ach noch alles mitkriehe. Machst du übbermoie Obend mit?
Wo mit?
Ei mer fahrn doch nach Sachsehause. In die Äppelwoikneip.
Nein, da kann ich nicht. Muss meine Tochter abholen und dann was mit ihr basteln. Aber wer ist denn „wir". Im Werkzeugbau hat mir niemand davon erzählt.
Ach die! Nee, des sin' mir alte Hase und monchmol aach so e paar Neie. Du bis' doch aach Oitracht-Fan, wie mer an dem Uffkleber uf doim Auto sieht. Komm, mach mit, mer wern'dich mal so rischdisch oifhrn.
Erstens ist meine Frau Eintracht-Fan und nicht ich, und zweitens geht übermorgen meine Tochter vor. Ich kann wirklich nicht.
Ich hab' es aber in dem Moment sehr bedauert, dass ich schon zu Hause verabredet war. Denn die „Einführung" hätte mich schon interessiert. Dieser Harald scheint mir zwar etwas einfach gestrickt, aber mich interessieren die Zusammenhänge in dem Betrieb. Wer kann hier nicht mit wem und worauf muss ich aufpassen? Bei Harald habe ich den Eindruck, dass er mich nicht reinlegt. Aber wer gehört zu seiner Gruppe von Kollegen? Wer sind die Verlässlichen? Mit wem kann man vielleicht ganz gut zusammenarbeiten?

Der Nachmittag war der reinste Stress. Zuerst flog ständig die Sicherung raus, der Betriebselektriker war nicht aufzutreiben. Mein Versuch, mich wegen der Unklarheiten auf den beiden Zeichnungen mit Frau Meirad in Verbindung zu setzen, scheiterte. Sie habe keine Zeit. Ich hatte auch den Eindruck, dass sie gar nicht mit mir sprechen wollte. Bin wohl zu neu.

Kurz vor zwei Uhr gab es auf einmal einen lauten Knall: Peter war an der Schleifmaschine Crash gefahren. Zwei Tage Arbeit waren damit hinüber, aber er ließ schnell das kaputte Werkstück verschwinden, damit Moser nichts sieht. Ich konnte ihn natürlich nicht hängen lassen und richtete anderthalb Stunden lang mit ihm die Maschine neu ein und justierte sie. Die Zeit fehlt mir jetzt natürlich beim Fräsen des Schnitts.

Ich machte nach 15.00 Uhr noch weiter, damit wenigstens dieser dritte schwere Arbeitsgang fertig wurde (große Probleme mit der Parallelität der zwei kurzen Außenflächen des Stempels; die Messmaschine war belegt).

11.8.
Heute ging der Stress gerade so weiter. Zwar war endlich die Messmaschine frei, aber es stellte sich raus, dass die Herren in der Kontrolle keinen wirklich kleinen Taster haben. Zur Überprüfung der Parallelität der zwei kurzen Flächen ist schon der 2-Millimeter-Taster zu groß (zu wenig Abstand zur Umrandung). Habe dann mit Endmaßen abgesteckt. Das Ergebnis sieht akzeptabel aus, aber wie groß die reale Abweichung ist, kann ich mir nur indirekt erschließen (wahrscheinlich in der Größenordnung von einem bis zwei Hundertstel, das würde wohl reichen, hoffe ich jedenfalls). Bin aber ganz schön ins Schwitzen gekommen. Manfred konnte mir nicht helfen. Er war zu viel in der Montage unterwegs, weil dort zwei Vorrichtungen nicht funktionieren.

In der Mittagspause fing der Wichtigtuer Marxer schon wieder an. Ich schnitt ihm einfach das Wort ab mit dem Hinweis, dass mir die Pause heilig ist. Harald, der das mitbekam, hob nur demonstrativ den Daumen und lachte richtig laut. Er gab damit mir und Marxer zu verstehen, dass dem nichts hinzuzufügen war.

Am Nachmittag lief in unserem Meisterbüro ein interessantes Gespräch. Der alte, längst pensionierte Konstrukteur Leonhard war gerufen worden und unterhielt sich mit Moser und Meirad über das Spritzgusswerkzeug für die Kunststoffräder. Aus den wenigen Sätzen, die ich beim ersten Vorbeigehen aufschnappte, wurde mir sofort klar: Der Mann war offensichtlich vom Fach. Er wusste, dass die gespritzten Räder niemals so genau sein werden wie gefräste.

Meirad immer wieder: *Aber wir müssen doch leiser werden. Die Stahlräder sind zu laut.*

Leonhard: *Das habe ich ja verstanden. Es können ja ruhig Kunststoffräder sein, aber die Räder schrumpfen unterschiedlich. Ihr werdet niemals den Rundlauf halten können, den ein gefrästes Rad hat. Also besser nur Rohlinge spritzen und dann fräsen.*

Aber Herr Leonhard, Herr Mühleisen hat uns doch die Vorgabe gemacht, dass wir billiger werden müssen, da können wir nicht fräsen. Die Räder müssen nach dem Spritzen fertig sein.

Wollt ihr Qualität oder wollt ihr billig? Ihr könnt mit fertig gespritzten Rädern niemals Qualität 6 erreichen, bestenfalls Qualität 8 oder 9. Und die Festigkeit werdet ihr auch nicht mehr haben.

Als ich das zweite Mal in die Meisterbude musste, um den Schlüssel für das Materiallager zu holen, warf ich mal kurz entschlossen ein:

Die Festigkeit hängt doch auch davon ab, ob wir die Räder tempern können. Und fräsen könnte man auf einer Maschine mit automatischer Bestückung relativ problemlos.

Leonhard drehte sich um und nickte kurz. Da er mich nicht kannte, sagte er nichts weiter, aber ich spürte, dass meine Einmischung bei den anderen gar nicht gut ankam. Trotzdem fügte ich hinzu:

Es ist natürlich schwierig, günstige Fräser zu bekommen bei einem so krummen Modul. Wäre es nicht besser, man würde auf ein Normmodul gehen, zum Beispiel 1 oder 1,5?

Jetzt war es für Moser offensichtlich zu viel.

Becker, gehen Sie an ihre Arbeit, der Schnitt muss fertig werden.

Beim Rausgehen, hörte ich nur noch, wie Leonhard sagte:

Euer neuer Mann kennt sich ja anscheinend mit Getrieben aus.

Dass ich aus der Getriebefertigung komme, weiß zwar der Personalchef (oder wusste es), aber weitergesagt hat er es wohl nicht. Das gehört hier anscheinend nicht zum Bekanntmachen neuer Mitarbeiter.

Am liebsten hätte ich Leonhard um seine Meinung zur Zeichnung für den Schnitt gefragt, einfach um mich bei jemandem abzusichern, der offensichtlich Ahnung hat und Autorität besitzt. Aber ich konnte nicht den offenen Konflikt mit Moser eingehen und seiner Anordnung widersprechen. Schließlich hat er alle Macht in seinen Händen. Wenn er mich nicht will, brauche ich gar nicht bis zum Ende der Probezeit zu warten. Der schickt mich dann schon vorher nach Hause.

Eine halbe Stunde später, Leonhard war gegangen, kam Moser und klärte mich auf, dass die Firma aus gutem Grund für dieses Getriebe keinen Normmodul gewählt hat. Es soll nicht so leicht nachgebaut werden können und ich soll mir nicht den Kopf der Konstruktion zerbrechen. Das habe er mir doch schon mal gesagt. Aha, also einmalig sein, auch wenn es unter dem Strich komplizierter ist, Hauptsache keiner baut ein Getriebe der Firma Luger nach! Habe kapiert, was hier zählt.

Da ich immer noch hinter meinem Zeitplan hinterherhinke und in der Probezeit nichts riskieren kann, habe ich gekeult...und wieder überzogen. Peter, der sonst recht eingeschüchtert wirkt und zu allen Anweisungen des Meisters nur Ja und Amen sagt, sah mich nur schief an, ging normal zu seinem Bus und ließ mich allein zurück. Es wird Zeit, dass Klaus aus dem Urlaub kommt. Den könnte ich in solchen Fällen wenigstens das Eine oder Andere fragen, so hoffe ich wenigstens. Klaus kommt angeblich morgens später und geht auch später heim.

12.8.
Letzter Tag in der Woche, nur bis 12.00 Uhr geschafft, welch ein Segen! Die Firma hat zwar keinen Betriebsrat und ist nicht tarifgebunden, aber die 35-Stundenwoche haben sie beibehalten (aus der Zeit, als der Betrieb noch tarifgebunden war). Das war überhaupt einer der Hauptgründe, weshalb ich der Empfehlung unsrer Nachbarin, Hanna Schlotter, gefolgt bin und mich hier beworben habe. Sie arbeitet in der Montage und ist recht glücklich, wie sie sagt.

Heute war ich etwas ruhiger als gestern und konnte mich wenigstens mit Peter auf der fachlichen Ebene etwas austauschen. Aber das betraf im Grunde nur die Handhabung der hier eingesetzten Maschinen, von Materialkunde hat er wenig Ahnung und beim Zeichnungslesen hat er beträchtliche Schwächen. Manfred war leider wieder für mich überhaupt nicht greifbar, ich traf ihn nur in der Frühstückspause am Cola-Automat. Er brummelte nur was von „Radfahrer in der Montage". Meine Nachfrage, was los ist, beantwortete er so:
Du wirst die auch noch kennenlernen. Haben nix in der Birne, aber schleimen wie verrückt. Dann werden sie Abteilungsleiter und machen den großen Zampano. Die wollen, dass alle Vorrichtungen das ganze Jahr hindurch ohne Pflege und Wartung funktionieren und dass es zu keinem Stillstand kommt, und wundern sich dann, wenn es kracht. Heute ist wieder eine Stanze ausgefallen und die Eindrückvorrichtung für die Simmerringe geht nicht mehr. Ich weiß noch nicht, warum. Er will, dass ich so lange da bleibe, bis es wieder geht. Ich will aber auch ins Wochenende! So ein Arschloch!

Weg war er. Detaillierteres war natürlich auch im Werkzeugbau nicht zu erfahren und nachfragen konnte ich nicht: Wieso er keine Hilfe bekommt, ob ich ihm nicht zur Hand gehen könnte oder warum die Sache nicht bis nächste Woche warten kann. Er hat anscheinend noch nicht genug Vertrauen zu mir.

Wenn ich jetzt die gesamte Woche Revue passieren lasse, dann muss ich sagen: Hier ist alles noch undurchsichtiger als in der alten Firma. Keiner kann oder will mir sagen, wie ich mit dem Werkzeug weitermachen soll. Ich habe das Gefühl, dass ich mich schwer in die Nesseln setzen kann. Wenn ich eigenmächtig handele, bin ich sicher schnell weg vom Fenster. Mache ich einfach so weiter, dann heißt es nachher: „Das hätten Sie doch sehen müssen! Ich denke, Sie sind Fachmann und haben Berufserfahrung."

Sachlich vorgebrachte Bedenken werden nicht diskutiert, aber jeder weiß alles besser, oder sagen wir: Zu viele wissen alles besser. Hoffentlich hat Manfred die nächste Woche mal mehr Zeit für mich. Er geht zwar anscheinend auch ungern Konflikte ein, aber er könnte mir fachliche Tipps geben.

Was drüben in den Montagehallen abgeht, kann ich noch gar nicht überschauen. Zündstoff gibt es dort auch, wie mir scheint, und das nicht so wenig. Jedenfalls hat die Erregung bei einigen in der Mittagspause so geklungen.

Beim Rausgehen zum Umziehen, im Gang zu den Sozialräumen, kontrollierte mich der Chef. Er wollte in meine Tasche schauen. Ich dachte: Er kennt mich natürlich nicht, und er will einfach wissen, wer da so in seinen Hallen rumläuft. Aber da hab ich mich schwer getäuscht. Als er in der Tasche nichts fand, sagte er:

Sind Sie morgen dabei, wenn Herr Schellhuber die Vorrichtung repariert?

Nein, niemand hat mich darauf angesprochen.

Gut, Sie können gehen, Herr Becker.

Da war ich doch platt. Er wusste nicht nur, in welcher Abteilung ich arbeite, sondern auch, wie ich heiße. Was weiß er denn sonst noch von mir? Weiß er, warum ich in der alten Firma gekündigt habe? Wie genau hat er sich von seinem Personalchef informieren lassen? Hat er zusätzlich noch Connections spielen lassen? Die Chefs treffen sich ja bei verschiedenen Anlässen. Andererseits: Wie Manfred angedeutet hat, ist er ein knallharter Konkurrent und da wir in der alten Firma ebenfalls Getriebe gebaut haben, hält ihn das vielleicht von zu viel Kontakt ab. Aber wer weiß? Wenn es um die Einschätzung und Bewertung einzelner „Mitarbeiter" geht, sieht das vielleicht anders aus.

15.8.

Das Wochenende war viel zu kurz. Der Abenteuerspielplatz war einfach toll, nur Fahrrad fahren will mein Schätzchen nicht. Wie soll ich jemals mit ihr größere Touren machen können? Vielleicht, wenn sie „groß", das heißt erwachsen ist? Aber solche Überlegungen gehören nicht in meine „betrieblichen Aufzeichnungen".

In der Werkstatt ging es heute gleich munter los, zum Glück nicht mit mir. Manfred tobte, weil er den ganzen Samstag für die verdammte Vorrichtung drangehängt hatte. Und sie ging immer noch nicht! Jetzt musste er gleich wieder rüber in die Montage. Nach einer Stunde kam er an:
He Robert, komm mit, ich brauch mal Hilfe. Der Großkotzer Urbahn will mir niemand von seinen Leuten geben. Lass alles liegen, komm mit.

Jetzt wurde es für mich doch etwas spannend, weil ich ja nicht wusste, wie sich das auf den Abgabetermin für das Werkzeug auswirken würde. Aber da der Meister nicht da war, hatte Manfred das Sagen, ich war jedenfalls erst mal aus dem Schneider.

Die Vorrichtung ist wirklich kompliziert. Simmerringe in das Getriebegehäuse eindrücken, ohne den Ring zu beschädigen, und trotzdem bis Anschlag drücken. Am oberen Rand des Getriebegehäuses sind scharfe Kannten, an denen der Ring möglichst ohne Berührung vorbei muss. Die Außenkontur vom Gehäuse ist nicht immer genau gleich (unbearbeiteter Druckguss), deswegen darf die Aufnahme für das Gehäuse nicht zu eng sein. Und wenn sie zu viel Luft hat, sitzt das Werkstück nicht jedes Mal gleich. Manfred sagte mir, dass er schon vor langem vorgeschlagen hat, die Außenkontur wenigstens an zwei Stellen zu bearbeiten. Aber das ist abgelehnt worden. Kostengründe! Jetzt hat sich wieder mal der Aufnahmedorn für die Simmerringe verkeilt. Manfred hatte am Samstag einen neuen Aufnahmedorn gedreht, aber der Einbau war schwierig, weil auch die Halterung vom Aufnahmedorn verbogen worden war.

Wir mussten erst mal die gesamte Vorrichtung neu ausrichten und in die Horizontale bringen. Die Platte konnten wir von beiden Seiten aus mit Endmaßen abstecken und waren gerade am hinteren Ende, da brüllte es durch die Halle:
Becker, was treiben Sie denn hier? Machen Sie, dass Sie an Ihren Schnitt kommen!

Moser natürlich! Manfred blieb ganz ruhig. Das wunderte mich zunächst, aber er hat offensichtlich ausreichend Selbstbewusstsein. Als Moser neben uns stand, fragte der gar nicht mehr, wieso ich mich hier aufhielt. Offensichtlich wusste er, wieso und weshalb; dass näm-

lich Manfred das veranlasst hatte. Während ich also meine Endmaße ablegte, fragte er Manfred im ganz normalen Ton:
Wieso nimmst du denn den Becker? Der muss doch den Schnitt machen! Mit dem Peter komm' ich nicht weit. Der denkt mir zu wenig mit. Wenn der Klaus da wär, hätte ich ja den genommen, aber der Neue stellt sich ganz gut an.
Das ging mir zwar runter wie Öl, aber die Gesamtsituation war immer noch unangenehm. Ich nahm meinen Messschieber und zog los. Am Ende der Halle sah ich Harald, der sich einen abgrinste. Ich fragte mich, was das denn soll. Aber ich konnte ja jetzt nicht mit ihm reden. Auf dem Weg rüber kam mir Peter entgegen, den Moser wohl beauftragt hatte, Manfred zu helfen. Am Mittag fragte ich Harald, warum er so frech gegrinst hatte. Das habe nichts mit mir zu tun, war seine beruhigende Antwort.
Du waast doch, de Moser spielt sich immer nur uff. Der un' unser Urbahn, die könne sich die Hand gebbe. Do is aner so verrickt wie der anner.
Und wenn ich jetzt in Verzug bin, hängt mir der Moser das an.
Ruisch bleibe, Jüngchen. Ganz ruisch bleibe.
Hoffentlich hat er Recht! In der Kantine sitze ich am Nachbartisch von Harald, Uwe und der ganzen Clique von acht Leuten. Deren Tisch ist voll, da komme ich auch dann nicht ran, wenn einer fehlt. Ich hatte das letzte Woche Donnerstag mal versucht und wurde dabei nur schief angeschaut. Die Gespräche waren sofort verstummt und gingen nur noch um die Bundesliga und die Eintracht. Mir wurde klar, dass man mir nicht (oder noch nicht?) vertraut.
Aber heute wurde ganz offenkundig, worüber die Gruppe seit Tagen diskutiert. Es geht um den Akkord und die neuen Zeitaufnahmen. Zwei Frauen aus der Montage waren nämlich an den Tisch der Gruppe gekommen und fragten, was sie machen können. Da jetzt mehr Leute zusammen waren, mussten alle lauter sprechen und ich bekam alles mit. Die Herren und Damen aus den oberen Etagen sitzen am anderen Ende der Kantine und konnten das zum Glück nicht hören. Und die Meister gehen nicht in die Kantine essen, wie ich schon in der letzten Woche feststellen konnte.
Der neue Stopper nehme sich immer nur Silvia, *die ja druffkloppt wie verrickt. Da könne' mir niemals auf unsre Prozente komme'.*
Harald, Uwe und Roland erklärten, dass sie das nicht so laufen lassen können. Sie müssen sich halt mal „Silvia vor die Brust nehmen".
Eine der Frauen aus der Montage: *Das ist doch zwecklos. Die will doch immer nur angebbe.*
Ali stimmte ihnen zu: *Und wenn wir nicht endlich mal gemeinsam was tun, dann nutzt auch das Rumhacken auf der Silvia nix.*

Kurzes Schweigen bei den anderen und dann merkliches Aufatmen, als Volker ein neues Stichwort gab: Jeder habe doch ein Recht, dass seine Arbeit bei ihm selbst aufgenommen wird. Da wollte aber Uwe von ihm wissen, wer „diesen Anspruch" durchsetzt. Darauf wussten weder er noch die anderen einen Rat, außer dass ... „in normalen Betrieben, wo es einen Betriebsrat gibt...."
Petra und Heike, die einzigen Frauen in der Clique, wollten aber nicht locker lassen. Heike: *Jetzt lenkt doch nicht ab. Der Ali hat Recht, wenn die Leute in der Abteilung nicht zusammenhalten....*
Petra sah eine Verbindung zu der Diskussion über ein mögliches neues Entlohnungssystem bei den Zeitlöhnern. *Was der Urbahn da gefaselt hat, sind doch nicht nur vage Überlegungen. Die haben doch...*
Uwe unterbrach sie und sagte, dass nichts offiziell ist mit einem neuen Entlohnungssystem. Es gehe jetzt um den Akkord. Er wollte von den anderen wissen, ob sie was vorzuschlagen haben. Jammern bringe nichts. Und wenn man nichts vorzuschlagen habe, solle man ruhig sein. Auf seine Frage, was jetzt bei den weiteren Zeitaufnahmen zu tun sei, gab es nur allgemeines Schweigen. Einen kurzen Moment später setzte Harald wieder an mit: „Schick' den Stopper doch ...."
In dem Moment klingelte es und alle standen auf. Ich wollte die Gelegenheit nutzen und ging zu Uwe, um ihn zu fragen, warum es denn keinen Betriebsrat gibt, denn das schien mir ja die einzige denkbare Lösung. Er war aber gar nicht für ein Gespräch aufgelegt, jedenfalls nicht mit mir. Ich merkte, dass ich mindestens bei Uwe noch längst nicht angekommen bin. Auf meine Worte geben sie einfach nichts. Das ist nicht gerade aufbauend!
Dafür zog mich Ali auf die Seite und meinte, es bräuchte eine „gemeinsame Gegenwehr". Damit konnte ich nichts anfangen und fragte ihn, ob er etwa die Leute zum Streik aufrufen will.
Notfalls ja, mit der Institution Betriebsrat ist es nicht getan. Wenn die Leute sich nicht bewegen, nutzt das gar nichts.
Aber die Leute haben doch keine Möglichkeit, etwas Rechtsverbindliches zu erreichen. Das kann doch nur ein Betriebsrat.
Da bist du völlig schief gewickelt. Damit ließ Ali mich stehen und ging zu seinen Kumpels aus der Montage. Draußen im Hof erzählte mir Harald vom Freitagabend. Es war wohl recht feucht-fröhlich gewesen. Ich habe eh den Eindruck, dass er gerne ins Glas schaut. Hoffentlich trinkt er nicht während der Arbeitszeit! Auf meine Frage, wie viele sie waren, meinte er:
Ei die alte Garde, wie immer, sechs Leutcher warn mer. Drei ham gefehlt.

Nicht mehr? Ich dachte, die halbe Montage geht mit.
Ach, na mit dene meisde kannst de nix äfange. Des will ich ach gar net. Die Weiber sind meschugge und die Leit, die immer nur um de Master rumscherwensele, kannst de ach vergesse. Die wolle all mol Vorarbeider wern. Des geht abber net. So viel Poste gibt's net.
Hast du was gegen Frauen?
Bist du err? Heit Obend lesch isch mei Frau'che widder um, des kannste aber singe!
Ich dachte nur „alter Chauvi" und beendete das Gespräch. Auf der Treppe saßen Uwe und ein paar andere, die mir einen etwas besonneneren Eindruck machen, aber Uwe, der anscheinend eine gewisse Autorität in der Gruppe besitzt, hält sich mir gegenüber total bedeckt. Zwei Versuche, in's Gespräch zu kommen, sind sofort gescheitert. Der mitteilsamere Volker hat wenigstens mal angedeutet, was die Leute in der Montage zurzeit beschäftigt. Es scheint Verunsicherung zu herrschen, weil die Akkordler Angst vor neuen Zeitaufnahmen haben.

Der Nachmittag war einigermaßen normal, die Fräsarbeiten gehen jetzt besser voran. Ich kann morgen damit fertig werden. Danach habe ich nur noch die Bohrungen anzubringen. Anschließend geht es ans Schleifen, Ende der Woche ans Erodieren.

16.8.
Schon ganz früh war Meirad da und sprach mit Moser ein neues Projekt durch. Ich wollte von Manfred wissen, um was es geht. Er wisse es nicht und es interessiere ihn auch nicht.
Man wird ja sowieso nie vorher einbezogen, immer erst dann, wenn das Kind in den Brunnen gefallen ist. Du musst dir doch nur die Montage anschauen. Die Konstruktion entwirft was, überlegt aber nicht, wie das zu montieren ist. Du quetschst dir da beim Aufstecken der Zahnräder in den engen Gehäusen alle Finger, hast kein Werkzeug und von der Kontrolle in der Dreherei wollen sie dann wissen, ob die Einzelteile stimmen, mit der Begründung: „weil es so schlecht zu montieren ist". Dabei haben sie in der Dreherei und erst recht in der Montage noch nicht mal die Messmittel dazu, um mittelschwere Teile zu messen, z. B. mit einem exzentrischen Sitz auf der Abtriebseite. Die bekommen heute in der Dreherei eine Zeichnung und sollen sofort loslegen, aber keiner hat vorher mit ihnen abgesprochen, wie die Teile gedreht werden können, wie sie gemessen werden können, welche Messmittel angeschafft werden müssen und so weiter. Und von der Meirad hörst du immer nur: „Die Teile müssen zu einander laufen." Aber was da

wie laufen soll, Planlauf oder Rundlauf, kann sie dir nicht sagen. Von Form- und Lagetoleranzen hat die eh keine Ahnung.

Damit bestätigte er mir, dass Meirad mit den Zeichnungen nicht immer so korrekt ist. Ich denke trotzdem, dass ich die Unklarheit bei der Zeichnung für das Spritzgusswerkzeug mit ihr klären müsste. Als Meirad im Meisterbüro fertig war, stürzte ich vor, um mit ihr zu sprechen. Aber sie hatte keine Zeit. Inzwischen drängt sich mir der Verdacht auf, dass sie über diese Sache schon Bescheid weiß, aber nicht mit dem „Neuen" darüber reden will. Manfred klärte mich auf, dass das nichts mit mir zu tun hat.

Du weißt doch, dass sie sich gegenüber Koch keine Blöße geben will. Die wird versuchen, die Sache anders zu lösen.

Wie?

Indem einfach das ganze Werkzeug umgebaut wird. Noch hast du ja nicht damit angefangen. Da kann sie das noch kaschieren. Denk mal an mich!

Und mit dem Schneidwerkzeug ist doch auch was unklar. Wie werden denn auf dem kurzen Stück die Streifen geführt?

Ich weiß nicht, ob sie davon weiß oder ob sie sich was dabei gedacht hat oder ob es am Material liegt, das verwendet werden soll, aber wenn sie nie Zeit hat, kannst du nichts dafür.

Dein Wort in Gottes Gehörgang.

Peter kam von der Kantine zurück (er war mal wieder am Cola-Automat gewesen). Ganz aufgeregt wartete er, bis Moser den Werkzeugbau verlassen hatte, und dann brach es aus ihm raus.

Die Mondaasche hot ganz schee Druck. Die kriee die Uffträsch net fertisch und dauernd werd gemeckert. Die sin' nur am dischbudiern und schaffe nix.

Manfred: Du willst doch nicht sagen, dass die Montage aufgehört hat, zu schaffen!?

Ne, abbä de Harald seet, dass di Bost abgehd.

Ich war gespannt, ob ich nachher mehr mitbekommen würde. Beim Mittagstisch saß die Clique schon beieinander und sprach so leise, dass ich nichts mitbekam. Ich fand das unfair, aber andererseits muss ich ja auch vorsichtig sein und kann nicht zu offensichtlich mit denen zusammenhängen. Denn eins habe ich nach Manfreds Erläuterungen begriffen: Die Clique wird von den „Hohen Herrn" als Meckerer und Nörgler angesehen. Wenn man noch keinen festen Vertrag hat, sollte man nicht zu viel mit ihnen zu tun haben. Ich bin ungern auf der Abschussrampe.

Beim Rausgehen sprach ich eine der Frauen an, die letzte Woche zweimal am Cliquen-Tisch waren. Sie redete so, als müsse ich doch längst wissen, wie es in der Montage abgeht. Ich konnte ihr nicht erklären, wie wenig ich weiß. Keine Ahnung, ob sie mir dann überhaupt noch was erzählt hätte.

Am Nachmittag mussten Peter und ich Manfred helfen, das Stanzwerkzeug, das er am Vormittag repariert hatte, in die Montage zu bringen und dort einzubauen. Die Stanze ist aus Lärmschutzgründen von der eigentlichen Montage abgeschirmt, aber während unserer Einbauarbeit waren natürlich alle Türen offen. Ich bekam jetzt den Eindruck, dass irgendetwas nicht stimmt. Die Leute waren zwar generell an ihren Plätzen, aber ständig stand jemand auf und ging ein paar Plätze weiter, um sich irgendein Werkzeug oder auch Material zu holen. An der Stelle, wo Uwe sich aufhielt, war eine kleine Traube, die sich jedes Mal sofort auflöste, wenn Urbahn aus seinem Meisterbüro in die Halle ging.

Nach einer Viertelstunde hat sich Manfred erst mal den Finger eingeklemmt und uns vorgeworfen, dass wir nicht gut genug gehalten haben (vielleicht hatte er Recht). Er musste erst mal zum Sani, sich den kleinen Finger verbinden lassen, und wir mussten warten. In diesen zehn Minuten setzte ich mich in der Halle auf einen Stuhl und schaute mir die Mannschaft (die größtenteils eine Frauschaft ist) an. Prompt kam ein Kollege vorbei und redete drauf los.

Ihr habt's ja gut, ihr Werkzeugbauer.
Werkzeugmacher.
Egal. Ihr habt keine Zeitvorgabe für eure Arbeit.
Denkste.
Wieso, ist jetzt vielleicht bei euch auch ein Stopper aufgetaucht?
Nein, natürlich nicht, aber unser Meister kommt auch ständig und macht Druck. Übrigens, ich heiße Robert Becker.
Ich bin der Wolfgang, Wolfgang Bauer. Die Leut' nennen mich Wolli. Morgen kommt wieder der Stopper. Die Leut' sind schon stinkesauer. Seit wir den neuen Stopper haben, kommen keine guten Zeiten mehr raus. Von wegen „objektiv gemessen". Die Leute rödeln wie verrückt und kommen auf keine Prozente mehr.
Wo ist denn der Arbeitsplatz von eurem Uwe? Erst war er eine Zeit lang da hinten, jetzt ist er rübergekommen an den Platz von der Silvia.
Uwe ist doch Einrichter. Aber ich weiß nicht, ob er das noch lang' is'. Der Urbahn hat ihm, glaub' ich, schon vorgeworfen, zu viel mit den Leuten zu schwätzen. Eigentlich kommt er mit dem Uwe aus, aber seit der Mühleisen da ist, haben wir hier einen zweiten Koch. Am Anfang hat der „neue Verkaufsleiter" mordsfreundlich getan. Aber inzwischen wissen wir, dass er genauso rücksichtslos ist wie der Koch. Ich weiß nicht, wer von den beiden schlimmer ist. Angeblich können die Kunden unsre Getriebe nicht bezahlen, wenn wir so eingruppiert bleiben und wenn die Zeiten so lang sind.

Das schmälert vielleicht die Profite.
Du scheinst schon was zu begreifen. Aber ich muss jetzt mal wieder weitermachen, sonst rückt mir der Urbahn auf die Pelle.

Aus irgend einem Grund gehört Wolli anscheinend nicht zur Clique, jedenfalls sitzt er nicht am Fenstertisch, aber ich krieg das noch raus. Er kann mir ganz bestimmt noch mehr erzählen. In dem Moment kamen Urbahn und eine Frau an uns vorbeigelaufen. Urbahn beachtete mich nicht, ich bin für ihn ein völlig Außenstehender, mit dem er nichts zu tun hat. Die Frau beschwerte sich, dass sie nicht auf den Lehrgang geschickt wurde (sie sagte nicht, welchen). Jetzt blieben beide stehen und Urbahn erklärte, dass die Firma nicht alle Leute gleichzeitig fortschicken kann. Die Frau ließ nicht locker.
Jetzt hab' ich schon das dritte Mal versucht und jedes Mal heißt es: Es klappt nicht. Warum immer nur dieselben und warum niemals jemand von uns in der Montage?
Der Lehrgang muss ja auch was für die Arbeit bringen. Das muss ja auch passen. Wir sind ja keine Volkshochschule.
Das ist nicht fair. Es heißt doch immer, wir sollen uns qualifizieren. Aber wenn sich jemand wirklich interessiert, dann passt es nicht. Warum immer nur dieselben, immer nur Leute von oben? Wir bekommen doch nie eine Chance, mal was anderes zu machen oder auch einfach mal was zu lernen.
Ihr seid nicht zum Lernen da, sondern zum Arbeiten. Ich muss jetzt in den Einkauf. Ein anders Mal sprechen wir weiter.

Er ließ sie einfach stehen. Ihr kamen fast die Tränen. Als er weit genug weg war, kam nur noch ein „Mistkerl!" raus, bevor sie an ihren Platz ging. Ich hatte keine Chance für eine Nachfrage, um welchen Lehrgang es sich eigentlich handelte.

Manfred kam zurück und wir haben das Stanzwerkzeug endlich richtig platziert, ohne Peter, der längst zurückgegangen war. Mein Ausflug in die Montage hat mir zwar Zeit von der Arbeit am Bohrwerk genommen, aber es war einfach interessant, zu sehen, was da drüben abgeht. Diese Arbeit würde mir keinen Spaß machen. Manfred erklärte mir, dass die meisten fast das ganze Jahr immer nur dieselben Getriebe montieren. Auch die, die eine Metallerausbildung haben, kommen aus dem Trott nicht raus. Die Einrichter seien da schon besser dran, „aber auch die haben Krumpel mit dem Urbahn". Konflikte gebe es ständig, aber zurzeit sei richtig miese Stimmung. Die Leute sind sauer, aber er wisse nicht so recht, warum. Es interessiere ihn auch nicht. Er habe genug eigene Probleme, zum Beispiel mit seinen Beinen. Vor zwei Monaten habe er sich die Krampfadern ziehen lassen und sei länger ausgefallen. Das sei ja auch der Grund, weshalb ich eingestellt wurde.

Ich dachte, die brauchen eine weitere Fachkraft, weil die Produktion ausgedehnt wird. Das hat jedenfalls der Personalchef zu mir gesagt, als er mich eingestellt hat.

Von der Ausdehnung der Produktion sehe ich nichts. Die wollen was umstellen und wollen leisere Getriebe anbieten, weil sie dann am Markt neue Chancen sehen. Aber heut' weiß keiner, ob das klappt. Wir werden ja auch gar nicht einbezogen. Du musst dir nur mal anschauen, wie sie dem Mayer die einen Sachen sagen und die anderen Sachen dem Schneider.

Wer sind denn diese zwei Leute?

Das sind beide Möchte-gerne-Meister bei den Schneckengetrieben, drüben in der neuen Halle. Und jeder von den beiden behält sein Wissen für sich, statt dass sie beide zusammenarbeiten würden.

Wahrscheinlich, weil nur ein Posten zu besetzen ist und jeder ....

Ja, natürlich. Ich bekomm' das mit, wenn ich eine neue Vorrichtung rüber bringe. Jeder will dann derjenige sein, dem ich die Handhabung der Vorrichtung erkläre, möglichst so, dass der andere es nicht mitbekommt. Ich muss es dann kurze Zeit später doch noch dem anderen erklären. Aber ihre eigenen Erfahrungen geben sie nicht weiter, auch mir nicht. Ich könnte sie ja dann dem anderen, dem „Mitbewerber", weitersagen. Das geht jetzt schon seit Jahren so.

Ja, wenn jeder auf diesen Posten will, ...

Ja, der Koch lässt einfach die Leute keulen und sich abstrampeln. Jeder von denen ist unbegrenzt zu Überstunden bereit. Ich möcht' nicht wissen, wie oft die schon samstags da waren. Ich will auch gar nicht wissen, ob sie das überhaupt alles bezahlt bekommen.

Du warst doch auch schon am Samstag da.

Wenn die Produktion hängt und sonst am Montag die Leute nichts zu tun haben, dann seh' ich das ja auch ein. Aber die beiden Idioten holen ja am Samstag das nach, was in der Woche nicht geschafft wurde, entweder bei der Produktion oder bei der Materialbereitstellung und so weiter. Die sind ja auch immer die ersten, die bei den Überstundenwünschen der Geschäftsleitung Druck auf die Leute ausüben. Wie oft haben die Leute schon geflucht, haben aber dann die ganze Woche über jeden Tag eine oder zwei Stunden länger geschafft.

Wie wäre es denn mal mit einem Betriebsrat oder mit mehr Leute einstellen?

Das kannst du hier in dem Laden vergessen. Wer will denn hier den Betriebsrat machen? Ich verbrenne mir keine Finger, der gequetschte Finger von vorhin reicht mir.

Anscheinend ist die Sache ganz schön verfahren. Manfred weiß wohl von einigen Dingen, aber besonders aufrecht gehen kann der auch nicht. Wo bin ich denn da hingekommen? Vom Regen in die Traufe?

17.8.
Heute in der Frühe ging es an die Bohrungen. Hat ganz gut geklappt, nur das Langloch hat mir ein paar Schwierigkeiten gemacht, weil mir zwei Fingerfräser abgebrochen sind. Zu großen Vorschub genommen, Mist! Als die Werkstücke im Härteofen waren, habe ich Manfred etwas geholfen. Von ihm kann man noch viel lernen. Wir schwätzten etwas, aber über den Konflikt in der Montage wollte er sich nicht auslassen. Zu meinem Leidwesen ging es erst mal nur über die Eintracht und ihre Scout-Abteilung. Hier waren wir aber wenigstens völlig einer Meinung: taugt nichts. Das Härten und Abschrecken; ging problemlos. Das hätte die Härterei in Roßdorf auch nicht besser gemacht. Punktladung bei 58 Rockwell! Später ging ich ans Schleifen. Es ist der feinste Arbeitsgang, aber auch der dreckigste. Der feine Nebel verwirbelt sich in der ganzen Werkstatt. Du atmest einfach zu viel davon ein.

Am Nachmittag wurde ich natürlich nicht fertig mit dem Schleifen. Da hatte ich mir zu früh Hoffnungen gemacht.
Uwe war in der Mittagspause zu mir an den Tisch gekommen und hat mich quasi verwarnt. Ich solle nicht von einer Clique sprechen, sie seien nur einfach ein Gruppe von Kollegen! Man müsse ja nicht mit jedem ins Bett gehen. Eine Antwort von mir wartete er gar nicht ab. Wer hatte ihm nur erzählt, dass ich die Leute an dem Fenstertisch als „Clique" bezeichnet habe? Ich wollte ja nur ausdrücken, dass sie anscheinend zusammengehören, nicht dass sie sich vielleicht unkollegial verhalten.
Draußen im Hof brachte mir Harald auf seine joviale Art rüber, dass die Gladbacher jetzt den Durchmarsch starten. Dabei hat gerade erst die Saison begonnen. Und nur weil sie das erste Spiel gewonnen haben, meint er schon, die Bäume wachsen ihnen in den Himmel. „Mir mache den Meister. Entwedder Meister oder gar nix. Nur zwaader derfe mer net wern. Nix is scheißer als de zwade Platz." Innerlich griff ich mir an den Kopf und wechselte das Thema. Auf meine Frage, wie es mit den Zeitaufnahmen weitergeht, merkte er nur an:
Das krie mer schun.
Später an der Bushaltestelle konnte ich Uwe ansprechen (er hatte heute ebenfalls kein Auto).
Ich höre, ihr kriegt das mit den Zeitaufnahmen in den Griff.
Wer sagt das denn?
Harald.
Der nimmt die Sache nicht ernst. Nichts kriegen wir in den Griff. Heut war der neue Stopper da. Er wollte den Leuten nicht sagen, welche Zeiten

rausgekommen sind. Er hat drei neue Aufnahmen gemacht. Wenn die Leut' gefragt haben, hat er immer nur gesagt, dass er erst rechnen muss. Das ist natürlich Quatsch. Im Grunde muss er bei seinem Kladden-Rechner nur aufs Knöpfchen drücken. Das wissen die Leute auch. Deswegen sind sie ja so sauer. Alles ist vollkommen undurchsichtig. Die Leute werden verarscht. Deswegen werden sie zunehmend stinkig.
Und was wollt ihr machen?
Nichts können wir machen! Nichts! Die Leute werden dumm gehalten, sie haben keine Rechte und seit der Koch mit dem Neuen Verstärkung hat, geht gar nichts mehr.
Dem Neuen?
Na, der Mühleisen. Hier kommt mein Bus.
Immerhin hat nun Uwe mal ein paar Worte mit mir gewechselt. Vielleicht kommen wir ja doch noch ins Gespräch.

Es ist zwar erst Mittwoch, aber ich sehne mich schon nach dem Wochenende. Miriam will mit mir zum Reiten fahren. Die Kleine freut sich so drauf, weil wir dann beide jeweils „eine Sausi in echt haben". Ihr Steifftier „Sausi" hatte sie sich vor zwei Jahren selbst für viel Geld gekauft und liebt es über alles.
Mit Claudia kann sie nicht reiten gehen. Die ist zu ängstlich und bleibt lieber auf der Couch zu Hause und backt uns nachher eine wunderbare süß-saftige Pflaumentarte. Da kommt ein Hefekuchen einfach nicht mit. Ich will ja immer, dass sie uns auch mal Pflaumenmus macht, aber das sei so schwierig, sagt sie. Ich selbst habe keine Ahnung, wie das geht.

18.8.
Immerhin schon Donnerstag. Seltsamerweise war am Vormittag die Eurokrise plötzlich das Gesprächsthema. Bisher hatte ich noch nie ein politisches Wort gehört. Natürlich faselte Peter davon, dass „mir net immer die annern aus em Schlammassel ziehe kenne". Manfred hielt sich bedeckt. Und Moser gab natürlich den Staatsmännischen. So kenn' ich ihn inzwischen.
In der Frühstückspause wurde mir erst klar, wieso das plötzlich bei uns in der Werkstatt ein Thema war: Die Bildzeitung hatte groß aufgemacht: „Wie lange noch?", gemeint war: Wie lange wollen wir die anderen noch aushalten? Mir hat die Überschrift und das Bild mit dem Finanzminister, der die Euro verteilt, voll gereicht. Ich kann gar nicht so viel essen, wie ich...
Nach dem Frühstück kam Moser zu Peter an die Werkbank und fragte ihn, wie er sich vorstelle, dass bei seiner Vorrichtung, die er da gerade für

die Montage baut, auch hoch-viskoses Fett genommen werden kann. Peter stammelte nur und erzählte was von „noch nicht fertig" und „kommt noch". Moser wurde immer erboster. Er wolle wissen, was er denn da noch machen will, er habe doch bei dieser dünnen Wandung gar nicht mehr genug Fleisch, um das anzupassen, so dass es auch für hoch-viskoses Fett geeignet ist. Das ging mindestens fünf Minuten lang und es wurde mir klar, dass die beiden gar nicht weiterkommen. Peter wurde immer röter und Moser hackte nur auf ihm rum und fluchte und drohte, dass – wenn es nicht funktioniert – er die Vorrichtung in seiner Freizeit noch mal neu machen müsse.

Manfred war am anderen Ende der Halle und bekam nichts mit. Er hielt sich natürlich auch wieder bewusst raus. Als Moser fort war, ging ich zu Peter hin und fragte ihn, was er da überhaupt baut und warum er nicht nach Zeichnung baut. Er erklärte, dass die Vorrichtung an die Dosierungsanlage bei den Stirnradgetrieben angeschlossen werden soll. Für so einen einfache Vorrichtung habe die Meirad keine Zeit, eine Zeichnung zu machen. Der Urbahn habe ihm erklärt, was gebraucht würde, und das war es dann.

Auf meine Frage, welches Fett dort eingesetzt wird, antwortete er, dass dies wohl „alle verschiedenen" seien. Ich sagte ihm, dass das hochviskose Fett da wohl nicht so einfach durchgedrückt wird. „Da braucht man wohl ganz schön Kraft." Seine erstaunten Augen offenbarten mir, dass der mit dem Begriff *hochviskos* gar nichts anfangen konnte. Er hatte sich aber offensichtlich nicht getraut, den Meister zu fragen, was der eigentlich genau wollte. Deswegen hatten die beiden vorher ständig aneinander vorbeigeredet, genauer: Peter hatte um die Sache herumgeredet, weil er einfach nur das Fremdwort nicht verstanden hatte. Dabei wäre die Sache in zwei Minuten geklärt gewesen. Moser spürte aber auch gar nicht (oder wollte nicht spüren?), dass es ein Verständnisproblem gab. Und anstatt mit dem Werker zusammen eine Lösung für die zu kleine Bohrung (mit dem zu geringen Abstand zur Außenwandung) zu finden, drohte er ihm einfach nur mit unbezahlter Nacharbeit und verschwand einfach. Wie sollen wir so auf Dauer zusammenarbeiten? Da kann ich nur sagen: Ein Glück, dass ich Abi habe und man mir mit Fremdwörtern nicht so schnell Probleme macht!

Peter war froh, dass ich ihm mit einem einzigen Wort überhaupt das Problem und die Aufgabenstellung klar machen konnte. Beide überlegten wir, wie wir die Öffnung größer bekommen. Meine Lösung: ein Langloch. Dafür braucht er jetzt nur noch einen Mini-Fingerfräser, aber den muss man erst über die Werkzeugausgabe von der Dreherei bestellen. Erodieren wäre zu riskant (zu wenig Fleisch). Allerdings muss er dann noch ein passendes Kupplungsstück fertigen.

Mit meinem Schnitt bin ich jetzt fast fertig. Wird sicherlich morgen klappen, spätestens am Montag kann ich die Außenkonturen handlicher machen. Ich bin überzeugt, dass es funktionieren wird, wenn die zwei fehlenden Lochstempel ankommen (sind für nächste Woche angekündigt). Dass an der Schnittstreifenführung was fehlt, ist meines Erachtens klar, aber man konnte ja mit niemandem darüber reden.

Beim Rausgehen sprach mich Harald an, ob ich denn dieses Mal mitkomme. Ich wollte wissen, ob sie denn jede Woche „einen saufen gehen". Er protestierte: Sie saufen nicht, und sie gehen auch nicht jede Woche zusammen fort, aber sie hätten Wichtiges zu besprechen. Das ginge in der Halle nicht. Morgen, Freitag, würden sie sich an der gewohnten Stelle treffen. Das mit dem „Wichtigen" hat mich aber sehr interessiert und deshalb fragte ich, wo sie sich treffen. „Die zweit' Äppelwoi-Kneipe hinner de' Juhe, um acht Uhr." Ich konnte nicht zusagen, weil ich erst klären musste, ob ich zu Hause gebraucht werde. Er war damit zufrieden und wollte nur morgen eine klare Antwort. Die anderen wüssten Bescheid. Er los zum Bus, ich heim.

Warum er nur immer „Jüngchen" zu mir sagt, weiß ich nicht. Ich schätze ihn auf vier bis fünf Jahre jünger ein als mich. Seine Redeweisen sind manchmal sowieso schwer zu verstehen, aber er gehört eindeutig zur Fenstergruppe (Clique darf ich ja nicht mehr sagen).

Inzwischen ist klar, dass ich morgen kann. Wieso ich plötzlich bei einer „wichtigen Sache" dabei sein darf, weiß ich noch nicht. Vielleicht spielt eine Rolle, dass der mitteilsame Wolli in der Mittagspause bei mir war und mich für die Gewerkschaft werben wollte. Als er erfuhr, dass ich schon organisiert bin, lief er gleich zur Fenstergruppe. Vielleicht spielte das rein, denn nur die wenigsten sind in diesem Betrieb organisiert. Das hatte mir schon der Gewerkschaftssekretär gesagt, als ich ihm vor Wochen von meinem bevorstehenden Betriebswechsel berichtet hatte. Die Gewerkschaft bekommt hier kein richtiges Bein an die Erde. Sie waren auch schon seit vielen Jahren nicht mehr auf einer Betriebsversammlung hier im Haus. Kein Wunder: Wie mir Manfred erzählt hat, gibt es nur alle Schaltjahre mal eine Versammlung, und die ist von der Geschäftsleitung einberufen, um den Leuten von der schwierigen Geschäftslage zu erzählen und ihnen bestenfalls noch ein frohes Fest zu wünschen. Auf den Nikolaus, der da verteilt wird, könne er gut verzichten.

19.8.
Gestern auf der Arbeit lief alles ganz gut. Das Werkzeug ist (fast) fertig. Am Montag wird es abgegeben und dann können die Hohen Herrn auf die Lochstempel warten. Mal sehen, wann die kommen.

Am Abend in der Kneipe war es zwar zunächst spannend, danach aber doch ziemlich deprimierend. Anfangs waren sie sich in der Fenstergruppe anscheinend nicht einig, ob sie alles in meiner Anwesenheit bereden sollten. Es war auch nicht so klar, ob sie sich nur in ihrem Frust ausheulen wollten oder ob sie wirklich was ändern wollten. Nach den ersten zwei Äppelwoi spuckte Harald aus, was aktuell Sache ist. Vorgestern muss bei ihnen der Gedanke aufgekommen sein, dem Urbahn und dem Stopper nicht mehr tatenlos zuzusehen. Aber die Sache war offensichtlich schwierig, weil in der Fenstergruppe nur zwei Akkordler sind (Harald und Ali), die anderen sind Einrichter oder aus dem Lager oder aus dem Büro. Wolli hatte mir vorgestern erzählt, dass er „Wechsler" ist, also teils Akkordler, teils Stundenlöhner.

Als dann gestern die Unterhaltung so richtig Fahrt aufgenommen hatte, nahmen die Kollegen mich gar nicht mehr richtig wahr. Es ging sehr aufgeregt hin und her, mit viel Empörung und mit Abschweifen auf alte Zeiten. Am direktesten war Harald. Er wollte ständig darauf hinaus, dass man versuchen sollte, den Stopper für eine Zeitaufnahme erst mal an seinen, Haralds, Platz zu bekommen. Er würde ihm „dann mal zeigen, wo der Hammer hängt".

Von dem lass isch misch doch net unnerbuddern.

Uwe: *Red' keinen solchen Quatsch. Allein kannst du gar nichts machen. Alleine seifen sie dich ein. Du kannst dir ja mal den Volker anschauen, der hat auf diese Art schon zwei Abmahnungen bekommen und ...*

Volker: *Die waren doch vollkommen unberechtigt. Auf die pfeif' ich doch!* und lachte.

Du spinnst einfach. Noch eine und die können dich rausschmeißen. Und was der Harald da will, ist: Ins offene Messer rennen.

Harald: *Ich schaff einfach nur langsamer, dann ....*

Meinst du, das merkt der Stopper nicht? Das deckt der alles mit der Leistungsgradschätzung ab. Da schätzt er den Leistungsgrad auf 80% und dann bist du wieder genauso weit, wie wenn du normal arbeiten würdest. Der weiß doch vorher schon, was rauskommen soll. Die haben doch bei den Arbeiten, die bisher nicht im Akkord waren, schon längst ein Ziel festgelegt, und zwar über die Auswertung der Auftragszeiten. Als damals durchgesetzt wurde, dass jeder Arbeitsgang erfasst wird und extra an- und abgestochen wird, haben sie die Grundlage bekommen, um über einen längeren Zeitraum einen Durchschnitt zu ermitteln. Der wird dann auf unter hundert Prozent runtergesetzt, vielleicht auf neunzig oder achtzig Prozent, und dann ist klar, dass du im Akkord ranklotzen musst, um auf dein Geld zu kommen. Und seit der Urbahn jede Unterbrechung durch Materialknappheit gesondert erfasst, kannst du dich schlecht mit fehlenden Teilen rausreden.

Roland: *Uwe hat Recht. Den Stopper reinlegen funktioniert nicht. Der ist nicht blöd. Aber ich denke, am besten fahren die doch mit dem Stundenlohn und faktischen, heimlichen Vorgabezeiten. So hat es doch der Gewerkschaftssekretär auf dem Seminar erklärt, oder?*

Uwe: *Bei den Schneckengetrieben haben sie praktisch alle Einzelzeiten, oder fast alle, und werfen den Leuten immer vor, dass sie zu langsam arbeiten. „Die Getriebe müssen raus. Das muss doch schneller gehen" und so weiter. Aber die Leute ziehen dort anscheinend nicht entsprechend mit. Sie wissen, dass sie sich auf diese Art selbst die Luft rausnehmen und die Leutchen dort haben ja alle noch sehr lang' zu schaffen. Ihr Vorteil ist natürlich, dass bei den Schneckengetrieben die Arbeiten noch zu ungleich sind, noch zu viele Änderungen kommen, relativ kleine Serien haben und so weiter. Die Arbeiten sind dort nicht akkordfähig, jedenfalls vorläufig nicht. Bei uns in der Halle aber sehr wohl.*

Petra: *Bei uns oben haben wir immer den Eindruck, dass unten die Leute bei den Schneckengetrieben privilegiert sind. Hängt das mit der Tochter vom Junior zusammen?*

Uwe: *Die hat damit gar nichts zu tun. Das liegt einfach nur an den kleinen Serien, an den Sonderanfertigungen und ähnlichen Dingen. Leute, macht euch nichts vor: Die wollen einfach nur Geld sparen, auf unsre Kosten. Bei den Akkordlern, indem sie ihnen die Luft rausnehmen, und bei den andern, indem sie vielleicht die Leute neu eingruppieren.*

Petra: *Wieso „vielleicht"? Das ist doch längst klar. Heute war doch schon wieder die Unternehmensberatung da.*

Uwe: *Wieso Unternehmensberatung?*

Unsre Firma ist ja nicht mehr Mitglied bei Hessenmetall, da bekommt die Geschäftsleitung natürlich auch keine Beratung mehr vom Verband. Also ist der Unternehmensberater mit seinem Adjutant wieder im Haus und ....

Der mit dem dicken Mercedes?

Ja. Die sitzen seit heut' Nachmittag zusammen und wahrscheinlich auch noch morgen. Jedenfalls sollte ich über die Kantine Wasser, Saft und Cola bestellen und ins Besprechungszimmer bringen lassen. Das war mehr Zeug als nur für einen Nachmittag. Die baldowern anscheinend eine ausgetüftelte Strategie aus, wie sie die Neueingruppierung durchsetzen. Auf dem Tisch vom Koch liegt jedenfalls seit Tagen die ERA-Broschüre.

ERA?

Ja, das Entgeltrahmenabkommen von Hessenmetall und IG Metall.

Dann stimmt es also doch, was wir beim Urbahn rausgehört haben. Der hat das doch gestern noch bestritten und wir haben gedacht, wir haben da nur was reininterpretiert. Na dann können wir uns ja die nächste Woche warm anziehen.

Petra: *Das muss nicht die nächste Woche losgehen, aber da wir keinen Betriebsrat haben* ....

Uwe: *Du immer mit deinem Betriebsrat. Wir haben ihn nicht und damit musst du dich endlich mal abfinden.*

Ich daraufhin: *Warum eigentlich nicht?*

Ach du Greenhorn. Du hast keine Ahnung. Das kannste hier doch vergessen. Das letzte Mal, als das hier jemand versucht hat, der Günter damals, ist das völlig in die Hos' gegangen. Den haben sie schneller rausgeekelt, als du gucken kannst. Das steckt den Kollegen doch allen noch in den Knochen.

Ich denke eine solche Wahl ist gesetzlich geschützt.

Trotzdem brauchst du eine Mannschaft, die ....

Petra und Heike gemeinsam: *Mannschaft und Frauschaft!* und schlugen die flachen Hände zusammen wie zwei erfolgreiche Torjäger (oder Torjägerinnen).

...du brauchst Leute, die das organisieren, die Leute dürfen sich nicht von der Wahl abschrecken lassen. Das letzte Mal, wie lange ist das her, mindestens schon fünf Jahre, hat die Geschäftsleitung davon Wind bekommen, bevor die Versammlung zur Wahl des Wahlvorstands zustande kam. Den Günter haben sie in der Halle vor versammelter Mannschaft zur Schnecke gemacht. Ein „Nichtsnutz", der schon längst hätt' fortgeschickt werden müssen. „Sie sind eh viel zu hoch bezahlt" und so weiter. In der ganzen Halle hast du keinen einzigen gesehen, der ihm beigestanden wär'. Alle haben sie den Kopf eingezogen und so getan, als würden sie nichts hören. Zwei Wochen später war er weg. Er hat ja gemerkt, dass seine Aktion keinen Rückhalt hat. Da hat er lieber eine kleine Abfindung kassiert und ist gegangen.

Ich hakte ein: *Aber wenn der Betriebsrat mal da ist, dann kann man doch alles regeln. Dem Betriebsrat muss alles vorgelegt werden...*

Uwe: *Kapierst du nicht, dass das hier nicht zu machen ist? Wir können keinen Betriebsrat wählen. Das lässt die Geschäftsleitung nicht zu. Du scheinst es nicht kapieren zu wollen.*

Ali erinnerte daran, dass es bei dem misslungenen Vorstoß von Günter auch ihre eigene Schuld war. Sie hätten davon gehört, aber nichts gemacht. Die ganze Fenstergruppe bekam sich in die Haare. Plötzlich waren sie alles andere als eine Clique oder eine eingeschworene Gemeinschaft. Da war es ja im alten Betrieb noch besser!

Inzwischen kam der Flammkuchen und es wurde erst mal gegessen. Ich brauchte das auch, weil mir der Äppler einfach zu sauer war. Die Gemüter beruhigten sich und das Gespräch kam wieder auf die Neueingruppierungen. Von der Wahl eines Betriebsrats war überhaupt keine Rede mehr. Das letzte Scheitern scheint tief zu sitzen.

Die Diskussion drehte sich eine Stunde lang im Kreis. Bis alle keine Lust mehr hatten und der Fußball eine gute Abwechslung bot. Am Nachbartisch hatte sich nämlich jemand am Telefon sagen lassen, wie die Bayern gerade gespielt haben: 0:1 verloren und ein Freudenschrei ging durch's ganze Lokal. So sind sie, die Frankfurter: Niemandem wünschen sie so was Schlechtes wie den Bayern!

Mein zaghafter Versuch, noch mal die Frage einer Betriebsratswahl aufzuwerfen, wurde abgeschmettert. Sie hatten mich zwar vorher auch mal kurz mitdiskutieren lassen, aber das war's dann auch. Sie „an ihrer Ehre zu packen" war nicht drin. Ich war ja nur das Greenhorn.

Beim Rausgehen stellte ich fest, dass Petra mit dem ruhigen Maik verbandelt ist. Und Heike hat deutlich mehr Feuer als ihr etwas unsicherer Roland. Zum Teil ist die Fenstergruppe also miteinander liiert und anscheinend gehört auch eigentlich Wolli dazu, der aber nie mit in die Kneipe kommen kann, weil er zu weit weg wohnt (Richtung Limburg). In der Mittagspause geht er meistens zum Penny einkaufen und ist deswegen nicht am Mittagstisch. Vielleicht gehören ja auch noch andere so ein bisschen dazu. Ich muss Harald – oder besser noch Wolli – fragen. Der schwätzt am meisten und den versteh ich auch am besten. Wenn sich nämlich herausstellt, dass die Gruppe doch größer ist, als ich erst angenommen habe, dann müsste doch auch was zu machen sein. Aber ich weiß natürlich nicht, wie tief die Einschüchterung bei der Mehrheit sitzt. Wenn selbst die Autoritäten in der Gruppe zu viel Schiss haben beziehungsweise zu bequem sind....

22.8.
Zum Glück war das Wochenende wenigstens toll. Reiten ist eine herrliche Sache. Meine Miriam nimmt die Pflege ihres Max total ernst. Sie könnte sich vorstellen, Tierärztin zu werden. Seit ein paar Monaten isst sie auch kein Fleisch mehr. Die Tiere tun ihr leid. Irgendwie ist sie beeindruckend, wie selbstständig sie sich Dinge überlegt und verfolgt.

Auf der Arbeit hingegen war es heute genauso deprimierend wie der Freitag geendet hatte. Es war ja nicht so sehr die Arbeit selbst, die ging ganz gut. Das Werkzeug ist abgegeben. Aber Anerkennung von Moser für den fast eingehaltenen Zeitplan gab es nicht, nur ein Gegrummel: „Hoffentlich funktioniert's auch". Aber damit kann ich leben. Wenn es nur mit der unklaren Streifenführung kein Problem gibt! Sie müsste meines Erachtens länger sein.

Ich bin jetzt am Spritzgusswerkzeug. Das wird viel länger dauern, hier hat auch Manfred noch nichts vorgearbeitet. Muss jetzt alles machen: Material holen und so weiter.

Wirklich schlimm war die Stimmung in der Kantine. Schon beim Reinkommen gab es nur saure Mienen bei der Fenstergruppe und an einem anderen Tisch gerieten sich vier Frauen in die Haare. Es ging natürlich um den Akkord, was sonst?

Kaum hatten die mit ihrem Streit angefangen, ging es auch bei der Fenstergruppe los, und zwar genauso so heftig. Hier waren Heike und Petra diejenigen, die ständig lauter wurden. Uwe wollte immer, dass sie sich beruhigen, aber da war nichts drin. Harald wollte auf jovial machen, aber jedes Mal fuhren ihm die beiden Frauen über den Mund. Volker wurde laut und Ali meckerte mit und unterstützte die Frauen. Von dem, was ich aufschnappen konnte, wurde mir klar: Von Uwe erwarteten sie, dass er Urbahn bekniet, die Zeitaufnahmen anders machen zu lassen. Uwe winkte ständig ab, weil er dafür keine Chance sah. Die anderen warfen ihm vor, dass er es nicht versuchte und einfach zu bequem sei, weil er ja als Einrichter nicht betroffen war usw.

In dem Moment kam ein unbekanntes Gesicht in die Kantine. Feiner Zwirn, mit schnellem Schritt hin zu den Hohen Herrn am anderen Ende. Harald rief mir nur zu: *Mühleisen.* Jetzt weiß ich wenigstens, wie er aussieht und wem ich am besten aus dem Weg gehe. Das Seltsame war, dass die „Hohen Herrn" sofort aufstanden (die waren doch garantiert noch nicht fertig), ihr Tablett wegbrachten und mit Mühleisen rausgingen.

Draußen im Hof erklärte mir Maik, dass anscheinend wichtiger Besuch ins Haus gekommen war, sonst wäre der Mühleisen nicht so reingestürzt gekommen. Wahrscheinlich ein Kunde, denn wenn der Verkaufschef die anderen aufscheucht, nämlich Salewski und die technische Leitung, dann geht es um Probleme, die ein Kunde mit unsren Getrieben hat. Salewski kümmert sich um die Termine und hat eine enge Anbindung an die EDV, oder ist sogar ihr Chef, wenn ich die bisherigen Erklärungen richtig verstanden habe.

Also hat das doch nichts mit den Zeitaufnahmen zu tun, oder?
Wahrscheinlich nicht. Wahrscheinlich verhandelt Koch gerade mit dem Besuch und Mühleisen musste jetzt Verstärkung holen.
Dann ist also Koch immer noch die Nummer eins?
Ja, der Koch ist ganz klar der Kronprinz. Der Chef baut auf ihn und hat ihm viele Kompetenzen eingeräumt. Aber der Chef bleibt bei allen wichtigen Sachen auf dem Laufenden. Dem machst du nichts vor.
Dass der auf dem Laufenden ist, habe ich auch schon gemerkt.

Am Nachmittag ging es an die Fräsarbeiten für das Spritzgusswerkzeug. Peter fluchte mal wieder, weil er bei seiner Vorrichtung keine Gutmuster hatte, an denen er sich orientieren konnte. Eine Zeichnung hatte er natürlich auch nicht. Mein Ratschlag, sich mit Meirad in Verbindung zu setzen, wies er empört zurück. Von ihr lasse er sich doch nicht abkanzeln. Er muss schlechte Erfahrungen mit der „Oberkonstrukteurin", wie er sie nannte, gemacht haben. Manfred war natürlich wieder nicht ansprechbar, völlig in seine Arbeit vertieft. Man durfte ihn nicht stören, weil ihn alles nervte, was zu Konflikten mit der Konstruktion führen könnte.

Also dokterten wir zu zweit rum, aber festlegen wollte ich mich in der Situation auch nicht, denn ich kenne ja noch viel zu wenig die Verbindungslinien im betrieblichen Kräfteparallelogramm. Das machte den Peter auch nicht gerade glücklich und er jammerte, dass Klaus noch nicht aus dem Urlaub zurück ist. Der würde helfen. Und sein Vater (er war früher auch hier im Werkzeugbau, ist aber jetzt in Rente) hätte ihm auch geholfen. Mir war klar, dass er Moser nicht fragen wollte, weil er von ihm keine Unterstützung erwartete, sondern nur einen Anschiss.

Nach einer halben Stunde machte ich mich wieder an meine Arbeit. Moser kam rein, sah uns jeden an seiner Werkbank rumbosseln und ging bald wieder. Fragen zum Zwischenstand waren von seiner Seite aus offensichtlich in solchen Fällen nicht zu erwarten, wenn er uns nicht bei arbeitsfremder Beschäftigung sah.

Auf einmal ließ Manfred einen Freudenschrei los: „Es passt!". Erläutern wollte er mir aber nichts. So ist er: fachlich ein Ass, aber kommunikativ eine Null.

23.8.

Da ich heute wieder kein Auto hatte, war ich mit dem Bus unterwegs und kam erst um halb acht in den Betrieb. An sich ist das – aufgrund der Gleitzeit – kein Problem. Aber gerade heute hätte ich früher da sein müssen. Selbst Manfred war mit Peter am Rumdiskutieren. Nach ein paar Minuten Zuhören verstand ich, dass in der Montage hellste Aufregung herrschte. Den KollegInnen muss gleich nach 6 Uhr (auch die Einrichter fangen dort früh an) eröffnet worden sein, dass durch die Bank alle neu eingruppiert werden. Man wolle ein „gerechteres System", das mehr das berücksichtige, „was die Leute tatsächlich leisten". Dazu brauche es keine Ausbildungsabschlüsse. Man wolle ja unterm Strich keine Lohnkosten einsparen, aber ein gerechteres System der Eingruppierung einführen, so wie es heute auch in anderen Betrieben üblich sei.

Der Streit zwischen Peter und Manfred ging vor allem um die Frage, ob der Werkzeugbau auch betroffen sein würde. Peter war sich sicher, dass das auch auf uns zukommt. Manfred war der gegenteiligen Auffassung. Er merkte an, dass hier die Arbeit nicht einfach mal von einem Außenstehenden bewertet werden könne. Da musste ich nachfragen: *Wieso Außenstehender?*
Ei, in der Montage hat der Mayer mit der Begutachtung der Arbeitsplätze begonnen.
Der Mayer?
Ja, der Vorarbeiter oder Möchtegernmeister aus der neuen Halle, drüben von den Schneckengetrieben. Angeblich hat der genug Ahnung von Montage, ist aber nicht voreingenommen, wie es der Urbahn ist. Der Mayer wär' angeblich „neutral", weil es ja nicht „seine Leute" sind.
Wieso Begutachtung der Arbeitsplätze?
Na, die Anforderungen an die Arbeit. Was machen die einzelnen? Was muss man dazu können? Wie lange ist die Einarbeitungszeit usw.

In dem Moment kam Moser rein und regte sich wahnsinnig auf. Ob wir denn plötzlich auch nichts mehr schaffen wollten. Es reiche doch schon, wenn die Montage jetzt ihre Termine für diese Woche nicht halten könne, erst recht, wenn das so weiter gehe wie heute Morgen. Da müssten wir doch nicht auch noch faulenzen. Peter wollte wissen, ob wir auch betroffen wären. Moser wiegelt mit der Bemerkung ab, dass die Montage doch eine ganz andere Arbeit mache als wir, und bestand darauf, dass wir sofort an die Arbeit gingen. Ein klares Dementi hört sich meines Erachtens anders an. Manfred jedenfalls schien vergewissert und ging an seinen Platz, Peter grummelte vernehmbar, was mich bei ihm immerhin wunderte. Entweder hat er richtig Angst oder er hat einfach mehr Gespür für die Vorhaben der „Hohen Herrn".

Als Moser wieder weg war, musste ich Peter fragen, was er denn verdient, und war bei seiner Antwort doch etwas geschockt. Er ist zwar nicht der Allerhellste, aber er verdient weniger als ich, obwohl er schon Jahre im Betrieb ist. Dass Moser ihn rumkommandiert und nicht viel von seinem Fachwissen hält, ist mir nicht entgangen, aber er arbeitet ja kontinuierlich und kriegt ja auch was hin. Wahrscheinlich hat er jedenfalls Angst, dass er bei einer Neubewertung der Arbeit Geld verliert.

Trockene Kehle! Ich musste erst mal was zum Trinken holen. In der Kantine stand eine ganze Traube vor den Automaten, redete und gestikulierte wild durcheinander. Einige waren offensichtlich gar nicht so unfroh über die Neubewertung der Arbeitsplätze. Andere appellierten an ihre Erfahrungen mit der Geschäftsleitung in den letzten Jahren. Immer wieder hieß es: „Was erwartet ihr denn von den Hohen Herrn?". Darauf die Antwort: „Der Urbahn hat doch erklärt, dass nichts am Lohn gespart wird." Und: „Mir ham uns jetzt jahrelang roigeschafft. Do wolle mir ach mol was sehe." „Ja, was wollt ihr denn sehen? Wie sie eure Arbeit gering bewerten?" Nach fünf Minuten wunderte ich mich, dass noch kein Meister da war und die Leute verscheuchte, und zog mit meiner Cola wieder ab, bevor ich von einem der „Hohen Herrn" gefragt werde, was mich das denn angeht.

Später in der Mittagspause erfuhr ich, wieso kein Urbahn oder Mayer oder Schneider in der Kantine die Leute verscheucht und an die Arbeit beordert hatte. In der Montagehalle war nämlich die gleiche erregte Diskussion und stellenweise auch Anschreien, wie Harald mir gleich beim Reingehen in die Kantine erklärte. Urbahn sei nach einer guten halben Stunde damit nicht mehr zurecht gekommen. Von den „Hohen Herrn" hatte der Meister aber niemand holen können, die waren heute alle außer Haus, bei dem neuen Kunden. An der Essensausgabe äußerte Uwe, es sei nicht klar, wer dieser neue Kunde ist, es werde gemunkelt, Bosch habe Muster bestellt und wäre in Verhandlungen mit dem Vertrieb.

Harald wollte mir gerade erklären, dass er auch nicht sicher war, ob die Bewertung überhaupt schlecht ist, da stürmten von draußen mehrere Frauen rein und kamen an den Fenstertisch. Sie wollten wissen, ob die Einrichter wenigstens jetzt mal was unternehmen wollen. Uwe, jetzt auch laut:

Was sollen wir denn unternehmen? Noch ist doch gar nichts passiert. Ich mach mir keine Illusionen, dass die Bewertungen was bringen, aber gegen was sollen wir denn jetzt anstänkern? Habt ihr denn jetzt Geld verloren?

Nee, aber mit de neie Akkordzeite wern mer Geld verliern und wenn ihr Stundenlöhner nei bewerdet seid, verliert ihr ach Geld!

Erstens kommt die Order von ganz oben. Das haben Koch und Mühleisen nicht allein entschieden. Da hängt der Chef mit drin. Und zweitens kann die Geschäftsleitung immer Untersuchungen starten oder Zeiten überprüfen. Schon mal was von Direktionsrecht gehört?

Mit eich kammer nix öfange.

Sie verschwanden wieder und es war auf einmal sehr ruhig am Fenstertisch, bedröppelt, würde ich sagen. Erst allmählich kam das Gespräch wieder in Gang, jetzt mit normaler Lautstärke, so dass ich an meinem Tisch das meiste nicht mitbekam. Draußen schnappte ich mir Wolli und fragte ihn, ob es denn nicht möglich ist, dass sich die Akkordler und die Stundenlöhner zusammentun. Er antwortete: „Das ist keine Prinzipienfrage, aber es hat in der Vergangenheit zu viel Stänkerei zwischen einigen Monteuren und den Einrichtern gegeben." Außerdem seien sich gerade die Frauen untereinander nicht einig. Da werde ständig gemobbt. Er habe immer wieder die offene

Aussprache gefordert, aber zu oft ziehen die Kolleginnen über einander her. Und es gibt ein paar, „die dem Meister ständig in den Arsch kriechen wollen und nicht merken, dass er den schon längst zugemacht hat." Ich konnte kaum einhaken. Wolli sprach wie ein Wasserfall und man merkte, dass er andere Ansichten hat als die meisten von der Fenstergruppe. Vor allem weicht er keinem Gespräch aus. Mit Urbahn kommt er offensichtlich überhaupt nicht aus, weshalb er andererseits von vielen Frauen und einigen Männern auch allerhand zugetragen bekommt, zumindest von den Nicht-Radfahrern. Meine vorsichtige Frage zur Fenstergruppe beantwortete er klipp und klar:
Wenn die nicht mitziehen, haben wir es in der Abteilung ganz schwer. Ich kann den Uwe und die andern aber auch gut versteh'n. Die haben damals als einzige den Günter bei dem Versuch, einen Betriebsrat zu wählen, überhaupt unterstützt. Andererseits: Sie hätten auch ein bisschen mehr machen können. Da hat der Ali wirklich Recht. Als der Gegenwind kam, sind Uwe und so weiter auch eingeknickt und wollten plötzlich nichts mehr mit der Sache zu tun haben. Ich war einer der wenigen, die ihnen das offen gesagt haben. Und der Ali natürlich. Die anderen konnten das Maul nicht aufmachen, die hatten ja noch nicht mal den Sinn eingesehen, geschweige denn was dafür gemacht.

Ja, aber wie soll es denn jetzt weitergehen?

Jeder hofft, dass der Kelch der Abgruppierung an ihm vorbeigeht. Diejenigen, die dabei nicht schlechter abschneiden als vorher, werden keinen Finger für die anderen krumm machen. Das ist so sicher wie das Amen in der Kirche. Die Hohen Herrn werden nicht so dumm sein, alle abzugruppieren.

Wird es auch andere Abteilungen betreffen, also die Schneckengetriebe, den Werkzeugbau, die Dreherei, die Büros und so weiter?

Keine Ahnung, vorstellen könnt' ich's mir schon. Wieso, hast du Angst, dass du abgruppiert wirst?

Nein, ich habe ja bei meiner Einstellung was Brauchbares ausgehandelt. Bin jetzt schon fast auf dem Niveau wie im alten Betrieb nach acht Jahren.

Ich könnt' mir vorstellen, dass sie dem Peter was am Zeug flicken, vielleicht auch dem Klaus. Der ist nämlich zu widerborstig. Den Manfred müssen sie in Ruhe lassen. Das ist ihr bester Mann. Wenn der geht, steht der Moser auf dem Schlauch. Der wird seine schützende Hand drüberhalten.

Könnt ihr euch nicht Hilfe von der Gewerkschaft holen?

Was wollen die dann von außen machen? Es gibt keinen Vertrauenskörper, weil wir zu wenige Mitglieder sind. Letzte Woche ist gerade wieder einer ausgetreten, weil er „Geld sparen muss". Was willst du da machen? Und da es ja auch keinen Betriebsrat gibt, haben wir praktisch nicht mal darüber eine Verbindung zur Gewerkschaft. Am ersten des Monats wird das Geld abgebucht und du kriegst die Zeitung nach Hause geschickt. Das war's dann.

Ihr könnt aber doch nicht immer nur schimpfen und nichts tun! Willst du das ändern? Die Leute kennen dich doch noch nicht mal. Du hast vielleicht irgendwo Recht, aber auf dich wird keiner hören. Mach dich nicht lächerlich. Ich versteh dich ja. Wahrscheinlich war es bei euch im Betrieb anders: funktionierender Vertrauenskörper, Betriebsrat, aktive Belegschaft....

Nein, so einfach war das bei uns auch nicht. Der Betriebsrat hat funktioniert, aber viel gemacht hat er auch nicht. Da, wo ich den Konflikt mit dem Meister hatte, hat er mich auch nicht unterstützt. Deshalb bin ich ja auch fortgegangen.

Ich kann dir nur eins sagen: Du hast einen ganz schweren Stand, wenn du dich von dem einen Grüppchen im Betrieb gegen ein anderes benutzen lässt. Hier wird zu viel getratscht, gemobbt, Rad gefahren und in den Arsch gekroche'. Die Leute müssen viel offener zu einander sein. Erst dann kannst du zum Beispiel einen Betriebsrat wählen. Das ist aber hier nicht drin.

Das sind ja düstere Aussichten. Ich meine, man müsste...

Da ist ja der „Hör mal". Irgendwas ist da im Busch. Ich hab' nur noch nicht rausgekriegt, was. Der „Hör mal" muss mir das jetzt sagen.

Und damit zog er los zu dem Kollegen von der Waschanlage und der Lackiererei. Ich weiß nicht wie er heißt, aber bestimmt nicht „Hör mal". Beide verschwanden in die Kantine.

24./25. 8.
Gestern ist nichts weiter Großes passiert. Die Gemüter haben sich anscheinend wieder etwas beruhigt, jedenfalls habe ich nichts davon mitbekommen, dass in der Montage die Produktion ins Stocken geriet oder großer Streit mit dem Meister war.

Meine Arbeit macht Fortschritte und Manfred ist etwas gesprächiger geworden. Zum Nachmessen der ersten zwei Nester konnte ich heute mal endlich an die 3-D-Messmachine. Zum Glück wird hier mit der gleichen Software gearbeitet wie in meinem alten Betrieb, so dass ich nicht auf Marxer angewiesen war. Ich konnte mir das Programm selbst schreiben. Jetzt muss ich nur noch die Nester polieren und danach geht es an die anderen zwei. Warum die Verbindungskanäle so klein sind, konnte mir Manfred auch nicht erklären und an Meirad wende ich mich am besten nicht. An dieser Stelle ist die Zeichnung eindeutig und ich arbeite nach Zeichnung. Zusammenarbeit ist ja anscheinend nicht wirklich erwünscht.

Heute konnte ich in der Mittagspause wieder mit Wolli sprechen. Auf meine Nachfrage hin erklärte er mir, dass der „Hör mal" in Wirklichkeit Markus heißt und dass der mal wieder eine tolle Wette abgeschlossen hat, mehr habe er ihm aber nicht verraten, nur, dass es etwas mit der Bank zu tun haben muss.
Von Peter wollte ich nachher wissen, ob Markus ein Wettfanatiker ist.
Markus?
Ich glaub', sie nennen ihn „Hör mal".
Ach der. Ja den konnschte de immä roileesche. Wos hot der scho Geld verbulvert mit seiner Spielsucht und mit Telefonsex un' so weiter. Der mant immä, di Leit wirde ihm was schenke. Er kapiert's net.*
Heute Abend geht es wieder in die Äppelwoikneipe. Angeblich will ja auch Wolli kommen, der sonst nie dabei ist. Mal sehen, ob sich da mal was bewegt.

26. 8.
Der gestrige Abend war recht informativ, aber schlussendlich doch wieder nur deprimierend. Harald rief beim Reinkommen ganz verblüfft, dass die Runde so groß sei wie seit Jahren nicht mehr. Wir mussten noch einen Tisch dranstellen. Nicht nur Wolli war da (er kommt aus der Limburger Ecke und muss weit fahren, deshalb kommt er normalerweise nicht), sondern auch noch ein Kollege von den Schneckengetrieben, den ich noch nie im Betrieb gesehen hatte. Der war aber ganz ruhig. Und da gab es noch die zwei Kolleginnen aus der Montage, die ich noch nicht vom Namen her kenne. Die eine ist Türkin und außergewöhnlich hübsch. Wenn ich nicht verheiratet wäre, würde ich die glatt mal zum Kaffee einladen. Später beim Rausgehen erklärte mir Wolli auf meine Nachfrage hin, dass sie „schon längst ihren Scheich" hat, ich solle mir keine Hoffnungen machen.

Die andere Kollegin aus der Montage ging mit der Fenstergruppe hart ins Gericht. Seltsamerweise konnte sie – wie sonst niemand – immer ausreden. Keiner unterbrach sie, wie es bei den anderen ständig passiert. Sie muss bei der Gruppe einen dicken Stein im Brett haben, vielleicht weil sie mit Abstand die Älteste ist. Von den anderen ist keiner über vierzig, mit Ausnahme von Volker, der vielleicht Ende vierzig ist. Eigentlich eine gute Voraussetzung, um sich zusammenzutun …. Aber irgendwie ist der Wurm drin.

Nach einer halben Stunde Hin und Her zum Akkord haben die ruhigen Maik und Roland die Frage der Neubewertungen aufgeworfen.

„Nach welchen Kriterien wird denn bewertet? Auf was muss man sich denn einstellen?" Seit zwei Tagen sei der Mayer ständig in der Halle und stehe höchstens mal eine halbe Stunde lang neben dem entsprechenden Arbeitsplatz und mache sich Notizen. Maik: *Die Kollegen werden...*
Petra und Heike gemeinsam: *und Kolleginnen!*
O. k.! Die Kollegen und Kolleginnen werden gar nicht groß gefragt, was sie so normalerweise alles machen. Von einer halben Stunde Zugucken kann der doch niemals beurteilen, was du kannst, was du machst, welche Kenntnisse du einsetzt, was du tust, wenn es Schwierigkeiten gibt usw.
Harald: *Isch denk', des geht nach ERA!*
Petra: *Die Gewerkschaft hat uns gesagt, dass mit ERA alles gerechter wird. Aber daran glaub ich nicht. Die Hohen Herrn werden das wieder grad so ausnutzen, wie sie es brauchen. Bei uns im Büro kommt das ganz bestimmt auch, da bin ich sicher.*
Uwe: *Das mit ERA stimmt nicht. Unser System soll nur an ERA angelehnt werden. Wir sind ja nicht tarifgebunden.*
Hier sprang Ali rein: *Das ist ja das Beschissene. Es wird Zeit, dass wir endlich wieder gewerkschaftlichen Schutz haben.*
Uwe: *Da macht ihr euch was vor. Wenn schon, dann bräuchten wir einen Betriebsrat, aber wir haben keinen und allein können wir nichts machen.*
Heike hakte ein: *Zuerst mal müssten alle einsehen, wie gefährlich das ist, was die da machen. Bei uns in der Materialausgabe war der Mayer auch schon. Auf einmal wird so getan, als würden wir nur ein paar Handgriffe beherrschen. Aber dass wir die ganzen Teile kennen und wissen, wo was hingehört und wie es eingebaut werden muss, spielt auf einmal keine Rolle mehr. Das muss man den Leuten doch erst mal verklickern. Viele machen sich noch Illusionen.*
Petra: *Was Heike erzählt hat, ist doch eindeutig. Die nehmen sich's, wie sie's brauchen. Das haben doch auch die Kollegen von MAN auf dem Wochenendseminar erzählt. Auf Qualifikation wird doch gar nicht Rücksicht genommen. Die sagen, deine Arbeit ist ganz einfach. Das, was du mehr weißt und mehr gelernt hast, interessiert nicht. Es wird angeblich nicht gebraucht. Fertig. Und wenn das „mal"! zur Anwendung kommt, rechtfertigt das angeblich keine andere Eingruppierung. Das gibt meiner Arbeit nicht das „Gepräge"! Die Ausgleichszahlung wird mit den nächsten Lohnerhöhungen verrechnet, also bleiben wir mit unsrem Geld stehen. Das Leben wird teurer und...*
Heike: *Wenn wir abgruppiert werden, wird es in den nächsten Jahren keine Lohnerhöhung mehr geben, weil sie jede Erhöhung einfach verrechnen. Das nennt frau doch „Reallohnabbau". Dabei verdienen wir doch eh*

schon zu wenig. *Kuck mal, bei uns in der Materialausgabe. Wir können nichts über den Akkord rausholen.*
Harald: *Sei froh, dass de koon Akkord host. Do muss de immer räklotze.*
Heike: *Jetzt halt doch mal die Klappe. Das ist doch ein ganz anderes Thema.*
Sei net so frech. Ihr habt doch en Lenz da unne!
Uwe: *Ruhe jetzt! Müsst ihr euch immer in die Wolle kriegen? Wie ist das bei euch, Robert, werdet ihr auch neu eingruppiert?*
Davon habe ich noch nichts mitbekommen. Die Kollegen sind sich nicht einig mit ihrer Einschätzung. Keine Ahnung, aber ich denke, unsre paar Männeken sind denen da oben erst mal nicht so wichtig.
Ja, wahrscheinlich. Aber im Büro kann es auch kommen, oder?
Petra: *Davon geh ich aus. Die fangen bei der Montage an und gehen durchs ganze Haus. Du glaubst doch nicht, dass die danach aufhören!*
Hier hakte zum ersten Mal die hübsche Türkin ein:
Warum spekuliert ihr so viel? Warum überlegt ihr nicht lieber, was ihr machen könnt? Könnt ihr keine Infos verlangen?
Uwe: *Das können wir gerade nicht. Ein Betriebsrat könnte sicher Infos verlangen, aber damit bist du auch noch nicht viel weiter.*
Petra: *Doch der Betriebsrat kann sehr viel machen. Er hat doch ein Mitbestimmungsrecht bei der Änderung der Entlohnungsgrundsätze. Das haben wir auf dem Seminar gelernt. Da sollten auch mal ein paar andere hin, nicht nur immer die zwei oder drei einzigen, die sich ein bisschen informieren.*
Ali: *Mitbestimmen heißt nicht viel, wenn du von der Geschäftsleitung erpresst wirst oder wenn du nur die Wahl zwischen beschissenen Alternativen bekommst. Die werden jedenfalls die Zahlen so zurechtfriemeln, dass du keine große Wahl hast. Einen Einblick in die Bücher gibt es in einem kapitalistischen Betrieb nicht. Und zweitens nutzt auch ein Betriebsrat nichts, der nur auf dem Papier steht.*
Uwe: *Das Entscheidende ist doch: In dem Laden hier kriegst du doch noch nicht mal eine Betriebsratswahl hin. Das haben wir doch schon längst erlebt. Von was schwätzt ihr eigentlich? Den Leuten geht doch alles am Arsch vorbei.*
Jetzt wurde es wirklich heiß. Alle redeten durcheinander. Jeder wollte sich auskotzen über die mangelnde Solidarität. Mein Versuch, den Blick auf die anstehenden Aufgaben zu richten, wurde nicht beachtet.
Nach mindestens zwanzig Minuten heftigem Geschimpfe ergriff die ältere Kollegin wieder das Wort und alle hörten zu.
Ich denke, ihr seid Facharbeiter, jedenfalls die meisten von euch. Euch braucht doch die Firma. Wenn ihr gemeinsam ein Gespräch mit der Ge-

schäftsleitung fordert, werden die sich doch nicht taub stellen können. Habt ihr denn überhaupt keinen Mumm in den Knochen? Zunächst allgemeines Schweigen und breites Grinsen von Heike.

Am liebsten hätte ich mich an diese Worte drangehängt, aber ich hatte das Gefühl, dass den „Autoritäten" nichts lieber gewesen wäre. Sie hätten meine „Greenhorn"-Äußerung zum Anlass genommen, von der Ermahnung abzulenken. Selbst Harald war mal eine Zeit lang ruhig. Nach einigem Räuspern und dem Bestellen eines weiteren Bembels kam das Gespräch wieder in Gang, aber nur zu zweitrangigen Fragen wie der nach den Bewertungen in der Abteilung Schneckengetriebe.

Der Kollege von den Schneckengetrieben: *Bei uns hat es noch keine Begutachtung gegeben. Wahrscheinlich ist sich die Geschäftsleitung auch nicht klar darüber, wer das machen soll, weil sich doch der Mayer und der Schneider ständig darum reißen, die wichtigste Person in der Abteilung zu sein.*

Schließlich tröpfelte die Unterhaltung so dahin und keiner kam mehr auf die Vorhaltung und Ermahnung beziehungsweise den Vorschlag der älteren Kollegin zurück. An einer Stelle ließ sie nur deutlich vernehmen:

Hosenscheißer!

Ich fragte sie, warum ich sie so selten sehe, weder in der Kantine noch in der Halle. Sie sei nur vormittags da, vier Stunden, sie habe genug geschafft in ihrem Leben. Als Erste ist die hübsche Türkin zusammen mit der älteren Kollegin aufgebrochen, danach Maik und Petra und kurze Zeit später bin auch ich losgezogen. Mit Sicherheit hat Harald zu den letzten gehört, aber nicht, weil er noch viele gute Vorschläge hatte. Ich habe zwar einiges über die Ereignisse der letzten Tage und über ein paar Zusammenhänge erfahren, aber nichts, was für die Kolleginnen und Kollegen nach vorne weisen würde.

28./29. 8.

Das Wochenende war natürlich wieder viel zu kurz und gestern im Betrieb musste ich ganz schön keulen. Meine eigentliche Arbeit lief zwar gut (bin jetzt mit dem Großteil der Fräsarbeiten fertig), aber ich musste gestern Mittag rüber zu den Schneckengetrieben, was garantiert nicht bei der Zeitplanung für das Spritzgusswerkzeug berücksichtigt wird. Manfred war in der Montage beschäftigt.

Bei der Vorrichtung zum Verbohren der Schnecken bricht ständig der Bohrer ab. Ich solle mir das mal anschauen, meinte der Moser. Wieso er mich nahm und nicht Peter oder Klaus (heute aus dem Urlaub zurück), ist mir nicht ganz klar. Wahrscheinlich wollte er mich mal mit einer solchen Arbeit testen.

Drüben fragte ich mich durch und stellte mich bei Mayer vor, doch gleich kam auch Schneider angeschossen und wollte mir das Problem zeigen. Nur ließ Mayer ihn nicht mehr ran. Anscheinend wusste es jeder besser, aber da konnte ich mich nicht reinhängen. Meine erste Frage galt dem Material.

Hat sich das Material geändert?... Nein? Habt ihr inzwischen andere Bohrer? ... Auch nicht? Dann müssen wir mal schauen, was da genau passiert.

Mayer führte eine Welle mit aufgesetzter Schnecke in die Bohrvorrichtung ein und verbohrte sie. Bei der ersten ging es durch, ohne abzubrechen (Vorführeffekt), aber beim zweiten und dritten ging es schon schief im wahrsten Sinne des Wortes, beide Male in die selbe Richtung. So konnte man also nicht verbohren.

Habt ihr denn die Vorrichtung auseinander gehabt? ... Das wisst ihr nicht?

Warum er das nicht wusste, konnte ich mir denken. Jemand hat was vermurkst, auf jeden Fall an der Vorrichtung rumgewerkelt und verstellt, aber nichts davon weitergesagt. Das kennen wir ja. Ich dachte mir meinen Teil und sagte nur:

Der Bohrer läuft offensichtlich aus der Mitte. Bei großen Wellendurchmessern kann das noch gehen, wie bei der ersten Welle. Aber auch hier ist die Bohrung aus der Mitte. Ihr könnt hier sicherlich euren Schwerspannstift einschlagen, aber wirklich korrekt ist das auch hier nicht. Bei kleineren wie bei diesen hier geht es bestimmt häufiger in die Hose und der Bohrer bricht ab.

Ja, das stimmt, bei den zwanziger Wellen haben wir das gar nicht gehabt.

Ich muss das auseinandernehmen, neu vermessen und dann ausrichten. Mir scheint nichts kaputt zu sein, aber ihr habt die Mitte verstellt.

Ich hab' gar nichts verstellt.

Das hab' ich ja auch nicht gesagt, aber ihr hier in der Halle.

Ich baute die Vorrichtung ab und fragte nach einem Kantentaster. Haben sie natürlich nicht, aber Schneider wollte auftrumpfen.

Ich sag' doch immer, dass wir zu wenig Vorrichtungen haben.

Quatsch, so was brauchen wir hier nicht. Wenn wir das einmal im Jahr brauchen, muss man es halt im Werkzeugbau oder in der Dreherei holen.

Ich ließ sie reden und kommentierte das Gekabbel nicht, sondern holte einfach alle nötigen Messzeuge aus der Dreherei. Als ich zurückkam, standen Koch, Schneider und Mayer zusammen in der Nähe der Bohrvorrichtung.

Koch: *Meine Herren, den Stillstand beim Bohren müssen wir aufholen. Bleiben Sie dabei, damit der Werkzeugbau das schleunigst in die Reihe bringt.*
Mayer: *Ich kümmer' mich drum. Wenn das nicht gleich wieder anläuft, müssen Sie heute Abend länger machen. Finden Sie dafür die Leute. Die Getriebe müssen am Freitag raus. Hundertfünfzig Stück für Rexroth und zweihundert Stück für MAN, hundert für Knorr-Bremse. Herr Schneider, wie weit sind die Muster für Bosch?*
Wir sind dran.
Meine Herren, ich will mehr Engagement sehen, schauen Sie zu, dass das fertig wird.
Mich beachtete Koch überhaupt nicht. Für ihn war ich offensichtlich ein untergeordneter Hilfstrupp, den man nötigenfalls über Mayer und Schneider antreiben muss. Meine Meinung zu dem aufgetretenen technischen Problem ist nicht gefragt. Von den drei Anwesenden bei diesem Gespräch konnte zu diesem Zeitpunkt eigentlich keiner eine Ahnung haben, wie lange die Reparatur dauern würde. Das Einzige, was den „Hohen Herrn" Koch interessierte, war seine Anordnung von Überstunden. Und da keiner von beiden Vorarbeitern (oder Möchtegernmeistern) darin ein Problem sah oder aufmuckte, war dies für ihn damit abgehakt und er schritt von dannen.

Eine halbe Stunde später, ich war gerade mit dem Zerlegen der Vorrichtung fertig, kam Koch wieder in diesen Teil der Halle und wollte von Mayer eine Schilderung des aktuellen Stands der Bosch-Muster haben. Ich dachte eigentlich, Schneider sei damit beauftragt, aber Mayer tat jedenfalls so, als wüsste er jedes Detail.
Das mit der dritten Lagerstelle klappt noch nicht. Wir bekommen die Flucht nicht hin. Die Dreherei müsste alle drei Sitze in einer Aufspannung ausspindeln. Das hat jedenfalls die Werkstattleitung erklärt, aber die Vier-Achsen-Maschinen sind zurzeit alle belegt.
Koch verschwand wieder und eine Viertelstunde später klingelte bei Schneider in meiner Nähe das Telefon.
Schneider. Ja, Herr Koch.... Nein, ich weiß nicht welche Schwierigkeiten die Dreherei hat.... Wieso Vier-Achsen?...Ach so, nein, das weiß ich nicht. Ich werde mich drum kümmern.
Was ist denn da los? Weiß die Rechte nicht, was die Linke tut? Jetzt musste ich jedenfalls einen dieser beiden Vorarbeiter-Meister informieren, dass eine Spannpratze abgebrochen war und deswegen die Aufnahme verrutscht war. Ich erklärte deswegen dem neben mir stehenden Schneider, dass ich eine neue machen muss und dass das erst am nächsten Tag fertig wird.
Wieso, gehen Sie etwa schon nach Hause?

Ja, es ist kurz vor drei und ich mach' keine Überstunden. Für die neuen Spannpratzen brauche ich mindestens anderthalb bis zwei Stunden. Und dann muss alles neue ausgemessen, ausgerichtet und wieder zusammengebaut werden. Da habe ich mindestens noch morgen Vormittag zu tun.
Schon hing er am Telefon.
Herr Koch, der Werkzeugbau hört jetzt auf, der Neue von denen ist nicht bereit, länger zu machen …. Nein, ich kann das nicht zusammenbauen, da muss noch ein Teil neu gemacht werden …. Ich weiß nicht, ob Herr Moser im Haus ist. Ich werde es mal versuchen.
Er entfernte sich, während er eine neue Nummer eingab. Was er dort mit wem sprach, konnte ich nicht mitbekommen, aber ich hätte es mir denken können. Noch keine fünf Minuten später stand Moser neben mir.
Was gibt es denn für Probleme, Becker?
Probleme gibt es jetzt eigentlich nicht, aber schauen Sie sich hier die vermurkste Spannpratze an. Die müssen wir neu machen.
Ja, klar. Aber die Abteilung beklagt sich, dass Sie nicht länger machen wollen.
Nein, das sehe ich nicht ein. Ich werd' heut so oder so nicht fertig.
Das stimmt natürlich, aber können Sie nicht wenigstens eine oder zwei Stunden dranhängen?
Ich muss um vier Uhr meine Tochter abholen. So unangemeldet kann ich nicht einfach länger machen. Tut mir leid.
O. k. dann machen Sie morgen früh gleich weiter.
Er war einigermaßen zahm. Es wunderte mich, dass er nicht fragte, wie weit ich mit dem Spritzguss war. Schneider, der alles mitbekommen hatte, rief sofort wieder an:
Herr Koch? Ja, Herr Moser war da, aber der Neue aus dem Werkzeugbau will trotzdem nicht länger machen …. .Nein, das weiß ich nicht …. Wie? Nein, wenn Sie bei Herrn Moser anrufen …
Ich war gerade am Zusammenpacken meiner Sachen, da tauchte Moser schon wieder auf.
Es gibt Druck von oben. Wenn Sie heute nicht länger machen können, dann kommen Sie wenigstens morgen eine Stunde früher!
Geht nicht, muss meine Tochter wegbringen.
Haben Sie keine Frau?
Doch, aber die ist diese Woche auf Seminar.
Und ist da sonst niemand?
Hören Sie, die Organisierung der Arbeiten bei uns zu Hause müssen Sie schon mir überlassen.
Werden Sie nicht frech, Becker! Reißen Sie sich zusammen, sonst sehe ich schwarz für Sie!

Das waren deutliche Worte. Offensichtlich muss ich mich vorsichtiger ausdrücken, obwohl das eine Frechheit war, was Moser und Koch von mir wollten. Schließlich gibt es für die Leute ja genug andere Arbeit und ob die Vorrichtung jetzt einen halben Tag früher oder später fertig wird, kann doch nicht die Welt sein. Ich halte meine Arbeitszeiten ein und habe bis jetzt auch noch keinen größeren Fehler gemacht (meine Nachfragen bei Manfred in den vergangenen zwei Wochen haben sie ja nicht mitbekommen). An meiner Arbeit können sie doch eigentlich gar nichts aussetzen.

Heute morgen konnte ich die Spannpratze neu machen und die Vorrichtung neu ausmessen, zusammenbauen und justieren. Keiner von den „Vorarbeiter-Meistern" bedrängte mich. Sie fragten nur einmal, wann sie mit der Vorrichtung rechnen könnten. Dabei ist mir Mayer als ein menschlich eher umgänglicher und freundlicher Typ aufgefallen. Unter anderen Umständen könnte man mit dem wahrscheinlich ganz gut auskommen. Schneider ist da ein viel unsichererer Typ. Bei seinem Gesichtsausdruck heute morgen, als er mich kommen sah, war mir nicht klar, ob das ein wenig Neid war, was da zum Ausdruck kam, oder ob ich das nur so reingelesen habe. Um kurz nach elf Uhr war ich schließlich fertig und – ich geb zu: Mir fiel ein Stein vom Herz – der Test gelang einwandfrei. Der Bohrer setzte wieder voll auf der Mitte auf. Bei zehn verbohrten Schnecken brach kein Bohrer ab. Was machte in dem Moment Schneider am Telefon? Hätte ich mir fast denken können:
Schneider. Herr Koch wir haben die Vorrichtung wieder hinbekommen. Es funktioniert wieder .... Was? Ach so, das wissen Sie schon. Ja gut, also wir werden jedenfalls die verlorenen Stunden heute aufholen, Wenn ich morgen ... Ach so. Ja, ist gut, geht in Ordnung. Auf Wiederhören.
Ja, da war Mayer wohl schneller gewesen. Als ich losging, gab es von Schneider kein Dankeschön, gar nichts. Mayer war auch an dieser Stelle mehr auf Zack. Er bedankte sich für die Arbeit und wünschte mir noch frohes Schaffen. Na, wenigstens das.
Endlich konnte ich wieder an meine eigentliche Arbeit gehen, aber auch Moser wollte nichts hören, wie es heute morgen gelaufen war. Wahrscheinlich war er auch schon informiert oder es interessierte ihn einfach nicht.

31.8.
Heute, um kurz nach sieben, ich war noch kaum im Haus, hörten wir im Werkzeugbau auf einmal viele Stimmen auf dem Hof. Alle schau-

ten wir raus und sahen, wie ständig mehr Leute aus der Montagehalle rauskamen. Es waren mindestens siebzig, achtzig Leute. Die Menge wurde immer lauter, wild durcheinander. Da musste was passiert sein. Wir gingen also auch raus und erfuhren im ersten Moment gar nichts außer Geschimpfe auf „die da oben".
Was denke die sich donn? Die spinne doch! Jetzt schaffe mer gar nix mehr! Die ham doch e Rad ab. Die solle doch erst mol was schaffe. Des is donn de Dank dofir, dass mer dauernd maloche. Wer is donn do ibberbezahlt? Des sind die doch! Wer fehrt donn do de dicke Mercedes? Und so weiter.

Ich schnappte mir Wolli, der mir kurz erklärte, dass die Montage um halb sieben die Neubewertungen ausgehändigt bekommen hatte. Fast alle sind dort deutlich niedriger eingestuft, Zeitlöhner wie Akkordler, so dass sie zwischen zwei und vier Euro die Stunde weniger haben. Der Ausgleich ist nicht nach ERA vorgesehen, sondern deckt nur die Hälfte der Differenz ab. Und dieser Ausgleich wird auch noch zusätzlich bei den Tarifrunden verrechnet. Er zeigte mir seine Änderungsmitteilung.

...müssen wir Ihnen leider mitteilen, dass nach gründlicher Prüfung ihres Arbeitsplatzes und der Ihnen anvertrauten Arbeiten wir feststellen mussten, dass Sie in der Vergangenheit zu hoch bezahlt wurden. Aufgrund der verschärften Konkurrenz und des enormen Preisdrucks, dem wir auf dem Markt ausgesetzt sind, sehen wir uns künftig nicht mehr in der Lage, diese Überbezahlung fortzuführen. Sie werden deswegen Verständnis dafür haben, dass Sie ab September nach Entgeltgruppe A 3 bezahlt werden. Ihr Entgelt setzt sich einschließlich der Ausgleichszahlung künftig folgendermaßen zusammen...

Ich hatte den Eindruck, dass Wolli gar nicht so recht wusste, ob er aus lauter Galgenhumor lachen oder ob er weinen sollte. Er rechnete mir vor, dass er mit den 14,50 Euro, die er ab morgen nur noch bekommen soll, ca. 380 Euro weniger verdienen wird. Und von künftigen Tariferhöhungen, wenn es sie denn überhaupt gibt, hätte er dann auch nichts, weil erst mal 1,25 Euro pro Stunde verrechnet würden. Er hat zu Hause Frau und zwei Kinder, die Frau arbeitet nur ein paar Stunden in der Woche, die Kinder sind noch zu klein, und draußen im Limburger Raum gibt es eh kaum Arbeit. Während er erzählte, wurde die Stimmung um uns herum immer lauter. Wir standen inzwischen seit gut fünf Minuten draußen. In den Büros der Entwicklungsabteilung und der Konstruktion oben hingen alle an den Fenstern und schauten erstaunt runter. Inzwischen kam Urbahn an und warb um Verständnis.

Ihr Leut'. Die Bewertung hab' ich net gemacht. Und das neue System mit A 1 bis A 11 stammt auch net von mir. Isch wern mich dafür einsetze', dass

die Ausgleichszahlung erhöht wird, aber ihr Leut', wenn wir nix schaffe, kann auch kein Ausgleich bezahlt werden. Dann verdiene mer nämlich überhaupt nix und dann ....
Ach Quatsch, was soll der Ausgleich, der dann verrechnet wird? Wir wollen unser Geld behalten!
Genau! Alles andre ist Quatsch!.
Ihr Leut'! Jetzt überlegt euch mal, was ihr anrichtet, wenn die Geschäftsleitung gleich ins Haus kommt, die müsse' jeden Moment komme, und die erfahren dann, dass ihr nix schafft. Meint ihr, dass die euch dann auch noch entgeschekomme? Leut' geht an die Arbeit! Ich versprech' eich, dass ich mit dene red'. Je länger er sprach, um so mehr ging er in's Hessische über. Ich hatte den Eindruck, dass er sich anbiedern wollte und mit seiner Ausdrucks- und Redeweise so tat, als ob er zu ihnen gehört. Dabei war er nach Meinung der Fenstergruppe bisher immer und uneingeschränkt das ausführende Organ der Geschäftsleitung.
Scheiß dir druff. Die verstehn nur õ Sprach: Druck. Wenn mir nix schaffe kenne se ach kaan neie Mercedes kaafe.
Genau! Schnauze voll! Die könne' uns mal!
Jetzt kam Urbahn gar nicht mehr zu Wort. Die Masse fühlte sich auf einmal stark. Die einen klatschten, die anderen riefen nur solche Ausdrücke wie „Ihr Schweine". In der Mitte hatte sich – das war mir zunächst entgangen – eine Traube um die Fenstergruppe gebildet. Es war aber nicht so, dass die Fenstergruppe eine Sprecherrolle eingenommen hätte. Nein, sie stand unter Belagerung einer Gruppe von Frauen und wenigen Männern, die sie halb ermahnten, halb beschimpften. Das musste ich mitbekommen und näherte mich dieser Traube.
Ihr habt doch die ganze Zeit gesagt, dass mir mit dem Akkord erst mal abwarte solle'! Und ihr habt auch noch dem Urbahn geglaubt, der gesagt hat, dass wir das mit der Neubewertung falsch verstanden hätte'.
Uwe: *Wir konnten doch nicht ahnen, dass die mit der Bewertung so schnell durch sind.*
Das spielt doch gar keine Rolle. Es war doch klar, dass die an uns sparen wolle'.
Ja, das stimmt ja, aber wir hatten doch gar keine Handhabe, um konkrete Infos zu verlangen. Und dass die so und so viele Arbeitsplätze für die Bewertung zusammenfassen und als gleichartig erklären, konnten wir ja auch nicht ahnen.
Was spielt das für eine Rolle? Uns hat der Mayer doch gar nicht gefragt, was der einzelne alles kann, was er alles so im Laufe des Jahres macht usw. Und ihr Einrichter seid doch jetzt auch dran. Von euch hätten wir mehr Rückgrat erwartet.

Ali: *Ich finde es sehr gut, dass wir jetzt mit dieser Kundgebung zeigen, dass wir nicht alles mit uns machen lassen. Das ist doch endlich mal ein Fortschritt. Wir müssen durchsetzen, dass wir nach Tarif bezahlt werden. Die Gewerkschaft muss her.*
Maik: *Da müssen aber erst mal mehr Leute eintreten. Und die Leute dürfen sich nicht ständig ....*
In dem Moment ging ein Raunen durch die Menge. Vom Bürogebäude kam Mühleisen mit schnellem Schritt an und pflanzte sich vor uns auf.

Meine Damen und Herren, wenn wir die Arbeit einstellen, können wir gleich alle einpacken und nach Hause gehen. Sie wollen doch ganz bestimmt nicht, dass die Personalabteilung Ihre Papiere fertig macht! Wir haben Ihnen doch in den Schreiben erläutert, dass der Kostendruck uns gar keine andere Wahl lässt, als Ihre Eingruppierung der Wirklichkeit anzupassen. Unsre Getriebe bringen nur dann Geld, wenn wir dafür auch Käufer finden. Sie machen sich gar keine Vorstellung, wie hart heute die Preisverhandlungen sind. Verdienen lässt sich damit gar nichts mehr. Wir können froh sein, wenn wir mit dieser Maßnahme die Arbeitsplätze erhalten können. Deswegen möchte ich Sie jetzt bitten ....
Scheißdreck!
...möchte ich Sie jetzt bitten, sich wieder an Ihre Arbeitsplätze zu begeben. Herr Urbahn wird jedem einzelnen die Eingruppierung erklären. Wir sind streng sachlich und objektiv vorgegangen ....
Gar nix objektiv!
Ich will mein Geld behalte'!
Meine Damen und Herren, so kommen wir nicht weiter. Wenn Herr Urbahn nicht alle Ihre Fragen beantworten kann, bin ich auch bereit, dem einen oder anderen die Bewertungssystematik näher zu erläutern. Herr Urbahn hat von mir die Erlaubnis, Sie dafür von Ihrer Arbeit freizustellen. Er wird dann mit Frau Heinrich einen Termin bei mir ausmachen und dann können diejenigen, die nach den Erläuterungen von Herrn Urbahn immer noch Fragen haben ....
Wieder hinten aus der Menge: *Ich denk', der Urbahn will mit Ihnen über die Ausgleichszahlung reden.*
Über die Ausgleichszahlung gibt es nichts zu reden. Wir sind mit dieser Maßnahme schon an die Grenze des wirtschaftlich Vertretbaren gegangen. Glauben Sie mir..
Ja, was denn jetzt, Urbahn?
Urbahn: *Glaubt mir. Ich werde das Gespräch mit der Geschäftsleitung suchen.*
Dafür könne' mer uns nix kafe!

Mühleisen: *Meine Damen und Herren. Wenn wir hier rumstehen, werden wir gar nichts klären und ganz bestimmt kein Geld verdienen.*
Jetzt endlich fasste sich Uwe ein Herz. *Meinen Sie nicht, dass wir hier alle überfahren wurden? Im Nachhinein sollen wir was erläutert bekommen. Aber vorher hat uns keiner mal erklärt, worauf Sie überhaupt hinaus wollen. Und die ganze Bewertung war doch unehrlich ....*
Herr Meisner, das mit dem „Unehrlichen" will ich nicht gehört haben. Schüren Sie hier keine schlechte Stimmung! Ich habe Ihnen schon mal gesagt, dass Sie sich benehmen sollen ....
Buhrufe von allen Seiten. Und vor allem Pfiffe! Mühleisen zuckte kurz zusammen, hatte sich aber bald wieder im Griff.
Meine Herren, wir sind bis an die Grenze des wirtschaftlich Vertretbaren gegangen, glauben Sie mir das!
Herr Mühleisen, ich bleibe dabei, dass die neuen Bewertungen nicht korrekt sind. Herr Mayer hat sich die Arbeitsplätze nur von weitem angeschaut und an keiner Stelle mit den Leuten gesprochen, was sie so können...
Stimmt! Der hat doch gar keine Ahnung!
Genau!
Meine Damen und Herren, über die Fachkenntnisse von Herrn Mayer brauchen Sie sich keine Sorgen zu machen. Er kommt aus der Montage der Stirngetriebe und der Planetengetriebe. Er kennt Ihre Arbeitsplätze, dafür muss er nicht mit jedem einzelnen reden ....
Aus der Menge: *Er hat mit niemand geredet und was wir heutzutag' machen, weiß der doch gar nicht ...*
Uwe: *Hier wird doch das Wissen der Kolleginnen und Kollegen systematisch minderbewertet.*
Von verschiedenen Seiten: *Stimmt! Genau!*
Uwe: *Und außerdem sehen die Leute nicht ein, dass auf ihrem Rücken sich die Firma eine goldene Nase verdient.*
Herr Meisner, ich sage Ihnen jetzt zum letzten Mal: Schüren sie keine schlechte Stimmung! Das wird Konsequenzen haben! Buhrufe, aber nur von hinten, nicht von denen, die Mühleisen direkt sehen konnte. *Meine Damen und Herren. Gehen Sie jetzt an Ihre Arbeit. Sie wollen doch bestimmt nicht, dass wir zu all den wirtschaftlichen Schwierigkeiten, die wir eh schon haben, jetzt noch Konventionalstrafen dazukommen, weil wir die Termine nicht einhalten.*
Die ersten zogen los in Richtung Halle. Die Fenstergruppe und die Frauen, die vorher auf sie eingeredet hatten, scharten sich jetzt um Uwe und Mühleisen. Aber der lehnte jedes weitere Gespräch ab. Er sah sich jeden einzelnen an, fast schon drohend, und wiederholte nur, dass es Zeit sei, an die Arbeit zu gehen. Die Leute sollten den

Zeitverlust wieder reinholen. Ich konnte nicht sagen, dass sie eingeschüchtert waren, aber sie wussten auch nicht, was sie weiter sagen oder tun sollten. Mehr als die Hälfte der Leute war inzwischen abgezogen und ich fand es immer noch spannend, weiter zuzuhören, aber in diesem Moment kam Moser auf uns zu und verscheuchte uns. Das habe nichts mit uns zu tun, was wir denn überhaupt hier wollten.... Mich wunderte ja auch, dass Manfred und Peter die ganze Zeit dabei geblieben waren. Bei Klaus war das klar, auch wenn er ganz ruhig ist. Der hat anscheinend einen klaren gewerkschaftlichen Standpunkt.

Vom Werkzeugbau aus konnte ich sehen, dass die Traube um Mühleisen und Uwe noch eine Zeit lang weiter da stand, aber nach ungefähr zehn Minuten löste sie sich auf. Mich drängte es, die Frühstückspause nicht im Werkzeugbau zu verbringen, sondern beim Klingeln sofort in die Kantine zu den Getränkeautomaten zu stürzen. Dort war natürlich großes Tohuwabohu.

Was denkt ihr, wenn der Koch kommt! Der wird noch viel brutaler als der Mühleisen so eine Versammlung auflösen.

Wenn wir zusammenhalten, kann der auch nix machen.

Ja, aber halten wir denn zusammen? Ihr habt doch gesehen, wie schnell die meisten wieder abgezogen sind, als der Mühleisen gedroht hat.

Wenn die net mit sich redde lasse, misse mer mol e Schipp' druffleesche.

Da kam auch die hübsche Türkin vorbei, Funda Yenicelli, wie ich jetzt weiß. Sie genoss auch bei den anderen – nicht nur in der Fenstergruppe – einigen Respekt. Jedenfalls konnte sie sofort die Aufmerksamkeit gewinnen.

Die Geschäftsleitung hat doch einen klaren Plan, und wir wissen nicht, was wir dem entgegensetzen. Nur rumschimpfen hilft nicht. Überlegt euch mal, wie wir uns besser organisieren!

Du mit deiner Gewerkschaft!

Ob mit oder ohne die Gewerkschaft. Wenn wir uns nicht besser absprechen und alles nur auf Rummeckern rausläuft, erreichen wir nichts. Was wollt ihr mit Meckern erreichen, wenn wir keinen Betriebsrat haben?

Ich wollte ihr Recht geben, kam aber nicht zu Wort. Die anderen waren einfach näher an ihr dran und ich zählte als Nichtbetroffener sowieso nicht. Maik kam dazu, der betonte, dass wir jetzt rechtliche Beratung bräuchten. Das fand einigen Widerhall, aber keiner fühlte sich zuständig, die entsprechenden Schritte zu unternehmen. Verschiedentlich wurde Uwe ins Spiel gebracht. Der sei doch auch gewerkschaftlich organisiert und könne sich doch schlau machen. Weiter gingen die Erkenntnisse und Ratschläge aber nicht. Als es wieder klingelte, hatte ich nur meine Cola getrunken, kein Brot gegessen und war auch nicht auf der Toilette gewesen.

Da ich sowieso wegen der neuen Zahnradzeichnung zur Meirad hoch musste, dachte ich mir: Na, dann gehst du oben auf die Toilette. Allerdings kannte ich mich in den Büros noch nicht aus und war wohl im falschen Gang. Denn ich saß ruhig auf dem Topf, als jemand in den Vorraum kam und das Telefon klingelte. Ganz klar zu hören:

Mühleisen. Ach Sie sind's Herr Koch. Habe ihre neue Handynummer noch nicht erkannt... .Ja ich habe versucht, Sie zu erreichen. Wo stecken Sie denn? ... Autobahn gesperrt? Was? Ein Tanklastzug?.... Ja. Hören Sie, hier ist die Hölle los. Ich kam wie üblich um kurz nach sieben und da hörte ich, dass praktisch die gesamte Montage auf dem Hof steht. Ich bin sofort hingeeilt und habe die Leute nur mit Mühe wieder an die Arbeit gebracht.... Nein, nein. ... Ja, das könnte sein ... Nein, von der Gewerkschaft war nix zu sehen. Wie sollen die das denn schon wissen? Aber jetzt muss ich Sie mal was fragen: Wie kommen wir denn dazu, den Leuten allen auf einmal die Neubewertungen in die Hand zu drücken?... .Ja, da war richtig was los. Denen können wir jetzt schlecht sagen, dass es sich um eine Neujustierung dreht und wir unterm Strich nichts an Lohnkosten sparen. Ich habe das jetzt mit dem Kostendruck begründet ... Ja ... Wie?.... Nein. Und außerdem hätte man den Leuten die Sache am Feierabend in die Hand drücken müssen, damit sie sich erst mal zu Hause wieder beruhigen. Heute Morgen stand die Produktion bestimmt eine ganze Stunde lang still und auch jetzt wird noch nicht wieder normal gearbeitet. Ich denke, da werden wir mindestens noch heute und morgen damit zu tun haben .... Wie?.... Ja, wenn Sie meinen. ... Ja, das ist eine gute Idee. Eine Belegschaftsversammlung. Ja, das ist gut. Bevor die von sich aus auf die Idee kommen und noch die Gewerkschaft ins Haus holen .... Wann werden Sie denn hier eintreffen? Wissen Sie nicht. Aber am Mittag sind Sie doch da? Ach so, da haben Sie den Bosch-Termin. Ja dann machen wir morgen die Versammlung. Aber nur die Montage. Die anderen wissen ja noch nichts davon, wie wir sie eingruppiert haben. Ja, ich wünsche Ihnen noch was.

Ich hörte noch Händewaschen und die Tür Zuknallen. Jetzt musste ich erst mal noch 'ne Weile sitzen bleiben, damit er mich nicht beim Rausgehen sehen konnte. Offensichtlich war ich in den Toiletten der „Hohen Herrn" gelandet. Wenn Mühleisen merkt oder sonst wie erfährt, dass ich sein Gespräch mitgehört habe, dann kann ich mich warm anziehen ...

Fünf Minuten später traute ich mich raus und ging zu Meirad, die Zeichnung abholen, was ohne Komplikationen lief. Beim Eintreten in den Werkzeugbau sah mich Moser und wollte schon anfangen, zu schimpfen, aber als er die Zeichnung sah, nickte er nur. Der Rest des Vormittags war angespannt, ich konnte Manfred nicht um seine

Meinung fragen. Moser war die ganze Zeit da und Klaus ist einfach zu wortkarg. Er war aber sicher, dass wir auch drankommen. In der Mittagspause war natürlich Gedränge am Fenstertisch. Ich boxte mich durch und erklärte Uwe, dass ich ihn unbedingt sprechen müsste. Beide haben wir schnell gegessen und er kam mit Wolli, Maik, Roland und Heike raus. Meine Schilderung von dem mitgehörten Gespräch amüsierte sie zunächst, aber recht schnell war klar, dass man sich jetzt auf eine Versammlung am morgigen Freitag einstellen musste. Die Losung war klar: Heute Abend Treff in der Kneipe. Auch Wolli kündigte sich an, obwohl es doch für ihn ein weiter Weg mitten in der Woche ist. Leider konnte ich heute nicht mit nach Sachsenhausen, von wegen Geburtstagsfeier bei der Schwiegermutter. Mal sehen, wie das morgen weitergeht.

SEPTEMBER

1.9.
Nach der Frühstückspause war die Montage zur „Belegschaftsversammlung" in die Kantine geladen. Koch muss wieder recht souverän das Ding in die Hand genommen haben und den Leuten lang und breit erklärt haben, wie schlecht es der Firma geht. Wolli erzählte mir in der Mittagspause, dass einige richtig eingeschüchtert gewirkt haben. Als er endlich aufgehört habe, habe sich Mühleisen drangehängt und von den schwierigen Verkaufsverhandlungen gesprochen. Das Ganze habe fast eine halbe Stunde gedauert, bis man mal Fragen zuließ. Alle waren sie wohl etwas verunsichert, aber sie schauten auch auf Uwe und Volker und die anderen Einrichter. Uwe muss ausgeführt haben, dass man doch woanders sparen solle, nicht bei den Löhnen (mit leichtem Gemurmel zur Unterstützung). Aber Koch war anscheinend sehr gut vorbereitet. Der „Herr Meisner" mache sich „ja keine Vorstellung, wie viel man schon beim Einkauf und bei allen anderen Positionen" eingespart habe. Wer so rede „wie der Herr Meisner", habe ja keine Ahnung, und man werde sich dieses aufwieglerische Verhalten wie gestern nicht mehr länger ansehen. Da muss es kurzzeitig zu richtigen Protesten gekommen sein. Aber Mühleisen habe schnell nachgekartet und hat drei Minuten später die Versammlung beendet.
Ich hatte beim Rausgehen richtig den Eindruck, dass die meisten jetzt eingeschüchtert sind. Die knicken zu schnell ein.
Und was wollt ihr jetzt machen?
Keine Ahnung. Morgen Abend in der Kneipe die Sache durchsprechen. Aber ich kann da nicht. Bekomm' zu viel Schwierigkeiten zu Haus', wenn ich schon wieder fort bin.
Ich kann da auch nicht. Hab' meiner Tochter seit Wochen versprochen, dass wir morgen gemeinsam reiten und anschließend Essen gehen.
Die werden schon was austüfteln.

5.9.
Nix haben sie am Freitagabend ausgetüftelt. Heute im Betrieb lief die Arbeit in der Montage praktisch völlig normal, wie Wolli mir in der Frühstückspause erklärte. Aber danach kam der nächste Hammer. Uwe wurde hoch bestellt und kam zehn Minuten später wieder zurück ...mit einer Abmahnung! Wegen „Störung des Betriebsfriedens", mit

der Ankündigung, dass „im Wiederholungsfall arbeitsrechtliche Konsequenzen nicht mehr ausgeschlossen werden können"! Dabei hat er nichts anderes im Hof zum Mühleisen gesagt, als dass die Leute „systematisch minderbewertet werden" und dass sich die Firma auf Kosten der Leute eine goldene Nase verdient. Leider habe ich die Unruhe in der Montage nicht selbst erlebt. Harald und Wolli erzählten mir in der Mittagspause, dass Urbahn und Uwe sich angeschrien hatten und dass die meisten Leute in der Halle dabeistanden und nichts mehr lief. Die Arbeit blieb mindestens eine halbe Stunde lang in der Halle komplett liegen. Ständig wollte Urbahn ans Telefon (wahrscheinlich Hilfe holen), aber die Leute versperrten ihm den Weg. Die müssen ja richtig stark gewesen sein, wenn das stimmt, was Wolli erzählte. Das hätte ich denen nach den Erfahrungen der letzten Tage nicht zugetraut. Allerdings: Das, was am Mittwoch gelaufen war, war doch schon offensichtlich mehr, als die Geschäftsleitung erwartet hatte.

Leider muss nach einer dreiviertel Stunde Koch aus einem ganz anderen Anlass in die Halle gekommen sein und die Traube löste sich auf. Koch verschwand mit Urbahn. Wahrscheinlich besprachen sie da das weitere Vorgehen. Aufgrund der Abmahnung verschob Uwe seinen Urlaub und ließ überall wissen, dass er zu seinem Anwalt gehen wird. Die anderen müssen ihn unterstützt und darin bestärkt haben, dass er sich wehren muss.

Als es klingelte und die Gruppe um uns herum wieder reinging, äußerte Harald die Vermutung, dass jetzt wahrscheinlich einige aufgewacht sind. (Wahrscheinlich hat er gar nicht so unrecht, ich hoffe es jedenfalls). Verschmitzt lächelnd fügte er hinzu, einen Finger könne man brechen, fünf Finger seien eine Faust. Wo hat er das denn her? Das ist doch nicht auf seinem Mist gewachsen! Jedenfalls ein starker Spruch zum richtigen Zeitpunkt. Vielleicht habe ich Harald bisher unterschätzt.

Am Nachmittag kam Meirad und präsentierte für das Spritzgusswerkzeug eine veränderte Zeichnung.

Herr Becker, auf Kundenwunsch müssen wir einiges ändern. Das meiste, was Sie gemacht haben, kann verwendet werden. Schauen Sie es sich mal an. Wenn Sie Fragen haben, wenden Sie sich bitte an Herrn Moser. Weg war sie.

Zum Glück konnte anschließend Manfred mitschauen und nach zwei Minuten war uns beiden schon klar, wo der Hase im Pfeffer lag. Plötzlich gab es ganz andere Einspritzkanäle und die Unklarheit aus der alten Zeichnung war hinfällig. Manfred schaute mich nur noch vielsagend an und ließ mich stehen. Er hatte also mal wieder Recht gehabt.

Später erfuhr ich von Klaus, dass Moser mit seiner Frau gesprochen haben musste und die sich wohl an Koch gewandt habe.
Wieso Frau Moser?
Ei, die ist doch auch in der Konstruktion, aber die zwei, die Meirad und die Moser, sprechen nicht mit einander. Die Moser wollte aber mit dem Wissen von ihrem Mann beim Koch glänzen, was vielleicht auch gelungen ist. Und dann hat der Koch die Meirad zur Änderung veranlasst, hat sie aber nicht zur Schnecke gemacht. Die frisst ihm doch aus der Hand. Deswegen lässt er die nicht fallen. Ihm ist das Konkurrenzverhältnis zwischen den beiden Damen ganz recht.
Was geht denn da ab?
Das ganz normale Geschäft in dem Laden hier. Die Leute sind doch ewig unter Druck und alle strampeln sie, damit sie e besser Position bekomme' beziehungsweise nicht abgesägt werden. Aber ich denk, das ist nicht nur hier so.
Ja, vielleicht hast du Recht.

6.9.
Heute nach der Arbeit war ich bei der Gewerkschaft. Ich musste endlich meinen neuen Arbeitsplatz endgültig melden, und da die Geschäftsstelle auf meinem Weg liegt, ging ich gerade mal rein, um bei der Gelegenheit mit dem Sekretär Sascha Eilmann zu sprechen. Ich wollte wissen, wie die Gewerkschaft uns bei der drohenden Abgruppierung helfen kann.
Lass' mich mal schauen: Ihr seid ja noch nicht mal zu zwanzig Prozent organisiert. Wie wollt ihr da was ausrichten?
Aber wir brauchen doch erst mal eine rechtliche Beratung.
Rechtliche Beratung können die Gewerkschaftsmitglieder bekommen, aber so lange ihr nicht tarifgebunden seid, kann der Chef erst mal machen, was er will.
Aber wir haben doch gültige Arbeitsverträge.
Ja, das stimmt, aber die kann er einseitig ändern. Wenn kein Betriebsrat da ist, braucht er noch nicht mal den einzuschalten. Und wenn ihr mit der Änderungskündigung nicht einverstanden seid, könnt ihr gehen, aber wo wollt ihr denn hin?
Und was sollen wir jetzt machen?
Mehr werden!
Das ist leicht gesagt. Ich bin ja erst seit 3 Wochen da. Ich kenne ja die meisten gar nicht. Die Leute sind eingeschüchtert. Die Chefs sind ganz schön rabiat. Der Uwe hat jetzt schon eine Abmahnung.
Wegen dieser Sache? Der hat mich angerufen, dass er Rechtsschutz braucht. Wir haben morgen einen Termin zusammen. Erzähl doch mal, was los war.

Meine Schilderung hat ihn zwar auch aufgeregt, aber wirkliche Hilfe kam keine. Sein allgemeiner Hinweis, dass wir die Tarifbindung durchsetzen müssen, war ja nicht wirklich was Neues. Seltsamerweise hat er die Institution Betriebsrat nur am Rand erwähnt. So, als sei das ein Luxus, den wir eh nicht durchsetzen könnten. Viel Zuversicht war da nicht mitzunehmen.

7./8. 9.

Vorgestern waren einige der Kolleginnen fleißig in der Montage unterwegs und sammelten Unterschriften, um die Geschäftsleitung zu neuen Gesprächen aufzufordern. Es unterschrieben anscheinend mehr oder weniger alle in der Montage, außer Urbahn natürlich und sein Arschkriecher Heinz Müller (der will mal den Urbahn beerben). Uwe war ja mehr als skeptisch, aber er hat natürlich auch unterschrieben. Die Idee war von Heike gekommen, die zwar nicht in der Montage ist, aber die Leute im Lager sind auch alle abgruppiert worden.

Mittags brachten sie die über hundert Unterschriften hoch. Koch muss sie gefragt haben, wann sie das gemacht haben. Er hoffe doch sehr, dass das in ihrer Freizeit war. In Wirklichkeit musste er längst von Urbahn Bescheid gewusst haben.

Sie wissen, dass es verboten ist, in der Arbeitszeit politisch aktiv zu werden.

Volker: *Das ist keine politische Aktion. Das ist eine Aufforderung zum Dialog. Wir sind doch hier nicht in der DDR!*

Ich werde es nicht dulden, dass Sie in der Arbeitszeit solche Aktionen durchführen. Dafür werden Sie nicht bezahlt. Gehen Sie jetzt bitte wieder an Ihre Arbeit. Ich werde mir das nachher anschauen.

Jedenfalls kamen die beiden, Volker und Heike, recht frustriert wieder runter und waren anscheinend mächtig aufgeregt. Harald zu mir am Cola-Automat:

Jüngchen, die warn vielleicht gelade. Ich waas gar net, was die erhofft ham.

Gestern Vormittag jedenfalls bekamen Heike und Volker über Urbahn die Mitteilung, dass die Geschäftsleitung keine Möglichkeit sieht, von der beschlossenen Maßnahme zur Kostensenkung abzugehen. Ein weiteres Gespräch werde es also nicht geben. Daraufhin muss Harald laut durch die Halle gerufen haben:

Ihr Leit, do seht ihr's. Die Dreckserle do obbe nemme uns doch gar net ernst. Dene' muss mer mol zeische, wo de Hammer hängt! Leit, des derfe mer uns net gefalle lasse. Des sind doch Drecksschwoi.

Wolli erzählte mir:

Noch keine zwanzig Minuten später ist der Harald hoch gerufe worn. Und runtergekomme ist er... mit ner Abmahnung! Wegen „Beleidigung". Bei Wiederholung gäb's „arbeitsrechtliche Konsequenzen".
Und was haben dann die anderen gesagt?
Großes Durcheinander, keine klare Linie. Für Uwe und Roland und Maik war natürlich jetzt klar, dass wir unser Vorgehen ändern müssen. Aber wie willst du das dem Harald klar machen? Der hat immer noch nicht kapiert, dass es fünf vor zwölf ist. Der platzt zu schnell mit Sachen raus, mit denen sie ihn dann am Schlawittchen kriegen.
Und was macht ihr jetzt, oder was machen wir jetzt?
Ich hoff' ja, dass die annern moie in de Kneip mal net mehr so dumm rumlabern. Ich kann moie net, und du?
Morgen werd' ich wohl können.

9.9.

Gestern in der Kneipe waren wir so viele, dass der Wirt den Saal aufmachen musste (das macht er sonst nur bei Festgesellschaften). Petra hatte sogar aus dem Büro noch zwei Leute vom Einkauf mitgebracht. Alle Leute aus dem Lager, von der Waschanlage und der Lackiererei waren anwesend, Leute, die ich zum Teil nicht mal vom Sehen her kannte. Die Namen waren mir praktisch alle fremd. Und aus der Montage waren es neben der „alten Truppe", wie Harald immer sagt, mindestens noch sechs, sieben andere. Sehr zum Leidwesen von Harald wurde von Uwe, Roland und Maik die Order ausgegeben: Kein Alkohol in der ersten Stunde, wenn wir Wichtiges zu bereden haben. Es sollte ernsthaft und zur Sache gesprochen werden. Petra übernahm die Redeleitung. Das war auf einmal eine sehr professionelle Versammlung, hatte ich jedenfalls den Eindruck. Petra sagte mir am Rand, das habe sie auch auf den Seminaren gelernt, ob ich denn auch schon mal auf einem war. Nein, habe ich geantwortet, das geht häuslich noch nicht so gut, aber prinzipiell habe ich keine Einwände.

Petra: *Leute, so wie bisher kann es nicht weitergehen. Wir müssen zusammenhalten, damit die uns nicht einmachen. Zuerst die Montage, dann kommen die Schneckengetriebe, dann die Dreherei und so weiter, und am Schluss bei uns in den Büros. Aber wir dürfen uns auch nicht provozieren lassen. Auf so etwas wie mit dem Harald warten die Hohen Herrn doch nur ....*

Ich hab' doch die Wahrheit gesaat. Was willst du donn?

Heike: *Halt doch mal die Klappe!*

Zurück zu meiner Einleitung. Wir werden hier streng nach Wortmeldungen vorgehen, sonst gibt es nur Chaos. Zweitens möchte ich heute nicht hier rausgehen, ohne dass wir genau wissen, was wir wollen.

Weg mit dem Scheiß! kam ein Ruf von hinten.
Das reicht mir nicht. Ich will wissen, was wir tun. Erstens müssen wir schauen, dass die Abmahnungen wegkommen, und zweitens müssen wir wissen, wie wir den alten Zustand wieder erreichen, so dass wir wenigstens kein Geld verlieren. Uwe, du warst doch bei der Gewerkschaft. Was sagt der Anwalt?
Mit dem Anwalt habe ich nicht gesprochen, sondern nur dem Sekretär. Rechtsschutz bekomme ich. Aber er hat mir wenig Hoffnung gemacht, dass es eine Chance gibt, die Abmahnung wegzubekommen. Und was die Hauptsache angeht: Das Hauptproblem ist die fehlende Tarifbindung. Ohne Betriebsrat und ohne Tarif können die fast alles mit uns machen. Die einzige Chance sieht er darin, dass wir bei Gericht durchsetzen können, dass die Änderungsmitteilung als ungültig erklärt wird, weil es eine formgerechte Änderungskündigung hätte sein müssen. Da ist wohl ein Formfehler begangen worden. Das kann uns aber nur wenig helfen, wie der Sekretär gesagt hat. Im besten Fall würde diese Änderung nicht ab jetzt gelten und sie müssten eine neue machen, aber ....
Dann hätten wir doch schon mal Zeit gewonnen! kam es von Volker.
Das nutzt uns nicht viel. Erstens müsste das jede für sich selbst einklagen, zweitens ist der Erfolg nicht garantiert und drittens haben nur wenige Kollegen gewerkschaftlichen Rechtsschutz. Ihr müsstet also selbst einen Anwalt bezahlen.
Eine Frau von hinten: *Ich bin rechtsschutzversichert.*
Ob deine Versicherung diesen Fall übernimmt, ist nicht von vornherein klar. Jedenfalls werden die meisten so oder so keinen Rechtsschutz haben. Und was nutzt es uns, wenn die nach Einreichung der Klage einfach alles formgerecht hieb- und stichfest machen. Die zwei Monate, die wir dann Geld nachbezahlt bekommen, gleichen die Anwaltskosten nicht aus. Und dann sind wir sowieso nur genauso weit wie heute.
Petra: *Was schlägst du vor, oder was schlägt der Gewerkschaftssekretär vor?*
Der Sekretär machte auf mich nicht den engagiertesten Eindruck. Trotzdem hat er bei einem Recht: Wir müssen mehr werden. Wenn wir nicht mehr Gewerkschaftsmitglieder sind und wir keinen Streik organisieren können, werden wir niemals die Tarifbindung durchsetzen. Ihr wisst doch, dass der Chef ein Gewerkschaftshasser ist. Der ist anders als sein Vater. Er is' aus dem Unternehmerverband ausgetreten und wird niemals in den Verband zurückkehren, jedenfalls nicht mit Tarifbindung; im besten Fall „o. T."
Volker: *Was ist das dann?*
Verbandsmitgliedschaft ohne Tarifbindung.
Heike: *Wie sollen wir denn mehr Gewerkschaftsmitglieder werden?*

Schau dich doch mal um! Selbst von den Leuten hier, ist ja die Hälfte nicht in der Gewerkschaft. Das kannste vergessen.

Petra: *Ich bin dafür, dass wir jetzt erst mal der Reihe nach die Punkte angehen. Zuerst müssten wir klären, wie wir so viel Druck ausüben können, dass die Geschäftsleitung mit uns verhandelt. Und dann müssten wir uns überlegen, wie wir die Tarifbindung erreichen und vielleicht einen Betriebsrat wählen.*

Uwe: *Macht euch nix vor. Die Tarifbindung werden wir nicht einfach mal so durchsetzen. Wenn überhaupt, dann könnten wir – vielleicht! – einen Betriebsrat wählen, aber selbst das halte ich in dem Laden hier für unmöglich. Ihr wisst ja, wie es dem Günter damals gegangen ist. Der Chef kennt da kein Pardon.*

Maik: *Uwe, ich find'das nicht richtig, wie du hier den Leuten den Mut nimmst. Wir müssen doch was machen. Wenn nicht, hast du in Kürze deine nächste Abmahnung und bist weg vom Fenster.*

Roland: *Das seh ich genauso. Die Leute bei de Schneckegetriebe kriege mer net zu einer gemeinsame Aktion. Die meine ja, die sind net bedroffe. Aber bei uns in der Hall' muss doch was drin soi. Wie wär's dann, wenn mer mol moins vor dem Werkstor e Kundgebung mache? Moins um 6 Uhr und die Presse oilade. Da sin' die Hohe Herrn noch net da und könne niemand einschüchtern. Und wenn die Sache erst mal in der Zeitung steht, werden die Hohe Herrn auch mal umdenke misse.*

„Dufte!" „Genau!" „Richtisch!" kamen die Rufe von hinten. Ich konnte mich dem nur anschließen.

Heike: *Endlich mal ein guter Vorschlag.*

Uwe: *Wie lange wollt ihr denn da draußen stehn?*

Harald: *Ei de ganze Daach!*

Von vielen Seiten kam die geharnischte Kritik:
Du Spinner!
Du kannst schon froh sein, wenn überhaupt einige mitmachen...
Wenn die mal ein paar Minuten aushalten ist schon gut ...
Wenn die Hohen Herrn kommen, rennen die doch sowieso weg.

Uwe: *Ich weiß nicht, ob die wegrennen, aber mehr als eine halbe Stunde oder höchstens eine Stunde scheint mir auch unrealistisch. Wenn wir zu viel von den Leuten verlangen, kommen sie gar nicht mit.*

Eine Frau vom Büro: *Ihr Leut', das ist ja alles schön und gut. Aber ihr dürft nicht vergessen, dass ihr so einen Streik auch anmelden müsst. Sonst gibt's Schadensersatzforderungen!*

Jetzt meldete sich die ältere Kollegin zu Wort: *Nee, ihr Leut'. So geht das net. Wenn die andre Seit' Bescheid weiß, kann der Überraschungseffekt net greife und ihr habt die Hohen Herrn schon um 6.00 Uhr im Betrieb und die werden sich jeden einzeln vorknöpfe, damit er net rausgeht. Ihr müsst auch* mal was riskieren. Ohne Einsatz gibt es nix. Uwe und die andern sind doch in der Gewerkschaft. Dann klärt das mal mit denen ab, ob ihr euch irgendwie rechtlich absichern könnt. Aber der Einsatz muss trotzdem von euch komme. Das heißt von uns alle! Ich werde auch dabei sein, obwohl ich normalerweis' erst um sibbe komm', aber wenn ihr mir vorher Bescheid gebt, komm' ich an dem Tag auch um sechs Uhr.*

Petra: *Ich glaub, jetzt kommen wir langsam voran. Ich weiß zwar noch nicht, wie wir so eine Protestkundgebung vor dem Tor hinbekommen, vielleicht machen da nur zehn Leute mit, und die andern machen sich in die Hosen, aber versuchen sollten wir es. Nur müssen wir das gut vorbereiten. Das geht nicht von einem Tag auf den anderen, erst recht, wenn wir rechtliche Dinge abklären wollen.*

Uwe: *Wenn wir uns in dieser Sache einig sind, dann muss klar sein, dass kein Wort von dem, was wir hier heute beredet haben, im Betrieb rumgetragen werden darf. Ist das klar?*

Allgemeine Zustimmung, so als wäre das selbstverständlich. Da habe ich aber früher im alten Betrieb bei solchen Sachen ganz anderes erlebt. Wollen wir mal hoffen!

Maik: *Ganz so einfach ist das aber nicht. Wenn wir alle mitmachen und die anderen an dem betreffenden Tag mit rausbekommen, was ja gar nicht so sicher ist, dann muss das aber doch vorbereitet werden. Dafür brauchen wir ein Organisationskomitee. Ich schlage vor, dass wir drei oder fünf Menschen finden, die die Sache in die Hand nehmen.*

Seltsamerweise gingen hier plötzlich zehn Finger auf einmal hoch, aber Petra wehrte ab.

Ihr Leut', macht euch nix vor. Das ist erst mal Arbeit und zweitens müssen diese Leute auch unser Vertrauen haben, dass sie nicht zu viel vorher ausplabbern und so weiter. Ich will jetzt mal ein paar ernsthafte Vorschläge haben.

Uwe: *Roland. Heike. Du* (gemeint war Petra), *Funda*
Funda: *Nein ich kann nicht.*
Uwe: *Schade!Wolli, Susanne. Ja? O. k.! Ich würde auch mitmachen.*

Danach kamen keine weiteren Vorschläge.

Petra: *Das wären jetzt sechs Personen. Wollen wir jetzt wählen oder sollen alle Genannten mitmachen?*
Alle! Na klar!
So und wenn wir das geschafft haben, werden wir weiter sehen. Ich erlaub' euch jetzt, euern Äppler zu bestellen.

Juhu! Am lautesten schrie natürlich wieder Harald. Aber ich glaub, der ist trotz allem ganz o. k. Petra wollte noch Einzelheiten bereden und Ideen sammeln. Aber Uwe blockte ab, weil er meinte, dass damit zu viele Spekulationen angestellt werden und die Geschäftsleitung dann Wind bekommt. Die meisten mussten ihm Recht geben.

Danach liefen nur noch Gespräche in kleineren Gruppen. Ich habe nur zugehört und mit Bedauern festgestellt, dass auf einmal Funda verschwunden war. Mit der hätte ich mich gerne mal unterhalten. Aber sie „hat ja ihren Scheich"!

12.9.
Die Woche fängt ja schon gut an: Nach der Frühstückspause wurde Uwe schon wieder hoch bestellt. Er schüre „offenbar nur Unruhe" und wolle „die Leute aufwiegeln". Außerdem solle er seinen Urlaub nicht verschieben. Uwe muss erklärt haben, dass er die Verschiebung mit Urbahn abgesprochen hat, aber das interessierte Koch nicht. Er wolle von ihm noch heute eine Antwort, ob er die Verschiebung zurücknimmt.

Wolli erzählte mir später, dass die Fenstergruppe sich in der Mittagspause besprach und zu dem einhelligen Ergebnis kam: Uwe bleibt bei der Verschiebung. Sie waren sich aber anscheinend auch einig, dass von dem Freitagsgespräch etwas durchgesickert sein muss und dass es jetzt fast unmöglich war, überhaupt was zu machen. Die Geschäftsleitung ist jetzt vorgewarnt und hat offensichtlich Uwe im Visier. Wolli erklärte mir, dass es mit Urlaubsverschiebungen normalerweise nie ein Problem gibt, wenn es mit Urbahn abgesprochen ist. „Die wollen jetzt den Uwe weg haben, mindestens mal für die zwei Wochen, die er ursprünglich angemeldet hatte. Bis sich alle mit dem Einschnitt abgefunden haben. Du hast halt hier keine Truppe, auf die du dich verlassen kannst. Die da oben können machen, was sie wollen. Und wenn da ein paar Störenfriede mindestens zeitweise weg sind ...."

Die Leute müssen doch einsehen, dass sie gerade dabei sind, viel Geld zu verlieren.

Ja, aber zu viele suchen ständig für sich eine eigene Lösung, indem sie sich beim Meister beliebt machen – oder beliebt machen wollen, nach dem Motto: Herr Urbahn, ich weiß was!

Das bringt ihnen doch nichts, oder?

Doch, auf den ersten Blick schon. Sie bekommen mal ne leichtere Arbeit zugeteilt und so weiter. Aber mehr Geld kriege se dann natürlich trotzdem net. Dafür sorgt der Koch schon, da kannst de Gift druff nemme.

Kennen denn die Leute den Koch nicht?

Doch, und wie! Aber sie lassen sich immer wieder einwickeln. Am Jahresende sagt er ein paar schöne Worte, wie gut sie mitgearbeitet haben und so weiter, dann sind sie so gebauchpinselt, dass sie wieder ganz viel von ihm halten.

Wie aus dem Nichts kam Mühleisen plötzlich in Richtung Cola-Automat gestiefelt und wir mussten uns verziehen. Beim Rausgehen sprach mich Mühleisen an.
In welcher Abteilung arbeiten Sie denn, Herr…?
Becker. Ich bin im Werkzeugbau.
Ja, dann hoffe ich, dass sie dort was zustande bringen, und zog ab.
Einen Reim konnte ich mir darauf nicht machen. Sollte das jetzt eine Ermahnung sein, dass ich nicht mit den Leuten aus der Montage reden soll? Oder hat er nur mal was gesagt, um sich zu beweisen. Er konnte mir ja nicht vorwerfen, dass ich mir ein Cola geholt habe. Jedenfalls ist er, zumindest über mich, weniger informiert als der Chef.
  Später hat es an der Schleifmaschine gewaltig gekracht und die Schleifscheibe flog auseinander. Moser hat das ganz schnell dem Kollegen Klaus zugeschrieben, der sei „wieder zu jähzornig gewesen." Manfred klärte mich auf, dass Klaus früher wirklich schon mal mit dem Fuß gegen die Drehbank getreten hat, wenn es nicht so lief, wie er das wollte. Aber inzwischen sei er ruhiger geworden. „Aber der Moser hackt gern auf ihm rum. Das macht er eigentlich mit allen."
  Manfred half ihm, eine neue Schleifscheibe zu montieren und abzurichten. Jedenfalls war auch der Winkel, den Klaus für das Konusschleifen eingestellt hatte, erstmal weg, und er hatte mehr als eine Stunde damit zu tun, die Maschine wieder einzustellen. Geflucht hat er dabei nicht wenig, aber das hätte ich in dieser Situation an seiner Stelle wahrscheinlich auch.
  Moser hatte uns aus seiner Meisterbude heraus ständig im Blick, da war mit Unterhaltung nicht viel drin, nicht mal helfen konnten wir Klaus. Manfred erklärte mir, dass Moser Wert darauf legt, dass das Einrichten von demjenigen allein gemacht wird, der „den Fehler verursacht" hat. Klaus sagte nur, dass er nicht zu viel auf einmal zugestellt hatte und dass er nichts dafür konnte, dass die Scheibe auseinanderflog. Ich weiß aus Erfahrung, dass so etwas sehr wohl passieren kann. Aber wie will man es beweisen?
  Zum Glück musste ich heute nicht an die Schleifmaschine und konnte mich erst mal auf das Fräsen und Bohren der zwei geänderten Einspritzdüsen konzentrieren.

13.9.

Heute war ein sehr schöner Tag, jedenfalls was meine Arbeit anging. Gleich nach sieben Uhr, ich war noch kaum da, schickte mich Moser in die Dreherei, ich werde dort gebraucht. Dort stellte sich heraus, dass der einzige, der die Messmaschine programmieren konnte, sich krank gemeldet hatte (sein Stellvertreter hatte Urlaub). Stefan Marxer, der „Oberkontrolletti" war anscheinend nicht in der Lage, selbst einzuspringen. Sie mussten ein neues Gehäuse für die Schneckengetriebe kontrollieren und wussten nicht, wie sie den Achsabstand messen können. Toleranz ± 0,04, was bei einem so großen Getriebe eigentlich eine sehr kleine Toleranz ist. Aber wenn die Herren das so wollen! Die Zeichnung war o. k. und das Programm hatte ich nach einer guten Stunde geschrieben (zweimal drei Sitze zu einander, Abstand und Winkel von 5 Bohrungen, diverse Durchmesser und der Achsabstand), aber die Teile stimmten nicht. Die Kollegen stellten die Matsuura nach, dann wurde neu gefräst und beim vierten Anlauf stimmte es endlich. Warum sich nicht wenigstens die anderen (oder Marxer) an das Messen machten (was sie ja bei einem bestehenden Programm sonst auch machen), weiß ich nicht. Jedenfalls ließ mir das Zeit, jeweils zwischen den Messvorgängen – als die anderen Kollegen jeweils ein neues Gehäuse frästen – ein wenig mit den Kollegen zu plaudern. Sie kamen nämlich von den anderen Maschinen in den Messraum, um ihre Teile an dem Rundlaufprüfgerät und am Höhenmessgerät zu messen. Da ich sie alle nicht kenne, wusste ich nicht, wie offen ich mit ihnen sprechen konnte. Ein Kollege meinte zu dem Konflikt in der Montage nur: „Das werden die schlucken müssen. Der Koch bleibt da hart."

Nach dem Frühstück konnte ich wieder an meine eigene Arbeit gehen und Moser kam vorbei und sagte, dass das mit dem Messen ja wohl geklappt hat. Ob das jetzt eine Anerkennung meiner Arbeit war, weiß ich nicht, aber zumindest kann man das erst mal so reinlesen. Später, als ich kurz vor 15.00 Uhr meine Sachen packte, fragte mich Moser, ob ich denn schon heim wollte.

Ja natürlich.
Aber wir haben bei uns hier noch viel zu tun. Der Tag ist noch lang. Die Dreherei hat uns heute von unsrer Arbeit abgehalten. Ich dachte nur: „Uns?", entschloss mich aber zu einer anderen Antwort:
Sicher, aber sieben Stunden sind kein Tag! schnappte meine Tasche und zog ab. Seine Reaktion hat mich nicht mehr interessiert. Ich fühlte mich heute eigentlich ganz gut und sicher. Mein Stundenkonto stimmt und an meiner Arbeit kann er – bis jetzt – nichts aussetzen.

14.9.

Wie üblich kam ich um kurz vor sieben in den Betrieb, aber heute bot sich ein anderer Anblick als sonst. Vor dem Werkstor standen mindestens achtzig Leute, ich hatte den Eindruck, das war die ganze Montage. Vier Transparente hielten sie hoch: „Abgruppiert: Nicht mit uns!", „Anständige Arbeit verdient anständigen Lohn", „Wir lassen uns nicht verar…!" „Ohne Moos nix los!" Ich war richtig platt. Wie ist das denn gelaufen? Davon wusste ich ja gar nichts. Natürlich war die ganze Fenstergruppe dabei, aber sie war nicht in der ersten Reihe. Auf der Straße, eingerahmt von Harald und zwei Kollegen, die ich nicht kannte, stand Sascha Eilmann von der Gewerkschaft mit seiner Flüstertüte und erklärte:

…können die Unternehmer auch nichts machen. Was wollen die denn ohne euch? Ihr müsst euch darüber klar sein, dass ihr jetzt zusammenhalten müsst. Wenn ihr später wieder reingeht, werden die Meister versuchen, euch einen Kopf kleiner zu machen. Lasst euch nicht einschüchtern. Diese Kundgebung ist euer gutes Recht. Und wenn die Geschäftsleitung auf unsere Aufforderung zu Verhandlungen über einen Haustarifvertrag nicht eingeht, dann habt ihr auch das Recht, richtig zu streiken. Heute ist das ja erst mal nur ein Warnstreik. Die Unternehmer hätten ja am liebsten alle keine Tarifbindung, aber denen muss auch klar sein, dass wir dann auch keine Friedenspflicht haben. Ich habe jedenfalls letzte Woche schon per Einschreiben unsere Forderungen an die Geschäftsleitung gerichtet und ihnen zwei Wochen Zeit für eine Stellungnahme gegeben.

Warum so lang?

Kolleginnen und Kollegen, wir müssen den formalen Rahmen für Gespräche erst mal einhalten. Dies heute ist ein Warnstreik und ….

Die werden doch sowieso nicht antworten. Worauf warten wir noch?

Wer das war, weiß ich nicht, jedenfalls kamen von verschiedenen Seiten Rufe: „Halt's Maul", „Klappe" usw.

Eilmann: *Kolleginnen und Kollegen, die Hauptschwierigkeit, die ich bei euch sehe, ist euer geringer Organisationsgrad. Ihr müsst in die Gewerkschaft eintreten, damit wir auch Druck aufbauen können ….*

Das musste ja jetzt kommen, wie mit dem Holzhammer. Sofort haben einige der Kollegen die Gesichter verzogen, auch wenn sie still blieben. Eilmann muss es gespürt haben, nach ein paar weiteren Worten übergab er seine Flüstertüte an … Uwe. Schön, dass der jetzt gefordert war. Und was er so von sich gab, konnte ich nicht kritisieren. Er betonte, dass er gegen seine Abmahnung angehen werde, dass er nichts Unrechtes getan habe und dass die Belegschaft jetzt zusammenhalten müsse. Es gab viel Applaus, ich hatte den Eindruck, deutlich mehr als bei Eilmann.

Auf einmal kam ein Sprechchor auf: „Abgruppiert? Nicht mit uns! Abgruppiert? Nicht mit uns!" Eilmann nahm wieder die Flüstertüte und erklärte noch was zum weiteren Vorgehen. Er habe von der Geschäftsleitung eine Erklärung gefordert, wie sie zu einem Anerkennungstarifvertrag steht und dass vor einer völligen Neuregelung die Abgruppierungen zurückgenommen werden müssen. Viel Applaus an dieser Stelle. In diesem Moment kam der dicke Mercedes von Koch angebraust, stockte kurz und fuhr auf den Parkplatz der Geschäftsleitung. Sofort war er – ohne seine Jacke anzuziehen – draußen und kam auf uns zu. *Herr Meisner, sie kommen jetzt sofort zu mir hoch ins Büro. Die anderen gehen an die Arbeit. Auf! Auf! Von Herrn Urbahn werde ich mir ausführlich berichten lassen. Meine Damen und Herren: Drinnen wartet die Arbeit. Das gilt auch für Sie!* blaffte er an die Transparentträger gerichtet.

Jetzt erst ergriff Eilmann wieder das Wort.

Herr Koch, wir fordern Sie hiermit nochmals auf, mit der Gewerkschaft in Verhandlungen einzutreten, damit ....

Sie haben hier gar nichts zu sagen.

Das ist hier ein öffentlicher Platz und der gehört nicht Ihnen.

Und Ihnen schon lange nicht. Sie wollen doch hier nur Ihr eigenes Süppchen kochen. Verschwinden Sie von hier!

Jetzt erst bemerkte ich die zwei Fotografen, die heftig drauflos knipsten. Die Presse war also auch da, ich hatte sie noch gar nicht wahrgenommen, alles war so schnell gegangen. Aber während der kurzen Kabbelei zwischen Eilmann und Koch bemerkte ich, dass sich mehr und mehr Kolleginnen und Kollegen entfernten und wieder in die Halle gingen, Nach einer weiteren Minute hatten sich alle angeschlossen und Koch beobachtete sie. Jetzt musste auch ich mich verziehen, bevor es ein Donnerwetter gab und ich noch in der Probezeit den Job verliere. Beim Umdrehen sah ich, wie Eilmann mit der Flüstertüte in der Hand zu Koch hinging, aber der beachtete ihn gar nicht. Er drehte sich um und ging zu seinem Mercedes, um seine Aktentasche rauszuholen und zog ab ins Bürogebäude.

Unsere Nachbarin, Hanna Schlotter, habe ich übrigens nicht unter den Kolleginnen und Kollegen gesehen. Aber vielleicht ist sie auch krank oder hat Urlaub.

Später in der Frühstückspause, schnappte ich nur mein Brot und zischte ab in die Kantine. Dort war an den Automaten ein richtiger Auflauf. Harald war in bester Stimmung.

Dene ham mer's jetzt scho mol gezeischt. Was mahnsten du, Robert?

Da bin ich nicht sicher, wie das jetzt weitergeht. Die Aktion war eigentlich gut. Ich war völlig überrascht. Hab' euch das, ehrlich gesagt, gar nicht zugetraut. Aber wenn die Leute jetzt alle einknicken, dann war alles für die Katz. Und der Uwe? Hier kam Maik hinzu:

Noch hat er die nächste Abmahnung nicht gekriegt, jedenfalls nicht schriftlich. Aber ich kann mir gut vorstellen, dass die noch kommt. Der Koch wollte wissen, wie das zustande kam. Uwe hat angeblich nichts gesagt. Ich mein' aber, dass er in Zukunft nicht mehr allein hochgehen darf. Das ist zu gefährlich. Im Nu hat er sich doch mal verplappert.
Und was habt ihr in der Halle gemacht?
Na ja, viel gelaufen ist heut noch nicht. Die waren so blöd, gleich nach dem Uwe den Urbahn hochzubestellen. Da war keine Aufsicht mehr in der Halle und die Leute haben viel rumdiskutiert.
Und jetzt? Wie geht's weiter?
Weiß ich nicht, aber die Vorbereitungsgruppe muss sich jedenfalls heut' noch treffen.
Und wann und wo trefft ihr euch?
Mal ganz sachte, mein Lieber. Erstens bin ich nicht in der Vorbereitungsgruppe und zweitens bist du es schon gar net. Das geht dich doch gar nix an. Hier wird sowieso schon zu viel gebabbelt.
Aber die Aktion war doch gut vorbereitet. Die Geschäftsleitung hat doch anscheinend nichts gewusst und...
Das sollte sie ja auch nicht. Es war schon schlimm genug, dass sie vorher gehört hat, dass überhaupt was laufen soll. Der Uwe hat schon zwei mündliche Ermahnungen und eine schriftliche Abmahnung. Ich fürchte, da kommt noch mehr.
Aber ihr müsst doch jetzt weitermachen, alle aus eurer Gruppe!
Nein, das müssen erst mal die Leut' in der Montage machen. Die müssen das vorbereiten, die sind erst mal betroffen. Deswegen muss das auch von denen in die Hand genommen werden. Ich bin in der Warenannahme. Ich gehöre nicht in die Vorbereitungsgruppe.
Aber die Petra ist doch auch nicht in der Montage.
Ja, das stimmt, aber die Gruppe braucht ja auch jemand, der richtig schreiben kann.
Das kann ich auch, habe Abi.
Jetzt begreif doch mal, du Grünhorn! Die Leute kennen dich nicht und du kennst die Leute nicht. Du weißt doch gar nicht, wie eingeschüchtert die Leute sind. Du kannst doch gar keine realistischen Vorschläge machen.
Aber heute Morgen fand ich die Aktion gut. Dass die faktisch für mehr als eine Stunde nicht gearbeitet haben, war doch toll.
Vielleicht ein kleiner Schritt, ja. Aber du hast ja auch gesehen, dass wir die Kundgebung gar nicht offiziell beenden konnten. Die Leute haben sich auf den Befehl vom Koch hin alle verzogen. Das ist noch keine Stärke.
Ja, vielleicht hast du Recht.
Im Werkzeugbau war ich aber doch überrascht, wie viel sogar Manfred mitdiskutierte. Er war imponiert, das merkte man ihm an.

Klaus war sowieso auf der richtigen Seite. Und der ängstliche Peter äußerte immer nur seine Bedenken, bis es sogar Manfred zu bunt wurde. Er machte den „Schnodder-Peter" (so nennt er ihn manchmal) richtig nieder, bis der gar nichts mehr sagte. Selbst als Moser reinkam diskutierten wir noch weiter, taten aber so, als seien wir an der Arbeit. Jedenfalls eine gute Stunde lang lief faktisch nichts. Ich muss sagen, mindestens bei Manfred hat die Aktion etwas hinterlassen.
In der Mittagspause war die Kantine so voll wie sonst nie. Viele heiße Diskussionen, zum Teil auch Streit, weil sich die meisten uneinig waren, ob es gut war, sich bei der Ankunft von Koch gleich zu verziehen. Einige hatten wohl doch Schiss bekommen und haben es anscheinend bereut, vorher über ihren Schatten gesprungen zu sein. Die eifrige Petra wurde von ihrem Chef im Einkauf an seinen Tisch gerufen und sie diskutierte mit ihm rum. Beim Rausgehen fragte ich sie, was er denn in der Mittagspause von ihr wollte.

Er hat mich gewarnt. Ich weiß nicht, ob er mir nur einen Hinweis geben wollte, dass ich „es nicht übertreibe", wie er es ausgedrückt hat. Es kann nämlich sein, dass er gleichzeitig auch Angst hat, dass der Koch erfährt, dass ich mit draußen war, obwohl ich doch gar nicht in der Montage bin. Der Koch wird ihm nämlich in dem Fall vorwerfen, dass er seine Leute nicht richtig im Griff hat. Ob er also mehr Angst um mich als um sich hatte, weiß ich nicht. Ich komm' ja an sich ganz gut mit ihm aus. Wahrscheinlich will er mich, die Erfahrenste im Einkauf, nicht verlieren. Oder er ist immer noch in mich verknallt.

So, ist er hinter dir her?

Nein, das war mal, aber ich habe ihn schnell abblitzen lassen. Er weiß ja auch, dass ich mit Maik zusammen bin. Er hat uns ja schon mehrmals in der Stadt gesehen.

Dafür, dass du ihn angeblich längst hast abblitzen lassen, habt ihr aber lange miteinander gesprochen.

Nein, der wollte nur, dass ich in der Pause nicht wieder zu den Leuten und den wilden Diskussionen zurückgehe und mich überhaupt von ihnen fernhalte. Der hat mir alles Mögliche von liegen gebliebener Arbeit erzählt und dass der Koch dahinter her ist, dass ich meine Arbeit machen soll und mich nicht auf illegalen Demonstrationen aufhalten soll und so weiter und so fort.

Du bist doch in der Vorbereitungsgruppe. Wie geht es denn weiter? Wann trefft ihr euch denn wieder?

Wir treffen uns morgen Abend, aber du bist nicht dabei. Das müsstest du eigentlich wissen!

Wieder Pech gehabt. Ich komme nicht rein. Dabei ist es doch so spannend, was da abgeht.

15.9.

Was da über die gestrige Aktion in der Zeitung stand, war gar nicht so schlecht, obwohl der Schreiber am Schluss in einer etwas flapsigen Art sich über die Leute lustig machte. Das erinnert mich ein wenig an den zynischen Stil, den der *Spiegel* in aller Regel bei der Schilderung sozialer Konflikte an den Tag legt. Trotzdem: Das Bild in der Zeitung ist ganz gut. Es zeigt gut lesbar die zwei Transparente „Ohne Moos nix los" und „Abgruppiert: Nicht mit uns!" und den Gewerkschaftssekretär von hinten. Einige der Kolleginnen und Kollegen sind zu erkennen, mich sieht man nicht, ich war da wohl noch zu sehr auf der Seite oder zu dem Zeitpunkt noch nicht da.

Neben dem Bericht stand noch ein Kommentar, den sie sich allerdings hätten sparen können. Er wiederholt nur Teile des Berichts und ist sehr distanziert. Aber zusammen macht das schon eine halbe Seite aus. Hoffen wir mal, dass dies seine Wirkung bei der Geschäftsleitung haben wird.

Als ich in den Betrieb kam, gab es schon die nächste Überraschung, leider keine gute. Auf dem Hof standen die meisten Leute aus der Montage rum. Roland erklärte mir, dass Koch heute schon früh im Haus war und gleich den Uwe zusammen mit Urbahn hoch bestellt hat.

Dem Uwe haben sie die fristlose Kündigung ausgesprochen. Uwe musste sofort seinen Spind räumen und Urbahn hat ihn rausbegleitet. Die Leut' sind sauer und richtig wild. Ich glaub, die merken jetzt, dass es wirklich ans Eingemachte geht.

Was meinst du damit?

Ja, dass einfach kein Widerspruch und erst recht keine Kundgebungen geduldet werden. Gestern muss der Chef noch da gewesen sein. Koch und der Chef müssen nach der Befragung von Uwe und dann von Urbahn beraten haben, was sie jetzt machen. Ich glaub, das ist gestern noch entschieden worden, den Uwe zu entlassen. Die haben gar nicht auf die Zeitung gewartet. Der Koch war nämlich heut' schon um sechs Uhr im Haus.

Und jetzt?

Das kann ich dir auch nicht sagen. Vorläufig arbeiten die Leut' nix.

Siehste ja.

Das ist doch gut! Vielleicht könnt ihr dann ja einen wirklichen Streik machen?

Träumst du? Du hast doch gesehen, wie die gestern gekuscht ham und sich sofort verzogen haben, als der Koch ihnen die Order gegeben hat.

Ja, aber jetzt haben wir doch eine andere Situation.

Kann sein, aber ich bin mal gespannt.

Und wer hat das hier angeleiert?

Niemand.
Niemand?
Niemand.
Aus den Augenwinkeln sah ich, wie aus der Montage weitere Kolleginnen und Kollegen rauskamen. Ich bekam jetzt den Eindruck, dass fast alle draußen sein mussten. Von Urbahn war nichts zu sehen, aber jetzt kam Moser an und zog mich von den Leuten weg in den Werkzeugbau. Das gehe mich nichts an. „Wir haben genug Arbeit". Ich solle mich nicht um „fremde Sachen kümmern", war seine klare Ansage. Da ich noch keinen festen Vertrag habe, wollte ich mich mit ihm nicht anlegen. Die Sache war zu haarig. Von meiner Werkbank aus konnte ich aber gut auf den Hof rausschauen. Manfred war unterwegs bei den Schneckengetrieben. Klaus und ich unterhielten uns ganz gespannt. Jeder von uns hätte jetzt gerne mehr gewusst. Ihn hat es nicht gereizt, dabei zu sein, aber er hoffte, dass die „Leute standfest bleiben und es den Hohen Herrn mal zeigen". (Der Ausdruck mit den „Hohen Herrn" scheint im ganzen Betrieb fest verankert zu sein.) Peter hatte mal wieder Probleme mit seiner Arbeit und wollte sich gar nicht um das kümmern, was da draußen los war.

Nach zwanzig Minuten, die Leute standen immer noch alle im Hof rum, kam Mühleisen angerauscht. Er hielt eine Rede an die Leute, aber wir konnten kaum was verstehen, obwohl wir die Fenster aufgemacht hatten, er war zu weit weg. Die Leute blieben aber seltsamerweise alle stehen. Keiner rührte sich, keiner ging an seine Arbeit. Nach fünf Minuten zischte er wieder ab. Klaus meinte:
Der holt jetzt Verstärkung. Der braucht doch den Koch.
Da Moser jetzt wieder unterwegs war, schnappte ich mir meine leere Cola-Flasche und zog los, um mir beim Gang über den Hof ein paar Infos zu besorgen. Wolli redete wie ein Wasserfall.
Was glaubst du, was der Muhleisen von uns wollte. Der hat doch tatsächlich den Leuten gedroht. Wenn wir nicht alle sofort an die Arbeit gingen, könnten wir uns ja beim „Herrn Meisner" erkundigen, wie es den Störenfrieden ergeht. Er behauptet, er weiß, wer die Rädelsführer sind und dass er sich die vorknöpfen wird. Der hat gar nicht gemerkt, dass er damit Öl ins Feuer gekippt hat. Die Leut' sind nämlich von gar niemandem aufgefordert worden, rauszugehen. Die sind von sich aus rausgegangen, und zwar weil sie gemerkt haben, dass das mit dem Uwe nur der Anfang ist. Die wissen auf einmal, dass die Geschäftsleitung einfach nicht mit sich reden lässt. Du hättest mal heut' moin, um kurz nach sechs, als der Urbahn den Uwe zum Spind und dann raus begleitet hat, die Rufe in der Halle hören müssen. „Wir sollen bluten, damit ihr einen immer dickeren Mercedes fahren könnt."
Wieso „ihr"?

Ei, der Urbahn hat doch die letzte Woche auch einen neuen Firmenwagen bekommen. Die Leute sind doch jetzt so sauer, weil sie sehen, wo das Geld hingeht, das man bei ihnen spart.
Und wie geht es weiter? Kommt gleich der Koch?
Das weiß ich nicht. Normalerweise wäre der schon längst da. Vielleicht ist der verhindert. Hier kommt dein Moser.
Da mach' ich mich wohl lieber mal davon.
Auf dem Rückweg von der Kantine erfuhr ich, dass Koch außer Haus war. Eine Gruppe um Roland herum war sich uneins darüber, ob die Leute auch bleiben würden, wenn Koch jetzt ankäme. In dem Moment kam Urbahn an und richtete sich an die Menge, aber die ließen ihn seltsamerweise gar nicht zu Wort kommen. Vor dem hatten sie anscheinend kaum Respekt, oder kaum noch Respekt. Wolli erklärte mir kurz, dass die Kolleginnen und Kollegen vor allem deswegen sauer sind, weil sie ihn zum Hauptverantwortlichen für den Rausschmiss von Uwe machen. Er war schließlich gestern bei Koch oben gewesen und hat Uwe zum Spind und anschließend zum Werkstor gebracht.

Ich musste mich wieder verziehen, sonst konnte auffallen, dass ich zu lange von meinem Arbeitsplatz weg war. Ein kurzer Blick hoch zu den Büros zeigte, dass eine ganze Reihe von den Angestellten an den Fenstern hing. Das täten die natürlich nicht, wenn Koch im Haus wäre. Also musste er wirklich weg sein.

Drinnen ging ich erst mal an meine Arbeit. Moser tauchte wieder auf, sagte aber kein Wort und Manfred kam mal kurz vorbei, Werkzeug holen. Beim Rausgehen äußerte er nur:

Bei den Schneckengetrieben wird schwer diskutiert. Die haben jetzt doch Angst, dass bei ihnen auch neu eingruppiert wird. Aber dort wirst du so was wie in der Montage nicht erleben. Schon allein deswegen, weil sich Mayer und Schneider gegenüber Koch beweisen müssen. Jeder will mehr beweisen, dass er die Leute gut im Griff hat. Die Abteilung ist kleiner und da gibt es auch noch viel Illusionen über Aufstiegsmöglichkeiten. Die Deppen!

Ich schaute wieder raus und sah, dass die Leute es sich inzwischen auf dem Hof gemütlich machten. Fast alle saßen sie auf Kartons, die sie auf dem Boden ausgebreitet hatten. Zum Glück ist das Wetter für Anfang September ja ganz schön. Vorne kam Harald mit einer großen Tüte an und verteilte Pommes an mindestens fünf Leute. Ich wusste gar nicht, dass die Pommesbude schon um acht Uhr aufhat. Ein anderer Kollege wollte gerade ein paar Schnäpse (Underberg oder ähnliches) verteilen, aber da hatte er wohl nicht mit Maik gerechnet, der ihm die Dinger aus der Hand riss und in den Müll warf. Wir konnten nicht verstehen, was bei dem Wortwechsel alles fiel, jedenfalls waren einige der Kolleginnen und Kollegen mit seiner Aktion überhaupt nicht einverstanden. Ich hatte aber den Eindruck, dass die meisten das anscheinend richtig fanden.

Mich juckte es, dabei zu sein, aber ich konnte nicht alle paar Minuten zum Cola-Automaten laufen. Ich muss ja noch fast zwei Monate aushalten, bis meine Probezeit rum ist. Klaus war nicht so stark interessiert wie ich, aber wenn gerade wieder ein größerer Pulk beisammen stand, stieß er mich an und deutete nach draußen. Das Meiste konnten wir natürlich nicht verstehen, aber um halb elf wurde klarer, dass sich da was tat. Aus dem Versand hatten die Kollegen Pappkartons gebracht, ob zugesteckt oder entwendet, weiß ich nicht. Jemand hatte wohl Filzstifte organisiert und sie waren jetzt am Malen. Nach ein paar Minuten wurde klarer: Das wird wieder eine Kundgebung. Wie auf ein Kommando gingen dann alle Kartons, mindestens dreißig Stück, hoch, aber mit der Schrift zu den Büros hin. Wir konnten nichts lesen. Ich starb vor Neugier und schnappte zum dritten Mal heute morgen eine leere Cola-Flasche und ging über den Hof. Auf der anderen Seite konnte ich endlich lesen: „Wir alle sind Uwe." Alle Achtung! Die springen ja über ihren eigenen Schatten. Nicht alle hatten einen Karton, aber alle standen sie noch dabei. Seit mindestens vier Stunden war in der Montage nichts mehr gearbeitet worden.

Auf meinem Rückweg von der Kantine standen sie immer noch mit den erhobenen Kartons da, hatten aber so etwas wie eine Schweigeminute eingelegt. Keiner sprach was, alle blickten nach oben und da sah ich auch, dass alle Fenster belegt waren. Die Angestellten drängten sich regelrecht, um zu sehen, was denn da los war. Ganz außen, beim Einkauf sah ich Petra, die für mich gut erkennbar grinste. Ihr Chef, Weber, stand hinter ihr, konnte aber wahrscheinlich das Grinsen nicht bemerken. Ich konnte mir so richtig vorstellen, wie stolz beziehungsweise glücklich Petra war. Vielleicht hatte sie auch die Leute im Büro auf die Ereignisse im Hof aufmerksam gemacht? Meirad allerdings war nicht zu sehen. Mosers Frau war nur kurz am Fenster und verzog sich wieder. Die meisten anderen blieben länger stehen.

Ich musste wieder in den Werkzeugbau rein, durfte ja nicht auffallen. Moser war so sehr mit dem Anschleifen eines Bohrer beschäftigt, dass ich mich fragte, was das soll. Wollte der auf einmal selbst etwas schaffen? Oder wollte er nur so tun, als würde er die Ereignisse draußen nicht wahrnehmen? Jedenfalls hatte er auf einmal einen ganz freundlichen Ton gegenüber Peter, der ihn was zur Arbeit gefragt haben musste. Plötzlich waren die beiden ein Herz und eine Seele. So können die Leute sich plötzlich anders geben. Hauptsache, sie

müssen in einer für sie unklaren Situation nicht Stellung beziehen.
Die Mittagspause näherte sich und keiner auf dem Hof ging rein. Wiederholt haben wir Urbahn gesehen, der jeweils kurz zu den Leuten sprach. Was er zu verkünden hatte, konnten wir nicht verstehen. Aber die Reden bewirkten nichts. Jedenfalls war es für uns nicht erkennbar. Mühleisen haben wir nicht mehr gesehen, vielleicht war er auch nur von uns aus nicht jedes Mal wahrzunehmen.

Zwei Lkw, die Ware anliefern wollten, wurden wieder weggeschickt. Wie das die Kollegen begründeten, weiß ich nicht. Wahrscheinlich in der Art, wie der Kollege Matejka das erklären würde: „Ihr könnt reinfahren, aber es wird euch niemand was abladen", was wahrscheinlich nicht gestimmt hätte, denn von der Warenannahmen war keiner auf dem Hof. Aber wenn ein Speditionsfahrer all die Leute auf dem Hof sieht, und merkt, dass heute kein normaler Betrieb ist, dann lässt er sich schon schnell überzeugen. Wie mir später Roland erklärte, haben UPS und GLS ihre kleinen Päckchen an der Zentrale abgegeben. Die großen Lieferungen (Stangenmaterial für die Dreherei usw.) gingen zurück.

Kurz vor zwölf kam ein PKW auf den Hof gefahren und wurde bejubelt. Harald und zwei andere Kollegen luden eine ganze Ladung Pizzen aus. Die Leute wollten offensichtlich nicht in die Kantine und dort ihr normales und bestelltes (und bezahltes!) Essen zu sich nehmen. Als es klingelte, ging ich natürlich auch raus und fragte Wolli, warum die Leute auf ihr bezahltes Essen verzichten.

Mensch, du Simpel. Die Leut' dürfen doch jetzt nicht reingehen! Dann werden sie von den Hohen Herrn abgefangen und bearbeitet. Wir haben ihnen gesagt: Keiner geht rein. Aber das war anscheinend sowieso klar. Jedenfalls hat keiner was anderes gesagt.

Ich ging doch in die Kantine, hatte ja keine Pizza bestellt. Beim Essen waren die Angestellten immer noch (oder sagen wir mal: wieder) heftig am Diskutieren, ich konnte aber nicht hören, was sie so meinten. Petra war natürlich draußen und ich machte, dass ich auch schnell rauskam. Die Stimmung draußen schien mir sehr stabil, aber doch auch angespannt. Keiner schien zu wissen, wie es denn weitergehen sollte. Alle hatten sie meiner Ansicht nach Schiss vor dem Auftauchen von Koch, der ja früher oder später kommen musste. Für die weniger Entschlossenen war es jedenfalls von Vorteil, dass er zurzeit unterwegs war. Susanne von der Vorbereitungsgruppe:

Ich kann mir das nur so vorstellen, dass der Koch zusammen mit dem Chef unterwegs ist. Petra meint, die sind bei Bosch. Sonst wäre schon längst einer von beiden hier aufgetaucht und hätte die Leute zusammengeschissen.

Fühlen die Leute sich denn nicht stark? Sie sind doch jetzt schon stundenlang zusammen aktiv, das schweißt sie doch zusammen.
Du bist ein Träumer. Von einem halben Tag Arbeitsniederlegung wird noch niemand zusammengeschweißt. Aber es stimmt. So was wie heute haben wir noch nie erlebt. Spuren wird das hinterlassen. Jedenfalls dann, wenn nicht nachher alles zusammenbricht und die Leute frustriert feststellen, dass sie nichts erreichen. Dann kann es noch schlimmer werden als vorher. Dann wird es mit dem Widerstand gegen die Abgruppierung für immer aus sein. Und den Uwe werden wir hier auch nie mehr sehen.
So schnell dürfen die Leute nicht aufgeben.
Da schaltete sich Maik ein.
Das ist schön gesagt, aber du weißt doch, wie die meisten auf das Geld angewiesen sind. Einen Streik halten die meisten nicht lange durch.
Die Geschäftsleitung aber noch weniger. Heute schafft ihr doch nichts mehr oder?
Ich hoffe nicht.
Also ist doch praktisch ein ganzer Tag weg. Ich weiß nicht, wie viel' Getriebe heute nicht montiert wurden. Das tut doch der Geschäftsleitung richtig weh.
Im Prinzip schon, aber das wird ein Kräftemessen. Der Chef ist ein knochenharter Typ. Schlimmer noch als der Koch. Der wird nicht so schnell nachgeben. Die meisten kennen ihn nicht, ich schon. Ich habe ihn schon kennengelernt, als ich als Lehrbub manchmal zu ihm rüber in die Entwicklungsabteilung musste und der Alte noch da war. Mit dem Alten, dem alten Chef, konnte man noch reden, mit dem Junior überhaupt nicht. Wenn die Leute das erst mal mitbekommen, knicken die meisten ein. Da kannste Gift drauf nehmen.
Dann wäre es gut, wenn sie ihn nicht näher kennenlernen würden.
Aber das haben wir nicht im Griff. Ich weiß jedenfalls nicht, wie es weitergeht. Noch ist die Stimmung ganz passabel. Aber Angst haben sie trotzdem alle. Nur weil wir im Moment praktisch alle draußen sind – die zwei von unsrer Bohrerei kannste vergessen –, deswegen trauen sie sich überhaupt. Wenn jetzt zehn Leute reingehen, das ist doch klar, in dem Moment bricht alles zusammen und es ist vorbei, und dann will ich nicht wissen, was morgen mit uns passiert.
Zu Susanne gewandt, fragte ich: *Und was macht in einem solchen Fall die Vorbereitungsgruppe? Ihr müsst doch einen Plan haben.*
Haben wir nicht. Meinste, wir hätten das heute geplant? Das kam von den Leuten. Die ham die Schnauze voll. Die wissen doch, dass der Uwe nicht der letzte ist, den sie rauskicken wollen.
Und jetzt?
Hab keine Ahnung. Wir müssen mit den Leuten reden, reden, reden. Wichtig ist, dass wir uns nicht aufspalten lassen. Denn in dem Fall sieht es für die

Mutigen nämlich ganz beschissen aus. Jedenfalls kann ich nur hoffen, dass der Koch noch lange unterwegs ist.
Maik: *Und vor allem der Chef!*
Aber ich denke, dass ihr mit eurer Aktion die Gegenseite schon ganz schön unter Druck gesetzt habt.
Das werden wir noch sehen. Ich weiß nur, dass ich heut' Abend mehr als ein Bier brauch', um wieder runterzukommen.
Es klingelte und ich musste wieder rein. Die anderen hatten ihre Pizza verzehrt, Cola und Wasser gingen rum. Harald wurde immer lustiger, ich fürchte, der hat sich was in die Cola gekippt. Aber egal wie, er war einer derjenigen, die nicht zögerten, der Mut machen wollte, auch wenn so manche sich hinter vorgehaltener Hand über ihn lustig machten, wie mir Klaus erzählte. Die beiden kennen sich schon lange, sie wohnen nahe beieinander und haben gemeinsam hier angefangen. Klaus kam als Werkzeugmacher von einem Kleinbetrieb und Harald von Opel, vom Band. Als Ungelernter war Harald froh gewesen, in der Montage unterzukommen, wollte immer Vorarbeiter werden, wurde aber von Urbahn von Anfang an völlig geschnitten.
Der hat den Harald immer ignoriert. Und Harald sagt die ganze Zeit, dass er jetzt schon fünfzehn Jahr' da ist und noch keinen Pfennig oder Cent mehr bekommen hat.
Als wir wieder rausschauten, hatte sich der Platz zur Hälfte geleert. Einige diskutierten noch, waren aber gar nicht besonders erregt. Was war los? Ich schnappte mir also wieder eine leere Cola-Flasche (insgesamt die vierte und schon die dritte, die ich nur halb getrunken habe, den Rest habe ich jeweils weggeschüttet); zu viel Cola ist nichts, aber ich brauchte einen Vorwand, zur Kantine zu gehen. Draußen erfuhr ich, dass die Leute nicht zum Arbeiten reingingen, sondern sich umzogen und nach Hause gingen. Sie erwarteten sich wohl nichts mehr vom heutigen Tag. Es gab keinen Plan. Wolli war ganz lustig (hatte der jetzt auch was getrunken?), aber ich hatte auch bei Roland den Eindruck, dass er nicht allzu traurig war. Besser die Leute gingen nach Hause, als sich von Koch hier anmachen zu lassen und den Schwanz einzuziehen. Auf jeden Fall war damit der ganze Tag für die Produktion futsch. Mal sehen, was das morgen gibt.

16.9.

Schon um kurz nach sechs war ich auf der Arbeit. Claudia hatte geschimpft, weil ich den Wecker so früh gestellt hatte, aber das musste heute mal sein. Ich wollte wissen, was passieren würde, denn nach dem Arbeitsausfall gestern war klar, dass heute kein Tag wie jeder andere sein würde. Ich wollte so früh da sein, dass ich nicht wieder wie vorgestern bei der Kundgebung vor dem Tor überrascht werde. Auf dem Hof war nichts los. Alle waren in der Halle, aber Manfred, der immer schon um sechs da ist, erzählte mir, dass drüben immer noch nicht gearbeitet wird. Der Urbahn habe gerade eine Ansprache gehalten. Der Koch käme gleich und würde zu den Leuten sprechen. Verdammt, warum konnte ich nicht dabei sein? Zehn Minuten später kam Urbahn auf den Hof und stieg in seinen neuen Mercedes ein. Wieso der überhaupt auf dem Hof stand, war mir unklar. Später erfuhr ich, dass er wohl schon vorher gewusst hatte, was Koch den Leuten sagen würde. Noch keine zwanzig Minuten später kam Urbahn wieder in den Hof gefahren und hatte...Uwe im Auto. Beide stiegen aus und gingen in die Halle. Jetzt musste ich ab in die Kantine, das war klar. Im Gang hörte ich ein frenetisches Klatschen. Nach zwei langen Minuten am Cola-Automat kam endlich jemand von der Montage raus. Die Kollegin kenn ich nur vom Sehen.

Was ist denn bei euch los?

Ei, der Koch hat uns erklärt, dass das mit Uwe „nur ein Missverständnis war". Er hätte ihm nur gesagt, dass er keine Unruhe stiften soll, weil er sonst fristlos gekündigt bekommt.

Und warum hat der Urbahn ihn dann den Spind ausräumen lassen und ihn rausgeführt?

Der Urbahn hat das angeblich auch falsch verstanden und der Koch hat erklärt, der Chef hätte ihm gesagt, wenn jetzt alle wieder an die Arbeit gehen, will er den Vorfall von gestern auf sich beruhen lassen und keine Abmahnungen schreiben.

Das würde ihm ja auch wohl schwer fallen, es waren doch praktisch alle draußen.

Ja, du kennst unsern Chef noch nicht. Wenn es sein muss, schreibt der auch für alle eine Abmahnung.

Ja, aber was will er denn machen, wenn sich alle weigern, wieder zu arbeiten?

Ich weiß nicht, wie lange die meisten ausgehalten hätten. Uwe ist jedenfalls nicht gekündigt. Als Beweis hat der Koch erklärt, dass es ja gar keine schriftliche Kündigung gegeben hat.

Nicht nur den Leuten in der Montage, auch mir ist ein Stein vom Herzen gefallen. Damit sind zwar die Abgruppierungen nicht vom Tisch, aber die Kündigung ist faktisch zurückgenommen, zumindest bis auf Weiteres. In der Frühstückspause stürzte ich wieder in die Kantine und Wolli erklärte:

Du hättest den Uwe hören müssen. Der war ja auf einmal richtig gut. Der hat der Mannschaft in der Halle laut erklärt, dass er wirklich gekün-

digt war. Und der Urbahn stand wie ein begossener Pudel dabei und wollte das Gegenteil behaupten, aber der Uwe hat ihn nicht zu Wort kommen lassen.
Und der Koch? Der war doch zu dem Zeitpunkt schon längst wieder weg. Der war doch nur fünf Minuten in der Halle gewesen und hat gesagt, dass alles „nur ein Missverständnis" gewesen wär' und dass er den Urbahn jetzt fortgeschickt hätt', den Fehler wieder gutzumachen. Er hat also alles auf den Urbahn geschoben.
Der Urbahn macht doch so was nicht von sich aus.
Natürlich nicht. Das weiß doch jeder. Riesenfreude in der Halle, erst recht, als der Koch wieder fort war. Und du hättest mal die Leute sehen müssen, als der Uwe reinkam. Nicht alles, dass sie ihn abgeknutscht haben.
Und wie weiter?
Jetzt feiern wir erst mal. Jedenfalls heute Abend. Die Leut' schaffen wieder.
Und die Abgruppierungen?
Das weiß ich nicht. Das ist eine andere Hausnummer. Die kriegst du nicht weg.
Aber mit einem Betriebsrat bekäme man sie weg, weil...
Du träumst doch! Wenn überhaupt, dann würde das nur mit einem richtigen Streik gehen, aber da bräuchtest du einen langen Atem, mehr Gewerkschaftsmitglieder und so weiter! Und eine aktive Unterstützung von der Gewerkschaft! Die bekämen wir ja vielleicht. Vielleicht! Aber das mit dem Organisieren ist in diesem Betrieb nicht drin. Nicht mit diesen Leuten.
Na ja, in vielen anderen Betrieben ist es doch auch nicht anders. Jedenfalls, was die Bedingungen angeht. Man darf doch jetzt nicht aufgeben. Ihr habt doch heute einen Sieg eingefahren. Das ist noch nicht die Championsleague, aber der Aufstieg von der zweiten in die erste Liga:
Nee, nee, mein Lieber, im besten Fall ist das der Aufstieg von der Oberliga in die Regionalliga. Profis sind wir noch lange nicht.
Kann sein, aber ihr dürft nicht aufhören.
Du hast gut reden. Du schaust nur zu. Warum warst du denn gestern die ganze Zeit nicht auf dem Hof?
Ich bin doch in der Probezeit. Wenn ich...
Ja, stimmt. Du kannst noch nix riskieren. Komm heut' Abend in die Kneipe, da kannst du wenigstens mitfeiern.
Nach der Frühstückspause ging mir die Arbeit richtig gut von der Hand. Klaus hat sich nichts anmerken lassen, er ist einfach ein Ruhiger. Aber mir war klar, dass er sich auch mächtig gefreut haben muss. Peter war wie üblich intensiv mit seiner Vorrichtung beschäftigt und Manfred war mal wieder bei den Schneckengetrieben. Gegen Mit-

tag kam Moser und ordnete an, dass ich Manfred nach dem Mittag drüben bei den Schneckengetrieben helfen soll. Als ich mit Manfred später rüber ging, erzählte er mir:
Die wollen eine neue Montagevorrichtung aufbauen und wissen net, wie sie's ham wolln. Auf mich hört ja keiner.
Dann mach's doch so, wie sie es wollen.
Aber die sind sich ja grad' net einig.
Wie, der Koch ist nicht mit sich selbst einig?
Nee, der Koch hat das den beiden Möchtegernmeistern überlassen. Aber ich weiß schon, wie das endet. Egal, welche Variante nachher zur Anwendung kommt, der Koch wird nicht zufrieden sein. Ich hab' den noch nie zufrieden erlebt. Auf ein Dankeschön wart' ich schon seit zwanzig Jahr'n.
Kaum waren wir drüben, kamen beide angerauscht, Mayer und Schneider. Jeder wollte erklären, wie die Vorrichtung aufgebaut werden soll. Manfred hörte geduldig zu, aber ich wusste ja schon, dass er beide Varianten nicht gut fand. Schneider wollte von ihm rauskitzeln, wie er sich das vorstellt, aber er blieb erst mal ruhig. Mayer tat so, als wäre alles längst klar und mit Koch abgestimmt. Als Schneider das hörte, griff er zu seinem Mobiltelefon.
Schneider. Herr Koch, müssen wir die Fettpresse wirklich rechts von der neuen Vorrichtung platzieren?....Nein, davon haben Sie nichts gesagt? Ja, das dachte ich auch. Hier wird gerade was anderes behauptet .... Nein, Sie müssen sich das nicht anschauen. Wir kriegen das schon hin. Ich kümmere mich drum.
Mayer kochte und redete um so wilder auf Manfred ein. Der beruhigte erst mal die beiden und erklärte, wie er Vorrichtung, Fettpresse und Materialkästen anordnen würde.
Mayer: *Das sag' ich doch die ganze Zeit.*
Nix hast du gesagt, du wolltest die Materialkästen auf dem Band lassen.
Daraufhin wieder Manfred: *Ihr Leut', könnt ihr das unter euch austragen? Uns interessiert jetzt nur, welche Anordnung ihr haben wollt, weil das Auswirkungen auf die Platzierung des Hebels hat.*
Jetzt ergriff Mayer das Telefon.
Mayer, guten Tag Herr Koch. Ich will Sie nicht lange stören, aber können wir das Förderband ein Stück verlängern, damit wir... Nein .... Ja ... Ist klar.
Fünf Minuten später stand Koch hinter uns.
Meine Herren, muss ich mich denn um jedes Detail kümmern? Das Band wird nicht verlängert. Das kostet alles Geld und vergrößert nur die Lagerfläche. Die Leute sollen das Material zügig abarbeiten. Die Puffer sind mir sowieso an einigen Stellen noch zu groß. Machen Sie bitte zu, dass das hier fertig wird!

Weg war er. Wie schon von Manfred vorher angedeutet, bezog Koch nicht wirklich Stellung, er behielt sich damit alle Positionen offen. Die Leute konnten oder sollten sich ruhig weiter abmühen. Der Sieger kann Punkte sammeln ... im Rennen um den tollen Posten. Schlussendlich bauten wir die Vorrichtung ausnahmsweise so auf, wie Manfred es den beiden vorgeschlagen hatte. Beim Rausgehen raunte mir Manfred zu:
Heute gab es zwischen den beiden nur ein Remis. Am Montag werden sie sich weiter heftig ans Schienbein treten. Glaub'mal wohl!

Jetzt muss ich mich aufmachen, denn gleich geht es ab in die „Äppelwoi"-Kneipe. Wenigstens beim Feiern will ich dabei sein. Miriam freut sich schon auf morgen. Da reiten wir wieder. Ich freue mich auch schon.

16.9. am Abend in der Kneipe

Das war ja gestern ein langer Abend. Claudia war schon im Bett, als ich heimkam, aber sie war heute morgen nicht sauer. Auch sie hat sich gestern über den richtigen Erfolg in der Firma gefreut und mich nur ermahnt, dass ich meinen Arbeitsplatz nicht gefährden soll. Dabei verwies sie auf einen Artikel, den sie im Internet gelesen und mir ausgedruckt hatte, wonach in Mannheim ein Betriebsrat, Sebastian Cano-Otera, von seiner Firma (Rhenus) gemobbt wird und einen Prozess gegen seine Entlassung führen muss. Anscheinend lässt sich der Kollege aber nicht unterkriegen. Eine Abfindung hat er auch schon abgelehnt. Er ist anscheinend ein Kämpfer. Ob unsre Leute von der Fenstergruppe im Zweifelsfall auch so standhaft sind?

Als ich in die Kneipe kam, war sie schon fast ganz voll mit unseren Leuten. Wir waren mindestens zwanzig, Harald wie immer der lauteste, aber auch die anderen waren in richtiger Hochstimmung. Als alle ihren Äppler auf dem Tisch hatten (die schöne Funda hatte nur Wasser), musste Uwe erzählen, wahrscheinlich zum wiederholten Mal. Schließlich arbeiten nicht alle in der Montage und konnten deswegen seine Ansprache in der Halle und den Streit mit Urbahn nicht mitbekommen haben.

Der Vollidiot. Bei Koch oben hat er nur genickt und hat kein Wort davon gesagt, dass ich niemanden zur Kundgebung aufgerufen hab'.
Und wer hat die Flyer verteilt?
Das waren drei Leute von uns und der Sascha von der Gewerkschaft. Aber das war vor sechs Uhr, draußen auf der Straße.
Und du hast nicht mitverteilt?

Nein. Ich wusste doch, dass die mich auf dem Kicker haben. Natürlich hab' ich mit Leuten gesprochen. Wir wollten ja nachher nicht mit fünf Leuten allein draußen stehen. Ich bin auch gar nicht in die Halle reingegangen. Urbahn war ja schon da. Der kommt immer um halb sechs und schließt auf. Jedenfalls ist er ja nach der Aktion oben gewesen. Ich war ja nicht dabei, aber ich kann mir schon denken, was der dem Koch alles erzählt hat.

Meinst du nicht, dass er nachher nur das ausgeführt hat, was der Koch von ihm wollte?

Schon, aber der wollte auch einen Sündenbock, auf den er beim Koch alles abschieben konnte. Der will doch auch nur beweisen, dass er seinen Laden im Griff hat.

Aber dann musst du ihn doch nachher nicht in der Halle so anschreien!

Doch, dieses Arschloch. Der soll mal hinter seinen Leuten stehen und nicht nur nach oben buckeln und nach unten treten. Wenn er nur anschließend wenigstens den Mund gehalten hätte. Aber als ich heut' morgen wieder drin war und den Leuten in der Montage erzählt hab', wie alles gelaufen war, wollte der doch glatt behaupten, er hätte mich nicht gezwungen, den Spind auszuräumen. Ich wäre ja von mir aus und nur aus Wut gegangen. Die Firma hätte mich gar nicht entlassen. Als er so frech gelogen hat, hätte ich ihn würgen können.

Weshalb ist er dann überhaupt mit dir rausgegangen?

Die Erzählung und die Rückfragen gingen noch eine Zeitlang weiter, bis Gisela, die ältere Kollegin, auf einmal das Wort ergriff und plötzlich hörten alle gespannt zu, sogar Harald.

Wollt ihr euch jetzt auf diesem Erfolg ausruhen? Meint ihr, der Koch verfolgt seine Ziele nicht weiter? Der will doch beim Chef glänzen und vorführen, wie gut er an uns sparen kann. Keine einzige Abgruppierung ist rückgängig gemacht. Ich mein': Es ist gut, dass der Uwe wieder da ist...

Der war doch nie fort! Der war doch gar net gekündischt!

Klappe! Halt's Maul! kam es aus verschienen Ecken. Gisela weiter: *Wenn ihr jetzt nicht endlich einen Betriebsrat wählt, dann weiß ich auch nicht. Ihr seid doch noch jung. Ihr müsst doch noch lang' schaffen. Wenn ihr euch nicht endlich mal systematischer wehrt, zieht der Koch euch noch ganz schön das Fell über die Ohr'n!*

Uwe: *Auch ein Betriebsrat kann wenig bei den Abgruppierungen machen. Wir sind nicht tarifgebunden und ....*

Seltsamerweise mischte sich jetzt Funda ein:

Aber der Betriebsrat wär' mal ein Anfang. Und wahrscheinlich das Wichtigste, um voranzukommen.

Plötzlich war es still, auch bei den Autoritäten der Fenstergruppe. Ich hatte den Eindruck, sie fühlten sich plötzlich in die Zange genommen, von Gisela und Funda, obwohl das sicherlich nicht abgesprochen war. Hier die erfahrene Kollegin, dort die junge, ausländische Kollegin, die sich mehr traute oder zumindest die Sache besser auf den Punkt brachte als die tollen Facharbeiter. Erst langsam kam das Gespräch wieder in Gang. Allmählich zog auch Uwe mit und ich gewann langsam den Eindruck, dass sie jetzt doch den Zeitpunkt als günstig ansehen, einen Schritt weiterzugehen.

Maik: *Im Moment sind die Leute ja gut drauf. Der Zusammenhalt in den letzten Tagen war so gut wie noch nie. Wenn wir jetzt keinen Wahlvorstand und keine Wahl hinbekommen, dann bestimmt nie.*

Gisela: *Wenn ihr das zusammen mit der Gewerkschaft organisiert, muss das doch klappen. Eine Betriebsratswahl ist geschützt.*

Stimme von hinten: *Das hat der Günter damals auch gedacht. Weg war er!*

Maik: *Damals gab es keine Unterstützung. Heute könnt ihr auf der Erfahrung der letzten Tage aufbauen.*

Markus von der Lackiererei: *Wie lange hält das an? So eine Wahl muss erst umständlich eingeleitet werden. Bis dahin sind die meisten wieder dem Urbahn in den Arsch gekrochen.*

Jetzt mischte ich mich mal ein: *Aber der Wolli sagt doch: Der Urbahn hätt' seinen Arsch schon längst zugemacht!*

Allgemeines Lachen sowie kräftiges Zuprosten von Haralds Seite aus. Die Diskussion über eine mögliche Betriebsratswahl nahm Fahrt auf. Ich wurde immer gespannter. Das war jetzt doch mehr als nur feiern. Volker wollte auf jeden Fall „Nägel mit Köppe" machen, am liebsten schon die Kandidatenliste aufstellen. Da fielen ihm Heike und Petra ins Wort: „Kandidatinnen- und Kandidatenliste!" Nach einigem Geschrei und Geifern wollte Ali wissen, wie denn überhaupt der Ablauf ist, wie schnell das geht usw. Hier konnte Petra wieder am besten erklären (man merkte, dass sie Seminare besucht hat):

Ihr Leut'. Dazu müssen wir erst mal eine Wahlversammlung einberufen, auf der ein Wahlvorstand gewählt wird.

Und wer lädt ein?

Das machen wir mit einem Aushang, auf dem soundsoviele Leute unterschreiben.

Was heißt soundsoviele?

Na ja, es müssen mindestens drei sein. Besser wäre es schon, wenn es nicht nur drei sind.

Und die sind dann die Deppen. Die werden gemobbt oder gleich entlassen. So wie damals beim Günter.

Quatsch! Der Günter ist nicht entlassen worden, weil er zur Wahlversammlung aufgerufen hat.

Aber der war der Hauptbetreiber und den ham' se fertischgemacht!

Gisela: *Es kann doch auch die Gewerkschaft zu der Versammlung einladen, oder?*
Petra: *Stimmt. Dann hätten wir dieses Problem nicht. Das ist vielleicht sowieso besser.*
Von hinten: *Aber ihr wisst doch, wie der Chef allergisch reagiert, wenn der nur „Gewerkschaft" hört.*
Gisela: *Wenn ihr euch danach richtet, was dem Chef gefällt, könnt ihr gleich aufhören. Dann fangt ihr am besten gar nicht erst an.*
Petra: *Das finde ich auch. Also wir sollten die Gewerkschaft fragen, ob sie zu einer Betriebsversammlung einlädt. Und dann müssen wir ....*
Von hinten: *Du glaubst doch nicht, dass uns der Chef dafür die Kantine zur Verfügung stellt!*
Das werden wir ja noch sehen. Der muss sich auch an die Gesetze halten.
Gisela: *Wer macht den Wahlvorstand?*
Petra: *Das muss die Versammlung entscheiden.*
Aber ihr müsst doch vorher die Namen beisammen haben. Wenn ihr vorher nicht wenigstens ausreichend Namen habt ....
Es müssen mindestens drei sein. Besser ist, wenn wir noch ein paar Ersatzleute haben, falls jemand ausfällt.
...also gut, mindestens drei Leute.
Petra: *Ich schlage Gisela, Volker und Maik vor.*
Uwe: *Das ist nicht gut. Der Maik sollte besser in den Betriebsrat. Der kann auch kandidieren, wenn er im Wahlvorstand ist.*
Uwe: *Sieht aber blöd aus. Das sollten wir vermeiden. Ich schlag stattdessen Heike vor. Es sollten mehr Frauen rein.*
Heike: *Ei, ei, schau mal an. Bei dem tut sich ja was.*
Petra: *Gibt es Einwände gegen diese Vorschläge?*
Ja, Funda soll rein.
Ach nee, dachte ich. Besser, die kandidiert für den Betriebsrat. Aber Funda lehnte ab.
Dann Ali!
Der stimmte zu, war aber nicht sehr begeistert. Ich denke mal, der wollte lieber für den Betriebsrat kandidieren, aber das ist nur so ein Gefühl von mir. Petra übernahm es, mit der Gewerkschaft die Einladung zur Betriebsversammlung abzusprechen und den weiteren Ablauf zu klären. Alles in allem: ein gelungener Abend!

19.9.
Das Wochenende war ein Hit. Das ist es ja immer, wenn Miriam die halbe Zeit im Stall zubringen kann: Max neues Heu bringen, ihn bürsten, anschließend ausreiten. Beim Füttern, Tränken und so wei-

ter darf ich jetzt nur noch zuschauen. „Papa, du kannst das nicht!". Helfen ist nicht mehr angesagt. Nur Bilder machen durfte ich. Miriam auf dem Pferd, Miriam beim Bürsten, Miriam beim Füttern und so weiter. Claudia war ganz happy. Sie konnte schließlich in dieser Zeit in Ruhe am Schreibtisch arbeiten. Später haben Claudia und ich zusammen gekocht und beim Essen die Bundesliga geschaut. Der Sonntag war dem Freilichtmuseum Hessenpark gewidmet. Miriam musste dort für die Schule ein Haus abmalen. Das liegt ihr ja leider überhaupt nicht, das Haus konnte man geradeso halbwegs noch erkennen.

Die Woche hat gut angefangen, nur hat mich heute morgen Mayer von den Schneckengetrieben genervt. Er wollte noch was verändert bekommen, was er genauso gut selbst hätte machen können: bei der neuen Vorrichtung an der Halterung für die Materialzufuhr ein paar scharfe Kanten wegschleifen. Wahrscheinlich wollte er nur mit einer Verbesserung glänzen, aber wenn es nicht geklappt hätte oder nicht schön geworden wäre, hätte er es auf mich schieben können.

In der Mittagspause war Wolli ganz glücklich. Die anderen mussten ihm vom Freitag erzählt haben: Er war – und ist – Feuer und Flamme für die Betriebsratswahl und will auch kandidieren: *Na endlich! Es wurd' ja mal Zeit! Ich bin dabei.*
Hast du keine Angst?
Nee, du?
Na ja, ich kann ja nicht kandidieren. Ich bin noch in der Probezeit.
Wie lange noch?
Noch sieben Wochen.
Na, bis dahin dauert die Betriebsratswahl ja in jedem Fall noch.
Aber wenn ich vorher als Kandidat bekannt wird', bin ich weg vom Fenster.
Na ja, wir brauchen alle Kandidaten, die wir kriegen können, sagt die Petra. Und erst mal muss ja die Betriebsversammlung stattfinden, danach muss der Wahlvorstand die Wählerliste anfordern und so weiter.
Und wann muss die Kandidatenliste stehen?
Weiß ich nicht, musst du die Petra frage'.
Ich muss gestehen, ich war ja auf einmal richtig heiß. Betriebsrat sein ist doch was Tolles! Allerdings bin ich in dem neuen Laden noch gar nicht so richtig angekommen. Die meisten kennen mich nicht. Ob sie mich wählen würden, ist deshalb eher fraglich. Aber wenn es nicht viele Kandidaten gibt und Gisela für mich ein gutes Wort einlegt ....
Ich müsste also mehr mit Gisela ins Gespräch kommen. Aber ich sehe sie kaum. Sie ist nur vier Stunden am Tag im Betrieb und an einer

Stelle, zu der ich normalerweise nie hinkomme, drüben beim Putzen und Etikettieren der fertigen Getriebe.

Am Nachmittag fragte mich Markus am Cola-Automat, ob ich in der Zeitung gelesen habe, dass jetzt mehr Leute eingestellt werden. Ich konnte es nicht glauben und ging mit ihm an die Waschanlage, wo er mir...die Bildzeitung zeigte. Das war also „die Zeitung", was schon der erste Tiefschlag war. Es stellte sich heraus, dass „die Zeitung" lediglich anführte, dass mehr und mehr Leiharbeiter eingestellt werden, damit die Firmen besser „atmen" können. Ich versuchte Markus klarzumachen, dass damit unter dem Strich nicht mehr, sondern eher weniger Menschen beschäftigt sind, weil man die Leiharbeiter leichter heuern und feuern kann. Er hörte geduldig zu, was ich von den sonstigen Bildzeitungslesern weniger kannte. Am Schluss sagte er nur: „Meinst du?" Ob er mich verstanden hatte, weiß ich nicht.

Ich wollte gehen, aber er hielt mich fest.

Schau mal. Ich hab' da ein tolles Geschäft. Willst du nicht auch was investieren? Du kannst fünfundzwanzig Prozent Gewinn machen. Mit fünfhundert Euro bist du dabei.

Er zeigte mir seinen „Investitionsplan", der mir allerdings nicht sehr professionell aussah. Aber er schwor drauf: *Hab' vor sechs Wochen meine fünfhundert Euro eingezahlt und muss nur noch drei weitere Mitinvestoren finden und dann bekomme ich fünfundzwanzig Prozent Gewinn. Und wenn ich mir die nicht ausbezahlen lasse, sondern neu investiere, bekomme ich wieder fünfundzwanzig Prozent Gewinn.*

Von wem denn?

Der Maik hat das vermittelt. Der hat einen guten Draht zur Bank.

Der Maik? Du machst Witze!

Ich wollte ihm erklären, dass das nicht funktionieren kann, aber ich musste los, war schon eine Viertelstunde unterwegs. Die Leute im Werkzeugbau würden sich wundern, wo ich bleibe.

20.9.

Gestern Abend war Petra bei der Gewerkschaft und konnte dort anscheinend Vieles klären. Die Gewerkschaft lädt ein und wird noch in dieser Woche den Flyer vorbeibringen. Die Versammlung soll am Donnerstag der nächsten Woche sein. Sascha Eilmann will dabei sein und bietet sich an, bei der Leitung der Betriebsversammlung zu helfen, aber Petra muss ihm gesagt haben: „Das können wir alleine."

Manfred, der ja am Freitag nicht dabei war, wollte von mir wissen: *Du warst ja anscheinend auch am Freitag bei den Verschwörern, oder?*

Was heißt hier Verschwörer? Und wer hat dir denn vom Freitag erzählt? Das spricht sich doch rum. Du glaubst doch nicht, dass das geheim bleib!. Der Mühleisen hat jedenfalls schon gewettert. Hab das mitbekommen, als ich dem Urbahn einen Bohrer gebracht hab.
Wieso der Mühleisen?
Mensch, bist du naiv! Was mehr als zwei Leut' wissen, erfahren hundert. Hast du das noch nicht gelernt? Wie alt bist du?
Das hat damit nichts zu tun. Ich hab' gedacht, du wärst auch dafür, dass wir einen Betriebsrat haben. Das ist doch das Wichtigste.
Ich habe nichts dagegen. Aber der Chef hat was dagegen. Damit kommt ihr nicht durch. Darauf geb' ich euch Brief und Siegel!
Du darfst nicht so defätistisch sein?
Defä... was?
Ich mein, du musst mal optimistisch rangehen. So eine Wahl ist gesetzlich geschützt, und da muss sich auch der Chef dran halten.
Das haben wir ja beim Günter gesehen.
Ich hör' immer nur Günter. Siehst du denn nicht, dass die Leute jetzt mit den Dingern von der letzten Woche anders drauf sind?
Das hält nicht an. Glaub mir das.
Irgendwie hat mich Manfred doch wieder verunsichert. Er ist schließlich schon sehr lange in diesem Laden und kennt die Leute. In der Mittagspause musste ich zur Fenstergruppe. Dort werde ich inzwischen nicht mehr weggeschickt. Ich habe ihnen von Manfreds Bedenken erzählt. Der ist bei ihnen fachlich sehr anerkannt. Petra nickte nur:
War mir klar, dass die Hohen Herrn von der Sache erfahren. Solche Dinge können wir nicht geheim halten. Da müssen wir durch. Die Gewerkschaft wird offiziell einladen und dann werden wir unsren Wahlvorstand wählen und ....
Ist denn der Wahlvorstand auch gesetzlich geschützt? wollte Volker wissen.
Ja, aber nur bis zur Verkündung des Wahlergebnisses; beziehungsweise drei Monate danach, wenn kein Betriebsrat gewählt wird.
Gisela muss unbedingt in den Wahlvorstand. Der kündigen sie nicht, die ist schon zu lange da.
Da wär' ich nicht so sicher. Aber macht euch doch nicht in die Hosen. Jetzt machen wir erst mal die Wahlversammlung und dann sehen wir weiter.
Ich ging an meinen Tisch, wo Peter mich ansprach. Er wollte mich richtig ausquetschen.
Du warst doch ach bei der Verschwörertruppe. Kandidierst du ach für den Betriebsrat?

Nur weil ich am Freitag in der Kneipe war und mitgefeiert habe, dass sie den Uwe nicht entlassen haben, bin ich doch noch nicht auf der Kandidatenliste für eine Betriebsratswahl. Ich weiß überhaupt nicht, ob es soweit kommt.
Och, erzähl doch net. Ihr habt doch schun alles ausgekaspert.
Ich lenkte das Gespräch auf die Eintracht und Peter biss an. Er ist noch mehr als meine Frauen zu Hause Eintrachtfan und glaubt immer nur an den Sieg. Wenn er doch nur im Betrieb mal mehr Mumm hätte.

24.9.
Endlich wieder Wochenende! Die letzten Tage waren in Sachen Betriebsratswahl ganz ruhig, nur die Arbeit hat geschlaucht, und das nicht wenig. Das Werkzeug ist jetzt zwar endgültig fertig, aber es liegt eine neue Arbeit auf dem Tisch. Verschnaufen kann man nicht, erst recht nicht in der Probezeit.

Vorgestern wurden die Gewerkschaftsflyer ausgeteilt, die zur Betriebsversammlung am nächsten Donnerstag einladen. Ich hoffe, da geht endlich mal alles seinen geordneten Gang. Auf dem Treffen gestern Abend in der Kneipe, war ich nicht, weil ich seit vier Tagen an der Küche hänge (beim Streichen kam die Decke runter). Heute will ich fertig werden. Also ran an die Arbeit.

26.9.
Anscheinend habe ich mich mit der ruhigen Abwicklung der Betriebsratswahl zu früh gefreut. Heute (Montag) wurde bekannt, dass in dieser Woche die Kantine „leider" nicht zur Verfügung steht. Es müsse „umgebaut werden". Keiner hatte jemals davor etwas von einem Umbau gehört. Jetzt haben wir doch wieder Hektik, zumindest in der „Vorbereitungsgruppe". Wie mir Wolli in der Kantine erklärte, trifft sie sich heute Abend.

27.9.
Als ich in den Betrieb kam, drückten mir die Kollegen gleich einen Flyer in die Hand.

Geschäftsleitung will
Betriebsratswahl verhindern!

Auf die Ankündigung einer Betriebsversammlung zur Wahl eines Wahlvorstands für die Betriebsratswahl hat die Geschäftsleitung mit Sabotage reagiert. Sie will der Belegschaft keinen Raum für die Betriebsversammlung zur Verfügung stellen, wozu sie gesetzlich verpflichtet ist. Die Begründung, dass die Kantine ausgerechnet jetzt renoviert werden muss, ist völlig unglaubwürdig.

Das kann sich die Belegschaft
nicht gefallen lassen.

Die IG Metall-Mitglieder im Betrieb könnten jetzt Klage einreichen, aber das würde die Sache nur verzögern. Das hätte die Geschäftsleitung nur allzu gerne. Sie will uns mürbe machen. Dieses Spiel machen wir nicht mit.
Die IG Metall lädt euch deswegen alle zur Betriebsversammlung am kommenden Donnerstag (übermorgen) um 15.00 Uhr im Gemeindesaal der evangelischen Kirche ein. Kommt alle!
Wir dürfen der Geschäftsleitung keine Chance für ihre Sabotagepolitik geben.

Verantwortlich im Sinne des Presserechts:
Sascha Eilmann, IG Metall

Die Diskussionen drehten sich den ganzen Tag darum, ob überhaupt Leute zu einem Termin außerhalb der Arbeitszeit kommen würden (die Kernzeit endet um 14.00 Uhr). Viele waren sehr skeptisch, aber die Vorbereitungsgruppe hatte wohl keine andere Wahl gesehen. Bei uns im Werkzeugbau musste ich Klaus nicht lange fragen, aber bei den anderen hatte ich überhaupt keine Chance. Manfred sah alles als sinnlos an, weil wir die Wahl sowieso nicht durchbekämen und weil es ja auch bestimmt keine Kandidaten gäbe. Peter war völlig desinteressiert. Auf meine Nachfrage hin murmelte er, dass das Flugblatt viel zu „frech" sei und der Geschäftsleitung Dinge unterstelle, die wir nicht beweisen könnten. Ich bekam sogar den Eindruck, dass er noch zu Moser geht und sich über mich beschwert, wenn ich weiter bohre.

In der Montage sah es heute sehr gemischt aus, aber die Kollegen haben ja noch zwei Tage Zeit, die Leute zu motivieren. Laut Wolli ist es bei den Schneckengetrieben am schwierigsten. Die meisten dort verstehen sich als etwas Besseres und wollen nicht mit der Montage in einen Topf geworfen werden. Dabei machen sie im Prinzip auch nichts anderes als Getriebe montieren. Wolli meint, das sei eine harte Nuss, da werde von den gut fünfundzwanzig Leuten überhaupt keiner kommen. In der Mittagspause hat Maik mit den Drehern gesprochen. Die sind wohl auch eher abwartend, aber einige haben wenigstens etwas Interesse gezeigt. Das Büro ist ganz schwer einzuschätzen. Petra ist eher skeptisch, bleibt aber dran.

29.9.
Im Laufe des heutigen Donnerstags ist die Spannung spürbar von Stunde zu Stunde gewachsen. Um kurz vor 15.00 Uhr trafen wir uns draußen auf dem Parkplatz, um allen eine Mitfahrgelegenheit zu geben, obwohl es ja kaum mehr als fünf Minuten zu Fuß sind. Aber Uwe bestand darauf, dass wir niemandem eine Ausrede lassen sollten. Es hätten sich sowieso schon viele abgemeldet, die angeblich gerade jetzt einen Arzttermin oder Ähnliches haben. „Schisser" hat er gemeint, wo doch die Leute mit dem Gang zur Betriebsversammlung – faktisch außerhalb der Arbeitszeit – nichts riskieren. Aber die einen sind desinteressiert, die anderen haben wirklich Schiss und wollen nicht zusammen mit den „Rädelsführern" gesehen werden. Dass die Leute von der Spätschicht aus der Dreherei nicht kommen würden, war absehbar und irgendwo verständlich, jedenfalls beim gegenwärtigen Stand der Dinge.

Wir machten unsere sieben Autos voll und fuhren los. Draußen vor dem Gemeindesaal stand Sascha mit seiner IG Metall-Fahne. Immerhin, das hat er im Griff. Der Pfarrer war auch da. Ob der jetzt neue Schäfchen erwartet? Jedenfalls war unsere Stimmung nicht berauschend, aber auch nicht niedergeschlagen. Drinnen saßen aber schon mindestens zehn Leute; zusammen waren wir etwa dreißig oder fünfunddreißig Menschen. Nicht gerade wahnsinnig toll für eine Belegschaft von 240 Beschäftigten.

Uwe wollte gleich anfangen, aber Sascha hielt ihn zurück. Es sei doch erst kurz nach drei. Da kämen vielleicht noch welche. Als ob er es geahnt hätte: Wirklich tröpfelten noch Leute ein, erst zwei, dann wieder einer, dann drei... Um Viertel nach drei waren es annähernd fünfzig Leute und Sascha war richtig zufrieden, wir noch nicht, aber es ging.

Jetzt erst bemerkte ich hinten den Meister, beziehungsweise Möchtegernmeister Mayer. Von dem hätte ich es am wenigsten erwartet. Hat sich wohl verirrt, dachte ich. Sascha hob an:

Liebe Kolleginnen und Kollegen, es ist sehr gut, dass ihr den Weg hierher gefunden habt. Wie mir eure Kollegen Uwe Meisner und Petra Maurer erklärt haben, will euch die Geschäftsleitung rupfen und über eine Neueingruppierung mächtig auf eure Kosten Geld sparen. Ich denke, damit werden keine neuen Arbeitsplätze geschaffen, sondern einzig und allein die Gewinne erhöht, die die Kapitaleigner nach Hause tragen.

Maik: *Bei uns gibt es nur einen „Kapitaleigner". Das ist der Chef.*

Volker: *Ich denk', der Koch ist mit eingestiegen!*

Maik: *Ja, das stimmt, aber doch nur mit einem symbolischer Betrag. Die große Knete macht nur der Chef.*

Sascha: *Das ist aber für uns heute nicht wesentlich. Wichtig ist für uns, dass der oder die Kapitaleigner sich auf eure Kosten die Taschen noch voller machen wollen. Petra hat mir erzählt, was ihr verdient. Das ist ja wirklich nicht die Welt. Und jetzt will man das noch kürzen. Es ist gut, dass ihr euch dagegen wehrt. Am besten wären jetzt Tarifverhandlungen über einen Haustarifvertrag, aber eure Kollegen haben mir erklärt, dass ihr keine Kampfbereitschaft bei der Mehrheit der Kolleginnen und Kollegen seht. Vielleicht kommt das ja noch. Jedenfalls war eure Aktion der Arbeitsverweigerung, bis der Kollege Meisner wieder eingestellt wurde ....*

Der war doch „nie entlassen"!

Ja, angeblich habe man ihn ja gar nicht entlassen, ich weiß. Angeblich war das ja ein Missverständnis. Aber wir alle wissen, dass er ohne eure tolle Aktion nicht mehr im Betrieb wäre...

Genau!

Stimmt!

Euer Schritt, jetzt endlich einen Betriebsrat zu wählen, ist, so glaube ich, sehr richtig. Die Schikane der Geschäftsleitung, um die Wahl zu behindern oder unmöglich zu machen, darf nicht aufgehen ....

Genau!

...deshalb haben wir euch hierher eingeladen, damit keine weitere Verzögerung eintritt. Es ist sach- und formgerecht zu dieser Betriebsversammlung eingeladen worden. Wir als die für euch zuständige Gewerkschaft haben die Rolle des Einladers übernommen, aber es ist klar, dass ihr in Zukunft so etwas selbst machen müsst. Dazu solltet ihr euch natürlich besser organisieren und der IG Metall beitreten. (Das musste ja jetzt wieder kommen! Lass das doch mal, dachte ich für mich.), *denn ohne bessere Organisierung werden wir niemals Verhandlungen über einen Haustarifvertrag aufnehmen*

können. *Wer nicht streiken kann, kann auch keine Forderungen stellen. Ihr wisst ja: Wenn es um einen Tarifvertrag geht, muss man schließlich länger streiken als nur mal eine Stunde. Und das können normalerweise nur diejenigen durchhalten, die auch Streikgeld bekommen. Wer nicht gewerkschaftlich organisiert ist, wird also nicht mitmachen. Und wenn nur wenige streiken, bewirken sie bekanntlich nichts. Aber zurück zu unsrem heutigen Thema: Einziger Tagesordnungspunkt ist die Wahl eines Wahlvorstands zu der von euch gewünschten Betriebsratswahl. Gibt es Änderungsvorschläge zur Tagesordnung?*
Allgemeines Schweigen.
Das scheint nicht der Fall zu sein. Ich übergebe jetzt das Wort an die Kollegin Petra Maurer.
Vielen Dank, Sascha. In den bisherigen Überlegungen sind verschiedene Namen genannt worden. Die will ich mal kurz vorlesen: Gisela Naumann, Volker Herrlich und Ali Erdogan. Warum jetzt Heike nicht genannt wurde, konnte ich mir nur denken. Sie will wohl für den Betriebsrat kandidieren, was ich gut fände.
Gibt es weitere Vorschläge?
Ja, Uwe!
Nein, Uwe will das nicht machen. Er will für den Betriebsrat kandidieren.
Bravo!
Also, gibt es weitere Vorschläge?
Ja, Susanne!
Den Vorschlag sollten wir aufnehmen, wenn Susanne einverstanden ist?
Ja.
Gut, also Susanne Fellner. Wir hätten also vier Vorschläge. Das ist ganz gut, weil wir mindestens eine Ersatzperson haben sollten. Ich bitte jetzt die vier Kolleginnen und Kollegen sich kurz vorzustellen.
Die Vorstellung war kurz und schmerzlos. Ebenso ging der Vorschlag glatt durch, dass der oder die Viertplatzierte Stellvertreter (oder Stellvertreterin) sein soll, wenn der Wahlvorstand bei einer Sitzung sonst nicht vollzählig ist. Wahlzettel hatte die Vorbereitungsgruppe schon vorbereitet. Alle Achtung, die kommen richtig in Schwung. Gewählt wurden Gisela, Volker und Susanne. Ali ist jetzt Ersatzmitglied des Wahlvorstands. Sascha bedankte sich und wollte die Versammlung schließen, aber da rief Harald von hinten:
Ich schlach de Uwe vor.
Wir haben doch jetzt gewählt.
Nee, ich mahn, als Kandidat für de Betriebsrat.
Mensch Harald, Klappe!, kam es von Heike. Petra erklärte:

Die Kandidatenaufstellung kommt später. Für heute sind wir fertig.
Von hinten kam noch die Frage: *Und was machen wir, wenn die Geschäftsleitung weiter sabotiert?*
Das wollen wir jetzt nicht hier bereden.
Ihr könnt das doch nicht allein entscheiden! Deswegen sind wir doch jetzt hier! Oder?
Glaubt' mir Kolleginnen und Kollegen, das können wir hier und heute, in dieser Zusammensetzung, nicht bereden.
Es wurde etwas unruhig, wobei die gesamte Fenstergruppe (außer Harald natürlich) offenbar eine klare Linie hatte, nämlich hier die Sache abzubrechen. Das hätte ich von dieser Gruppe nicht erwartet. Jetzt, wo doch die interessierten Kolleginnen und Kollegen da waren. Da sprang Sascha ein und erklärte:
Kolleginnen und Kollegen, ich denke, dass die Kollegin Petra und die anderen, die die heutige Versammlung vorbereitet haben, diese Versammlung nicht überfrachten wollen. Wir haben Wichtiges auf den Weg gebracht. Einige von euch werden ja noch anderes zu erledigen haben, Euer Arbeitstag war ja schon lang genug. Ich wünsche euch einen schönen Feierabend und schließe hiermit die Betriebsversammlung. Einen schönen Tag noch und auf Wiedersehen.
Das anschließende Gemurmel und Gebrabbel ebbte relativ schnell ab, die meisten verzogen sich und die Fenstergruppe blieb vorne bei Sascha, ich kam dazu und wollte sofort wissen, warum sie die weiteren Überlegungen abgewürgt haben.
Uwe: *Du Grünhorn, hast du nicht den Mayer gesehen?*
Ja, und?
Der hat die ganze Zeit nur mitgeschrieben. Der ist doch nicht aus Interesse gekommen. Der hat auch keinen Wahlzettel abgegeben. Der ist doch von der Geschäftsleitung geschickt. Wenn wir in seiner Anwesenheit über den weiteren Gang der Dinge sprechen, über die Kandidaten, oder wie wir uns wehren, falls weiter sabotiert wird, weiß das in ein paar Minuten die Geschäftsleitung.
Ach so läuft das hier?
Ja, was hast du denn gedacht? Der Mayer will doch Karriere machen. Hast du das noch nicht begriffen?
Ich wollte erläutern, dass ich ihn schon ein wenig kennengelernt habe, aber das Gespräch der anderen war wichtiger und ich schämte mich auch, dass ich den Mayer während der Versammlung nicht besser beobachtet hatte.
Sascha gratulierte der Vorbereitungsgruppe und empfahl, ihn über die weiteren Schritte auf dem Laufenden zu halten. Weg war er. Die anderen verzogen sich jetzt auch.

OKTOBER

4.10.
Letzten Freitagabend gab es für uns kein Äppler-Treffen in Sachsenhausen, zu viele konnten nicht. Aber mit der Geburtstagsfeier von Miriam – meinem Ein und Alles – am Samstag und mit dem Feiertag gestern (3. Oktober) war das verlängerte Wochenende wirklich gelungen. Miriam hat sich wahnsinnig über die neuen Reitstiefel gefreut, mehr als über alles andere. Dabei will ich immer, dass sie eher mal liest oder dass sie vielleicht mal Klavierunterricht nimmt. Ich würde es ihr ja alles bezahlen. Ein Klavier bekäme sie auch, aber sie hat dafür kein Interesse. Claudia meint, das mit dem Lesen kommt bestimmt noch.

Heute musste ich wieder mit dem Bus fahren, Claudia brauchte das Auto. Deswegen kam ich erst deutlich nach sieben und Moser war schon nervös, weil er dachte, ich bin krank. Ich antwortete:
Wir sind doch noch nicht in der Kernzeit. Wir haben doch Gleitzeit, oder?
Ja, natürlich, aber Sie hätten doch schon mal vorher Bescheid sagen können.
Am Freitag wusste ich das noch nicht. Meine Frau braucht heute das Auto.
O. k., wir müssen gleich mal zu den Schneckengetrieben. Manfred hat sich krank gemeldet und Klaus hat eine andere wichtige Arbeit.
Ich dachte, es gibt doch noch den Peter, aber ich hielt lieber den Mund. Ein paar Minuten später zogen wir los und erfuhren drüben, dass Schneider mit der Vorrichtung, die ich auf Mayers Wunsch geändert hatte, nicht einverstanden war. Das wollte er Moser erläutern. Ich erklärte Moser, dass ich nur auf Anweisung gearbeitet habe. Von Schneider wollte er wissen, wo denn Mayer war.
Der ist oben bei Herrn Koch.
Ja, dann sind wir schon fertig. Wenn er wieder da ist, soll er mich mal anrufen. Auf dem Rückweg wollte ich eigentlich Moser erklären, dass die zwei, Schneider und Mayer, sich wohl nicht einig sind, aber ich ließ es sein. Wahrscheinlich weiß er das längst.

Auf dem Nachhauseweg, später als ich sonst fahre, stieg auch Petra in den Bus ein. Sie erklärte mir zehn Minuten lang ganz erregt, wie der Wahlvorstand am Freitag der Geschäftsleitung das Ergebnis der Betriebsversammlung mitgeteilt hat und dass die „Hohen Herrn der

Geschäftsleitung" – Koch und Mühleisen – alles abgelehnt haben. Es gibt kein Büromaterial für den Wahlvorstand, keinen PC, keine Wählerliste usw. Heute ist es offenbar genauso weitergegangen. Petra kochte. Ich nehme an, die anderen auch.

7.10.
Diese Woche hatte ich wenig Kontakt zu den anderen, aber es muss für einige recht heiß geworden sein. Zum Äppler gestern Abend habe ich Volker abgeholt, der mir im Auto erzählte, welche Geschütze die Geschäftsleitung inzwischen auffährt. Den Mitgliedern des Wahlvorstands sind die jeweiligen Vorgesetzten ständig mit eiligen Aufträgen auf die Füße getreten. Volker hat sich anscheinend mit Urbahn mächtig in die Haare gekriegt. Und ab Donnerstag kam es Schlag auf Schlag: Erst haben Sie Ali (Ersatzmitglied im Wahlvorstand) in den Versand versetzt. Das sei nur vorübergehend, hieß es, und Ali hat sich nicht geweigert. Heute haben sie Harald, Roland und Maik versetzt. Harald soll nur noch die großen, schweren Getriebe transportieren, vorverpacken usw., keine Montage mehr. Roland, der ja Einrichter ist, soll plötzlich nur noch montieren. Maik soll plötzlich bei der Warenannahme nicht nur auspacken, buchen und einlagern, sondern auch die Teile kontrollieren. Dafür hat er überhaupt keine Zeit. „Sie sind doch Facharbeiter. Wenn Sie das nicht können, müssen wir Sie anders eingruppieren", muss der Koch gesagt haben. Den Protest und den Einwand von Maik, dass es nicht um das „Können", sondern um die Zeit geht, hat Koch nicht gelten lassen. Er will offensichtlich überall bei den vermuteten Drahtziehern Stress erzeugen. Mit Uwe muss wohl auch schon gesprochen worden sein. Der soll auf einmal 40 Stunden arbeiten (wahrscheinlich, um die fehlende Einrichterzeit von Roland zu kompensieren), obwohl alle wissen, dass er das auf keinen Fall will (er hat ein behindertes Kind zu Hause).

Kein Wunder, dass in der Kneipe schon heftig gestritten wurde, als wir ankamen. Es war nur der alte Kern da, und Petra erklärte gerade: *Bei mir machen sie doch auch schon Druck. Die kennen doch ihre Pappenheimer.*

Ali: *Wenn das wirklich so ein Plan von denen wär': Warum ist dann nicht der gesamte Wahlvorstand versetzt oder unter Druck gesetzt worden?*

Uwe: *Weil sie wissen, dass sie zu viel riskieren, wenn sie den Wahlvorstand zu offensichtlich mobben. Du bist nur Stellvertreter, da fällt das nicht auf. Die fangen jetzt erst mal mit uns an, weil sie sicher davon ausgehen, dass wir zur Wahl antreten. Sie wollen uns jetzt fertig machen, so dass wir die Lust verlieren. Und wenn wir nicht kandidieren oder die Wahl nicht* stattfindet, dann können wir – vielleicht!! – wieder an unsre alten Stellen zurück. Macht euch doch nichts vor! Die haben jetzt nur keinen brauchbaren Grund, uns zu entlassen. Wenn sie könnten, würden sie das sofort machen. Das glaubt mal wohl!

Petra: *Und wenn wir uns bei den Versetzungen bockig stellen, dann heißt es „Arbeitsverweigerung" und dann haben sie einen Grund. So oder so sind die jetzt am Drücker.*

Maik: *Und was machen wir jetzt? Sollen wir jetzt einknicken und sagen: „War alles nicht so gemeint"?*

Harald: *Ich glab', ihr spinnt! Jetzt misse mer mol uff de Disch haache.*

Heike: *Klappe! Wir dürfen jetzt nicht die Nerven verlieren. Noch ist niemand entlassen.*

Maik: *Aber das ist das Ziel. Und außerdem: Der Wahlvorstand hängt in der Luft. Er hat keine Wählerliste und noch nicht mal ein Büro, in dem er sich treffen kann. Die Leute werden mit Arbeit zugeschüttet. Plötzlich ist alles wahnsinnig eilig. So kommt niemals eine Wahl zustand'!*

Petra: *Ich kann anbieten, dass sich der Wahlvorstand am Wochenende bei mir trifft. Ich kann den Aushang tippen und wir können das weitere Vorgehen besprechen.*

Roland: *Und die Wählerliste?*

Petra: *Die müssen wir selbst zusammenstellen. Wir kennen doch fast alle Leute. Den Rest müssen wir erfragen.*

Uwe: *...wenn du von den Leuten jeweils eine Antwort kriegst!*

Kriegen wir schon. Es gibt ja auch Leute, die was über die anderen wissen. Die Leute trauen sich zwar nicht, offen zur Betriebsratswahl zu stehen, aber im Zweiergespräch kriegen wir schon Infos. Und wenn die Wählerliste unvollständig ist, kann sie ja ergänzt oder korrigiert werden. Dafür muss sie ja schließlich ausgehängt werden. Wichtig ist nur, dass wir jetzt nicht die Nerven verlieren.

Roland: *Was nutzt mir das alles, wenn ich versetzt bleib' und kein Einrichter mehr bin. Dann kommt in kurzer Zeit für mich die nächste Abgruppierung und dann kann ich einpacken. Ich hab' 'ne teure Miete. Und der Betriebsrat macht die ganzen Abgruppierungen sowieso nicht rückgängig.*

Uwe: *Na jetzt krieg' dich mal wieder ein! Uns geht es doch auch nicht viel besser. Mir haben sie ja auch schon Druck gemacht. Leute, wenn jetzt einer umfällt, wird der Druck auf die anderen nur noch größer. Das müssen wir zusammen durchstehen.*

Die Diskussion ging noch eine gute Stunde in diesem Stil weiter. Zwischendurch bekam ich meine Zweifel, ob die Kollegen die Nerven behalten, zumal ja wirklich Geldverlust oder auch Abmahnung und Rausschmiss drohen, je nachdem, wie die Versetzungen und der Stress sich zuspitzen. Ich fand es schade, dass jetzt Gisela, die Erfahrene mit Autorität, nicht dabei war. Aber das konnte man natürlich nicht jede Woche oder jede zweite Woche erwarten.

Am Schluss wurde es noch mal hitzig, weil sich Heike und Harald anschrien. Harald war inzwischen „wieder dibbedab", wie Heike anmerkte. Aber der von Heike ewig Angegriffene wurde daraufhin noch lauter und schrie schon fast, dass das seine Sache sei. Im Betrieb habe er das im Griff und trinke nichts (was hoffentlich stimmt).

18.10.

Das Wahlausschreiben, das Petra mit dem Wahlvorstand gemacht und am Montag aufgehängt hatte, schien mir ein ganz wichtiger Schritt. Ich dachte, wir sind über den Berg, weil danach tagelang nichts zu hören war. Die Kollegen hatten ihre Versetzungen, zwar unter Protest, aber doch, ohne die Arbeit zu verweigern, angenommen. Der Termin für die Wahl wurde auf den 7. Dezember gelegt. Heute, eine gute Woche nach dem Aushang, wurde auf einmal bekannt, dass die Geschäftsleitung beim Arbeitsgericht einen Antrag auf einstweilige Verfügung eingereicht hat, die Wahl des Betriebsrats auszusetzen, bis der reguläre Termin für eine Wahl ansteht. Uwe erläuterte mir in der Mittagspause:

Das wäre in gut anderthalb Jahren. Es ist klar, dass wir uns darauf nicht einlassen können. Sie begründen das anscheinend damit, dass der Betrieb gerade im Umbruch sei, die Zugehörigkeit der Belegschaft zu den künftig eigenständigen Unternehmen nicht geklärt sei und es deshalb keine Zuständigkeit des Betriebsrats für alle Beschäftigten gäbe.

Was? Betriebsaufspaltung?

Ja, wahrscheinlich hatten sie das sowieso vor. Jetzt wollen sie aber erst mal Zeit gewinnen. Und dann können sie den Betrieb in Ruhe aufspalten und parallel dazu die möglichen Kandidaten in den anderthalb Jahren, die wir warten sollen, fertig machen. Das sind Dreckskerle!

Ich kann dir nicht widersprechen.

Morgen bin ich bei der Gewerkschaft. Die muss uns jetzt einen guten Anwalt besorgen. Wer den bezahlt weiß ich nicht. Ich hoffe, der Anwalt kann beim Gericht durchsetzen, dass der Wahlvorstand ihn beauftragt hat und der Arbeitgeber bezahlen muss. Notfalls müsste die Gewerkschaft zahlen, aber da blicke ich noch nicht durch. Jedenfalls pressiert es jetzt noch mehr als vorher. Wenn wir aufgespalten werden in zwei oder drei Unternehmen, die offiziell nichts miteinander zu tun haben, dann gute Nacht.

Kann mir vorstellen, dass es dann noch viel schwieriger wird, eine Mannschaft zusammenzubekommen, bzw. zwei oder drei Mannschaften zusammenzubekommen.

Der Wahlvorstand hat jedenfalls heute vom Arbeitsgericht die Kopie des Antrags der Geschäftsleitung bekommen. Der Richter will wissen, wer unsre Rechtsvertretung ist. Aus dem Schreiben geht hervor, dass das Arbeitsgericht annimmt, wir hätten schon einen Betriebsrat und es ginge jetzt nur um eine Neuwahl. Alles ziemlich kompliziert. Von der Gegenwehr gegen die Abgruppierung kommen wir immer weiter weg. Jetzt müssen wir uns mit so einem Scheiß beschäftigen. Richtige Dreckskerle! Das sind doch Schweine!

Uwe war inzwischen so laut geworden, dass die Leute von den Nachbartischen alle die Köpfe drehten. Ich ging an meinen Tisch, das Essen war inzwischen kalt, aber es gibt offenbar Schlimmeres.

Später an den Getränkeautomaten fuchtelte Wolli in einem Gespräch mit einer Kollegin von den Schneckengetrieben ganz wild herum:

Aber wir haben keinen Betriebsrat. Ich weiß nicht, wie wir uns gerichtlich gegen die Schikanen der Geschäftsleitung wehren sollen. Nein ihr, ihr müsst endlich mal Position beziehen und die Wahl vom Betriebsrat unterstützen. Von euch war keiner auf der Betriebsversammlung, wo wir den Wahlvorstand gewählt haben.

Ich denk', das macht ihr.

Nee, wir gehören zusammen. Jedenfalls jetzt noch. Was macht ihr denn, wenn die den Betrieb aufspalten? Wählt ihr dann einen eigenen Betriebsrat? Nie und nimmer! Ihr macht euch doch all' in die Hosen!

Uns passiert nichts. Das Geschäft mit den Schneckengetrieben läuft super.

Meinst du vielleicht, ihr seid die einzigen, die Schneckengetriebe bauen? Für unsre Firma hier ist das was Neues, oder was relativ Neues, aber nicht in anderen Firmen. Und wenn bei euch die Aufträge einbrechen, dann will ich mal sehen, wie ihr euch fühlt.

Ich konnte und wollte mich da nicht reinhängen, aber offensichtlich ist die Gerichtssache Thema im ganzen Betrieb. Ein Glück nur, dass Moser die letzten Tage mit meiner Arbeit zufrieden ist. Das Spritzgusswerkzeug scheint zu funktionieren. Jetzt kann eigentlich meiner Übernahme nicht mehr viel im Weg stehen. Bald ist die Probezeit rum.

20.10.

Wie heute zu erfahren war, ist der Termin beim Arbeitsgericht schon Anfang November. Uwe erzählte, dass die Anwältinnen aus Frankfurt sehr zuversichtlich sind, dass die Geschäftsleitung mit ihrem Antrag nicht durchkommt.

In der Mittagspause kam Maik im Hof zu mir und fragte mich, ob ich morgen in die Kneipe komme. Leider musste ich absagen, Claudia beschwert sich, dass ich fast jeden Freitagabend fort bin, auch wenn ich meine, dass sie da etwas übertreibt.

Wenn du morgen nicht dabei bist, dann muss ich dich jetzt was fragen. Der Markus sagt, du würdest in das Investitionsprogramm einsteigen. Du hättest nur noch nicht das Geld zusammen ....

Was, ich glaub, der spinnt. Bei so einer Kettenbriefgeschichte mach ich doch nicht mit. Dir hätte ich eigentlich auch nicht zugetraut, dass du so ein Fiesling bist. Ich hatte die Sache schon fast vergessen.

Mach dir mal keine Sorgen, wir werden dem Markus noch mal fünfhundert Euro abknöpfen und dann schauen wir mal weiter.

Wer ist wir?

Das sind Roland, Volker und ich. Aber, sag das bitte nicht weiter. Wir haben dem Markus einen schönen Plan präsentiert. Demnächst hörst du mehr davon. Aber halt's Maul! Weg war er. Sehr dubios, was dieser Maik da erzählt. Vielleicht habe ich ihn ja auch vollkommen falsch eingeschätzt und er ist gar nicht dieser solidarische Kollege, wie er nach außen den Anschein macht. Die Sache riecht irgendwie nach einem Schnellballsystem à la Madoff, also einem richtigen Ponzi. Ich weiß aber auch nicht, mit wem ich darüber reden kann. Die Fenstergruppe hält mindestens bei den persönlichen Angelegenheit zu gut zusammen.

NOVEMBER

3.11.
Die letzten zwei Wochen war ich recht groggy. Die Arbeit hat geschlaucht ohne Ende, aber ich konnte ja nicht krank sein, schließlich ist meine Probezeit noch nicht zu Ende, erst nächsten Dienstag. Heute hat mein Schwager Geburtstag, gefeiert wird morgen. Deswegen werde ich dieses Mal wieder nicht nach Sachsenhausen können, aber ich denke, dass ich ab der nächsten Woche wieder etwas mehr mitbekomme.
Markus geht es überhaupt nicht gut. Er hielt mich am Cola-Automat an und kotzte sich richtig aus. 1500 Euro habe er jetzt investiert und die Bank wolle ihm nicht wenigstens die erste Auszahlung zukommen lassen. Er habe sich extra noch mal bei seiner Schwester fünfhundert Euro geliehen und sie wolle jetzt ihr Geld wieder zurückhaben. Das könne er ja auch verstehen. Das sei ihr Wirtschaftsgeld für den November gewesen und jetzt haben wir November. Der Maik habe ihm erklärt, die Bank könne jetzt nicht auszahlen. Er müsse erst noch mehr Mitinvestoren beibringen.
Außerdem wollten sie die Telefonnummer von meiner Schwester haben. Die investiert aber nicht mit, das weiß ich. Die hat ja gar kein Geld.
Der Maik sei aber so hartnäckig gewesen. *Der will unbedingt mit ihr sprechen.*
Ob ich nicht helfen könne. Ich bekäme doch fünfundzwanzig Prozent Gewinn. Ich wollte ihm erklären, was es mit Kettenbriefgeschäften auf sich hat, beziehungsweise was ein Ponzi ist, aber er wollte nicht zuhören. Er wollte mich als „Investor" gewinnen. Wir kamen einfach nicht zusammen.
Maik hat heute Urlaub. Ihn konnte ich nicht fragen, was da eigentlich abging und warum er auch noch die Schwester da mit reinziehen will.

7.11.
Morgen ist meine Probezeit rum. Uwe empfahl mir, Moser lieber nicht anzusprechen, sonst komme der noch auf schlechte Gedanken. Wenn sie mich bis jetzt nicht fortgeschickt haben, dann wollen sie mich doch wohl behalten. Also fühle ich mich heute schon wieder deutlich besser. Das Wochenende war ja auch nicht schlecht, etwas weniger Alkohol bei der Geburtstagsfeier am Freitag wäre allerdings nicht verkehrt gewesen.

Wolli kam in der Frühstückspause auf den Hof und winkte mich raus. Mit dem Brot in der Hand kam ich zu ihm und sofort bedrängte er mich.
Hey, du musst unbedingt kandidieren. Wir müssen bis Ende der Woche die Kandidatenliste zusammenhaben.
Wieso ich? Ihr seid doch genug Leute.
Eben nicht. Wir wählen einen neunköpfigen Betriebsrat und es sollen immer doppelt so viele Kandidaten auf der Liste sein.
Und wenn es weniger sind?
Dann funktioniert es auch, aber wenn jemand ausscheidet, müssen wir Nachrücker haben. Auch wenn welche länger krank sind, braucht der Betriebsrat Nachrücker.
Wieso ich? Ich bin doch noch gar nicht lange im Betrieb.
Lang genug, um zu sehen, wie es hier abgeht. Uwe meint, deine Probezeit wär' jetzt rum ....
Erst morgen!
Na gut, da meldest du dich übermorgen. Wir haben erst neun Leute auf der Liste. Das ist zu wenig. Wenn von denen noch jemand vorher abspringt, wird es ganz schön eng. Und auf jeden Fall brauchen wir Nachrücker.
Das muss ich mir erst mal überlegen.
Da gibt es nix zu überlegen. Am Donnerstag muss die Liste stehen.
Na, hör mal! Das ist ja wie ein Überfall.
Also morgen will ich hören, dass du dabei bist. Oder hast du ein Argument dagegen?
Nein, aber ich kenne die Leute nicht und die Leute kennen mich zum allergrößten Teil genauso wenig.
Also bis morgen! Weg war er.
Jetzt hänge ich hier daheim und bin mit dieser Entscheidung ganz allein. Claudia frage ich lieber nicht, erst recht nicht, nachdem sie von dem Mobbingfall bei Rhenus gehört hat. Sie würde mir nur abraten, nicht erbost, aber doch einfach aus Vorsicht. Und wenn ich nicht auf sie höre, ist sie sauer. Am besten, sie erfährt von der ganze Sache gar nichts, jedenfalls nicht vor der Wahl.

9.11.

Gestern konnte ich mich noch nicht entscheiden. Volker und Ali haben auch noch auf mich eingeredet. Sogar Funda kam gestern in der Mittagspause bei dem schönen Wetter auf den Hof und steuerte schnurstracks auf mich zu. Ich fühlte mich wahnsinnig geehrt. Die schöne Funda! Aber sie kam nicht wegen meiner Person oder meiner schönen Blicke. Sie sagte nur, sie habe gehört, dass ich auch kandidiere und

dass sie das gut findet, wir bekämen also doch noch genug Kandidaten zusammen.
Und Kandidatinnen? Wie sieht es mit dir aus?
Nein, ich habe keine Zeit. Ihr macht das schon. Weg war sie. Schade! Aber heute gab es ja doch ein kleines Freudenfest. Kurz vor der Mittagspause kam Gisela vom Gericht zurück. Das Arbeitsgericht hat alle Anträge der Geschäftsleitung auf Annullierung des Wahlvorgangs, auch den „hilfsweisen Antrag" auf „Aufschub des Wahlvorgangs bis zum Termin der ordentlichen Wahl", zurückgewiesen. Das ging wie ein Lauffeuer durch die ganze Firma, sogar bis zu uns in die kleine Halle, wo der Werkzeugbau untergebracht ist. Das gab natürlich Aufrieb.
In der Mittagspause war die Kantine voller Aufregung und Freude. Im hinteren Eck, wo sonst einige von den „Hohen Herrn" sitzen, war heute niemand. Die hatten wohl Beratung. Hoffentlich lassen sie uns jetzt endlich mal in Ruhe. Gisela, die sonst nie in der Kantine ist, musste erzählen:
Der Richter hat den Anwalt von der Geschäftsleitung gefragt, wieso sie Schwierigkeiten mit der Wahl eines Betriebsrats hätten. Koch hat erklärt, sie hätten damit ja gar keine Schwierigkeiten, aber der Betrieb sei doch gerade im Umbruch und die neuen Gesellschaften seien schon kurz vor der Registrierung. Der Richter hat aber gesagt, dass das nichts zur Sache tut. Im Moment sei es ein Betrieb und deswegen der Wahlvorgang rechtens.
Juhu!
Sehr schön!
Der Anwalt von denen meinte noch: Außerdem sei es keine reguläre Betriebsversammlung zur Wahl eines Wahlvorstands gewesen. Die hätte im Betrieb stattfinden müssen. Der Richter hat auch das nicht gelten lassen. Ob es eine Behinderung gab oder nicht, wollte er nicht entscheiden, aber es sei offensichtlich korrekt eingeladen worden. Die Versammlung muss nicht im Betrieb stattfinden. Der Ort sei nicht unzumutbar weit weg gewesen. Für uns also alles in Butter. Jedenfalls zuerst mal.
Toll!
Gut so!
Ja und er hat alle Anträge des Wahlvorstands auf Herausgabe der Wählerliste, des Büromaterials und auch eines Computers als gerechtfertigt und angemessen erklärt.
Super!
Harald: *Ich denk, mir ham' doch selbst e Wehlerlist' gemacht.*
Gisela: *Ja, aber für uns ist es jetzt leichter, zu überprüfen, ob unsre Liste komplett ist, ob wir alle Namen richtig geschrieben haben usw. Das Beste kommt noch: In dem Beschlussverfahren, das wir eingeleitet*

haben und das ja in einem Aufwasch mitverhandelt worden ist, ist der Geschäftsleitung aufgetragen worden, uns, dem Wahlvorstand, alle notwendigen Mittel zur Verfügung zu stellen. Bei Zuwiderhandlung droht ein Ordnungsgeld.

Klasse!

Entscheidend war, dass das Gericht auch die verspätete Einreichung der Wahlvorschläge aufgrund des Verfahrens zur Annullierung der Wahl akzeptiert hat. Normalerweise hätte der Wahlvorschlag mit den Kandidaten am 24. Oktober da sein müssen. Bis zur Wahl sei ja auch noch genug Zeit, der Wahlvorstand habe ja den Termin nicht eng gesetzt. Der Fehler ist deswegen ohne Probleme „heilbar", wie der Richter sich ausgedrückt hat. Das Gericht hat allerdings klargestellt, dass noch diese Woche die Wahlvorschläge eingereicht werden müssen, sonst muss der Wahltermin verschoben werden. Nebenbei: Am 24. Oktober hatten wir auch erst 8 Kandidatinnen und Kandidaten. Unfreiwillig hat uns die Geschäftsleitung mit dem Antrag auf einstweilige Verfügung einen Gefallen getan.

Uwe: *Eine Verschiebung kommt nicht in Frage. Wer weiß, was die noch alles für Schweinereien auf Lager haben. Eine Verschiebung käme denen recht. Da könnten sie noch genug Druck auf die Kandidaten ausüben, und mit Sicherheit würden dann noch welche abspringen. Wir bleiben beim 7. Dezember. Wir geben euch heute noch die Liste. Die könnt ihr spätestens morgen raushängen.*

Ich ließ mich von der guten Stimmung anstecken und ging zu Wolli rüber.

Ihr könnt mich auf die Liste setzen. Ich kandidiere.

Bravo. He ihr Leut', der Robbie kandidiert auch.

Toll!

Herrlich!

Ich wollte wissen, wer jetzt auf der Liste ist: Wolli verwies mich an Volker, weil Gisela jetzt noch zu viele Fragen zu beantworten hatte. Volker las mir die Liste vor, er hatte sie ständig bei sich: Uwe, Roland, Maik, Petra, Heike, Sibylle, Horst, Klaus, Harald, Wolli, Frau Moser und jetzt ich.

Moment mal. Der Klaus? Das kann ich mir nicht vorstellen. Der ist zwar für die Gewerkschaft, aber der hängt sich doch da nicht rein.

Doch der Klaus macht das. Ich habe ihn gefragt. Er weiß zwar, dass er damit Probleme mit dem Mayer kriegt ....

Ach so, das ist nicht der Klaus vom Werkzeugbau?

Nein, von den Schneckengetrieben. Klaus Geissler.

Ach so, und wer ist Sibylle?

Eine Kollegin aus der Montage.

Und Frau Moser?

Ja, da weiß ich auch nicht, was ich davon halten soll. Die hängt doch ein bisschen sehr nah an den Hohen Herrn. Aber wir können es ihr ja nicht verbieten. Ihre Stützunterschriften hat sie bekommen. Für dich müssen wir auch noch unterschreiben. Die sammelt der Ali ein, der hat die Listen. Der kommt zu dir. Da musst du unterschreiben, dass du kandidierst, und dann brauchen wir die Stützunterschriften. Ich glaub mindestens 13 Unterschriften, aber das ist kein Problem, die haben wir in ein paar Minuten zusammen.
Ja, dann setzt mich mal hinten auf die Liste.
Nein, wir haben keine Rangordnung. Wir haben nur eine Liste und damit Persönlichkeitswahl, was ja auch besser ist. Die Namen werden alphabetisch aufgelistet.
Ja, ich wollte ja nur zum Auffüllen der Liste dabei sein. Wie viele sind es jetzt?
Zwölf. Das ist eigentlich noch zu wenig, aber wenn nicht mehr dabei sind, muss es halt so gehen. Neun werden gewählt. Die anderen sind die Nachrücker. Vielleicht bekommen wir ja noch ein, zwei Kandidaten.
Oder Kandidatinnen!
O. k., o.k.! Schaff' sie bei und gut is'. Bis jetzt haben wir vier Kandidatinnen. Mehr wäre natürlich besser.

18.11.
Die Kandidatenliste ist nicht länger geworden, vielleicht ein Glück für diejenigen, die sich nicht dazu entschlossen haben. Denn in den vergangenen sechs Arbeitstagen seit der Bekanntgabe der Liste haben sich doch ein paar seltsame Dinge ereignet. Gestern und heute musste Willi, der Betriebselektriker bei uns zwei Maschinen neu anschließen, die wir verrückt hatten. Er war gestern recht munter, ich wusste erst nicht warum, bis ich merkte, dass er Ohrstöpsel trug und manchmal mitsang. Als ich ihn fragte, was er da so hört: „Henrik Freischlader", kam die Antwort. Das sagte mir nichts, aber er ließ mich mal reinhören. Super. Ich war begeistert. Er hat mir heute eine CD mitgebracht und ich habe ihm jetzt versprochen Ronnie Earl mitzubringen, den er seinerseits nicht kennt.
Im Verlauf des heutigen Gesprächs kamen wir auf die Entwicklungsabteilung zu sprechen. Dort sei der Horst „abgesägt" worden, wie mir Willi erzählte. Er sei jetzt in die Fertigung der Schneckengetriebe versetzt worden. Horst ist einer von nur zwei Betriebsratskandidaten aus dem Bürobereich. Petra, die zweite Person, hat auch Vorhaltungen von ihrem Einkaufschef bekommen, aber im Großen und Ganzen lässt er sie in Ruhe (wahrscheinlich, weil da wohl mal

was war zwischen den beiden, nehm' ich mal an). Anders bei Horst. Der ist zwar ein ruhiger Typ und war bisher nach Auskunft von Willi nie angeeckt, aber er hätte halt nicht kandidieren dürfen. Horst sei ja zuversichtlich, dass das nur vorübergehend sei, aber Willi teilt offensichtlich diese Meinung nicht.
Der Horst ist noch zu neu hier. Der weiß nicht, wie rabiat die Hohen Herrn sind.
Ich kann mir das eigentlich nicht vorstellen. Ein Betriebsrat ist doch gesetzlich geschützt. Und die Kandidaten doch natürlich auch!
Vielleicht auf dem Papier. Ich habe ihm gesagt: „Du musst dich rechtzeitig wehren." Wenn er erst mal eine Zeit lang nicht mehr an seinem normalen Platz ist, wird das schnell zu einer Dauereinrichtung. Dann wird er drüben gebraucht und darf nicht mehr weg und wird bis ans Ende nur noch Getriebe montieren, statt neue zu entwickeln. Ich kenn' das. Das hat der Chef früher schon mit anderen gemacht und die waren noch nicht mal Kandidaten Aber Horst ist auf dem Ohr taub beziehungsweise etwas naiv. Was willst du machen?!
Was sagen denn die anderen Kandidaten dazu?
Hab' keine Ahnung, ob sie überhaupt davon wissen. Der Horst ist ja erst seit gestern versetzt und will ja gar nicht, dass darüber geredet wird. Ich weiß es nur, weil ich mit meiner Arbeit im ganzen Haus rumkomm' und ihn gefragt hab', was er jetzt da drüben macht. Und zweitens sind die anderen Kandidaten ja mit ihrer eigenen Situation beschäftigt.
Wieso?
Gestern und vorgestern sind doch Roland, Heike und Klaus in die Zange genommen worden, vielleicht auch noch andere.
Was ist denn passiert?
Noch nichts, aber man hat ihnen angekündigt, dass sie ihre Arbeit nicht behalten können, wenn auf sie „kein Verlass" wäre. Die sollten also raushören, dass sie besser nicht kandidieren.
Hat man ihnen mit Entlassung gedroht?
Nein, nicht mit Entlassung, aber indirekt mit Versetzungen, und mit der schlechteren Arbeit natürlich auch mit weniger Geld.
Das können die doch mit Betriebsräten nicht so einfach machen!
Denkste. Die können viel. Vor allem, wenn sie jetzt schon vor der Wahl damit anfangen. In ihren Augen ist das ja keine Benachteiligung eines Betriebsrats.
Inzwischen frage ich mich, ob das wirklich so was „Tolles" ist, Betriebsrat zu sein (wie ich es bisher geglaubt habe), wenn schon die Kandidatur solche Konsequenzen nach sich zieht oder ziehen kann.
In der Mittagspause musste ich schnell rüber zu den anderen und sie fragen, was es mit dem Druck auf sich hat. Alle waren offensicht-

lich in heller Aufregung, was ich gestern noch gar nicht mitbekommen hatte. Das mit Horst wussten sie noch gar nicht, was gerade noch eins draufsetzte.

Die Fenstergruppe war ganz heiß am Diskutieren, als Klaus, der Kandidat von den Schneckengetrieben, dazu kam. Er wollte sie über den neuesten Stand informieren. Der Mayer habe ihm eröffnet, dass er als Betriebsrat keine Vorarbeiterstelle mehr besetzen könne. Klaus schien das locker zu nehmen, weil er dachte, die kämen ohne ihn gar nicht aus. Ständig müsste doch Mayer sich von ihm die Tricks zeigen lassen, „und wenn der fort ist, kommt der Schneider mit der gleichen Frage". Die bräuchten ihn, ohne ihn ginge nichts. Da wurde Uwe etwas ungehalten:
Du machst dir nur was vor. Jeder ist ersetzbar! Das müsstest du doch eigentlich wissen. Wie war das denn mit dem Günter? Ihr habt doch oft zusammengearbeitet. Der war doch auch eine Top-Fachkraft. Oder?Hat das die Hohen Herrn abgehalten, ihn rauszuekeln? Stimmt's oder hab ich Recht?
Ja, vielleicht, aber die Wahl ist ja bald. Danach können wir das anders angehen. Dem wollte ich zustimmen, aber Petra fuhr dazwischen:
Da bin ich nicht so sicher, dass wir das können.
Heike: *Ich auch nicht. Wir beschäftigen uns im Moment mehr mit uns und den Schwierigkeiten, die sie uns machen, als mit den Problemen, die den Ausgangspunkt gebildet haben. Die Susanne erzählt die ganze Zeit, dass wir endlich mal was gegen die Abgruppierung machen sollen. Die wird ja mit dieser Abrechnung wahrscheinlich schon wirksam.*
Uwe: *Da weiß ich auch nicht, wie wir da weiter kommen. Ich bet' nur, dass jetzt die Kandidaten bei ….*
Heike: *und Kandidatinnen!*
Uwe: *…und Kandidatinnen bei der Stange bleiben. Wenn das Ganze zusammenbricht, gibt es ein richtiges Heulen und Zähneklappern, da könnt ihr Gift draufnehmen.*
Maik: *Das bringt aber jetzt nichts, nur schwarz zu sehen. Wir müssen uns jetzt erst mal darauf konzentrieren, dass die Verlässlichen gewählt werden und nicht zum Beispiel die Schleimer.*
Ich fragte, wen er damit meint.
Na, die Moser natürlich. Die können wir da nicht gebrauchen. Wenn die alles zu den Hohen Herrn trägt, was wir im Betriebsrat bereden, dann gute Nacht.
Petra: *Ja, da müsst ihr mal bisschen Werbung machen und die Leute aufklären. Und wehe, ihr lasst jetzt die Köppe hängen. Das können wir nicht gebrauchen. Ich schick' euch die Gisela auf den Hals. Die wird euch mal den Kopp waschen!*

Uwe: *An der Situation kann die auch nichts ändern. Aber es stimmt: Da müssen wir jetzt durch. Am besten alle Kandidaten kommen ....*
Heike und Petra: *und Kandidatinnen!*
...und Kandidatinnen kommen heute Abend mit, damit wir den Endspurt vor der Wahl bequatschen können. Von allein läuft nichts. Hier im Haus schon gar nicht.
Natürlich: Das Wichtigste wird anscheinend immer in der Kneipe besprochen. Und heute konnte ich wieder nicht. Musste heute Nachmittag und Abend meinen eigenen Geburtstag vorbereiten. Am Sonntag wird „reingefeiert", darauf hat Claudia großen Wert gelegt. Nicht zuletzt, weil meine Probezeit rum ist. Und morgen hat Miriam Vorfahrt, denn da geht es ab zum ersten Turnier. Das hatte sie sich zu ihrem Geburtstag gewünscht und natürlich bekommt sie das auch. Mir ist jetzt mein Geburtstag nicht so wichtig, aber ich will mich auch nicht mit Claudia anlegen. Sie hat genug um die Ohren. Ich muss erst mal gute Stimmung machen, sonst explodiert sie, wenn sie hört, dass ich auch noch für den Betriebsrat kandidiere.

Nach dem Abendessen war Claudia an der Mülltonne, wo Hanna Schlotter sie ansprach. Sie hoffe, dass sie ihr nicht böse sei, dass sie mir den Betrieb empfohlen habe. Aber sie hätte doch auch nicht wissen können, dass wir jetzt alle abgruppiert werden. Natürlich wollte Claudia von mir die Details hören. Zum Glück konnte ich sie insofern beruhigen, als die Abgruppierung mich nicht betrifft, jedenfalls vorerst nicht. Das hatte Hanna Claudia ganz anders erzählt. Von meiner Betriebsratskandidatur war aber offensichtlich nicht die Rede gewesen. Erst mal gut so.

23.11.

Es reißt nicht ab. Die sitzen wohl wirklich am längeren Hebel. Alle Verbredungen, die die Fenstergruppe und die Kandidatinnen und Kandidaten letzte Woche am Freitag getroffen haben, sind Makulatur. Heute, am Mittwoch, gleich in der Frühe bekam Gisela beim Betreten des Betriebs eine offizielle schriftliche Mitteilung der Geschäftsleitung in die Hand gedrückt: Die Wählerliste, die der Wahlvorstand ausgehängt hatte, ist falsch. Sieben Angestellte sind auf einmal leitende Angestellte und dürfen deswegen nicht mitwählen. Sie gehören nicht zur Belegschaft, das heißt nicht zu den „Arbeitnehmern" des Betriebs. Außerdem werde das Arbeitsverhältnis mit acht befristet eingestellten Arbeitnehmern nicht über den 30. November hinaus verlängert. Und – das ist der dickste Hammer: Die bisherigen Abteilungen „Entwicklung" und „Schneckengetriebe" werden mit

Wirkung vom 1. Dezember in eigenständige Unternehmen ausgegliedert. Deren Beschäftigte „dürfen also nicht auf der Wählerliste erscheinen." Wumms!

Wie mir Uwe in der Frühstückspause erklärte, hat das mehrere Effekte: Erstens sinkt damit die Beschäftigtenzahl auf unter 201 und damit die Gesamtzahl der zu wählenden Betriebsräte auf sieben. Zweitens sind sie damit auch zwei Kandidaten los: Horst und Klaus. Und drittens sind diese Bereiche betriebsratsfrei, und viertens ist die Belegschaft gespalten. Da ist es auch nur eine Frage der Zeit, bis sie sich weiter auseinandergelebt haben.

Und fünftens sind dann alle eingeschüchtert und keiner kommt zur Wahl. Die kriegen doch jetzt all' die Hosen voll.

Und wenn die drüben einen eigenen Betriebsrat wählen?

Vergiss es! In diesen kleinen Abteilungen kriegen die niemals eine betriebsratsfähige Mannschaft zusammen. Wir kennen die Leute ja. Der Klaus zieht mit, wenn andere die Sache organisieren, aber der ist keiner, der selbst was in die Hand nimmt oder sich in die erste Reihe stellt. Und der Horst ist viel zu ruhig. Außerdem haben sie den ja gerade degradiert, wie du ja weißt. Der wird sich hüten, jetzt noch eins draufzusetzen. Der hofft natürlich, dass er wieder wohl gelitten ist, wenn er sich ruhig verhält.

Und was jetzt?

Petra fährt heute zur Gewerkschaft.

Sollte sie dabei nicht Gisela mitnehmen?

Das ist eine gute Idee.

Natürlich war das auch bei uns im Werkzeugbau Thema. Manfred fühlte sich bestätigt und Klaus war verschlossen wie fast immer. Peter feixte sich einen, so als ob man sich jetzt freuen dürfte oder gar müsste. Moser hing die ganze Zeit am Telefon, wenn er nicht gerade Willi half, der aber gegen Mittag fertig war und schnell verschwand.

Das Essen hat mir heute nicht geschmeckt. Gisela kam am Tisch der Fenstergruppe vorbei und sprach recht leise, ich konnte nichts hören. Wahrscheinlich war aber inzwischen geklärt, dass sie mit zur Gewerkschaft fährt. Petra hatte den Termin schon telefonisch ausgemacht.

Am Nachmittag musste ich wieder zu den Schneckengetrieben. Mayer war richtig aufgedreht. Freute der sich über die neue Entwicklung? Ich machte mit dem Umbau der Maschine extra etwas langsamer (meine Probezeit ist rum, fachlich wird wenig an mir rumgemeckert). Endlich kam Klaus in meine Nähe und ich konnte ihn fragen, warum der Mayer so lustig ist.

Na, ich kann mir das gut denken. Der wird Geschäftsführer oder zumindest offizieller Meister oder Abteilungsleiter. Wir wissen ja noch nicht, ob die zwei Abteilungen jeweils ein eigenes Unternehmen bilden – oder ob sie zusammenbleiben und eine gemeinsame Geschäftsführung bekommen. *So oder so wird einer von den beiden, Mayer oder Schneider, mindestens Abteilungsleiter. Vielleicht kriegen auch beide was ab von den Posten, die jetzt neu geschaffen werden. Insgesamt hat das Haus eh schon einen richtigen Wasserkopf. Und was anderes, als in der Hierarchie aufzusteigen, haben die beiden sowieso nicht in der Birne.*

Auf dem Rückweg ging ich durch die Kantine, um mir ein Wasser zu ziehen (ich muss von der Cola wegkommen!). Wolli sah mich schon von weitem.

Weißt du schon das Neueste?
Ja, weiß ich. Wir werden aufgespalten.
Nee, das meine ich nicht. Wir haben den Urbahn gefragt, wie wir die Stückzahlen schaffen sollen, wenn die Befristeten nicht mehr da sind. Auf die sieben Leute können wir doch nicht einfach so verzichten. Wir haben doch volle Aufträge. Weißt du, was er gesagt hat?
Nee.
Die anderen Befristeten, wo die Verträsch' im Februar und im März auslaufe', wern' ach net verlängert!
Wie? Rechnen die mit einem Auftragseinbruch?
Anscheinend überhaupt net. Aber der hat sich nur einen gegrinst, bis die Susanne nachgebohrt hat. Du kennst se ja, wenn die einmal angebissen hat, lässt die net mehr locker. Da hat er gemeint, da bräuchte mer uns kei' Gedanke mache'. Die Aufträsch' würd „die Firma in jedem Fall schaffe. Vielleicht sogar schneller als mit der Stammbelegschaft." Die wolle entsprechend Leiharbeiter hole'. Die sind „fleißiger und meckern nicht so viel rum" und außerdem wären die auch net so teuer. Wir wär'n ja alle zu hoch eingruppiert.
Ach so, immer noch zu hoch eingruppiert! Wir wissen ja, wie wenig Leihkräfte verdienen. Und außerdem kann man die ja heuern und feuern, wie's gerade passt.
Das is' es ja. Die woll'n uns total an die Wand drücken. Der Uwe hat schon Recht. Das sind richtige Schweine!

Ich konnte ihm da nicht widersprechen, hatte aber auch keine gute Antwort parat. Wir gingen bedrückt auseinander. Drüben im Werkzeugbau konnte ich mit den anderen nicht darüber sprechen. Die können so etwas überhaupt nicht verdauen. Die schieben alles nur auf die Gegenwehr der Leute, nicht auf die Gier der „Hohen Herrn".

Zu allem Überfluss machte mir Moser noch Druck. Ich wäre „aber lange weg gewesen". Was denn da so kompliziert gewesen sei und so weiter. Meine Erklärungen haben ihn zwar zufrieden gestellt, aber ich merkte doch, dass er mich jetzt wieder mehr beobachtet, obwohl die Probezeit rum ist. Mit Sicherheit liegt das an der Betriebsratswahl und meiner Kandidatur. Entweder aus eigenem Antrieb oder weil er von oben die Anweisung hat. Das lässt sich aber schlecht feststellen. Kein guter Tag, wirklich nicht!

25.11.
Gestern gab es zwar keine neuen Hiobsbotschaften, aber die Stimmung ist seit Mittwoch mehr als mies. Es war klar, dass das Treffen heute in Sachsenhausen nicht ausfallen konnte. Alle Kandidatinnen und Kandidaten hatten „Anwesenheitspflicht", auch Horst, der noch nie da war. Dem gefiel das überhaupt nicht, weil er sich eigentlich gar nicht so recht zu uns dazugehörig fühlt. Er will anscheinend im Betriebsrat die besonderen Interessen von Entwicklern einbringen. Ob ihn die anderen Themen überhaupt interessieren, schien mir zweifelhaft. Uwe hatte mir aber vor ein paar Tagen erzählt, Horst habe ein gewisses Interesse an Arbeitssicherheit, Einhaltung von Schutzbestimmungen usw. Laut Petra habe er sich gleich bei seiner Einstellung für andere Bildschirme, ergonomische Stühle usw. eingesetzt.

Jedenfalls ist Horst doch gekommen. Alle Kandidatinnen und Kandidaten waren da und auch der gesamte Wahlvorstand. Es war zu spüren, dass alle, einschließlich Horst und Klaus, über das Vorgehen der Geschäftsleitung empört waren, aber ich hatte auch den Eindruck, dass zunächst nicht klar war, ob man sich gegenseitig voll vertrauen konnte. Mit der Zeit wurde dies etwas offener, jedenfalls ab dem Moment, als Horst sich klar dafür aussprach, dass die Betriebsratswahl wie vorgesehen durchgezogen werden soll. Er will, wie er betonte, *„nicht* ausgegliedert werden". Für den Fall sähe er weniger Möglichkeiten, wieder seine Entwicklerarbeit in vollem Umfang aufzunehmen. Seine Strafversetzung könnte zum Dauerzustand werden, wenn er nicht vom gemeinsamen Betriebsrat verteidigt werden kann.

Die anderen in der Entwicklungsabteilung haben mir gegenüber durchblicken lassen, dass der Chef absolut nachtragend ist. Der verzeiht anscheinend niemandem, wenn er sich für Arbeitnehmerinteressen stark macht. Wenn Herr Koch wüsste, dass ich Gewerkschaftsmitglied bin, wäre es wahrscheinlich sowieso ganz aus.

Gisela: *Ach, du bist in der Gewerkschaft?*
Ja, seit ich damals bei MAN mein Praktikum gemacht habe.
Uwe: *Vielleicht sind wir ja stärker, als wir gedacht haben. Jedenfalls müssen wir jetzt erst mal entscheiden, ob wir an der Betriebsratswahl in der von uns gewünschten Form festhalten.*
Harald: *Ja, logisch, Mensch!*

Was meinen die anderen?
Maik: *Wie geht das, wenn wir von der Geschäftsleitung eine klare Ansage bekommen haben, dass wir die ganzen Leute nicht einbeziehen dürfen?*
Petra: *Die Entscheidung trifft erst mal der Wahlvorstand. Wenn der sich nicht an die „Ansage" der Geschäftsleitung hält, dann kommt natürlich das nächste Gerichtsverfahren.*
Gisela: *Wir können vielleicht so tun, als gäbe es die Ausgliederung nicht, aber ob das Gericht da mitspielt, ist eine andere Frage. Und gegen die anderen Maßnahmen können wir sowieso nichts machen, weil wir ja nicht erzwingen können, dass die Befristeten verlängert werden.*
Petra: *Dagegen können wir nichts tun, das stimmt. Aber wir müssen, nein der Wahlvorstand muss die Ernennung zu leitenden Angestellten nicht anerkennen.*
So ging die Diskussion noch mindestens eine halbe Stunde weiter. Gegen neun haben erst mal alle ihren „Handkäs mit Musik" oder den Flammkuchen gegessen. Inzwischen wirkte auch der Äppler, die Stimmung wurde etwas lockerer und mit der Zeit auch etwas mutiger, zumindest weniger niedergeschlagen.
Das Resultat war eigentlich recht eindeutig: Von den angeblich sieben „leitenden Angestellten" (die ich alle nicht kenne) soll nur einer, der Personalchef und Leiter der Prozesssteuerung, vom Wahlvorstand als „leitender Angestellter" anerkannt werden. Die Nichtverlängerung der Befristungen muss der Wahlvorstand hinnehmen, aber die Diskussion, die sich darüber entwickelte, war stellenweise recht wirr. Harald wollte die ganze Zeit darauf hinaus, dass die Gewerkschaft so was wie Befristungen verbieten soll. Petra versuchte, ihm klar zu machen, dass das Verbieten nur über die Politik geht. Andere hakten ein und beklagten sich darüber, dass die Gewerkschaft nichts unternimmt und faktisch die Leiharbeit akzeptiert.
Petra: *Die Gewerkschaft kann das nicht „verbieten".*
Maik: *Und wieso schließt die Gewerkschaft überhaupt Tarifverträge für die Leiharbeiter ab? Wenn es keine Billigtarife für Leiharbeiter gibt, dann müssen die doch dasselbe Geld kriegen wie wir. Und dann ist die Leiharbeit für die Unternehmen auch nicht mehr so attraktiv, oder?*
Petra: *Da hast du natürlich Recht, aber heute Abend geht es doch nicht um die Leiharbeiter. Noch haben wir keine, aber ich fürchte natürlich auch, dass der Koch demnächst damit kommt, sonst kann er die Stückzahlen gar nicht halten. Neue Leute einstellen wird er logischerweise nicht, sonst bräuchte er die jetzt eingearbeiteten Befristeten nicht fortschicken.*
Wir kamen wieder auf unser aktuelles Problem zurück. Petra und Gisela erläuterten, wie jetzt zu verfahren ist. Sie hatten sich bei Sascha erkundigt und endlich wurde mal von allen aufmerksam zuge-

hört. Der Wahlvorstand sei erst mal „Herr des Verfahrens", die Gegenseite kann nur gerichtlich, aber nicht mit eigenen Zwangsmitteln vorgehen. Die Wählerliste müsse – wenn wir uns für die Betrachtung „ein Betrieb" entscheiden – nur wenig verändert werden, also nur die „Befristeten" und den einen leitenden Angestellten streichen. Zwei Tage vor der Wahl werde die Gewerkschaft noch mal Flyer vorbeibringen und zur Wahlbeteiligung aufrufen. „Wahlkabinen" haben die Kollegen vom Versand schon gebastelt (Kartons in U-Form, die auf den Tisch gestellt werden). Der neu gewählte Betriebsrat solle möglichst bald nach seiner Konstituierung einen Gewerkschaftssekretär zu einer Sitzung einladen. Uwe schlug vor, dass das nicht Sascha sein sollte, sondern am besten der erste Bevollmächtigte, falls die Geschäftsleitung dem Gewerkschaftssekretär Hausverbot erteilen will. Dafür bräuchten sie aber einen Grund, so Petra, und wir sollten uns nicht den Kopf über ungelegte Eier zerbrechen. Zuerst müssten wir mal die Betriebsratswahl überhaupt hinbekommen und notfalls gerichtlich verteidigen. Noch haben wir ja überhaupt keinen Betriebsrat. Da mussten ihr alle erst mal Recht geben.

Witzig war noch eine Episode, von der Petra berichtete. Sascha war vor ein paar Tagen beim Arbeitsgericht unserem Chef über den Weg gelaufen, den er aber bis dahin gar nicht persönlich gekannt hatte. Der Chef habe ihm ohne Begrüßung oder Anrede nur zugeblafft, dass das mit der Betriebsratswahl nach hinten losgehen werde, das könne er ihm versichern. Als Sascha nachfragen wollte, wieso und weshalb, kam nur die kurze Antwort: „Mischen Sie sich nicht in meine Belegschaft ein. Die will arbeiten. Sie wollen die Leute nur aufhetzen. Das werde ich nicht dulden", und ist weitergezogen. Erst in dem Moment habe er sich zusammengereimt, wen er eigentlich vor sich gehabt hatte. Auf seine Nachfragen bei der Sekretärin des Arbeitsgerichts erfuhr er, dass der Chef ehrenamtlicher Richter für die Arbeitgeberseite ist. Das machte uns ein wenig Angst. Wenn der Chef also gute Beziehungen zu den Richtern hat, kann der sich ja bei dem nächsten Verfahren durchsetzen, wenn es um die Abgrenzung der Belegschaft geht.

Uwe: *Jetzt macht euch ja nicht in die Hosen! Nur weil der ehrenamtlicher Richter ist, kann er noch lange nicht Gesetzesverstöße bei Gericht durchsetzen. Er hat ja faktisch nur eine beratende Stimme, weil der ehrenamtliche Richter, der von der Gewerkschaft geschickt oder benannt worden ist, normalerweise für die Arbeitnehmer stimmt. Die Entscheidung trifft letztlich der Berufsrichter und außerdem kann er natürlich nicht einem Verfahren, das unsern Betrieb betrifft, zugeteilt werden.*

Das beruhigte alle und die ersten zogen ab, ich auch, es war ja schon wieder nach zweiundzwanzig Uhr.

30.11.

Die geänderte Wählerliste (mit immer noch deutlich über 200 Personen), die der Wahlvorstand Anfang der Woche, also vorgestern, ausgehängt hatte, hat offensichtlich die Geschäftsleitung schwer erbost. Heute wurde nämlich bekannt, dass sie sich anscheinend nicht zu Hundert Prozent sicher sind, dass ihre Betriebsaufspaltung so kurz vor der Wahl und entgegen dem kürzlichen Beschluss des Arbeitsgerichts doch noch als wirksam für die Wählerliste und für die Definition des Betriebs anerkannt wird. Jedenfalls kam Klaus von den Schneckengetrieben in der Frühstückspause zu Uwe rüber und berichtete ganz aufgeregt, dass jetzt bei ihnen ebenfalls die Leute alle neu eingruppiert werden sollen. Das fände alles noch in den nächsten Tagen statt, also *vor* der Betriebsratswahl. Der Stopper sei jetzt ständig da, obwohl der so etwas wie „Beurteilung und Eingruppierung von Arbeitsplätzen ja noch nie gemacht hat" und auch die Arbeit eigentlich nicht kennt. Warum sie dafür den Mayer nicht genommen haben, wisse er nicht. Uwe konnte es sich aber denken. Er meinte später in der Mittagspause zu uns, dass damit wohl der Anschein der „Neutralität" bei der Beurteilung erweckt werden soll. Vielleicht auch, um nicht jetzt schon dem Mayer den Vorzug vor Schreiber zu geben. Wer von den beiden das Rennen machen werde, sei ja noch nicht klar.
Vielleicht bleiben die auch noch eine ganze Zeit lang weiter nebeneinander im Rennen. Warum sollen die Hohen Herrn überhaupt das Wettrennen beenden?
Petra: *Aber das produziert doch ständig Reibungsverluste, wie der Klaus erzählt.*
Das interessiert die doch gar nicht. Zusammenarbeit ist kein Ziel, so lange die es mit dieser Konkurrenzsituation erreichen, dass die beiden zu jeder Mehrarbeit bereit sind und ihre Leute auf Trab halten. Ob sich das unterm Strich rechnet, ist natürlich eine ganz andere Frage. Die Leute hinten dran, beziehungsweise in der Hierarchie unten drunter, verhalten sich nämlich genauso konkurrierend und arbeiten normalerweise nicht zusammen. Jeder will seine Tricks für sich behalten und so weiter. Das kennen wir doch auch bei uns. Das ist doch überall so.
Ich habe inzwischen den Eindruck, dass sich Uwe vielleicht mehr Gedanken über die Abläufe macht, als mir bisher bewusst war. Jedenfalls ist dieses Thema bisher noch nie auf dem Tablett gewesen. Oder ich habe es nicht mitbekommen.

DEZEMBER

5.12.
In den letzten Tagen ist die Anspannung deutlich gewachsen. Alle wurden sie erkennbar nervöser. Aber die Nachricht von heute Nachmittag hat alle Erwartungen, oder Befürchtungen, bei den Ausgegliederten übertroffen: Kurz vor Feierabend hat der neue Geschäftsführer der Schneckengetriebe, ein gewisser Getzschmann, den Beschäftigten ihre neue Eingruppierung mitgeteilt. Vielleicht hatte er gehofft, die Leute dadurch zu besänftigen, dass er höchstpersönlich jedem „lieben Mitarbeiter" das Schreiben in die Hand drückte. Bei fast allen muss die Kinnlade gewaltig nach unten gefallen sein, am meisten bei Klaus, der gleich drei Gruppen weiter unten gelandet ist und damit fast vier Euro in der Stunde verlieren soll. Er kam schnell in die Montage gerannt, berichtete dort das Wichtigste und zog wieder rüber zu den Leuten, um noch mit ihnen zu sprechen, bevor sie nach Hause gingen.

Uwe rief über die Buschtrommel die KandidatInnen in den Nebenraum der Materialausgabe zusammen. Dort führt faktisch Heike das Regiment und kann überblicken, ob jemand von den „Hohen Herrn" in der Nähe ist oder einer von den vielen Schleimern, vor denen man auf der Hut sein muss. Getzschmann muss eine kurze Ansprache gehalten und „erklärt" haben, dass „die Schneckengetriebe" bisher von der „Mutter" ... „ständig bezuschusst wurde", dass der Chef das nicht mehr länger mitmache, dass die Abteilung jetzt auf eigenen Füßen stehen müsse und deswegen ausgegliedert worden sei. Eine Bezuschussung gebe es künftig nicht mehr. Entweder die „Schneckengetriebe GmbH" könne auf eigenen Beinen stehen und sich am Markt behaupten, oder sie müsse dicht gemacht werden und das wolle ja wahrscheinlich niemand. Getzschmann habe dargelegt, dass er die letzte Zeit pausenlos gerechnet habe – lange kann das noch nicht gewesen sein, er ist ja erst seit fünf Tagen Geschäftsführer und war vorher nur ein Zuarbeiter für Koch – und festgestellt habe, dass die Firma bei der vorhandenen Kostenstruktur der Gehälter nicht überleben könne. Er habe sich deswegen die Ergebnisse der Neueingruppierung angeschaut und eine firmenspezifische Lohntabelle entworfen, die sowohl gerechter sei als die alte als auch den Anforderungen auf dem Markt entspreche. Und zum Trost hat er wohl noch ausgeführt, dass die neuen Löhne noch nicht im Dezember gelten, sondern erst ab Januar.

„Na toll!" werden die meisten gedacht haben. Auch dort werden anscheinend fast alle Leute mit der Neueingruppierung beträchtlich Geld verlieren. Viel beraten konnten wir in dem kleinen Kellerraum und während der Arbeitszeit nicht. Mindestens Urbahn würde bald auffallen, dass ausgerechnet die Betriebsratskandidaten alle gleichzeitig auf der Toilette oder sonst wo waren. Harald wollte unbedingt „auf den Putz hauen", wie er sich ausdrückte, aber die anderen haben ihn nicht groß beachtet und ihn stehen lassen.

Zurück im Werkzeugbau konnte ich zum Glück feststellen, dass niemandem aufgefallen war, dass ich fast zehn Minuten lang weg war. Es war inzwischen auch schon nach fünfzehn Uhr, meinem normalen Arbeitsende. Vielleicht hatte Moser auch gedacht, ich bin schon weg. Er selbst kam kurz nach mir rein und drehte sich gar nicht nach mir um. Uff! Manfred und Klaus waren sehr in ihre Arbeit vertieft, Peter war schon weg. Ich konnte jetzt mit keinem darüber reden, hatte aber auch noch einen Arbeitsgang fertigzumachen, damit die Fräse morgen wieder für die anderen frei ist.

Mit hängendem Kopf ging ich raus, um nach Hause zu fahren. Draußen, auf der anderen Straßenseite, nicht weit von meinem Auto stand Klaus Geissler, der mich abfing, als ich ins Auto einsteigen wollte.

Mit den scheiß Abgruppierungen bei uns hab' ich natürlich den Bus verpasst, der nächste fährt erst in fünfundzwanzig Minuten. Kannst du mich mitnehmen?

Kein Problem, wo musst du hin?

Bis zur Mercedes-Niederlassung, da nimmt mich mein Bruder mit bis nach Haus'.

Er erzählte mir, dass einige schon weg waren, als er nach dem Berichterstattung an Uwe wieder in die Abteilung kam, in seine „neue Firma!", wie er sich höhnisch ausdrückte. Mit einigen konnte er noch reden. Das Entsetzen muss groß gewesen sein. Viele hatten offenbar mit der Ausgliederung ganz schön Illusionen verknüpft: „Endlich selbstständig" usw. Seltsamerweise hatten die meisten auch gar nicht mitbekommen, dass der Wahlvorstand sie auf der Wählerliste gelassen hat und sie immer noch wahlberechtigt sind. Der „neunmalkluge Peer" (den ich nicht kenne), muss ständig doziert haben, dass die Wahlteilnahme der „Beschäftigten der Schneckengetriebe GmbH" nicht zulässig sei, dass sie eine Abmahnung bekommen, wenn sie zur Wahl gehen usw. Klaus hat ihnen wohl erklärt, dass sie gar nichts falsch machen können, weil sie ja keine Juristen sind und nicht wissen können, wie das Gericht entscheiden wird, falls es zu einem Gerichtsverfahren kommt. Im schlimmsten Fall wird die Wahl annulliert,

aber selbst der Wahlvorstand riskiert nichts. Die Kolleginnen und Kollegen gehen deswegen auch überhaupt kein Risiko ein. Schlecht wäre es halt nur, wenn nur zwei oder drei Leute wählen gehen würden. Das schwäche die Mannschaft. In dem Moment seien Mayer und Schneider wieder aufgetaucht und er musste sich kurz fassen. Die Leute wollten auch nach Hause.
Ich sagte ihm, dass er die nächsten Tage wohl alle Hände voll zu tun hat. Dem widersprach er nicht, aber viel hinzufügen konnte er auch nicht, denn er musste aussteigen.
Mit dieser wichtigen Unterhaltung ist mir auch klarer geworden, dass es hier zwar zunächst um rechtliche Fragen geht, aber die sind eigentlich nicht die vorrangigen. Wichtiger ist wohl die politische Frage, wie stark die Belegschaft zusammenhält. Und da sieht es ja doch ziemlich mau aus. Es könnte also sein, dass die Geschäftsleitung die Betriebsratswahl nicht verhindern kann, dass sie es aber schafft, uns auseinanderzudividieren und dann ist es nur eine Frage der Zeit, wann die „Einzelteile" eingemacht werden. Im Grunde hinken wir immer hinterher und sind nur am Reagieren auf die Frechheiten der Geschäftsleitung. Wenn das so weiter geht, ist es nur eine Frage der Zeit, bis auch im Werkzeugbau die Löhne „angepasst" werden.

Nichts möbelt mich so auf wie meine Miriam. Sie ist lustig, obwohl es in der Schule nicht so klappt, sie kommt mit den Lehrern an der neuen Schule überhaupt nicht klar, aber wenigstens hat sie jetzt in der neuen Klasse eine gute Freundin. Samira war heute wieder da und Samira beneidet meine Miriam so: Reiten, eigenes Pferd und so weiter. Miriam ist beim Bildertauschen (natürlich immer nur Pferde) und beim Erzählen von ihrem Max voll in ihrem Element. Hoffentlich hält die Begeisterung noch lange an und hoffentlich liest sie auch bald mal etwas mehr, wir haben doch so viele schöne Bücher und ich kaufe ihr jedes Buch, das sie mag. Das weiß sie, aber es reizt sie nicht.
Claudia ist da nach wie vor äußerst zuversichtlich. Von Musik machen, das heißt ein Instrument lernen, ist leider überhaupt keine Rede. Schade, schade, schade! Aber das Wichtigste ist der Mensch Miriam, und in zweiter Linie auch der Mensch Claudia, oder müsste ich sagen, in erster Linie Claudia und in zweiter Linie Miriam?

6.12.
Wie der Zufall es so will, haben gestern einige Kollegen der Montage mit dem neuesten Kontoauszug auf der Bank ihre Gehaltszahlung gesehen, die Abrechnung selbst kommt ja aus mir unerklärlichen

Gründen immer erst um den Zehnten herum. Der Schock muss tief gewesen sein, denn im ganzen Betrieb gab es heute, einen Tag vor der Betriebsratswahl, nur dieses Thema, und zwar in allen Abteilungen. Ob das bewusstes Timing der Geschäftsleitung war, wollte ich in der Frühstückspause von Uwe wissen. Das kann er sich nicht vorstellen, denn die Termine liegen fest und das Austeilen der Lohnabrechnung komme ja erst noch. Es könne aber sehr wohl einen demoralisierenden Effekt auf die Kolleginnen und Kollegen haben. In dem Moment kam Wolli dazu, der kleine Pausenraum der Montage war eh schon mehr als voll.

Die Gisela hat's dem Urbahn aber ganz schee gegebbe'. Der hat nur noch nach Luft geschnappt. Die Gisela kennt da ja nix. Habt ihr des mitgekriet? Da hat sich ja e mords Traub' gebildet. Ich kann mir vorstelle, dass der Urbahn nach der Paus' den Koch holt.

Uwe: *Ja, dann werden sie alle wieder an ihre Arbeit gehen. Aber wirklich überrascht sein konnten sie doch nicht. Jeder muss doch so viel rechnen können, dass er weiß ....*

Heike: *und jede weiß!*

...jeder und jede, dass er oder sie weiß, dass das ein paar Hundert Euro im Monat ausmacht. Was haben die Leute denn gedacht?

Roland: *Aber eine Ankündigung ist noch nicht dasselbe wie das wirkliche Minus im Portemonnaie.*

Genau! kam es von mehreren.

Roland: *Die Leut' sind wahrscheinlich jetzt so fertig, dass sie nicht zur Betriebsratswahl gehen.*

Uwe: *Für unsre Leute in der Montage habe ich da nicht so viel Angst. Die meisten werden hingehen. Aber die Schneckengetriebler sind wahrscheinlich viel mehr verunsichert. Bei denen ist es ja auch komplizierter. Die denken ja sogar, dass sie nicht dürfen. Jemand muss mal zum Klaus rübergehen und fragen, wie es aussieht, ob wir was machen können. Wahrscheinlich können wir von hier aus gar nichts machen.*

Ich wollte mich anbieten rüberzugehen, aber ich hatte ja keinen Grund, den ich bei Moser angeben konnte. Die Abteilung liegt nicht gerade auf dem Weg zum Getränkeautomat. Aber es kam mir doch eine Idee. Wir sollten Willi schicken, den Betriebselektriker. Darauf Uwe:

Die Idee ist gut, der kann jederzeit überall hin, so wie ein Betriebsrat, aber ich weiß nicht, ob man sich auf ihn verlassen kann. Wer kennt ihn denn gut genug?

Harald: *Für den lesch ich moi Hond in's Feier. Der Willi is' in Ordnung. Mir sin' schon long Kumpel. Der wird nie für de Betriebsrat kandidirn, aber so was kann der mache.*

Wenn du meinst, dann schnapp ich ihn mir mal, am besten jetzt, bevor er nach der Pause in irgend eine Abteilung verschwindet oder weiß jemand, wo der gerade arbeitet.
Nee, aber der sitzt in de Paus immer in de Kantin'.
O.k.
Willi ging tatsächlich zu den Schneckengetrieben und sprach dort mit mehreren Leuten, nicht nur mit Klaus. Zunächst hatten Mayer und Schneider ihn noch gar nicht auf dem Schirm, aber nach einer halben Stunde muss ihnen was aufgefallen sein, denn sie fragten Willi, wieso er heute so viele Baustellen in ihrer Abteilung hat. Er war wohl die Ruhe in Person und konnte ihnen eine Reihe von sicherheitstechnischen Mängeln anführen, die normalerweise ein Sicherheitsbeauftragter festhalten und für deren Abhilfe er sorgen müsste. Daraufhin stritten sich Mayer und Schneider, wer denn nun von ihnen der Sicherheitsbeauftragte ist, und Willi konnte seiner wirklichen Arbeit nachgehen und zwei defekte Schalter an zwei Maschinen auswechseln. Zur Stimmung in der Belegschaft erklärte er in der Mittagspause, als sich die Kandidaten in Heikes Nebenraum trafen:
Die wollten sich alle bei mir ausweinen, aber ich hab' ihnen gesagt, dass sie bei mir an der falschen Adresse sind. Klaus war unter ständiger Beobachtung der beiden Meister ....
Möchtegernmeister!
...egal, der beiden Vorarbeiter, die gern was werden wollen, jedenfalls konnte er nicht groß rumlaufen und mit den Leuten reden. Ich hab' den Eindruck, dass es einigen wie Schuppen von den Augen gefallen ist. Keiner hat von der Betriebsratswahl gesprochen. Ich weiß auch nicht, ob das was helfen wird ....
Natürlich wird das was helfen, du Simpel! kam es von Roland.
Uwe: *Jetzt beruhigt euch mal. Was meint denn der Klaus?*
Der nutzt jetzt die Mittagspause, um mit den Leuten zu sprechen. Ob er was erreicht, weiß ich natürlich nicht. Viel machen kann er ja nicht..
Nadierlich kann er des! meinte jetzt sein Kumpel Harald.
Klappe! kam es natürlich wieder von Heike.
Da unsre Leute in der letzten Zeit mit den „Hochnäsigen", wie sie die Kollegen bei den Schneckengetrieben nennen, wenig Kontakt hatten, mussten sie die weiteren Gespräche erst mal Klaus überlassen. Viel war heute nicht mehr zu tun, aber Udo verteilte noch einige DIN A 3-Plakate, die er von der Gewerkschaft mitgebracht hatte: „Heute Betriebsratswahl". Die sollen wir morgen in aller Frühe (so dass uns die Vorgesetzten nicht sehen) in allen Abteilungen aufhängen (insgesamt 18 Stück). Er hatte einen genauen Plan gemacht, wer wohin sollte. Ich soll natürlich im Werkzeugbau aufhängen, aber ich

bin morgens nicht der Erste. Da muss ich mir noch was einfallen lassen. Auf meine Nachfrage hin konnte Uwe mir nicht sagen, ob ich für das Aufhängen belangt werden kann. Er wisse das nicht. Normalerweise macht das der alte Betriebsrat (den wir nicht haben), oder besser noch der Wahlvorstand, aber der kann mit seinen zwei Leuten nicht viel machen. Susanne und Ali sind krank, Gisela kommt erst später, und Volker allein schafft das nicht.

Der Volker hat vor allem einen großen Nachteil: Der lässt ich von jedem anquasseln und quatscht dann ohne Ende, ohne auf die Uhr zu gucken. Deswegen hat er ja vom Moser damals auch die Abmahnung bekommen.
Wieso vom Moser, der schafft doch gar nicht bei uns im Werkzeugbau.
Hat er aber damals. Der ist doch auch Werkzeugmacher und den hatten sie doch schon auf der Abschussliste. Die Abmahnung vom Moser war doch schon der Tropfen, der das Fass zum Überlaufen gebracht hat. Sein Glück war nur, dass damals gerade dringend jemand an der Fräse in der Dreherei gebraucht wurde. Die haben ihn mit Kusshand genommen, weil er ein richtiger Fachmann ist. Aber der Lenze hat ihn in die Montage abgeschoben, weil ihm der Volker zu viel gequasselt hat. Aber das ist alles schon Jahre her.
So kenn' ich den Volker gar nicht.
Doch, er ist ein sehr effizient arbeitender Kollege, aber du kannst eigentlich nicht mit ihm reden. Er ist von seiner Meinung nicht abzubringen und bringt dir immer tausend Beispiele, wie dumm die Menschheit ist, und vor allem, dass man seine Freiheit behalten soll und all den Kram ....
Wieso Freiheit?
Der ist doch traumatisiert. Du weißt doch, dass der von drüben ist.
Nee, das weiß ich nicht.
Der ist doch als junger Mensch von drüben abgehauen, noch vor dem Fall der Mauer. Also ihr Leute, ihr wisst, was ihr morgen zu tun habt: Bringt die Leute zur Betriebsratswahl! Nichts wäre schlimmer, als wenn niemand käm'. Dann können wir sofort einpacken.
Wahrscheinlich hat er Recht.

7.12.

Ich kam gar nicht dazu, mein Plakat aufzuhängen. Als ich in den Betrieb kam, waren sie bei uns im Werkzeugbau schon heftig am diskutieren. Peter wollte wissen, wieso die Liste von Moser nicht auf dem Wahlzettel ist. Von einer „Liste von Frau Moser" wusste ich gar nichts. Unser Klaus klärte mich auf, dass doch vor ungefähr vier Wochen, eine Stunde vor Ablaufen der Frist für das Einreichen von Wahlvorschlägen, Frau Moser mit einer eigenen Liste aufgetaucht war. Auf meine Nachfrage, wie das denn gehe, wenn sie doch vorher schon ihre Stützunterschriften eingereicht hatte und wir doch Persönlichkeitswahl haben.

Ei, du bist aber schlecht informiert. Ich denk', du kandidierst doch selbst. Die hat eben eine eigene Liste eingereicht. Aber der Wahlvorstand hat die Liste nicht anerkannt, weil nur drei Leute drauf waren, es hätten mindestens neun sein müssen, eigentlich doppelt so viel. Anscheinend hat auch irgendetwas mit der Wählbarkeit des einen Kandidaten nicht gestimmt. Der ist nur Praktikant und geht in wenigen Wochen wieder. Die Einzelheiten weiß ich nicht. Jedenfalls hat die Moser anscheinend eingesehen, dass ihre Liste nichts taugt.

Und wieso ist sie dann nicht ganz gestrichen worden? Sie steht doch noch auf der Kandidatenliste!

Weil der Wahlvorstand anscheinend keinen Grund für die Anfechtung der Wahl geben wollte. Sie wollte ja kandidieren und hat deswegen ihre Kandidatur für die Persönlichkeitswahl aufrecht erhalten.

Wer war denn auf dieser ominösen Liste der Frau Moser?

Sie und zwei andere aus dem Büro, der eine ist wohl ein Bekannter vom Koch.

Komisch, dass mir der Wahlvorstand davon nie was erzählt hat.

Du bist halt ein Neuer. Anscheinend musst du nicht alles wissen.

Das war jetzt nicht gerade ein tolles Zeichen des Vertrauens, das der Wahlvorstand und die Fenstergruppe mir gegenüber an den Tag gelegt hat. Sofort zog ich los und schnappte mir Heike von der Materialausgabe (die anderen waren in ihren Abteilungen).

Ach Junge, mach' dir doch darüber kein' Kopp. Das hat der Wahlvorstand doch ganz schnell abgehakt. Die Moser soll doch im Auftrag von der Geschäftsleitung den Betriebsrat lähmen. Deswegen sollte sie mit einer eigenen Liste einziehen und darüber dem Betriebsrat das Leben schwer machen, von innen heraus.

Und wieso erfahr ich das nicht?

Der Wahlvorstand hat doch anderes zu tun gehabt, als ständig Wasserstandsmeldungen zu verbreiten. Es ist ja nichts passiert. Hauptsache, wir liefern keinen Anfechtungsgrund. Die Sache haben wir alle doch ganz schnell abgehakt. Wahrscheinlich wird die Moser jetzt gewählt, aber das wäre sie auch, wenn ihre Liste anerkannt worden wäre. Nur hätten wir in dem Fall vielleicht zwei oder drei von denen im Betriebsrat gehabt. Mit einer einzelnen Schleimerin müssten wir eigentlich fertig werden, bei zwei oder drei sieht es schon etwas anders aus.

Wollen wir mal hoffen.

Wir haben ganz andere Sorgen, wie du ja weißt.

Wieso andere Sorgen? Ich weiß von nichts.

Na das mit der Kantine!
Wird die geschlossen? Ich will doch mittags mein warmes Essen haben.
Quatsch! Wie der Zufall es will, muss ausgerechnet heute in der Kantine der Strom abgestellt werden, weil sie angeblich irgendwas renovieren müssen. Du weißt ja, wie dunkel es bei uns in der Kantine ist, wenn das Licht nicht an ist.
Und jetzt?
Wir können nicht mal rein. Gisela wird gleich kommen Der Wahlvorstand muss sich was einfallen lassen. Die Hohen Herrn haben jedenfalls vorne, vor der Kantinentür, große Kisten stehen. Keiner weiß, was da drin ist.
Soll damit die Betriebsratswahl verhindert werden?
Verhindern lässt sie sich damit nicht, aber es sollen wohl möglichst viele abgehalten werden. Wenn du das Wahlbüro gut genug versteckst, kann es keiner finden, oder nur die wenigsten. In den Kisten ist, glaube ich, das Material für den Messestand. Nur: Im Moment steht gar keine Messe an. Wieso müssen die Teile vom Messestand ausgerechnet jetzt auf Vordermann gebracht werden?
Das fängt ja wieder gut an.
Keine Angst. Uwe hat schon beim Sascha von der Gewerkschaft angerufen. Der ist mit zusätzlichen Wahlurnen unterwegs. Außerdem will er einen Anwalt einschalten, wenn das nicht sofort geklärt wird. Die werden das schon schmeißen. Hast du dein Plakat aufgehängt?
Nein, aber das ist bei uns nicht nötig. Da läuft eh schon eine heftige Diskussion, vor allem, weil Peter sich darüber beschwert, dass er die Moser-Liste nicht wählen kann.
Dann klär den Hosenscheißer mal auf, dass es besser ist, wenn er die gewerkschaftlich organisierten Kolleginnen und Kollegen wählt und nicht die Schleimer. In der Wahlkabine gibt es keine Kamera. Der Meister wird nicht erfahren, dass der Peter nicht die Moser gewählt hat.

Ich zog wieder ab und machte mich an meine Arbeit. Um kurz nach acht Uhr, ich glaubte meinen Ohren nicht, sagte Manfred zu Klaus: *Komm'. Jetzt gehn wir. Das „Wahllokal" hat aufgemacht.*

Im ersten Moment wusste ich nicht, ob er sich mit der Betonung „Wahllokal" über die Wahl lustig machen wollte, aber die beiden legten tatsächlich ihre Sachen hin und zogen los. Moser war nicht da, also ein günstiger Zeitpunkt, um auch Peter zum Mitgehen zu bewegen. Ich forderte ihn auf, ich drängte ihn, ich wollte ihm klarmachen, dass jetzt ein gute Gelegenheit war und so weiter. Aber da war einfach nichts zu machen. Ständig schielte er zur Tür, anscheinend in der Angst, dass er sich gegenüber Moser rechtfertigen müsste, mit mir über die Wahl gesprochen zu haben. Nach fünf Minuten gab ich es auf, Manfred und Klaus kamen gerade zurück und berichteten ganz heiter, dass drüben schon viel los sei. Bei Klaus überraschte mich das nicht, bei Manfred schon. Ich wollte wissen, wo denn das „Wahllokal" eingerichtet ist. *Die Kantine ist zu. Aber die waren so clever und haben sich im Gang davor ganz gut eingerichtet. Ist bisschen eng, aber es geht.*

Als ich über den Hof ging, sah ich drüben von den Schneckengetrieben eine ganze Schlange von mindestens sieben, acht Menschen aus dem Gebäude treten und in Richtung Kantine gehen. „Die wollen doch nicht alle wählen gehen, oder?" fragte ich mich, aber dem war tatsächlich so. In der Kantine waren außer dem Wahlvorstand – Gisela und Volker – noch drei Leute von der Montage und zwei aus dem Büro, die ich nicht kannte. Gisela strahlte über das ganze Gesicht und flüsterte mir beim Übergeben des Wahlzettels zu: *Läuft prima. Und sogar von der Spätschicht in der Dreherei haben neun Kollegen an der Briefwahl teilgenommen.*
Wow!

Kaum eine halbe Stunde geöffnet, und schon war eine ganze Reihe von Kolleginnen und Kollegen da, sogar von den Schneckengetrieben. Auch von der Dreherei (Frühschicht) waren schon zwei Kollegen da gewesen. Als ich meinen Wahlzettel ausgefüllt und in die Wahlurne geworfen hatte, äußerte Gisela noch die Hoffnung, dass auch Leute aus der Entwicklungsabteilung kommen. Andernfalls wäre es sehr schlecht, weil dies bei der Frage der Zugehörigkeit eine Rolle spielen könne. Auf meinen Einwand, dass doch der Wahlvorstand entscheide, wer dazugehöre, entgegnete sie, dass dies bei einer Wahlanfechtung sehr wohl eine Rolle spielen könne.

Länger konnten wir uns nicht unterhalten. Sie musste wieder in der Liste abhaken, damit die anderen wieder losziehen konnten.

Unser Peter ist natürlich nicht zur Wahl gegangen. Er stänkerte sogar noch rum. Bei Moser beschwerte er sich, laut vernehmbar (offensichtlich sollten wir es auch mitbekommen):

Wieso is' donn di List' von Ihrer Fra' nett ausgehängt? Da gibt's jo donn gar ko Wahl! Do brauch' mer auch gar net hiegehe.

Natürlich wusste er über die Umstände Bescheid und mit Sicherheit hat ihm Moser auch gesagt, dass er doch zwischen den verschiedenen Personen wählen kann, dass seine Frau ja auch kandidiert und so weiter. Aber darum ging es Peter offensichtlich gar nicht. Er wollte sich mal wieder nur beim Meister einschleimen.

Klaus und ich grinsten uns nur einen und ohne weitere Worte wussten wir, dass es wohl auch künftig wenig Sinn macht, Peter zum aufrechten Gang bewegen zu wollen. Manfred wird sich zwar auch seinen

Teil gedacht haben, aber er tat mal wieder so, als höre er nichts. Vielleicht war er auch wirklich wieder mal zu sehr in die Arbeit vertieft.

Die Essensausgabe, die heute im Versand (!) vorgenommen wurde, war eine reine Katastrophe. Die zwei Küchenfrauen, die das Essen ausgaben, beruhigten uns: „Morgen wieder normal in der Kantine."

Ich konnte den Nachmittag kaum abwarten. Das „Wahllokal" hatte um zwölf Uhr geschlossen. Noch in der Mittagspause begann die öffentliche Auszählung, aber das zog sich hin. Vor vierzehn Uhr sollten wir nicht mit einem Ergebnis rechnen, erklärte Gisela. Sie holten sich noch einen Helfer hinzu, einen Kollegen aus dem Büro, den ich nicht kenne. Im hinteren Teil des Ganges saßen die drei Auszähler, aber seltsamerweise stand Mayer nebendran und hatte einen Notizblock in der Hand. Ich blickte zu Uwe und nickte nach hinten. Er meinte nur: *Wahrscheinlich hat er wieder einen Auftrag.*

Ich dachte, die „Schneckengetriebler" sollen doch gar nicht an der Wahl teilnehmen. Klaus Geissler bestätigte mir draußen auf dem Hof, dass Mayer nicht gewählt hat, er hatte die ganze Zeit die Halle nicht verlassen, genauso wenig wie Schneider. Aber die allermeisten der Kollegen seien gegangen. Er war „richtig platt", wie er mir erzählte. Mit Peer habe er sich in die Wolle gekriegt, aber das sei nichts Neues. Koch kam einmal in die Halle mit Getzschmann im Schlepptau, wahrscheinlich um die Leute etwas einzuschüchtern. Aber zu dem Zeitpunkt seien die meisten schon wählen gewesen.

Und der Koch vorneweg, der Getzschmann hinterher: Das hat doch wieder klar gezeigt, wer hier die Hosen anhat, wer was zu sagen hat.

Ja, bisher war doch Getzschmann der Zuarbeiter von Koch, oder?

Das tut doch nichts zur Sache. Heute ist der Getzschmann Geschäftsführer bei uns. Aber das ist er ja nur auf dem Papier. Die wichtigen Entscheidungen treffen der Koch und der Chef – beziehungsweise der Chef und der Koch.

Also der Chefkoch?

Wenn du so willst. Jedenfalls weiß das jeder bei uns. Im besten Fall hat der Junior noch was zu sagen, weil der ja hier neben dem Chef noch Anteile hat, aber niemals der Getzschmann alleine.

Die Pause war um, meine Spannung stieg, denn ich wollte wissen, ob ich in den Betriebsrat gewählt wurde. Ich musste mich gedulden und versuchte, mich auf meine Arbeit zu konzentrieren.

Um halb zwei kam Manfred von der Montage zurück und flüsterte mir zu: „Das war wohl nichts." Sofort ging ich rüber in die Kantine. Wolli begrüßte mich mit den Worten:

Es ist sehr gut gelaufen, nur leider bist du noch nicht drin. Du bist erster Nachrücker.

Das hat also Manfred gemeint. Wenn ich auf Anhieb reingekommen wäre, hätte mich das auch ein wenig gewundert. Uwe kam auf mich zu und beruhigte mich, dass mir nichts passieren könne. Erstens sei ich gesetzlich ein halbes Jahr geschützt und außerdem könne ich ja immer nachrücken, wenn jemand länger fehlt.
Wenn das mehrmals geschehen ist, bist du wie ein ordentliches Betriebsratsmitglied anzusehen und genauso geschützt.
Dein Wort in Gottes Gehörgang.

Ich wollte natürlich das Gesamtergebnis sehen: Uwe 142 Stimmen, Petra 134, Maik 130, Heike 118, Wolli 109, Klaus 98, Roland 89, Horst 75, Frau Moser 68, ich 59, Sibylle 55, Harald 53. Dass ich mehr Stimmen als Harald bekam, ist etwas sonderbar. Er trumpft zwar immer etwas ungehobelt auf, aber seine Kämpfernatur ist doch allen bekannt. Aber anscheinend trauen ihm die Kollegen nicht viel Fachwissen zu. Wolli erklärte mir, dass Harald einfach von vielen nicht ernst genommen wird, weil sein Ton nicht gut ankommt.

Wenn ich ehrlich bin: Auf der Heimfahrt war ich doch etwas geknickt. Inzwischen geht es wieder. Hoffentlich hat Uwe mit dem Schutz recht, sonst bin ich bestimmt bald weg vom Fenster.

12.12.
Nach der Wahl vom letzten Mittwoch hatte anscheinend niemand so richtig Lust, am Freitag nach Sachsenhausen zu fahren. Mir war es auch ganz recht, weil die Verkehrsverhältnisse mit dem Schneematsch nicht gerade super waren. Eigentlich hatte der Betriebsrat sich noch am Donnerstag oder Freitag konstituieren wollen, aber da gab es „technische Probleme". Der Wahlvorstand wollte die Übergabe der Unterlagen an den Betriebsrat in dessen Büro machen, aber der Betriebsrat hat kein Büro! Die Geschäftsleitung sah keine Möglichkeit, in den insgesamt fünf Gebäuden auf dem Gelände und den vielen Büros einen passenden Raum für den Betriebsrat freizumachen.

Die Verschiebung der konstituierenden Sitzung kam aber Uwe ganz recht. Urbahn ist seit letzter Woche in Urlaub und sein Stellvertreter hat Uwe wenigstens Donnerstag und Freitag zwei Tage Urlaub gegeben.

Heute haben sie sich konstituiert und zwar... in dem kleinen Nebenraum von Heikes Materialausgabe. Sie haben einfach heimlich drei Tische reingeschafft, zehn Stühle und einen kleinen Schrank, den Maik von zu Hause mitgebracht hat. Wolli jubelte richtig, als er mir das in der Frühstückspause erzählte.
Du kannst dir das Gesicht nicht vorstellen, als wir uns in der Montage beim Heuer abgemeldet haben.

Heuer?

Na, der Stellvertreter vom Urbahn. Das ist er nur kommissarisch, aber wahrscheinlich macht er sich doch Hoffnungen. Jedenfalls muss er sofort den Koch angerufen haben. Der war noch nicht im Haus, aber der Mühleisen. Der ist in die Halle gestürzt gekommen, als wir gerade weg waren, hat die Sibylle erzählt. Die erwartet übrigens, dass wir als ersten Schritt die Abgruppierungen rückgängig machen. Ich konnte ihr noch nicht erklären, dass wir in dieser Frage erst mal gar nichts machen können. Wir müssen uns ja erst mal schlau machen, was überhaupt unsre rechtlichen Möglichkeiten sind. Jedenfalls hat uns der Mühleisen anscheinend überall gesucht. Der hat schon gedacht, wir hätten das Gelände verlassen. Der Pförtner hat erzählt, dass der Mühleisen dort ganz aufgeregt angerufen hat. Die Gisela hat uns die Wahlunterlagen gegeben, die wir erst mal in den Schrank vom Maik weggeschlossen haben, und dann ist sie gegangen. Draußen ist sie dem Mühleisen über den Weg gelaufen und der hat sich auf sie gestürzt. Zwei Minuten später stand er bei uns in der Tür und wollte wissen, was die „unerlaubte Benutzung dieses Raumes" soll. Uwe war mal wieder ganz cool. „Herr Mühleisen", hat er gesagt, „wir bereiten gerade die Eingabe für das Gericht vor, weil sie dem Betriebsrat keinen geeigneten Raum zur Verfügung stellen." Dem Mühli ist ja voll die Kinnlade runtergefallen.

Kann ich mir vorstellen.

Aber im zweiten Moment hat er voll getobt. Das wär' eine eindeutige Überschreitung der Befugnisse des Betriebsrats. Die Räume werden von der Geschäftsleitung vergeben. „Was bilden sie sich denn überhaupt ein, Herr Meisner, wer Sie sind? Wollen Sie auf einmal das Direktionsrecht der Geschäftsleitung infrage stellen?" Der Uwe kam überhaupt nicht zu Wort. Der Mühleisen hat geschrien: „Das wird Konsequenzen haben, ganz besonders für Sie, Herr Meisner. Außerdem ist der Betriebsrat sowieso nicht rechtens im Amt." Das wollen die Hohen Herrn sich noch „gerichtlich bestätigen lassen".

Was heißt das denn schon wieder?

Na ja, ganz einfach: Die wollen die Wahl anfechten. Und sie drohen schon wieder mit der nächsten Abmahnung.

Das klingt ja nicht gerade nach Normalisierung. Das geht ja gerade so weiter wie vorher.

Nein, schlimmer noch. Die kotzen richtig ab. Aber jetzt haben wir wenigstens einen kleinen Schutz und ein paar mehr Möglichkeiten.

Wenn die nur darin bestehen, mit der Geschäftsleitung Krieg zu führen, da kommt für die Belegschaft aber auch nichts raus.

Im Moment wird uns dieser Krieg aufgezwungen. Aber der Uwe war richtig Spitze.

Und habt ihr euch jetzt konstituiert?

Dazu kamen wir noch nicht. Das machen wir jetzt nach der Pause.

Später erzählte mir Gisela am Getränkeautomat, dass sie noch mal im „vorläufigen Betriebsratsbüro" war. Sie haben Uwe zum Vorsitzenden und Maik zum Stellvertreter gewählt. Petra ist Schriftführerin. Klingt gut, finde ich. Später sei noch Koch aufgetaucht, als sie gerade rausging.

Gisela: *Da bekommen wir bestimmt noch was zu hören.*

In der Mittagspause war bei der Fenstergruppe sehr aufgeregte Stimmung. Wolli konnte sich über Frau Moser gar nicht einkriegen. Die sei sofort aufgesprungen, als der Koch reingekommen sei, und wollte an ihren Arbeitsplatz. Er hat sie aber gar nicht durch die Tür gelassen. Jetzt rätselten alle, was er damit wollte, ob er sie einfach nur nicht zur Kenntnis nahm oder sie bestrafen wollte.

Uwe: *Quatsch. Der wollte, dass sie als Beobachterin und Berichterstatterin drinnen bleibt. Jedenfalls in dem Moment, als er gemerkt hat, dass wir nicht alle aufgesprungen und an unsre Arbeitsplätze verschwunden sind. Es war jedenfalls gut, dass ihr sitzen geblieben seid.*

Heike: *Ehrlich gesagt, war ich schon drauf und dran, aufzustehen. Aber ich wollte doch nicht die erste sein, die kneift.*

Gut, dass du das nicht gemacht hast. Als er gemerkt hat, dass wir sitzen bleiben, hat er ja einen anderen Kurs eingeschlagen. Er wollte uns mal wieder hinhalten. Wenn wir auf seinen Vorschlag eingegangen wären, uns erst dann zu treffen, wenn wir einen Raum haben, hat ja Horst das Richtige gesagt. Das hätte ich ihm gar nicht zugetraut.

Jetzt musste ich einhaken: *Was hat er denn gesagt?*

Uwe: *Dass wir doch ein vorübergehendes Büro haben und dass uns das vorläufig reicht. Dann wollte der Koch doch tatsächlich wieder drohen. Wenn wir nicht sofort die Sitzung beenden und warten, bis gerichtlich geklärt ist, ob der Betriebsrat überhaupt richtig gewählt ist, dann gäbe es schwere Konsequenzen, „vor allem arbeitsrechtliche", und hat dabei wieder mal mich ganz scharf angeschaut. Aber der kann mich mal! Jetzt müssen wir hier durch, auch wenn er noch so wild um sich schlägt.*

Genau!

Richtig!

So ging es noch eine Zeit lang weiter, bis ich merkte, dass inzwischen mein Essen kalt geworden war. Beim Weg zurück zum Werkzeugbau kam mir Funda über den Weg. Ich hatte sie seit Tagen nicht mehr gesehen. Sie strahlte über beide Ohren. Meine Frage, was so toll sei, beantwortete sie:

Siehst du, es geht doch. Jetzt haben wir einen Betriebsrat.

Na, ob der viel machen kann, weiß ich nicht. Ich weiß nicht, ob ich meine Meinung darüber ändern muss, wie toll es ist, wenn man einen Betriebsrat hat. Die werden von der Geschäftsleitung ganz schön gepiesackt.

Vielleicht wird er sogar vom Gericht wieder abgesetzt. Jedenfalls will das die Geschäftsleitung.
Dann wählen wir einfach noch mal. Jetzt wissen ja alle, wie es geht.
Nein, es geht nicht um einen einfachen Verfahrensfehler. Es geht darum, wer von der Belegschaft überhaupt dazugehört. Gehören die Schneckengetriebler und die Entwicklung zur Belegschaft oder nicht? Der Chef hat sie doch ausgegliedert.
Ich weiß, aber da dürfen wir nicht nachlassen. Es kommt auf die Belegschaft an, nicht auf das Gericht.
Das sagst du! Hoffentlich meinen das die anderen auch so und hoffentlich halten sie zusammen!
Du hast doch gesehen, dass die von den Schneckengetrieben fast alle gewählt haben. Die wollen doch dabei bleiben.
Ja nur deswegen, weil sie jetzt gesehen haben, dass sie auch abgruppiert werden.
Na eben! Langsam kapierst du was.
Wie soll ich denn das verstehen ....
Aber weg war sie, die schöne Funda. Ich werde nicht so richtig klug aus ihr. Was steckt alles in ihr drin? Warum hat sie sich nicht aufstellen lassen?

19.12.

Die letzte Woche ist sonst nichts Dramatisches passiert. Die meisten Kolleginnen und Kollegen sind in den normalen Trott verfallen, aber wehe, jemand bringt das Wort Abgruppierung auf: Sofort gehen die Emotionen hoch. Man spürt ganz klar eine deutliche Verärgerung über den Betriebsrat, der ja „anscheinend nichts gegen die Abgruppierung macht." Vor allem Uwe bekommt das zu spüren. Er ist jetzt die Figur, auf die sich offensichtlich alle Erwartungen konzentrieren, aber seine Erklärungen werden nur widerwillig zur Kenntnis genommen oder einfach ignoriert. Manchen sieht man direkt an, dass sie bei den Erläuterungen sehr ungläubig sind.

Hinzu kommt, dass der Betriebsrat letzte Woche nach seiner Konstituierung am Montag gleich drei weitere Sitzungen durchgeführt hat. Urbahn ist inzwischen wieder da und ihm ist es gelungen, den anderen zu vermitteln, dass sie jetzt für die „Sesselfurzer" mitschaffen müssen. Das zieht nicht bei allen, aber bei den Schwächeren und weniger Standfesten schafft es böses Blut. Zu allem Überfluss lief Urbahn am Donnerstag rum und beschwerte sich bei den Leuten, dass der Betriebsrat jetzt auch noch auf Lehrgänge geht. „Der will jetzt gar nichts mehr schaffen." Der Lehrgang, für den sich Uwe und

Maik angemeldet haben (eine Einführung in die Betriebsratsarbeit) soll zwar erst im Februar sein, also genug Zeit, sich darauf einzustellen, aber das interessiert die Hohen Herrn natürlich nicht. Sie nutzen die Seminaranmeldung jedenfalls ganz gut, um Stimmung zu machen.

Vor diesem Hintergrund spitzte sich heute die Lage noch mehr zu, nicht nach Meinung der meisten Kolleginnen und Kollegen, aber in den Augen der Betriebsräte und Ersatzleute. Uwe bekam Post vom Arbeitsgericht, in der mitgeteilt wird, dass die Geschäftsleitung die Wahl anfechtet und eine einstweilige Verfügung zur Annullierung der Wahl beantragt hat. Uwe hat uns in der Mittagspause die Klageschrift gezeigt. Beanstandet werden eine Reihe von Dingen: nicht fristgerecht einberufene Wahl, Nicht-Einhaltung des Wahlausschreibens bei der Angabe, wo das Wahllokal ist usw., aber die wichtigsten Punkte sind: Falsche Wählerliste, weil die Belegschaften „von zwei ausgegründeten Unternehmen nicht wahlberechtigt waren", und „unzulässige Kandidatenaufstellung". Hier waren Horst und Klaus gemeint, die ja auch zu den „ausgegründeten Unternehmen" gehören.

Uwe: *Den wirklichen Fehler, den wir gemacht haben, haben die gar nicht geschnallt.*
Ich: *Wieso? Welchen Fehler?*
Na, wir hätten dich gar nicht aufstellen dürfen. Du durftest ja noch gar nicht kandidieren.
Wieso, ich bin doch durch die Probezeit durch und hab' einen festen Vertrag!
Das nutzt nichts. Um gewählt zu werden, also um das passive Stimmrecht zu haben, musst du sechs Monate beschäftigt sein.
Ach du meine Güte! Und Jetzt?
Was die nicht wissen, müssen wir denen nicht auf die Nase binden. Wenn sie die Wahl nicht aus diesem Grund anfechten und die anderen Gründe vom Gericht abgelehnt werden, bleibt es wie gehabt. Dann müssen wir nicht neu wählen. Meint jedenfalls der Sascha.
Sein Wort in Gottes Gehörgang!
Die Geschäftsleitung ist aber auch an einem anderen Punkt recht dämlich: Mit dem Punkt „Nicht-Einhaltung des Standorts Wahllokal" haben sie uns ja einen richtigen Gefallen getan. Das muss unser Rechtsanwalt richtig ausnutzen. Das, finde ich, ist ein Eigentor. Aber wie das Gericht in der Hauptsache entscheidet, nämlich der Ausgründung, da wage ich keine Prognose.
Maik: *Die Ausgründung ist doch nur wegen der Betriebsratswahl gelaufen. Das ist doch illegal.*

Petra: *Illegal ist das auf keinen Fall. Jeden Tag werden irgendwo Abteilungen ausgegliedert und als eigenständige Unternehmen geführt. Auf dieser Ebene können wir nichts machen. Ich sehe da schwarz beim Arbeitsgericht.*

Klaus: *Aber ich denk', das hätten wir schon längst alles vom Arbeitsgericht bestätigt bekommen, dass unsre Betriebsratswahl rechtens ist.*

Petra: *Das war zum Zeitpunkt, als wir die Betriebsratswahl angesetzt haben. Inzwischen hat die Ausgliederung stattgefunden und auch damals hat es ja gar kein Hauptsacheverfahren gegeben. Der Antrag auf einstweilige Verfügung wurde abgeschmettert, aber damit ist die Sache noch längst nicht wirklich entschieden, erst recht nicht jetzt, wo sie Fakten geschaffen haben.*

Harald: *Wie lang lasse' mer uns des noch gefalle? Do misse mol die Leit all uffstehe!*

Uwe: *Im Prinzip hast du Recht, aber wie kriegst du die Leut' dazu?Du siehst doch schon, wie sie uns in den Rücken fallen, wenn wir uns zur Betriebsratssitzung abmelden.*

Petra: *Ihr Leute, jetzt haben wir erst mal andere Sorgen als die Kommentare von einigen Leuten.*

Heike: *Du kriegst das da oben nicht mit. Aber hier unten werden wir ganz schön angemacht. Die denken, der Betriebsrat soll das in seiner Freizeit machen.*

Roland: *Das stimmt nicht. Nicht alle denken so. Die werden sich schon dran gewöhnen.*

Uwe: *Es sieht jetzt nicht gut aus, aber ich denk', damit mussten wir rechnen. Dass die Hohen Herrn und erst recht der Chef sich damit nicht abfinden, war uns doch klar, oder? Zurück können wir nicht. Da müssen wir uns durchbeißen, sonst werden wir eingemacht wie saure Gurken. Morgen geh' ich zur Gewerkschaft und kläre, welcher Rechtsanwalt uns vertreten soll ....*

Petra: *Natürlich die Frauen vom letzten Mal. Diese Kanzlei in Frankfurt ist doch gut. Die machen einen sympathischen Eindruck, die sind fit, die kennen sich beim Arbeitsgericht in Frankfurt aus. Was willst du denn da bei der Gewerkschaft?*

Uwe: *Irgendwo hast du ja Recht. Vielleicht ruf ich gleich mal bei denen an, um einen Termin zu vereinbaren, da brauch ich nicht extra noch vorher zur Gewerkschaft.*

Roland: *Wann ist denn der Gerichtstermin?*

Uwe: *Der Termin ist erst am 19. Januar. Es war ja klar, dass die uns nicht noch vor Weihnachten reinschieben. Dafür ist die Zeit viel zu kurz. Bis zum 13. Januar wollen sie unsre Stellungnahme haben. Dazu muss ich natürlich möglichst noch diese Woche in die Anwaltskanzlei. Ich hab'*

ja noch fast drei Wochen Urlaub, der blöde Urbahn hat mir ja im Frühjahr nicht mehr gegeben.
Petra: *Ab mit dir. Telefonier' und mach' einen Termin aus.*
Schön gesagt. Ich habe keine Lust, immer von meinem Handy aus zu telefonieren. *Die Schweine stellen uns kein Büro zur Verfügung, wir haben kein Telefon, kein Fax-Gerät, keinen Internetzugang, noch nicht mal einen PC und einen Drucker. Du kannst doch von deinem Schreibtisch aus telefonieren.*
Petra: *Das darf ich nur aus geschäftlichen Gründen.*
Maik: *Jetzt stell' dich mal nicht so an. Wenn die uns bei der Betriebsratsarbeit so behindern, dann müssen wir eben auf ein solches Telefon ausweichen. Die können dir doch gar nichts. Du kannst ja sagen, dass wir das sofort nicht mehr brauchen, wenn der Betriebsrat endlich ein funktionsfähiges Büro hat. Außerdem ist doch dein Einkaufschef diese Woche gar nicht da.*
Petra: *Da weißt du aber gut Bescheid. Immer noch eifersüchtig?*
Uwe: *Eure Privatsachen interessieren uns nicht. Machst du das jetzt, oder nicht?*
Petra: *Ja, ist gut. Gib mir die Nummer. Ich ruf' nachher an.*
Die Pause war um und ich wollte zurück in den Werkzeugbau, da hielt mich Markus im Gang fest und klagte mir sein Leid über die Bank. Sie habe ihn „total hängen lassen". Jetzt könne er schon seit vier Wochen seiner Schwester nicht das geliehene Geld zurückzahlen. Er habe inzwischen fast zweitausend Euro investiert (das werden ja immer mehr, dachte ich) und die Rendite sei ja toll, aber er brauche jetzt wenigstens einen Teil des Geldes. Seine Schwester habe schließlich die fünfhundert Euro, die sie ihm geliehen habe, vom Haushaltsgeld abgezwackt. Jeden Tag ruft sie mehrmals bei ihm an. Sie hat schon gedroht, in die Firma zu kommen. Weihnachten steht vor der Tür und sie muss ihren Kindern Geschenke kaufen. Sie habe keine Lust, sich jetzt bei der Bank zu verschulden, nur weil er, Markus, sich übernommen habe.
Weißt du, das sind keine „spekulativen Finanzgeschäfte". Das ist seriös. Das hat der Maik mir gesagt. Auf den kann man sich doch verlassen, oder? Wenn du wenigstens mit einsteigen würdest, dann bekäme ich auch wenigstens eine erste Rate von der Bank. Maik hat gesagt, dass ich nur noch einen weiteren Investor beibringen muss, dann läuft das Geschäft.
Er tat mir ja richtig leid, aber ich konnte ihm da nicht aus dem Schlamassel helfen. Das musste schon Maik (oder einer von den anderen) selbst machen. Ich versuchte ihn nur zu beruhigen, aber ich wusste nicht so recht, wie. Schließlich habe ich inzwischen gewisse Zweifel an der Aufrichtigkeit von Maik. Markus schaute mich nur fragend und sehr enttäuscht an. Mit hängendem Kopf zog er ab.
Die Pause war längst rum, aber jetzt musste ich erst mal zu Maik.

In der Warenannahme war er an seinem Platz. Meine Schilderung von dem Gespräch mit Markus ließen bei ihm anscheinend alle Alarmglocken schrillen. Er gab zu, dass sie seit mindestens zwei Wochen gar nicht mehr an den „Sting" gedacht hatten, wie er sich ausdrückte.
Sting?
Na, kennst du nicht den Film mit Paul Newman und Robert Redford?
Nee.
Im Deutschen ist das glaube ich der Clou oder so ähnlich. Na, ist jetzt nicht so wichtig. Ich muss vielleicht langsam mal was machen.
Das scheint mir auch so. Markus schuldet seiner Schwester Geld, ich glaub mindestens fünfhundert Euro. Und die braucht das Geld, Weihnachten steht vor der Tür.
Ja, die wollen wir natürlich nicht damit reinziehen. Aber ich kann ihm jetzt auch nicht einfach so das Geld geben.
Was soll das denn heißen? Du schuldest ihm doch Geld, oder?
Die Bank schuldet ihm. Er wollte doch investieren. Am besten, du sprichst gar nicht mehr mit ihm.
Wie soll ich das denn verstehen?
Es wird die Zeit kommen, da wirst du es verstehen. Weg war er: „Verpackungsmaterial holen".

Im Werkzeugbau angekommen rief mich Moser sofort in sein Büro. Wo ich denn so lange gewesen sei. Die Pause sei längst rum. Ich erklärte ihm, dass ich beim Betriebsrat war (was ja auch stimmte, Maik ist ja Betriebsratsmitglied).
Sie sind aber kein Betriebsrat. Sie haben die Pause um zehn Minuten überzogen. Das will ich nicht noch mal erleben, sonst hat das arbeitsrechtliche Folgen.
Ich bin kein Betriebsratsmitglied, aber ich habe doch das Recht, den Betriebsrat aufzusuchen.
Dazu müssen Sie sich bei mir abmelden. Haben wir uns verstanden? Bilden Sie sich nicht ein, dass Sie hier was Besonderes sind. Sie sind gerade mal ein paar Monate hier und wollen schon Extra-Würstchen haben. So läuft das nicht. Machen Sie sich an Ihre Arbeit. Ich will das nicht noch mal erleben.
Manfred, dem ich das später erzählte, war gar nicht überrascht. Damit habe er gerechnet. Moser werde künftig in den Krümeln suchen. Das hätte ich mir doch als Betriebsratskandidat ausrechnen können! Na toll! Da kann ja noch was draus werden. Muss ich jetzt ständig unter Anspannung arbeiten, obwohl die Probezeit rum ist? Meine Zweifel an der „tollen Einrichtung Betriebsrat" wachsen. Erst recht, wenn er allein gelassen wird, was hier wohl der Fall ist. Das war schon im alten Betrieb ein bisschen so, aber hier anscheinend noch viel mehr. Ich hätte besser doch nicht kandidieren sollen.

22.12.
Inzwischen war Uwe bei den Anwältinnen. Die waren nicht so pessimistisch wie wir oder wie Petra. Sie wollten sich aber auch nicht festlegen, was den Ausgang angeht. Morgen ist der 23. und wir machen unsren „Jahresabschluss", natürlich in Sachsenhausen. Alle Unterstützer des Betriebsrats sind eingeladen. Roland hat den „großen Saal" reserviert. Den macht der Wirt nur für seine Musikveranstaltungen auf oder wenn eine Hochzeit oder dergleichen stattfindet, aber für uns macht er jetzt mal eine Ausnahme und fordert keine Saalmiete. Wir sind ja seine besten Stammgäste. Ich freue mich schon, auch wenn Funda nicht kommen wird, sie hat „von ihrem Scheich" keine Erlaubnis bekommen, wie Maik gemeint hat. Aber sonst haben viele zugesagt, sogar der Werkzeugbau-Klaus. Heike rechnet mit mindestens fünfundzwanzig Leuten. Inzwischen bin ich da eher skeptisch, wenn ich höre, dass Urbahns Hetze gegen den Betriebsrat auf ein bestimmtes Echo stößt.

Unser Moser hat sich mir gegenüber wieder beruhigt, aber darauf solle ich mir nichts einbilden, so Manfred. Moser habe bestimmt Anweisungen von oben. Er sei nur deswegen nicht ständig hinter mir her, weil er von Grund auf ein fauler Typ sei. Der warte nur, bis ihm die gute Gelegenheit in den Schoß fällt.

Am Nachmittag musste ich seit längerem mal wieder zu den Schneckengetrieben. Moser schickt seit dem Bekanntwerden meiner Kandidatur nur noch Manfred oder Klaus rüber. Beide waren aber heute mit anderen dringenden Aufgaben befasst. Moser holte mich sogar persönlich in der Dreherei, wo ich gerade an der 3-D-Messmaschine war, und meinte, dass „Herr Getzschmann einen dringenden Auftrag" hat. Das gefiel mir, obwohl ich mit dem Schreiben von meinem Messprogramm noch längst nicht fertig war.

Der „dringende Auftrag" war eigentlich nichts anderes, als die Vorrichtung für das Eindrücken der Simmerringe neu auszurichten. Wieder mal hatte jemand mit zu viel Gewalt rumgefuhrwerkt und alles verstellt. Klaus Geissler kam auf mich zu, weil er dachte, ich wollte zu ihm. Von der Vorrichtung wusste er, aber die beiden „tollen Vorarbeiter" wollten ihn ja nicht ranlassen, obwohl er das früher immer selbst gemacht hatte.

Mayer war gerade bei Koch, und Schneider war mit der Einweisung einer neuen Kollegin beschäftigt. Deswegen stellte sich Klaus neben mich und wir konnten ganz gut schwätzen. Er deutete auf einige der etwas tapfereren Kollegen. Ich fragte ihn, ob es nicht auch „tapfere Kolleginnen" gibt.

Doch, aber zu denen habe ich keinen guten Draht. Er gebe zu, dass es wahrscheinlich daran liegt, dass er mit zweien schon mal ein Verhältnis hatte und die hat sitzen lassen. Das haben die den anderen erzählt und jetzt sind alle Frauen auf ihn sauer.

Den Eindruck hatte ich bisher aber noch nicht. Die haben dich doch offensichtlich auch gewählt, sonst hättest du doch gar nicht so viele Stimmen gekriegt.

Wer mich gewählt hat, weißt du nie. Schließlich bin ich schon lange im Betrieb, lange bevor es die Schneckengetriebe gab. Viele kennen mich noch aus den alten Jahren. Die Älteren in der Entwicklung zum Beispiel haben mich schon öfter gefragt, ob ich hier nicht der Abteilungsleiter werde. Ich kann denen anscheinend nicht klar machen, dass meine Nase den Hohen Herrn nicht gefällt. Am meisten stinkt es dem Koch ja, dass ich keine Überstunden mach'.

Da hast du sofort verlor'n.

Kannst du dein Verhältnis zu den Frauen nicht aufbessern? Das kann doch in nächster Zeit noch sehr wichtig werden.

Im Prinzip schon, aber dazu gehören zwei Seiten.

Dann mache denen doch mal ein Weihnachtsgeschenk.

Du wirst lachen. Ich hab' jetzt schon zum zweiten Mal einen Adventskalender mitgebracht. Einige haben sich richtig gefreut, hatte ich jedenfalls den Eindruck.

Lade doch die Frauen für morgen zur Abschlussfeier ein. Vielleicht gehen wir ja anschließend noch auf die Roll'.

Das kann ich nicht machen. Wenn ich jetzt nur die Frauen ansprech' und sie auch noch zu so einer Veranstaltung einlad', bekommen die gleich die Krise und denken, dass ich sie anmachen will. Wenn schon, dann muss ich alle ansprechen, aber da kommt keiner.

Versuch' es doch wenigstens.

Mal sehen. Im Prinzip dürften es die meisten sowieso wissen, aber niemand hat mich nach Einzelheiten gefragt, wo das ist und so weiter. Aber ich sprech' noch mal mit ein paar Leuten.

Das Neuausrichten der Vorrichtung war eigentlich nicht kompliziert. Es war nichts verbogen. Mayer oder Schneider hätten das auch selbst machen können (oder können müssen!), und dass sie den Klaus nicht dran lassen, ist im Grunde auch nur Schikane. Das behindert den Ablauf und ist sicherlich der Arbeit nicht gerade dienlich. Aber so sind sie, die Aufstrebenden: Die anderen, die möglichen Konkurrenten, müssen niedergehalten werden!

23.12. – Jahresabschluss!

Gestern fingen wir schon in der Früh mit dem Putzen an. Die Stimmung war ziemlich gut. Moser hat sich den ganzen Tag nicht blicken lassen (wahrscheinlich hat er alle seine verschiedenen Spezis in der

Firma aufgesucht und mit ihnen Schwätzchen gehalten) und sogar Peter war etwas lockerer. Meine Arbeit ging mir in der letzten Zeit einigermaßen gut von der Hand. Inzwischen kenne ich alle Maschinen ausreichend und beim Messen kann mir nur Manfred was vormachen. Manfred ist sowieso super, seine Erfahrung möchte ich mal haben!

Es war kein üblicher Abend in der „Äppelwoikneip'". Ich hatte mit einem eher besinnlichen Treffen der Fenstergruppe und des näheren Umfelds gerechnet, aber einige waren schon seit Tagen richtig hippelig. Wir waren deutlich mehr als dreißig Leute. (Da hatte ich mich doch wirklich getäuscht und die Lage ganz anders eingeschätzt. Ich wäre mit zwanzig schon glücklich gewesen.) Vom Betriebsrat waren alle da – bis auf Maik, was ich seltsam fand. Die anderen kannte ich inzwischen auch alle, zumindest vom Sehen. Frau Moser war natürlich nicht dabei. Gut so! Der große Saal war zwar nur zur Hälfte gefüllt, aber das fiel nicht groß auf. Heike hatte einen kleinen Weihnachtsbaum mitgebracht (mit elektrischen Kerzen und Lametta). Einige der Kolleginnen und ein paar der Kollegen, die sonst nicht dabei sind, hatten sich richtig gut angezogen. Entweder wollte man die drohenden Wolken der möglichen Annullierung der Betriebsratswahl bewusst verdrängen, oder es gehört für sie einfach dazu (wahrscheinlich Letzteres).

Zur Einstimmung hatte Roland von zu Hause Laptop und Beamer mitgebracht und zeigte zwei Sketche von *Badesalz*. Besonders der zweite gefiel mir ausgesprochen gut. Im Stadion (sinngemäß): „Ei gucke mol, bei dene' is jo schon widder der Schwarz am Ball. Uff! Uff! Werf' dem doch mol e Banan' uff's Feld. Uff. Uff!" „Ei die nächst' Saison kommt der ja zu uns." „Ach so! Och, der ist jo gar net so schlecht. Rischtisch gut, gell?"

Dann ging's an's Essen. Heike hatte für alle Gulaschsuppe und leckeren Flammkuchen bestellt, verschiedene Sorten. Jeder Zweite hatte sich heißen Äppelwoi geordert, andere tranken Bier, nur Ali blieb bei seinem Wasser. Die wenigen Weintrinker hatten natürlich wieder keine Chance, das bietet der Wirt aus Prinzip nicht an. Da hatte ich wie immer Pech, aber ich hab' mich inzwischen an den Äppler gewöhnt. Nur muss er in dieser Jahreszeit einfach heiß sein (wenn es schon keinen Glühwein gibt, wie letztens, als ich mit meinen zwei Lieblingsfrauen Claudia und Miriam im Stadion war).

Noch beim Essen wollte Markus ständig, dass Uwe eine Rede hält. Harald stimmte ihm lautstark zu, aber Uwe winkte nur ab. Es gäbe keinen Anlass für eine Rede. Da war ich anderer Meinung. Man musste ja nicht Euphorie verbreiten, aber wir sollten doch versuchen, die Leute beisammen zu halten, ihnen Mut zu machen. Das nächste Jahr verspricht schließlich nicht gerade, leichter zu werden. Ich merkte das ebenfalls lautstark an, betonte aber, dass wir erst mal alle essen sollten. Ich fand breite Zustimmung, vor allem bei Petra und Heike, die mich anerkennend lobten. Das ist ja mal was Neues! Bei dem Kern der Truppe, der eigentlichen „Fenstergruppe", bin ich ja immer noch nicht richtig angekommen. Ich werde gelitten, aber meine Beiträge werden in aller Regel nicht ernst genommen.

Nach dem Essen, als alles abgeräumt war und nur noch die Gläser auf den Tischen standen, setzte ich noch mal an, um Uwe zum Reden zu bewegen. Jetzt schnitt mir Heike das Wort ab. „Sei doch mal still!". Wieso denn das jetzt? Vorher fand sie es noch gut! Die Aufklärung kam aber auf den Fuß, denn im nächsten Moment ging die Tür auf und ein Nikolaus kam rein. Das musste Heike gewusst haben. Es war offensichtlich abgesprochen, denn der Nikolaus ging sofort in die Mitte zwischen alle Tische und verteilte Süßigkeiten. Ausschließlich an die Frauen! Wir Männer bekamen nichts. Seltsamerweise sprach der Nikolaus kein Wort, bis er auf einmal zum Gruß ansetzte und es wie ein Raunen durch die Reihen ging: „Ach der Maik!" „Gucke mol do, de' Maik". Er war so gut verkleidet und maskiert, dass die Uneingeweihten ihn nicht erkannt hatten. Die Stimme konnte er halt nicht verstellen:

Ihr Metaller aus dem Lande Hessen…

und Metallerinnen! kam es von Heike und Petra. Natürlich!

Ihr Metaller und Metallerinnen aus dem Lande Hessen. Ich habe mir sagen lassen, dass ihr zurzeit einen schweren Kampf führt. Der reißende Wolf nimmt euch euer Brot und nennt es „Anpassung an die Marktlage". Dass ihr euch wehrt, ist gut, aber ihr müsst besser zusammenhalten. Ich sehe ein paar Gesichter hier, die bisher noch nicht sehr aktiv waren. Andere sind noch abwartender. Wenn ihr nicht mehr werdet und euch nicht besser organisiert, habt ihr keine Chance. Ich kenne nämlich den reißenden Wolf. Und glaubt mir, liebe Metallerinnen und Metaller: Die Zeiten werden nicht einfacher. Auch die Regierung wird euch in nächster Zeit an's Leder gehen. Sie hat nämlich so viel Geld den Banken in den Rachen geworfen, dass es an der allgemeinen Daseinsvorsorge fehlen wird. Ich hätte erwartet, dass ihr heute mehr Leute seid ….

Harald: *viele sin' jo verhinnert.*

Klappe!

… also ich hätte eigentlich mehr Leute hier erwartet. Aber was nicht ist, kann ja noch werden. Bevor ich mich wieder davon mache, muss ich einem eurer Kollegen noch ein besonderes Geschenk überreichen. Ich bitte den Kollegen Markus Hinze zu mir zu kommen.

Ich? Wieso ich? Ich bin doch gar nicht im Betriebsrat.
Kommen Sie mal her, Kollege Hinze.
Markus war richtig verdattert und ahnte nichts Gutes. Die anderen ließen aber keine Ruhe. Er musste vor und stellte sich ganz verlegen neben den Nikolaus (Maik). Der holte jetzt eine kleine Aktentasche aus dem Sack, sah Markus prüfend an und bat um allgemeine Ruhe.
Kollege Hinze, Sie haben ihre Arbeit dieses Jahr gut gemacht und Sie haben auch den Betriebsrat richtig unterstützt ....
Ich? Wieso? Ich hab' doch gar nicht kandidiert.
Na vielleicht beim nächsten Mal. Aber ich habe mir sagen lassen, dass Sie bei den Gesprächen an Ihrem Arbeitsplatz, wenn es um die Betriebsratswahl ging, eifrig dafür geworben haben, dass die Leute wählen gehen. Solche Leute, solche Metaller braucht das Land.
Ich bin ja auch in der Gewerkschaft.
Gut so. Aber es gibt eine Schwachstelle in Ihrer Laufbahn. Und die zieht sich schon seit Jahren wie ein roter Faden durch ihren Werdegang, wie mir von verschiedener Seite glaubhaft berichtet wurde ....
Schwachstelle?
Ja, eine richtige Schwachstelle: Sie können nicht mit Geld umgehen! Schlimmer noch: Sie leihen sich Geld, um Ihre Schulden zu bezahlen. So reißen Sie nicht nur sich, sondern auch noch ihre Angehörigen ins Verderben .....
Die Bank will mir nur einfach nicht das zurückzahlen, was ich investiert hab'. Das sind doch Schweine! Was kann ich denn dafür?
Richtig! Die Banken sitzen am längeren Hebel, und wenn sie sich mal verzockt haben, hilft ihnen die Regierung, mit unsren Steuergeldern. Aber Sie, Kollege Hinze, Sie können auf keine Hilfe hoffen, wenn Sie sich verzockt haben. Wenn Sie so weitermachen wie in diesem Jahr, haben Sie demnächst wieder die Lohnpfändung am Hals. Ich dachte, das hätten Sie hinter sich.
Wieso Lohnpfändung? Wenn ich das Geld von der Bank zurückbekomme, geht alles klar. Und wenn erst der Gewinn kommt, dann stehe ich ganz toll da. Ich bekomme fünfundzwanzig Prozent Gewinn auf das eingesetzte Kapital. Ich muss nur noch ein paar Investoren finden. Die Kollegen haben mich ja hängen lassen.
Hier kam ein allgemeines Gemurmel auf. Die meisten wussten ja nichts von den fünfundzwanzig Prozent, auch wenn alle wussten, dass Markus naiv ist und sich von allen Seiten betrügen lässt. Als sich das Raunen und Staunen gelegt hatte:
Zum Glück haben die Kollegen Sie hängen lassen. Denn sonst wären die ja auch dran mit diesem verdammten Schneeballsystem. Wie können Sie denn mit fünfundzwanzig Prozent Gewinn rechnen? Allein das müss-

te Ihnen doch schon klar gemacht haben, dass an den Geschäften was Grundsätzliches faul ist.
Aber du hast mir doch selbst die Papiere von der Bank gezeigt. Markus wurde jetzt ungehalten, weil er merkte, dass er richtig vorgeführt wurde. Ich glaube, Maik spürte, dass er jetzt nicht überziehen durfte.
Um Ihnen die Dinge klarer zu machen, haben wir diese Form gewählt, damit vor allen Leuten klar wird, dass wir Ihnen hier ein letztes Mal helfen und sie sich künftig nicht mehr mit Unwissenheit rausreden können. Hier darf ich Ihnen Ihr gesamtes investiertes Geld, zweitausendzweihundertfünfzig Euro übergeben. Das hatten die Kollegen Maik und Roland für Sie gebunkert und in Sicherheit gebracht. Es wurde nie angelegt, und es ist dadurch auch nicht verzockt worden. Die Kollegen haben Ihnen nur mal zeigen wollen, wie völlig naiv Sie Ihr Geld loswerden. Die Bankpapiere haben sie mit einfachen Mitteln auf dem Computer gestaltet und Ihnen kurz gezeigt, aber eben nicht ausgehändigt.
Markus lief rot an und brachte kein Wort raus. Er wusste offensichtlich nicht, ob er lachen oder weinen sollte. Zum einen hatte er jetzt sein Geld wieder, zum anderen war es natürlich aus mit dem Traum von den fünfundzwanzig Prozent.
Wenn ich ehrlich bin, an die fünfundzwanzig Prozent hab' ich inzwischen auch nicht mehr geglaubt. Aber wie sollte ich denn mein Geld wieder bekommen? Meine Schwester hat siebenhundertfünfzig Euro von mir zu bekommen. Sie hat sich jetzt bei einer Freundin Geld geliehen, damit sie wenigstens Weihnachtsgeschenke für die Kinder kaufen kann. Ich fahr sofort zu ihr hin. Die freut sich riesig. Aber ihr seid ja richtige Gauner, dass ihr mich so reingelegt habt!
Heike: *Das musste aber mal sein. Jeden von uns hast du mit deinem Investorenscheiß angebaggert. Wie oft willst du denn noch Lehrgeld bezahlen?*
Andere stimmten jetzt in den Chor mit ein. Er nahm das Geld, zählte nicht mal nach und wollte gleich zur Schwester aufbrechen. Die anderen hielten ihn ab und gaben ihm erst mal einen aus. Er komme noch früh genug zur Schwester, die gehe ja nicht um neun Uhr schlafen. Aber er dürfe bald gehen. Nur noch wenigstens kurz mitfeiern sollte er.
Ein paar Minuten später ergriff der Nikolaus noch mal das Wort: *Ich darf euch an dieser Stelle aber noch eine kleine Info aus dem Betrieb geben. Heute Nachmittag, ab vierzehn Uhr hatte die Hohen Herrn ja wieder zur üblichen „Weihnachtsfeier" in die Kantine geladen. Natürlich gab' es wieder nur ein paar belegte Brötchen und eine lauwarme Rede von Koch. Ihr kennt das ja. Dass ihr nicht da wart, ist natürlich schon mal gut, aber die meisten von euch waren ja sowieso meistens nicht da.*

Harald: *Mir wirde jo komme, wenn des während der Arbeitszeit wär'. Und wenn's do was zum Trinke gäb'.*
Klappe!
Still jetzt.
Wie mir von glaubhafter Stelle am späten Nachmittag berichtet wurde, waren jedenfalls dieses Jahr noch weniger Leute da als sonst. Es waren noch keine fünfzehn ....
Juhu!
...davon waren fast alle aus dem Büro. Natürlich waren Mayer, Schneider, die beiden Mosers und allerdings auch Silvia aus der Montage da. Mit ihr müsst ihr unbedingt noch mehr sprechen. Die will sich anscheinend anbiedern. Na und der Heinz Müller und der Heuer aus der Montage müssen auch da gewesen sein. Bei denen seh' ich weniger Chancen, dass man die noch überzeugen kann.
Die bestimmt net.
Aber, ihr Leute, fünfzehn bei der Weihnachtsfeier von den Hohen Herrn, das ist jedenfalls deutlich weniger als sonst ....
...und ganz klar weniger als bei uns!
Der Nikolaus verabschiedete sich und alle klatschten, die Stimmung war besser geworden, sogar etwas heiterer. Und ich musste schlagartig meine Meinung über Maik korrigieren. Er war also gar nicht so fies, wie ich schon den Verdacht bekommen hatte.

Markus setzte sich und trank einen heißen Äppler, aber ich merkte, dass er sich nicht wohlfühlte. Ich ging zu ihm und riet ihm, wenn er den ausgetrunken hat, soll er losziehen. Seine Schwester müsse nicht länger als nötig auf ihr Geld warten. Die würde sich bestimmt freuen. Am Samstag ist zwar Heilig Abend, aber da kann sie ja am Vormittag in jedem Fall noch was einkaufen, falls sie noch nicht genug für die Kinder hat. Markus war richtig dankbar, dass ich Verständnis für ihn hatte, und – ziemlich unbemerkt – zog er ab. Die anderen hielten ihn nicht mehr auf.

Ich schob noch mal Uwe an, der jetzt tatsächlich aufstand.
Ja Kolleginnen und Kollegen,...
Na siehste, der kann's doch! kam es aus dem hinteren Eck.
Den Worten von Maik, unsrem Nikolaus, kann ich eigentlich nicht viel hinzufügen. Wir haben keine sehr guten Karten in der Auseinandersetzung mit der Geschäftsleitung ....
Mit den Geschäftsleitungen!
Na ja, in Wirklichkeit ist es nur der Chef und sein Koch.
Stimmt!
Am neunzehnten Januar ist die Gerichtsverhandlung. Selbst wenn wir da gewinnen, haben wir noch nicht viel erreicht ....

Stimmt nicht! kam es von verschiedenen Seiten.

...haben wir noch nicht viel erreicht, weil wir dann erst wieder da sind, wo wir heute stehen. Dann haben wir zwar einen Betriebsrat, aber der ist bei den Leuten noch nicht wirklich akzeptiert. Sie stehen ja nicht wirklich hinter uns und meckern, wenn wir eine Betriebsratssitzung haben. Aber das Schlimmste ist, dass wir in Sachen Abgruppierung keinen Schritt weiter sind. Ich war vorgestern bei der Gewerkschaft. Und auch die Anwältinnen haben mir in dieser Sache keinen Mut gemacht, weil wir hier kein gesetzliches Mittel haben, das der Betriebsrat einsetzen könnte. Die Geschäftsleitung ist an keinen Tarifvertrag gebunden und unsre Organisierung ist zu schwach. Der Betriebsrat kann da nichts machen, weil die Abgruppierung vor der Betriebsratswahl war. Die Mitbestimmung des Betriebsrats beschränkt sich auf Änderungen der Eingruppierungs- beziehungsweise Entlohnungsgrundsätze. Geändert worden sind sie aber vor der Betriebsratswahl. Da haben wir noch gar nicht an eine Betriebsratswahl gedacht.

Klaus: *Aber bei uns, bei den Schneckengetrieben, ist der Zusammenhang doch klar. Die haben das bei uns doch erst gemacht, als die Betriebsratswahl schon angesetzt war.*

Aber du kannst ihnen nicht nachweisen, dass sie es nicht sowieso bei den Schneckengetrieben auch gemacht hätten. Ich befürchte sogar, dass das noch lange nicht das Ende ist. Die Dreherei, der Werkzeugbau, die Büros usw. werden auch noch drankommen.

Da hätten wir doch Möglichkeiten.

Ich fürchte, dass die erst mal mit Gleichbehandlung argumentieren werden.

Petra: *Ach so, Anpassung nach unten!*

Ja, so bitter das klingt: Rechtlich haben sie auf jeden Fall die besseren Karten als wir. Und wenn das nicht reicht, kommen die doch bestimmt mit dem Kostendruck, wie sie es jetzt auch bei den Schneckengetrieben gemacht haben. Aber ich will euch nicht mit Dingen belästigen, die ihr eigentlich alle wisst oder wissen müsst.

Harald: *Mir sin' doch jetzt e Mannschaft.*

Da ist natürlich was dran, an dem, was der Harald, unser alter Kämpfer, da sagt. Vielleicht hilft es uns wenigstens, weitere Verschlechterungen abzuwehren. Aber wir sollten jetzt nicht so viel spekulieren und uns auch nicht das Jahresende versauern. Jetzt stoßen erst mal an. Auf ein gutes Gelingen im nächsten Jahr!

Prost!

Prost!

Es bildeten sich wieder kleinere Gesprächskreise und ich wollte mich erst mal zu Petra setzen, um mir ein paar weitere Infos einzuholen. Uwe in allen Ehren – er ist in der Mitte der Belegschaft und ist dort die Anlaufstelle für viele der Kolleginnen und Kollegen –, aber Petra scheint mir doch die Kompetenteste aus der Fenstergruppe. Sie hat einige Seminare mitgemacht und ist auch sonst gewerkschaftlich mehr engagiert als Uwe. Außerhalb des Betriebs sieht man Uwe bei keiner einzigen politischen Veranstaltung. Letzte Woche, als ich eher zufällig am Marktplatz vorbeikam, war sie – wie konnte es anders sein – auf der kleinen Kundgebung dabei: „Schranken für die Banken". Eigentlich hätte sie auch mindestens Stellvertreterin werden müssen, meine ich. Aber sie scheint ja mit der Aufgabe der Schriftführung ganz glücklich zu sein. Wahrscheinlich will sie auch nicht mit ihrem Chef zu sehr anecken, und das würde sie, wenn sie Vorsitzende oder Stellvertreterin wäre.

Ich saß noch keine drei Minuten neben ihr, da näherte sich auch Maik und beäugte mich. Der scheint ja wirklich wahnsinnig eifersüchtig zu sein, dabei will ich gar nichts von seiner Liebsten, jedenfalls will ich sie nicht anmachen. In dem Moment sah ich, wie Gisela, die nebendran saß, aufstand und sich von uns verabschieden wollte. Das ging aber nicht. Ich sprang auf und bat alle Anwesenden um Aufmerksamkeit.

Liebe Kolleginnen und Kollegen. Das mit der Betriebsratswahl haben wir, glaube ich, ganz gut gemacht, aber was wäre, wenn wir die Gisela nicht hätten?

Genau!

Richtig! Stimmt!

Sie hat uns doch überhaupt erst Dampf gemacht, und ohne sie wäre es nicht gelaufen. Sie will uns gerade verlassen..

Ich muss jetzt gehen. Mein Mann wartet und ich hab' vor Weihnachten noch zu viel zu tun.

O.k. gut, aber wir wollen dich nicht gehen lassen, ohne dir noch mal danke zu sagen und auf dich anzustoßen.

Genau!

Rischtisch!

Prost!

Alle klatschten und sie durfte losziehen. Petra fand es anscheinend richtig gut, was ich da gemacht hatte, denn sie nickte mir strahlend zu. Bei ihr hatte ich inzwischen sowieso einen guten Stand. Für die meisten aus der Fenstergruppe bin ich noch zu sehr der „Neue", außer bei Harald und Wolli.

Petra konnte mir nicht viele Neuigkeiten erzählen, oder sie hatte zu dieser vorgerückten Stunde keine große Lust mehr, noch über den Betrieb zu sprechen. Auf einmal kam Heike zu mir, die sich über mein Wasserglas mokierte, und wurde richtig laut.

Ja Mensch, kannst du denn nichts anderes trinken als Wasser? Bist wohl nichts gewöhnt.
Doch ich hab' schon einen heißen Äppler getrunken, aber so richtig geht es nicht an mich ran.
Ich denk', du trinkst lieber Wein.
Ja, aber den gibt es ja hier bekanntlich nicht.
Hier, mach auf! Sie gab mir eine Flasche französischen Rotwein, einen Bordeaux, und einen Korkenzieher. Die Leute drum herum sahen gespannt zu uns rüber. Das wurde mir jetzt doch unangenehm. Ich wollte aber auch nicht kneifen, wenn ich mich sonst immer mit dem französischen Rotwein rausgeredet habe. Also durfte jetzt kein Missgriff passieren. Ich nahm den Korkenzieher, merkte aber, dass er nicht normal aussah. Kurze Überlegung: Das müsste trotzdem gehen. Ich drehte ihn linksrum rein. Ein kurzer Blick zu Heike verriet mir, dass sie überrascht war, dass der Korkenzieher überhaupt reinging. Ihr Mund stand weit auf, sie sagte aber nichts. Den Korken rausziehen war kein Problem und ich hielt die Flasche hoch und rief:
Wo sind unsre Gläser, Kollegin Heike?
Mensch, sage mal, wie hast du denn den reingekriegt?
Harald: *Wi hot er'n donn roikrieht?* Und lachte sich einen ab. *Er hot en oifach roigesteckt, Heike, hast du was degesche?*
Klappe! He Robert, wie hastn' des gemacht?
Liebe Kollegin! Contradictio in adiecto.
Was is' los?
Ich wollte dir nur sagen: Das ist ein Widerspruch in sich selbst. Du kannst nicht einem Werkzeugmacher einen linksdrehenden Korkenzieher in die Hand drücken und annehmen, dass er versucht, ihn rechtsrum reinzudrehen.
Petra: *Alle Achtung, du hast wohl Abitur?*
Ja, habe ich, und so manche Sachen vergisst man nicht. Und, Heike, ich bin Werkzeugmacher, das solltest du dir mal merken!
Die meisten hatten die letzten Wortwechsel mitbekommen, vor allem, als Heike laut und mit größter Verwunderung gefragt hat, wie ich „den reingekriegt" habe. Jetzt klatschten einige und Heike war geplättet. Sie hatte nicht nur den Weihnachtsbaum vorbereitet. Mit mir wollte sie anscheinend einen schönen Spaß haben. Das ging daneben und ich fühlte mich plötzlich richtig gut.
Auf einmal war unsre Heike wie verwandelt. Nicht mehr vorwurfsvoll, sondern neugierig. Die anderen drehten sich wieder weg und sie setzte sich zu uns, auf den Platz, den Gisela freigemacht hatte. Plötzlich wollte sie alles von mir wissen, meine Laufbahn, meine Familienverhältnisse usw. Petra saß eine Zeitlang dabei und grinste sich

einen. Sie hatte vielleicht ein ähnliches Gefühl wie ich, dass ich nämlich mit dieser nicht eingeplanten Wendung ein Stück näher an die Gruppe herangerückt bin. Sie sagte nichts, aber ich interpretierte ihr mehrmaliges Kopfnicken mir gegenüber so. Danach haben wir es etwas ruhiger ausklingen lassen. Es gab keine unangenehmen oder angenehmen Überraschungen mehr, aber ich ging mit einem besseren Gefühl nach Hause, als ich gekommen war. Das hing zwar fast ausschließlich mit dem Korkenzieher zusammen und hatte lediglich Auswirkungen auf meine eigene Stellung in der Truppe, nicht auf die Gesamtsituation, aber gut tut es trotzdem. Wenigstens etwas Gutes, das ich jetzt für die Feiertage mit nach Hause genommen habe.

JANUAR

10.1.
Mehr als zwei Wochen Ruhe, das war richtig gut. Meine Frauen sind einfach toll. Miriam ist nicht mehr so goldig wie früher, als sie noch kleiner war. Sie wird bald pubertär und das wird dann die Zeit sein, in der die Eltern nur noch „peinlich" sind, wie man von anderen hört. Aber bis dahin sind es bestimmt noch ein paar Monate. Wir haben es richtig genossen in der Woche nach Weihnachten. Dreimal waren wir im Taunus auf der Loipe, zweimal davon mit Samira, für die wir Ski und Skischuhe von unser Freunden in Darmstadt ausgeliehen haben. Selten habe ich zwei Kinder in dem Alter so lustig gesehen. Die Kälte hat denen anscheinend gar nichts ausgemacht. Man kann also auch ohne Pferde Freude haben!

Die meisten sind gestern wieder zum ersten Mal im Betrieb gewesen, einige waren schon in der letzten Woche da, nur zwischen den Jahren war die Firma geschlossen. Maik muss es gestern, an seinem ersten Tag, gleich wieder geschockt haben. Die Geschäftsleitung hat die Lehrgangsteilnahme von ihm und von Uwe (der ist noch in Urlaub und kommt erst morgen wieder) nicht genehmigt. Die Teilnahme sei nicht vertretbar, da noch nicht gerichtlich entschieden sei, ob der „Betriebsrat überhaupt rechtmäßig im Amt ist", wie Wolli mir in der Frühstückspause das Schreiben der Geschäftsleitung aus dem Gedächtnis zitierte. Morgen, wenn Uwe wieder da ist, wollen sie einen Beschluss fassen, auch dafür einen Rechtsanwalt einzuschalten. Ich äußerte meine Befürchtung, dass damit noch mal eine weitere Baustelle aufgemacht wird, mit der der Betriebsrat dann beschäftigt ist, ohne dass dies den Leuten was bringt.

Hast im Prinzip Recht. Aber wir haben im Moment keine andere Wahl! Wenn wir uns damit abfinden, dass unsre beiden Vorsitzenden noch nicht mal auf einen Einführungslehrgang für Betriebsräte gehen können, dann sind wir doch aufgeschmissen. Irgend woher müssen wir doch unsre Informationen kriegen, wie wir vorgehen müssen, worauf wir überhaupt ein Recht haben und so weiter.

Kann sein. Nein, ich bin sogar absolut davon überzeugt, dass das unerlässlich ist. Jedenfalls hier in diesem Land, wo alles nur über die Rechtsschiene geht. Aber begreifen das auch die Kolleginnen und Kollegen? Wäre es nicht besser, bis nach dem Verfahren vom ....

Das andere Verfahren ist am 19., am Donnerstag nächster Woche. Ja, aber hier geht es um's Prinzip. Wir müssen zeigen, dass wir uns nichts gefallen lassen.

Meinen das alle?

Die Moser ist natürlich dagegen, aber die wird einfach überstimmt. Beim Horst sind wir uns nicht sicher, aber der ist noch im Urlaub, im Skiurlaub, der kommt erst Ende des Monats wieder.

Dann ist er entweder Betriebsrat oder keiner mehr.

Stimmt, aber wenn er keiner mehr ist, bleibt es jedenfalls bei seiner Versetzung. Da kann'ste Gift drauf nemme.

Nach der Pause kam ich mit Manfred ein wenig ins Gespräch, weil wir beide auf der Messplatte mit dem 2-D-Höhenmessgerät beschäftigt waren. Er gab mir wieder gute Tipps (dieses Mal beim Winkelmessen im Lochbild), obwohl ich eigentlich bisher geglaubt hatte, dass ich beim Messen „der Größte" bin. Bin ich wohl doch nicht! Aber Manfred ist schon ein besonderes Kaliber. Peter war weit genug weg und Klaus ist sowieso sehr verlässlich, Moser war wie üblich unterwegs. So konnte ich auch mal ganz leicht und vorsichtig die Frage der Lehrgänge für den Betriebsrat antippen, um zu sehen, was Manfred davon hält.

Das kann ich mir vorstellen, dass die Geschäftsleitung Nein sagt. Wundert mich überhaupt nicht.

Ja, aber das kann der Betriebsrat sich doch nicht gefallen lassen, oder?

Das hab' ich ja nicht gesagt. Natürlich muss der sich schlau machen.

Der Betriebsrat will das jetzt vor Gericht durchsetzen.

Das wird wohl der einzige Weg sein. Der Koch ist ein harter Knochen, der Chef sowieso. Entweder der Betriebsrat macht es richtig und setzt sich durch, oder er kann gleich wieder abtreten.

Somit war Manfred also überhaupt nicht gegen das Gerichtsverfahren. Die Argumentation der Geschäftsleitung, von wegen warten, bis das andere Verfahren entschieden ist, habe ich erst mal nicht angesprochen. Mir ging es erst mal um das Prinzipielle. Manfred ist zwar nicht unbedingt repräsentativ für die Gesamtbelegschaft, aber so wie er denken wahrscheinlich einige.

Beim Mittagessen konnte ich am Tisch der Fenstergruppe sitzen, weil einige ja noch nicht da waren. Habe das richtig genossen. Heike ist sowieso jetzt freundlicher zu mir und fragte sogar, ob ich noch sauer war, dass sie mich mit dem Korkenzieher reinlegen wollte.

Nee, das ist längst vergessen. Außerdem ist ja nichts schiefgelaufen.

Das freut mich aber. Has'de des mit dem Lehrgang gehört?

Ja, ich weiß nur nicht, ob man damit jetzt sofort wieder einen Anwalt einschalten soll.

Na klar, Mensch! Morgen fassen wir einen Beschluss.

Na, wenn ihr meint.
Am Nachmittag lief mir Funda in der Kantine über den Weg und zwinkerte mir zu. Was war das denn? Wolli klärte mich auf. Das macht sie bei allen, die sie einigermaßen kennt. Dass sie das bei mir auch schon macht, überraschte ihn etwas, aber das habe nichts mit mir zu tun, sondern nur, weil ich inzwischen lang genug da bin. Die will nichts von mir, „sie hat ja ihren Scheich".

Im Werkzeugbau fragte mich Klaus, was es mit dem neuen Gerichtsverfahren auf sich hat und wann das denn sei. Das spricht sich aber schnell rum, obwohl noch nicht mal ein Beschluss gefasst wurde. Meine Erklärungen nahm Klaus ohne Widerspruch zur Kenntnis.

Später kam Moser mit einem neuen Auftrag zu mir. Wenn ich die Klebevorrichtungen fertig habe, soll ich das Werkzeug für die Haltebleche der Kleingetriebe überholen. *Hier, wo die Achsen für die Triebe durchgesteckt werden, ist der Grat inzwischen zu groß.* Und er wollte wissen, ob ich denn so was schon mal überholt habe. Irgendwie konnte ich das im ersten Moment nicht richtig einordnen, schließlich hatte ich im Herbst einen kompletten Schnitt gefertigt, meine Laufbahn müsste er eigentlich grob kennen. Meine Rückfragen, wieso ich das nicht können soll, hat ihm nicht gefallen. Er wollte was mit „noch nicht so lange dabei" erklären, aber mein Kopfschütteln quittierte er einfach damit, dass er abzog.

Als ich danach Manfred fragte, was das denn sollte, antwortete er nur ganz lapidar, und wahrscheinlich richtig:

Du bist zu viel mit dem Betriebsrat zusammen. Die anderen erzählen schon, dass du jetzt bei denen am Tisch sitzt.

Aber ich bin doch gar kein Betriebsrat.

Aber du hast kandidiert und du wirst schon dazu gezählt. Mitgefangen, mitgehangen. Du siehst doch, wie das jetzt geht. Dir gibt der Moser jetzt die Lulliarbeiten, und tut so, als könntest du nichts. Da sollst du ins Eck gedrängt werden. Wieso hat er sonst das neue Werkzeug, was jetzt für die Montage gemacht werden soll, dem Peter übergeben?

Davon weiß ich nichts.

Hättest mal aufpassen sollen am Montag.

Da war ich noch nicht da.

Ja, das hat der Moser ganz gut ausgenutzt. Das soll dir erst mal gar nicht auffallen, dass du keine komplexen Aufträge mehr kriegst. Das soll einfach so an dir vorbeilaufen.

Das kann ja noch heiter werden! Und du kannst dich noch nicht mal wehren. Einteilen ist Sache des Meisters. Da kannst du dich nicht beschweren. Und irgendwann stehst du da und giltst als der zweitrangige Helfer. Kein guter Start im neuen Jahr.

11./12.1.

Gestern haben sie auf der Betriebsratssitzung tatsächlich beschlossen, wegen der Lehrgangsgeschichte einen Rechtsanwalt einzuschalten. Sascha von der Gewerkschaft sah das wohl ähnlich und wollte sie dabei beratend unterstützen. Frau Moser hat es in dieser Sitzung aber knüppeldick gebracht. Wolli hatte schon am Dienstag bei der Gewerkschaft angerufen und Sascha hatte sich angeboten, zur Sitzung zu kommen. Die anderen wussten davon nichts, aber sie waren alle sofort begeistert, als Wolli ihnen auf der Sitzung ankündigte, dass Sascha später dazustoßen würde. Da muss die Moser wild protestiert haben nach dem Motto, der Betriebsrat gehe die Gewerkschaft nichts an. Wir sollten und müssten uns gegen „Einflussnahme von außen" wehren. Außerdem sei es nicht rechtmäßig, dass „ein Gewerkschaftsfunktionär einfach so auf eine Betriebsratssitzung kommt". Das hatten alle anderen ganz anders gesehen, worauf sie eine Abstimmung wollte, die sie natürlich verlor: 1 zu 7. Empört ging sie raus und kam zehn Minuten später wieder rein.

Sascha kam nicht zum vereinbarten Zeitpunkt und Uwe rief mit seinem Handy bei der Gewerkschaft an. Dieser Anruf wurde weitergeleitet und er hatte Sascha mit seinem Handy am Apparat. Er stand bei uns in der Empfangshalle und war in einer heftigen Auseinandersetzung mit Mühleisen. Der Betriebsrat – so Sascha zu Uwe – solle doch mal rauskommen, in den Empfang. Draußen müssen Mühleisen und Sascha fast schon handgreiflich geworden sein. Mühleisen verlangte von Sascha, dass er sofort das Haus verlasse. Er sei nicht eingeladen und er habe hier nichts zu suchen. Sascha muss immer wieder betont haben, dass er sehr wohl vom Betriebsrat eingeladen sei, worauf Mühleisen mit physischer Gewalt drohte und ihn vom Hausmeister rauswerfen lassen wollte. Der war aber per Handy nicht erreichbar. In dem Moment, als Uwe dazukam, rief Sascha laut aus:

Ich gehe nur, wenn mich die Polizei dazu auffordert. Hier ist ja der Betriebsrat. Bin ich eingeladen oder nicht?

Natürlich bist du eingeladen. Komm' einfach mit. Ich zeige dir den Weg.

Sie zogen einfach an Mühleisen vorbei in Richtung Materialausgabe. Frau Reininger vom Empfang muss kreidebleich gewesen sein. Mühleisen hatte keine physische Unterstützung und hatte wohl gehofft, Sascha abhalten zu können, weil der ja nicht wusste, wo es zum Betriebsratsbüro ging bzw. zum Ersatzbetriebsratsbüro. Sascha konnte den Betriebsrat auch nicht anrufen, weil der ja noch kein Telefon hat. Der Anruf von Uwe war anscheinend gerade noch rechtzeitig gekommen, bevor Mühleisen vielleicht von anderer Stelle Unterstützung bekommen hätte.

Die darauffolgende Sitzung war dem Bericht zufolge recht heiß. Uwe wollte wissen, wieso Mühleisen überhaupt in der Zentrale stand und Sascha abfing. Diese Frage war wahrscheinlich nur rhetorisch gemeint, denn laut Wolli riefen dann die anderen wild durcheinander: „Ei, die Moser war das natürlich!" „Na klar, die Moser". „Die war doch vorhin rausgerannt."

Da wurde es aber richtig eng für „Frau Moser", wie sie dort angesprochen wird, nicht Kollegin Moser. Alle hielten sie das für unmöglich, für schäbig und so weiter. Wolli war bei seiner Berichterstattung richtig aufgekratzt. Als ich ihn wieder runtergeholt hatte, erzählte er von dem weiteren Verlauf nach diesem „Kreuzfeuer", wie er sich ausdrückte. Frau Moser blieb sitzen, sagte kein Wort mehr, ging aber auch nicht raus. „Die hat doch klar den Auftrag, uns zu beobachten und sofort danach den Hohen Herrn zu berichten. Das hast du ja jetzt mit dem Mühleisen gesehen."

Sascha muss den Betriebsrat bestärkt haben, in der Angelegenheit Lehrgang sofort einen Beschluss zu fassen, dass ein Rechtsanwalt „damit beauftragt wird, die Interessen des Betriebsrats zu vertreten". Ziel soll es sein, „über ein Beschlussverfahren der Geschäftsleitung aufzugeben, dem Antrag des Betriebsrats auf Teilnahme an dem Lehrgang *Betriebsräte I*, wie am 21. Dezember der Geschäftsleitung mitgeteilt, stattzugeben". Wolli zeigte mir ganz stolz die Kopie des Schreibens, das Petra in der Pause bei sich oben hatte schreiben müssen. Der Betriebsrat hat ja weder einen PC, noch einen Drucker, noch Fax oder Telefon, vom Internetanschluss ganz zu schweigen.

Heute kam es wieder knüppeldick. Uwe wurde in der Pause auf seinem Handy von Sascha angerufen. Die Gewerkschaft hatte in der Frühe ein Fax von der Firma bekommen. „...teilen wir Ihnen deswegen mit, dass Herr Sascha Eilmann künftig in unserem Unternehmen Hausverbot hat. Sollte er sich, wie bereits gestern geschehen, dieser Anordnung widersetzen und widerrechtlich unser Haus betreten, werden wir umgehend Strafanzeige erstatten...."

Ein Teil des Betriebsrats war etwas ratlos, ein anderer Teil wollte es einfach ignorieren. Beim Mittagessen hörte ich, wie Harald laut forderte, dass Sascha einfach jetzt erst recht kommen solle und wir ihn gemeinsam reinbegleiten sollen. Das wurde von allen anderen als aussichtslos angesehen. Nicht nur Heike rief dieses Mal: „Quatsch." Andere fügten hinzu.

Das ist viel zu gefährlich. Der kriegt eine Strafanzeige. Das wird der auch nicht machen.
Ja, aber blöd ist das schon. Es wird noch genug Situationen geben, wo wir ihn hier im Haus brauchen, meine Uwe.
Maik: *Wenn wir am Ende nächster Woche überhaupt noch Betriebsrat sind.*
Die Fenstergruppe hatte jedenfalls keine einheitliche Meinung, was zu tun war, und der Betriebsrat sowieso nicht. Zu viel durfte dort ja auch nicht beredet werden, weil Frau Moser dies offensichtlich ja sofort weitermeldet.
Beim Rausgehen aus der Kantine schnappte ich mir Uwe und Maik, um mit ihnen allein zu sprechen.
Ich meine, Ihr solltet das Schreiben der Geschäftsleitung ans Schwarze Brett hängen. Die Leute sollen alle sehen, mit welchen Bandagen die Geschäftsleitung vorgeht.
Maik: *Du hast Recht, das ist genau die richtige Idee. So machen wir's.*
Uwe: *Aber wir haben das Fax doch gar nicht. Sascha hat es mir doch nur vorgelesen.*
Macht nichts, meine Petra ist heute beim Ortsfrauenausschuss. Da kann sie sich ein paar Kopien machen lassen und dann hängen wir das an alle Schwarzen Bretter im Betrieb. Außerdem brauchen wir sowieso ein eigenes Schwarzes Brett. Das müssen wir auch noch verlangen.
Na gut, so können wir's machen. Deine Petra sollte aber sofort mal bei der Gewerkschaft anrufen, damit sie die Kopien auch heute Abend wirklich kriegt und nicht Sascha schon fort ist.
Nee, der Sascha scherwenzelt immer um den Ortsfrauenausschuss herum. Der meint immer, bei denen könnte er landen, obwohl er bei der Sitzung selbst gar kein Zutrittsrecht hat, was ja auch gut so ist.
Also eifersüchtig bist du ja wirklich nicht, oder?
Quatsch. Meine Petra hält zu mir.
Das denk'ich aber auch! Deswegen brauchst Du doch auch gar nicht eifersüchtig sein.
Uwe und Maik waren richtig dankbar für meine Idee und wir verabredeten, dass niemand was davon wissen soll, bevor die Kopien hängen, sonst kriegen wir mit dem Aufhängen Schwierigkeiten.

13.1.
In aller Frühe haben Uwe und Maik in vier Gebäuden an insgesamt fünf Stellen eine Kopie des Hausverbots ausgehängt. Es dauerte noch keine halbe Stunde, bis anscheinend alle im Haus von dem Schreiben wussten, auch wenn längst nicht alle zu den Aushängen hingegangen

waren. Petra erzählte in der Pause, dass im Büro alle so taten, als hätten sie den Text selbst gelesen, doch einige haben sich nicht mal getraut, selbst an das Schwarze Brett zu gehen, weil es ja „ein Aushang des Betriebsrats" war. Da wollten sich diese „Hosenscheißer" nicht sehen lassen, wenn zufällig einer von den „Hohen Herrn" vorbeikommen würde. Dass es einige nicht selbst gelesen hatten, merkte Petra an den falschen Zitaten. Deswegen zog Petra nach der Pause noch mal zwei weitere Kopien und ließ sie unauffällig neben dem Kopierer von der Konstruktion liegen, also dort, wo relativ viele vorbeikommen.

In der Montage hatte niemand Probleme, sich beim Lesen „erwischen" zu lassen. Hier ist die Wut auf die „Hohen Herrn" ja auch größer, und wenn nicht gerade Koch selbst nebendran steht ....

Um zehn Uhr wurde mal wieder Uwe nach oben zitiert. Der nahm aber dieses Mal Maik mit, den sie gleich wieder wegschicken wollten. Maik blieb standhaft und ließ sich nicht abwimmeln. Wer denn dem Herrn Meisner erlaubt habe, das Schwarze Brett für seine unerlaubten Aushänge zu benutzen. Uwe und Maik waren auf die Vorhaltungen vorbereitet. Entsprechende Tipps hatten sie sich von Sascha via Petra ausrichten lassen. Den Wortwechsel zwischen den „Hohen Herrn" und Uwe hat Maik uns später so erzählt:

Herr Koch, Herr Mühleisen, wenn Sie dem Betriebsrat in allen Abteilungen ein Schwarzes Brett zur Verfügung stellen, dann sind wir nicht gezwungen, Ihr schönes Brett zu benutzen.

Dem Betriebsrat steht kein Schwarzes Brett zu, weil es gar keinen rechtmäßig zustande gekommenen Betriebsrat gibt.

Das werden wir ja nächste Woche sehen. Jedenfalls melden wir hiermit schon mal an, dass wir für jedes Gebäude ein Schwarzes Brett haben wollen, Mindestgröße ....

Sie haben hier überhaupt keine Forderungen zu stellen. Wenn Sie weiterhin auf diese Weise den Betriebsfrieden stören, werden wir Ihnen eine Abmahnung erteilen, was ganz sicher arbeitsrechtliche Konsequenzen haben wird.

Erteilen Sie mir doch jetzt schon eine.

Werden Sie nicht frech! Machen Sie sich an Ihre Arbeit! Sie hören noch von uns.

Nachher waren sich Maik und Uwe nicht einig, ob Uwe da nicht überzogen hatte, aber Uwe blieb dabei, dass er während des laufenden Verfahrens zunächst nichts riskiert, weil die Geschäftsleitung ja damit rechnen muss, dass sie am nächsten Donnerstag nicht durchkommt. Dann ist ihre ganze „künstliche Aufregung" von heute Morgen „für die Katz". Für den Fall aber, dass sie durchkommt, hat Uwe nichts zu lachen, und dann ist es nur noch eine Frage von Tagen oder Wochen, bis sie ihn abschießen.

Parallel zum „Verhör" von Uwe ließ die Geschäftsleitung alle Kopien entfernen, aber das tut uns ja nicht weh. Die Leute wissen Bescheid und es gibt kaum jemanden, der die Aktion der Geschäftsleitung gut findet. Selbst diejenigen, denen man sonst nie mit der Gewerkschaft kommen darf, fanden das nicht rechtens. Einige waren richtig empört, auch bei den Schneckengetrieben. Am desinteressiertesten waren die Kollegen in der Dreherei. Von Stefan Marxer hatte ich nichts anderes erwartet, aber auch die Dreher wie Michael und Karl meinten nur: „Da halt ich mich raus." Die brauchen doch eigentlich keine Angst zu haben, sie können doch nur davon profitieren, wenn es einen Betriebsrat gibt, aber anscheinend ist ihnen jede Aufregung zu viel. Roland erklärte das so, dass sie durch ihr demonstratives Desinteresse dokumentieren wollen, dass sie nicht „zu uns gehören" und hoffen damit, dass der Kelch der Abgruppierung an ihnen vorbeigeht.

Das ist doch ein Kurzschluss!, ärgerte sich Uwe und wir alle mussten ihm Recht geben.

Nach der Mittagspause war Manfred in der Dreherei zum Messen an der 3-D-Messmaschine. Klaus war mit seiner alten Vorrichtung beschäftigt, die er jetzt schon zum dritten Mal nacharbeitet. Irgend etwas scheint an der Gesamtkonstruktion nicht zu stimmen. Ich wollte zu ihm, weil er mal wieder fluchte und schon wieder kurz davor war, mit dem Fuß gegen die Drehbank zu treten. Aber da kam Moser an und wollte von mir wissen, welche Fortschritte meine Arbeit an dem Schnitt machen, bei dem der Stanzgrat zu groß ist.

Ja, die Matritze habe ich schon überschliffen.
Welche Matritze?
Na, die Schneidplatte.
Herr Becker, das ist ein Gesamtschneidwerkzeug.
Ich hab' nie was anderes behauptet. Jedenfalls ist das inzwischen erledigt. Einen Lochstempel muss ich auswechseln. Aber die Ausstoßerplatte ist richtig ausgeleiert.
Ausgeleiert?
Na ja, sie hält nicht mehr richtig. Entweder war sie vorher nicht richtig dimensioniert ...
Herr Becker, wollen Sie etwa behaupten, dass bei uns die Werkzeuge falsch ausgelegt sind?
In dem Moment dachte ich nur: „Geht das jetzt schon wieder los?"
Nein, ich wollte nur theoretische Möglichkeiten beschreiben, wie es entstanden ist oder entstanden sein könnte. Schauen Sie selbst, es liegt nicht an

den Führungssäulen, die sind noch gut, müssten nur ab und zu mal gefettet werden, aber hier schauen Sie ....
  Reden Sie nicht so lang rum! Gehen Sie an Ihre Arbeit!
  Das war mal wieder typisch! Das eigentliche Problem hat ihn gar nicht interessiert. Er wollte mich anscheinend nur mal wieder kontrollieren. Als ich später Manfred davon erzählte, lachte der nur:
  Hast du noch nicht gemerkt, dass der in der letzten Zeit dich jedes Mal dann angeht, wenn ich nicht in der Nähe bin. Er befürchtet wohl, ich könnte mich einschalten ...
  Das musst du auch mal machen!
  Ich häng' mich da nicht rein. Das war doch jetzt in den letzten Wochen schon das dritte Mal, wie der Klaus erzählt hat, und jedes Mal, wenn ich draußen bin.
  Das war mir noch nicht aufgefallen. Da Moser jetzt weg war, konnte ich endlich zu Klaus. Eigentlich hatte ich ihn nur fragen wollen, wo er das Problem bei der Vorrichtung sieht, aber jetzt musste ich zuerst von ihm hören, ob und wie er das Gespräch mit Moser mitbekommen hatte und wie er die anderen Gespräche in der letzten Zeit so eingeordnet hat.
  Ei, das ist doch klar. Am Anfang hat er sich um nichts gekümmert, wie du die Arbeit machst. Jetzt kommt er nur noch mit Vorwürfen zu dir, obwohl du nicht halb so viele Fehler machst wie der Peter.
  Mache ich Fehler?
  Na ja, nicht direkt Fehler, aber vielleicht könnte man das eine oder andere schneller machen.
  Bin ich zu langsam?
  Das hab' ich nicht gesagt, aber nicht jeder heißt Manfred.
  Danke. Und sonst: Wie siehst du das Verhalten vom Moser?
  Du kennst ihn doch. Der eckt auf keinen Fall mit der Konstruktion an. Der steht fast nie hinter seinen Leuten. Und wenn du auch noch im Betriebsrat bist ....
  Ich bin doch gar nicht im Betriebsrat.
  Du weißt schon, was ich mein'. Der hat doch wie alle anderen Meister seine klaren Anweisungen von oben.
  Natürlich wusste ich, was er meint. Ein Glück, dass mir noch kein größerer Schnitzer passiert ist.

16.1.

Letzte Woche Freitag war nichts in Sachsenhausen. Die Woche ist einigermaßen „ruhig" ausgeklungen. Alles paletti, mit dem einen Unterschied, dass ich inzwischen etwas nervöser bin, wenn Moser in der Nähe ist, fast so wie in der Probezeit. Hoffentlich normalisiert sich das auch wieder.

Heute Morgen war in der Montage die Unruhe recht groß. Die Leute hatten Ende der Woche ihre Abrechnung bekommen und jetzt zum zweiten Mal hintereinander das deutliche Minus gesehen. Einige waren schon am Donnerstag auf der Bank und hatten sich wohl schon am Freitag in der Montage „ausgekotzt", wie Roland sich ausdrückte. Die Lohnzettel, die „wegen der Arbeiten am Jahresabschluss" erst heute verteilt wurden, haben bei allen, oder fast allen, die Wut endgültig hochgekocht. Sie hatten es jetzt wieder schwarz auf weiß und ein paar der Stundenlöhner wollten den Akkordlern Vorwürfe machen, was Roland und ein paar andere zum Glück bald in den Griff bekamen.

Aber da ging es ja erst richtig los, wie Wolli mir in der Mittagspause erklärte. Plötzlich muss jemand auf die Idee gekommen sein, den Betriebsrat verantwortlich zu machen. Und es entstanden heiße Diskussionen, an denen stellenweise mindestens ein Dutzend Kolleginnen und Kollegen gleichzeitig beteiligt waren.

Die ham' uns doch glatt vorgeworfen, dass wir die Abgruppierung noch nicht rückgängig gemacht haben. Ich hab' die richtig angeschrien, vor allem die Silvia, die hat nämlich richtig gestichelt. Das hab' ich mitbekommen.

Das bringt doch nichts, wenn ihr euch gegenseitig anmacht.

Das hab' ich mir ja nachher auch gesagt. Der Roland war da viel ruhiger. Ich muss auch noch ruhiger werden. Jedenfalls ist das doch völliger Blödsinn, zu meinen, dass wir das so einfach aus der Welt schaffen können. Zuerst mal müssen wir den Donnerstag heil überstehen.

Hast du das den Leuten gesagt?

Ja was denkst du denn? Natürlich ham' wir denen das gesagt. Das wissen die auch, aber wir sind halt für die eher greifbar, wenn sie ihren Frust loswerden wollen. Wenn der Koch vor ihnen steht, sind die klein wie ,ne Mücke.

Das ist ja das Traurige. Dabei müssten wir doch gerade jetzt zusammenhalten.

Das ist leicht gesagt. Die Leute sind jahrelang so gefahren: ducken und schleimen, nur net Rückgrat zeigen. Die sind fest geformt. Die änderst du auch net mehr.

Aber die sind doch nicht alle so.

Nee, ein paar wenige fallen dir vielleicht net in de Rücke, aber was könne die mache, wenn se Angst habbe müsse, dass se allein dastehe, und die andern des ausnutze und sich beim Meister an ihne' vorbei schiebe. Des ist ne richtische Scheiße.

Er wurde nicht nur zunehmend hessischer, er wurde auch schon wieder richtig aufgeregt. Ich brach das Gespräch ab und wollte ihn nur noch auf den Donnerstag verweisen. Da werden wir – hoffentlich – mindestens unsre Position halten können.

Welche Position? So wie wir im Moment von unsren eigenen Leuten unter Beschuss sind, sehe ich nicht, dass wir jemals mit denen was anfangen könne'. Ohne Rückhalt und Bewegung in der Belegschaft werden wir an der Abgruppierung nie was ändern könne'. Da muss ich ja dem Sascha Recht gebbe', den ich sonst überhaupt net leide' kann. Andererseits will der ja im Wesentlichen nur deswegen Gewerkschaftsmitglieder werbe', weil er dann bei seine'Obere 'mit neue Beitragszahler glänze' kann.

Du darfst ihm doch keinen Vorwurf machen, dass er die Leute organisieren will.

Doch, mach ich aber. Er hat garantiert immer nur die Beidräsch im Aach'. Das schwör ich dir.

Ich brach endgültig das Gespräch ab. Die Mittagspause war um. Drüben bei uns im Werkzeugbau fing doch tatsächlich Peter mit demselben Vorwurf an, dass der Betriebsrat noch nichts gegen die Abgruppierung gemacht hat. Ich wollte ihn aufklären, dass der Betriebsrat erst mal gar nichts machen kann, aber in dem Moment kam Moser über den Hof und ich machte mich an meine Arbeit. Jetzt auch von dem angemacht zu werden, hätte mir gerade noch gefehlt. Einen Betriebsrat zu haben, ist anscheinend doch nicht so toll, wie ich noch vor ein paar Monaten gedacht habe.

Ein kleiner Trost: Bei den Vorhaltungen von Peter grinsten Klaus und Manfred nur zu mir rüber und Manfred machte nur das Löw'sche Bescheuertzeichen (schnell sich kreuzende Hände vor dem Kopf) und deutete zu Peter rüber. Da musste ich ihm Recht geben und zeigte ihm das mit erhobenem Daumen. Klaus ist sowieso auf unsrer Seite.

Und noch was muss ich festhalten: Wir sind zwar insgesamt überhaupt noch nicht weiter, aber ein paar Dinge scheinen sich langsam etwas zu klären. Jedenfalls bin ich im Getriebebau bei Klaus und Manfred inzwischen einigermaßen anerkannt oder akzeptiert, und bei der Fenstergruppe geht es seit der Korkenziehergeschichte deutlich besser.

Nur bin ich halt leider nicht im Betriebsrat, werde ihm aber bei allen negativen Angelegenheiten oder Beurteilungen zugerechnet. Vor allem bei Moser ist meine Stellung deswegen angeschlagen, mehr als in der Probezeit, bei den Hohen Herrn wahrscheinlich auch, aber mit denen habe ich ja nichts direkt zu tun.

Später am Cola-Automat begegnete mir Petra. Von ihr wollte ich wissen, ob bei ihnen auch die Abgruppierung das Hauptthema ist.
Nein, bei uns ist ja niemand betroffen, zumindest vorerst nicht. Nein, das kümmert die in den Büros nicht, was die da unten verdienen. Da gibt es sogar einige, die meinen, dass es gar nicht anders geht. Die Konkurrenz bietet billigere Getriebe an,...
...vielleicht einfach aufgrund geringerer Gewinnspannen ...
Wer will das denn überprüfen? Wir haben doch überhaupt keine Möglichkeit, die Kostenstruktur der einzelnen Betriebe einzusehen. Natürlich macht die Konkurrenz Druck. Aber wieso müssen wir darunter leiden? Insgesamt nehmen die Unternehmergewinne zu, der Anteil der Löhne und Gewinne am Volkseinkommen...
...wird immer kleiner. Das musst du mir nicht sagen. Weiß ich alles. Ich les' ja auch die Zeitung, und nicht die BILD.
Also, du wirst das denen nicht klarmachen können, dass wir eigentlich zusammengehören und dass die Leute in der Montage ja auch leben wollen. Einige von denen sind ja der Meinung, dass sie was Besseres sind. Nur der Horst ist da anders eingestellt, aber den haben sie ja strafversetzt.
Wo ist der denn übrigens? Den habe ich im neuen Jahr noch gar nicht gesehen.
Der hat doch bis Ende des Monats Urlaub. Aber wir haben im Moment andere Probleme, als den Leuten die Folgen der Abgruppierung zu erklären. Das werden sie ja vielleicht bald am eigenen Leib spüren. Im Moment müssen wir uns um das Verfahren kümmern. Am Donnerstag müssen wir nachweisen können, dass wir bei der Wahl keine Fristen versäumt haben, dass alles regelkonform abgelaufen ist und so weiter. Das musst du mit Protokollen und mit den ganzen Aushängen nachweisen.
Wird denn Gisela auch beim Verfahren dabei sein?
Ich glaube nicht. Meines Wissens ist sie nicht geladen. Der Betriebsrat hat ja alle Unterlagen. Heute müssen jedenfalls Uwe und ich wieder nach Frankfurt reinfahren, zu den Rechtsanwältinnen in der Berliner Straße. Die eine ist gerade krank geworden, aber die anderen zwei sind voll informiert. Wer uns genau am Donnerstag vertreten wird, weiß ich nicht. Jedenfalls müssen wir heute noch mal alles durchsprechen. Wenn wir am Donnerstag verlieren, dann ist alles andere sowieso hinfällig. Da will ich mal die Leute sehen, wie sie dann reden. Jedenfalls ist in dem Fall dann der Betriebsrat kein Sündenbock mehr.
Na ja, das mit dem Betriebsrat als Sündenbock ist wohl nur bei denen ein Thema, die überhaupt nicht nachdenken. Das sind ja jetzt die wenigsten. Aber ein Problem ist es schon, jedenfalls hat es der Roland so erzählt. Aber sag' mal: Darfst du überhaupt mit dem Uwe allein in die Stadt fahren, wenn der Maik ....

Jetzt fängst du auch noch damit an. Halt deinen Mund, ihr stellt ja den Maik dar wie ein wer weiß was!
Entschuldige, war nicht so gemeint. Hoffentlich habe ich es mir bei Petra mit meinem Späßchen (oder besser: Versuch eines Späßchens) nicht wieder etwas versaut, gehört sie doch eher zu denen, die mich relativ früh akzeptiert haben.

Da ich heute wieder mit dem Bus fahren musste (mit zweimal Umsteigen bin ich für eine Fahrt mehr als eine gute Stunde unterwegs, sonst nur zwanzig Minuten) traf ich an der Bushaltestelle gleich mehrere Kolleginnen und Kollegen, die ich sonst selten sehe, die mich aber inzwischen alle kennen. Sofort fing ein Kollege, den ich vom Namen her nicht kenne, mit der Abgruppierung an: Wieso denn der Betriebsrat da nichts mache, ob wir nur ständig bei Kaffee und Kuchen zusammensitzen und so weiter. Dem Letzten stimmten die anwesenden Frauen nicht zu, aber mit der Abgruppierung hatten sie offensichtlich die gleichen Zuordnungsprobleme. Jedenfalls stellte sich das für mich so dar. Ich kam kaum zu Wort, die fühlten sich richtig stark, dass sie es „einem vom Betriebsrat" mal zeigen konnten. Erst als ich beim zweiten Anlauf erklärte, dass ich kein Betriebsratsmitglied bin, sondern nur ein Nachrücker, beruhigten sie sich ein wenig. Im Bus ging es weiter. Ein zweiter Kollege, den ich auch nicht vom Namen her kenne, fügte noch hinzu, dass ich doch ständig mit dem Uwe zusammenhänge usw. Das konnten die anderen nur bestätigen. Mein Erklärungsversuch, dass der Betriebsrat nicht viel machen kann, blieb immer schon im ersten Satz stecken, ich kam einfach nicht richtig zu Wort. Ich musste aus- und umsteigen und wünschte ihnen trotzdem einen schönen Feierabend. Das kann ja noch heiter werden. „Abgruppiert, und der Betriebsrat macht nichts!" Ein toller Dank für die Kollegen, die sich engagiert haben und einiges riskieren. Wenn das so weitergeht ... dann gute Nacht!

19.1.

Den Stein, der uns heute vom Herzen gefallen ist, konnte man laut plumpsen hören. Kurz nach der Mittagspause kamen Uwe und Maik vom Arbeitsgericht zurück. Als ich sie über den Hof laufen sah, mit breitestem Grinsen über das Gesicht, zog ich sofort mit meiner leeren Cola-Flasche los. Drüben erzählten sie in Heikes Nebenraum, dem vorläufigen Betriebsratsbüro: Die Geschäftsleitung ist mit allen Anträgen gescheitert. Es gibt keine einstweilige Verfügung zur Annullierung der Wahl und zur Auflösung des Betriebsrats. Auch der Hilfsantrag der Geschäftsleitung, die Wahl zu wiederholen und so lange den Betriebsrat im Amt zu lassen, wurde als nicht zulässig erklärt. Die größte Niederlage für die Geschäftsleitung war sicherlich die quasi-amtliche Feststellung, dass auch die *Schneckengetriebe* und die *Entwicklung* zum gemeinsamen Betrieb gehören. Nur dieser Punkt könne bei dem Hauptsacheverfahren überhaupt anders entschieden werden, aber dazu wollte sich der Arbeitsrichter nicht äußern. Das Hauptsacheverfahren ist für den Mai angesetzt. Das hat was Gutes und was Schlechtes an sich. Das Gute: Der Betriebsrat kann so lange weiterarbeiten und sich in dieser Zeit vielleicht bei den Kolleginnen und Kollegen als nützlich erweisen, so dass sie endlich mal aktiver hinter ihm stehen. Das Schlechte: Wir haben bis dahin eine letztlich noch ungeklärte Situation.

Die Anwältin muss nach der Verhandlung den beiden Betriebsräten gesagt haben, dass es ein gutes Zeichen ist, dass das Gericht sofort entschieden hat. Die Beratung hatte noch nicht mal zwanzig Minuten gedauert. Anscheinend war dem Vorsitzenden nur allzu klar, dass die Geschäftsleitung nur auf Verzögerung und Sabotage aus ist. Die Anwältin sieht deswegen dem Hauptsacheverfahren mit Gelassenheit entgegen. Ob allerdings die Ausgliederung auf Dauer keinen Einfluss auf die Abgrenzung der Belegschaft und damit der Zuständigkeit des Betriebsrats hat, könne sie nicht vorhersagen.

Mit diesem Kurzbericht mussten wir uns erst mal begnügen. Klar war sofort, dass wir uns morgen endlich wieder in Sachsenhausen treffen müssen, das erste Mal im neuen Jahr. Die Sache muss gefeiert werden.

Ich war zwar nur kurz weg, aber auch das hätte dem Moser gereicht, wenn er mitbekommen hätte, wo ich war. Ich habe ja kein Betriebsratsamt und kann nicht einfach mal so ins Betriebsratsbüro verschwinden. Aber Moser war unterwegs. Manfred stieß mich an und fragte mich, ob ich nicht was vergessen habe.

Nein, wieso?

Na, du hast immer noch deine leere Flasche in der Hand, warst du vielleicht gar nicht in der Kantine? und zwinkert mir zu. Der kapiert doch schneller als manche andere. Ich war ihm dankbar, dass er das nicht so laut gesagt hatte, dass Peter das mitbekommen konnte. In den verbleibenden zwei Stunden ging mir die Arbeit leicht von der Hand, ich war richtig gut drauf, wie gedopt.

20.1.

Gestern in der Kneipe waren wir zwar nur ein gutes Dutzend Leute, aber es hat uns alle aufgemöbelt. Uwe und Maik kamen aus dem

Berichten nicht mehr raus. Das Wichtigste, soweit ich es mir merken konnte:
Der Tag war super. Es fing schon damit an, dass sie mich gar nicht zum Prozess gehen lassen wollten. Als ich mich beim Urbahn abgemeldet hab', hat er mir das verbieten wollen und hat den Koch angerufen, aber ich hab' nicht abgewartet, was dabei rauskam. Beim Gericht habe ich das der Anwältin gesagt, und die hat sich das gleich vorgemerkt, um es auch noch einfließen zu lassen, auch wenn nur der Vorsitzende geladen war. Der Stellvertreter hat ein Anwesenheitsrecht, wenn es einen Betriebsratsbeschluss gibt, dass er hingehen soll.
Aber jetzt erzähl doch mal was das Gericht beschlossen hat.
Uwe: *Also, die Geschäftsleitung ist voll auf die Schnauze gefallen. Der Betriebsrat kann erst mal weiterarbeiten, mindestens bis zum Hauptsacheverfahren am 10. Mai. Dies ist laut Arbeitsrichter überhaupt nur deswegen erforderlich, weil bis dahin geklärt werden soll, ob wir ein Betrieb sind oder mehrere Betriebe. Den Antrag unsrer Anwältin, festzustellen, dass wir ein gemeinsamer Betrieb sind, könne das Gericht „ohne eine eingehendere Würdigung der beiden Schriftsätze" nicht entscheiden, meinte der Richter. Außerdem seien die Schriftsätze in ihrer Argumentation „unvollständig". Aber die anderen Anträge gingen fast alle in unsrem Sinn durch. Es gab keine Fristversäumnisse, die Einleitung der Wahl war rechtens....*
Toll!
Prima!
Und der Horst?
Der ist natürlich solange dabei, wie dieser Betriebsrat im Amt ist. Und erst mal ist der bis Mai im Amt.
Habt ihr gut gemacht!
Maik: *Nein, das hat die Anwältin gut gemacht.*
Ich meinte: *Na und ihr mit der Vorbereitung, oder?*
Uwe: *O.k. jedenfalls hat die Anwältin noch eins drauf gesetzt. Als die Beratung des Gerichts vorbei war und der Spruch verkündet worden war, hat sie noch mal um das Wort gebeten. Sie hat ausgeführt, dass es bei diesem Verfahren ja nicht nur darum gehen könne, ob die Wahl rechtens war. Es müsse ja auch anerkannt werden, dass der Betriebsrat rechtmäßig im Amt ist.*
Maik: *Ja, das war wirklich das Beste. Der Richter wollte von der Rechtsanwältin wissen, ob sie hier Haarspalterei betreiben will. Nein, hat die gesagt. „Es geht darum, dass der Betriebsrat ja auch nicht in der Ausübung seines Amtes behindert werden darf." Darauf der Richter:" Das kann doch nicht in Frage stehen, oder?" „Doch", hat die Anwältin gesagt. „Der Betriebsrat bekommt nämlich gar nicht die Sachmittel, die ihm laut Gesetz zustehen". Der Richter hat erst mal die Gegenseite gefragt, ob das stimmt.*

Deren Anwalt war offensichtlich nicht gut informiert und hat erst mal rumgestammelt, dass er darin kein Problem sieht, auch wenn es ja nur vorübergehend sei, denn man sei ja sicher, dass der Beschluss im Mai gekippt wird.... Da wurde der Richter auf einmal hellhörig. Wieso im Mai gekippt? „Die Betriebsabgrenzung ist falsch vorgenommen worden und falls das Gericht das im Mai nicht erkennt, werden wir in die nächste Instanz gehen."
Uwe: *Das hätte er besser nicht gesagt, weil der Arbeitsrichter sich in diesem Moment angegriffen gefühlt hat. Er hat die Anwältin gefragt, was Sie denn zu der Feststellung bewogen hat. Sie hat alles fein säuberlich aufgeführt, was wir ihr aufgelistet hatten: Kein Büro, kein PC, kein Fax, kein Telefon, kein Internetanschluss und so weiter.*
Maik: *Der Richter fragte: „Wann war die Wahl? Am 7. Dezember, wann war die Wahl eingeleitet? Am zehnten Oktober, wie wir vorhin gehört haben. Herr Rechtsanwalt, hatte Ihr Mandant seitdem nicht genügend Zeit, diese Mittel zur Verfügung zu stellen und einen Raum für den Betriebsrat freizumachen?" Der hat nur noch gestottert, weil er ja darauf gar nicht vorbereitet war.*
Uwe: *Die Anwältin kam jetzt richtig in Fahrt. Sie fragte, ob der Betriebsrat einen Antrag auf einstweilige Anordnung stellen soll, damit... und dann hat der Richter sie unterbrochen. „Bitte stellen Sie keinen Antrag. Das Gericht hat wichtigere Dinge zu entscheiden als diese Selbstverständlichkeiten. Wir nehmen als Zusatz zur Entscheidung der heutigen Verhandlung mit ins Protokoll: „Ergänzend wird festgestellt, dass der am 7. Dezember gewählte Betriebsrat bis zum Hauptsacheverfahren alle ihm gesetzlich zustehenden Rechte hat, einschließlich derjenigen, die sich aus dem § 40 Betriebsverfassungsgesetz ableiten."*
Was ist das denn?
Das sind die Sachmittel, die uns zustehen.
Maik: *Und weil die Rechtsanwältin gerade so gut in Fahrt war, hat sie von sich aus hinzugefügt, „und einschließlich der Rechte aus § 37." „Jetzt reicht es aber", hat der Richter sie angefaucht. „Wollen Sie jetzt für das Protokoll diktieren oder feststellen, was das Gericht zu verfügen hat? Zu den Konsequenzen ist alles Nötige festgehalten. Den § 40 hätte ich nicht extra erwähnen brauchen. Das habe ich nur Ihnen zuliebe getan." „Aber der Betriebsrat wird aktuell daran gehindert, auf einen Lehrgang zu gehen", hat sie vorgetragen. „Wann denn?" „Im Februar." „Wenn die Geschäftsleitung Einwände hat, muss sie sie begründen. Und wenn der Betriebsrat den Einwänden nicht folgen kann oder will, muss er für diesen konkreten Fall eine einstweilige Verfügung beantragen. Das Arbeitsgericht verfügt nicht global." „Ja, es ging ja nur um das Prinzipielle, aber wir hoffen ja, dass die Gegenseite jetzt eingesehen hat, dass sie mit ihrer Verhinderungspolitik nicht weiterkommt." „Schluss jetzt. Die Sitzung ist geschlossen."*

Uwe: *Der Richter war am Ende ein bisschen sauer, auch auf unsre Anwältin, aber die meinte nachher, der beruhigt sich wieder. Wir haben jedenfalls fast alles durchgesetzt.*

Roland: *Aber bei der Abgruppierung sind wir genauso weit wie vorher. Im Gegenteil, jetzt sind die Leut' auch noch sauer auf uns, weil wir nicht mehr erreicht haben.*

Klaus: *Ja, und bei uns ist ja inzwischen auch abgruppiert worden, und zwar nicht so wenig.*

Petra: *Jetzt seid doch nicht so missmutig! Freut euch doch auch mal, dass wir wenigstens gestern mal einen kleinen Sieg errungen haben! Auf jeden Fall haben wir für die Arbeit des Betriebsrats erst mal Zeit gewonnen. Die müssen wir in den nächsten Monaten nutzen.*

Stimmt! kam es von Mehreren. Und wieder gingen die Tassen hoch. Klaus wollte es sich nicht nehmen lassen, noch hinzuzufügen:

Ich will euch ja die Stimmung nicht vermiesen. Aber die Truppe bei den Schneckengetrieben ist für sich allein genommen viel zu schwach, um sich gegen die Abgruppierung zu wehren. Die sind total eingeschüchtert. Wenn keiner von den Hohen Herrn da ist, schimpfen sie wie die Rohrspatzen, aber selbst der unfähige Schneider hat die noch gut im Griff, der Mayer sowieso. Und wenn der Koch in die Halle kommt, zittern sie schon, obwohl der nur auf dem Weg zu seinen direkten Befehlsempfängern ist und von den Leuten an den Montage-Tischen gar nichts will.

Uwe: *Aber auch wenn ihr im Mai weiter zu uns gehört, ist damit noch nichts gerettet. Der Betriebsrat kann an der Abgruppierung nichts ändern, das müssten schon die Kolleginnen und Kollegen gemeinsam abwehren, aber dazu müsstest du sie erst mal organisieren ….*

Du sprichst schon wie der Sascha. Wie soll ich die denn organisieren? Die wollen nicht. Die sehen nicht ein, dass wir mindestens mal einen Haustarifvertrag durchsetzen müssten, vom Anschluss an den Flächentarif ganz zu schweigen. Wir können doch vor Gericht nachweisen, dass die Abgruppierung bei uns nur erfolgt ist wegen der Betriebsratswahl ….

Jetzt fängst du schon wieder damit an. Das können wir gerade nicht nachweisen. Das hat auch die Anwältin gesagt und ….

Petra: *Schluss jetzt. Wir können das heute nicht lösen. Wir haben bestimmt noch viel vor uns. Aber jetzt feiern wir erst mal. Prost!*

FEBRUAR

6.2.
In den letzten zwei Wochen ist anscheinend nicht viel passiert, jedenfalls habe ich nicht viel mitbekommen. Ich habe wegen meiner Grippe sechs Tage gefehlt, das war überhaupt das erste Mal, seit ich in der Firma bin. Trotzdem hat Moser mich angemacht, dass die Arbeit liegen geblieben ist. Er wollte genau wissen, was ich hatte. Aber das kenne ich ja schon aus der alten Firma. Die sind immer wahnsinnig neugierig und tun immer so, als seien sie um unsre Gesundheit besorgt. Dabei wollen sie nur wissen, wo sie eventuell später, bei passender Gelegenheit, einhaken können, um dir ans Leder zu gehen. Ich habe ihm keine Details gegeben, schon aus Prinzip, obwohl er dreimal nachgefragt hat. Ich habe nur immer ausweichend von Claudia gesprochen, die mich gut gepflegt hat. Man muss nämlich aufpassen, dass man sich nicht provozieren lässt und ihm eine freche Antwort gibt. Mein Freund Sebastian in der alten Firma hatte mal zu seinem Meister gesagt: „Das geht Sie doch gar nichts an", womit er zwar Recht hatte, aber das hatte den Meister wahnsinnig sauer gemacht. Sebastian wurde danach wochenlang gemobbt.

Von Miriam habe ich sicherheitshalber nichts erzählt, obwohl die ja in dieser Zeit unwahrscheinlich lieb war. Aber der Moser muss nicht wissen, wie es bei uns zu Hause bestellt ist. Sonst reimt der sich zu viel zusammen, wenn ich mal später zur Arbeit komme oder dergleichen. Miriam hat mir mit Stolz die drei Bücher von Stieg Larsson an's Bett gebracht (natürlich hatte Claudia die besorgt). Hab' schon die Hälfte vom ersten Band gelesen. Richtig spannend!

Heute berichtete Wolli, dass „der Termin vor dem Arbeitsgericht erst nächste Woche" ist. Ich war überhaupt nicht auf dem Laufenden.
Wieso Termin? Was liegt denn an?
Ei der Antrag auf einstweilige Verfügung wege' dene Lehrgäng!
Davon weiß ich gar nichts.
Die Geschäftsleitung ist doch net von ihrer Verweigerungshaltung abgerückt. Deswegen hat doch der Betriebsrat einen Antrag gestellt, damit wir die Lehrgangsteilnahme von Uwe und Maik durchsetze' könne'.
Wann soll denn der Lehrgang sein?
Die übernächste Woche. Das ist ja der Mist. Ich weiß gar nicht, wie das noch klappen soll. Wieso dauert das bei dem Gericht so lang mit dem Termin? Den Antrag ham' mer doch schon vorletzt' Woch' gestellt. Die beide' sind ja angemeldet. Aber wenn sie net komme' dürfe', werde' Ausfallgelder

fällig. Die könne' mir aber net bei der Firma einfordern, weil die Lehrgangsteilnahme net genehmigt war. Die Rechtsanwältin sieht die Sache net so rosig. Mir könne' sicher die Lehrgangsteilnahme prinzipiell durchsetze', aber net unbedingt diesen Termin. Also wird es wahrscheinlich ein Problem mit dem Ausfallgeld.
Hätte man nicht einen späteren Termin anmelden müssen?
Das ändert doch nix an dem Prinzip. Erstens müsse' mir schaue', dass mir alle uns möglichst schnell ein bisschen schlau machen, und zweitens wäre es bei einem späteren Termin dasselbe Problem gewese'. Mir könne' doch kein' Termin für de' August wähle'! Vielleicht sin' mir im Mai schon net mehr im Amt!

In der Frühstückspause bekam ich von Roland zu hören, dass die Aufregung mit der Abgruppierung wieder richtig hochkocht. Inzwischen steht zwar nicht mehr so sehr der Betriebsrat im Mittelpunkt der Kritik, aber die Leute sind sauer wie eh und je. Wahrscheinlich drückt es ganz schön, wenn über mehrere Monate weniger Geld im Portemonnaie ist. Uwe muss sich mit Urbahn in den Haaren gehabt haben, weil der ihm vorgeworfen hat, die Aufregung zu schüren. Uwe soll ihn angeschnauzt haben, dass er doch selbst schuld sei und dass er, Uwe, die Leute nicht aufhetze. *Die sind sowieso sauer auf euch Hohe Herrn.*

Urbahn drohte daraufhin zur Abwechslung mal wieder mit einer Abmahnung. *Für was denn? Dafür, dass ich euch die Wahrheit sage? Ihr behauptet nur, dass ich die Leute aufhetze. Das müsst ihr erst mal beweisen. Wer sie aufhetzt, das seid ihr doch mit eurer scheiß Abgruppierung! Ihr schafft doch die Fakten, nicht die Leute, die sich aufregen.*

Urbahn ging aber nicht zu Koch hoch, vielleicht auch nur deswegen, weil Koch heute nicht im Haus war. Vielleicht auch, so Uwe zu Wolli, weil er sich nicht lächerlich machen wollte. Er will ja beim Koch immer als derjenige dastehen, der die Sache wieder in den Griff bekommt.

Beim Mittagessen war Petra aufgedreht: Der Chef war am Vormittag da gewesen und hatte sich in allen Büros umgeschaut. Jetzt wird wild spekuliert, warum das so ausführlich war. Petra hatte zuerst gemeint, das sei das Übliche, weil der Chef immer im Haus ist, wenn der Koch fort ist. Dem Mühleisen traut er wohl noch nicht genug Kontrolle über die Mannschaft zu. Aber die Fragen, die er einigen Kolleginnen und Kollegen gestellt hatte, fand sie seltsam. Sie kann sich nur in der Weise einen Reim darauf machen, dass der Chef oben, in den Büros, irgend was umstrukturieren will. Aber was, das werden wir wohl erst erfahren, wenn es zu spät ist.

Heike wies darauf hin, dass ja auch der Mercedes vom Unternehmensberater wieder vor der Tür stand. Das hatte Petra nicht mitbekommen. Sie wurde dadurch nur noch unruhiger, will sich aber mal bei ihrem Einkaufschef erkundigen. Vielleicht rückt der was raus, zumindest vertraulich. Ich habe den Verdacht, dass Petra diesen geilen Bock ein bisschen ausnutzt und an der Nase herumführt, indem sie ihm paar schöne Augen macht und bei ihm damit Hoffnungen weckt ....

7.2.

Heute Morgen am Kaffeeautomat bin ich das erste Mal seit Wochen auf Horst gestoßen. Am Anfang wunderte ich mich, dass er so gesprächig war, und dachte, dass er nach seinem Urlaub sich erst bei jedem nach Neuigkeiten umhören wollte. Aber es wurde schnell klar, dass er sich in der letzten Woche, als ich krank war, bestens informiert hatte. Bei der Gelegenheit haben wir uns endlich auch mal mit du angesprochen, was eigentlich bei Gewerkschaftern üblich ist, aber ich hatte in der Vergangenheit mit Angestellten in dieser Beziehung schon sehr gemischte Erfahrungen gemacht.

Horst berichtete mir von einem Schreiben des Betriebsrats, in dem die Geschäftsleitung aufgefordert wurde, seine Versetzung zu den Schneckengetrieben rückgängig zu machen. Darauf haben die Hohen Herrn noch nicht reagiert, die Linie wird natürlich der Chef selbst vorgeben. Horst wollte aber doch wissen, wie der Betriebsrat über das künftige Betriebsratsbüro diskutiert hat.

Das weiß ich doch nicht. Ich bin doch bei den Sitzungen nicht dabei, bin doch nur Nachrücker.

Ich war doch jetzt fünf Wochen in Urlaub. Da hat es doch mehrere Sitzungen gegeben, wo rechtzeitig absehbar war, dass ich nicht da sein würde.

Da hättest du doch nachrücken müssen!

Auch für eine so kurze Zeit und als Vertretung?

Ja natürlich, das ist doch gesetzlich festgelegt.

Niemand hat mich zur Sitzung geladen. Da muss ich ja unbedingt den Uwe anhauen.

Jetzt ist es ja zu spät. Aber das ist ein klares Versäumnis und eine verpasste Gelegenheit für dich, mit den Betriebsratsangelegenheiten vertraut zu werden.

In der Frühstückspause habe ich nur Wolli erwischt. Uwe war mal wieder irgendwo im Haus unterwegs. Wolli wusste auch nichts davon, dass ich hätte geladen werden müssen. Und zu dem Büro klärte er mich auf, dass die Geschäftsleitung dem Betriebsrat ein Büro oben im ersten Stock ganz hinten, neben der Buchhaltung zugeteilt hat. Der ganze Betriebsrat hat sich vorletzte Woche schon (am ersten Tag meiner Krankheit, wie sich herausstellte) den Raum angeschaut und war überhaupt nicht begeistert. Es war bisher ein Lagerraum für die Buchhaltung. Die alten Aktenordner vom Einkauf und so weiter werden zurzeit in den Keller geschafft und dann kann der Betriebsrat nächste Woche umziehen.

Die Lage des Büros ist beschissen! Wenn jemand zum Betriebsrat gehen will, in die Sprechstunde, die wir noch nicht haben, oder sonst wie, dann muss er an den ....

...er oder sie...

Fängst du auch schon damit an? Jedenfalls muss mer an dene ganze Büros vorbei. Das traut sich doch niemand! Und für uns ist es ganz am andern End'

Und was wollt ihr jetzt machen?

Dem Koch ham' wir erklärt, dass das für uns nicht praktikabel ist, aber der lässt weiter ausräumen. Das hat den gar nicht beeindruckt. Der will natürlich Fakten schaffen. Und dann wollten wir die Büroeinrichtung mit ihm besprechen. Ich war dabei, weil an dem Tag der Maik auf ‚ner Beerdigung war.

Wer ist denn gestorben? Aus der Verwandtschaft?

Nee, der Nachbar. Der Koch hat bei der Besprechung natürlich überhaupt keine Zeit gehabt. Das war nur zwischen Tür und Angel. Der Koch hat einfach nur abgewimmelt: „Alles der Reihe nach!" Rom wär' auch nicht an einem Tag gebaut worden.

In der Mittagspause konnte ich Maik befragen. Auch der wusste nichts davon, dass ich bei Horsts längerer Abwesenheit hätte geladen werden müssen. Er wolle sich schlau machen. Die Hinhaltetaktik von Koch sei typisch, aber das kümmere ihn nur halb so viel wie die extrem schlechte Lage vom Betriebsratsbüro. Der Betriebsrat will deswegen jetzt jemand von der Gewerkschaft zur Betriebsratssitzung laden. Den Sascha könne man wegen des Hausverbots vorläufig nicht nehmen.

Uwe war von anderen zu sehr in Beschlag genommen. Nach dem Essen ging ich zu Petra, die mich aber auch nicht gerade aufmöbeln konnte. Das mit dem zeitweiligen Nachrücken habe sie auch schon gehört, aber da kenne sie sich nicht aus. Sie werde sich im Ortsfrauenausschuss mal erkundigen. Aber sie bekümmert zurzeit ganz Anderes:

Wir kommen nicht weiter, sondern nur rückwärts. Wir beschäftigen inzwischen zwar ein bisschen die Geschäftsleitung, aber die beschäftigt uns viel mehr und zwar mit Dingen, die nur unser Funktionieren betreffen. Für die Kolleginnen und Kollegen können wir rein gar nichts machen! Wir kommen noch nicht mal dazu, solche Dinge wie die massenhafte Abgruppierung zu diskutieren, geschweige denn, was zu machen oder die Geschäftsleitung

unter Druck zu setzen. Es ist ganz klar umgekehrt: Die setzt uns unter Druck, und zwar nicht so wenig. Ob das mit der Rückversetzung mit dem Horst klappt, weiß ich nicht. Da seh' ich eher duster. Eine Büroausstattung kriegen wir so schnell nicht. Da müssen wir um jede Einzelheit extra kämpfen ....
Ich denk', das wäre gerichtlich geklärt.
Ist es ja auch. Die werden sich auch hüten, uns zu schreiben, dass sie uns das nicht geben. Nur angeblich kämen sie noch nicht dazu. „So was braucht Zeit" und wie die Sprüche alle lauten. Wenn wir für jede Sache extra zigmal nachhaken müssen, kommen wir zu sonst nichts. Und das vor dem Hintergrund, dass die abgruppierten Leute total sauer sind und uns Untätigkeit vorwerfen. Abgesehen davon, dass wir bei der Abgruppierung sowieso keine guten Karten haben, jedenfalls mit den Mitteln des Betriebsrats.
Und mit gewerkschaftlichem Engagement ist es ja auch nicht weit her.
Du sagst es! Unsre Kerntruppe ist gut und fast schon so was wie eingeschworen. Aber das reicht nicht. Wenn die Mehrheit nicht organisiert ist und auch nichts von der Gewerkschaft wissen will, wie sollen wir da jemals streiken? Ich meine, richtig streiken, nicht mal für eine Stunde vor dem Tor stehen und hoffen, dass man dabei nicht von den Chefs gesehen wird.
Und was ist mit den Lehrgängen?
Das ist ja die nächste Baustelle. Auch dafür müssen wir vor Gericht. Das sind alles Dinge, die nur den Betriebsrat betreffen. Den Kolleginnen und Kollegen bringt das erst mal gar nichts. Die ersten haben sich schon beschwert, dass der Betriebsrat nur Kosten verursacht.
Wie kommen die denn da drauf?
Da wird der Urbahn schon Entsprechendes gestreut haben. Da kannste Gift drauf nehmen. Und was mich seit gestern noch viel mehr kümmert, ist dieser scheiß Unternehmensberater. Der ist seit gestern wieder im Haus. Heut' haben sie stundenlang zusammengesessen. Es geht anscheinend um den Bürobereich. Keine Ahnung, was die vorhaben.
Bestimmt nichts Gutes.
Du sagst es. Es hat geklingelt. Ich kann nicht schon wieder zu spät von der Mittagspause zurückkommen. Mein Chef macht seit ein paar Tagen Druck.
Ich denk', der steht auf dich.
Halt' deinen Mund!
Ich wollte sie ja nicht ärgern, sondern eigentlich nur indirekt ein Kompliment machen, dass sie nämlich anziehend wirkt, aber sie ist im Moment für Späßchen und andere persönliche Geschichten überhaupt nicht zu haben. Wahrscheinlich sieht sie nicht nur die

Aussichtslosigkeit des Betriebsratswirkens, sondern auch den Ring der Bedrohung immer näher auch an sich herankommen: Abgruppierung, mögliche Versetzung und so weiter. Bisher habe ich nicht den Eindruck, dass sie dabei umkippt. Sie gehört zu den Engagiertesten überhaupt. Aber wenn sie mit ihren eigenen Angelegenheiten beschäftigt ist, wird sie als wichtige Kraft im Betriebsrat gelähmt sein, nicht nur in ihrer Funktion als Schriftführerin.

Ganz gleich: Langsam verstärkt sich bei mir der Eindruck, dass „Betriebsrat-Sein" alles andere als etwas „Tolles" ist, wie ich noch vor kurzem angenommen habe. Das ist vielleicht in einem großen Konzern anders. Aber bei uns?

Ich hätte mich eigentlich nicht zu wundern brauchen: Als ich in den Werkzeugbau zurückkam, wollte Manfred von mir wissen, was denn jetzt schon wieder das nächste Gerichtsverfahren soll. Er denke, dass alles geklärt sei. Meine Erläuterungen hörte er sich nur still an und kommentierte sie nicht. Offensichtlich ist die Sache aber schon wieder im ganzen Haus rum.

14.2.
Dieser Valentinstag hatte ja endlich was Gutes und Lustiges, jedenfalls zum Teil. Roland erzählte uns nämlich schon in der Frühe ganz amüsiert, dass auf Petras Platz diverse Süßigkeiten und eine rote Rose lagen! Er hatte es aus Zufall mitbekommen, weil er auf dem Weg zum Personalbüro bei Petra vorbeikam, die gerade in diesem Moment in's Büro gekommen war. Sie beschwor ihn, er solle nichts rumerzählen, damit der Maik nichts davon erfährt und ausflippt. Aber Roland machte das genaue Gegenteil. Er amüsierte sich richtig beim Erzählen und alle machten sie ihre Witzchen. Seltsamerweise drang es nicht bis zu Maik durch. Zumindest hat man nichts davon gehört.

Wenn es nach mir gegangen wäre, hätte ja Funda noch viel mehr Süßigkeiten verdient und jedenfalls von mir ein dickes großes rotes Herz oder auch einen Blumenstrauß. Aber ich kann mich beherrschen. So viel ich mitbekomme, finden andere sie ja auch toll. Ich möchte nicht wissen, wie viele in sie verknallt sind.

Unten in der Montage denken die Leute nicht so sehr an Valentinstag. Nur bei den Geburtstagen wird zum Frühstück immer mal was ausgegeben, jedenfalls in kleineren Gruppen, nicht für die ganze Halle. Meistens gibt's bei solchen Gelegenheiten Kartoffelsalat oder Nudelsalat mit warmer Rindswurst. Das schmeckt mir ja überhaupt nicht und zum Glück bin ich da auch nie eingeladen. Bin auch zu weit weg, gehöre ja nicht zur Montage. Im Werkzeugbau läuft in dieser Beziehung gar nichts.

Aber das eigentliche Gute: Kurz vor Mittag kam endlich Uwe vom Gericht zurück. Er war dieses Mal dort der einzige Vertreter des Betriebsrats gewesen. Wie er erzählte, brauchte er auch während der Verhandlung kein einziges Wort zu sagen. Mehr noch als beim letzten Mal lief alles über die „Rechtsvertreter", und zwar recht flott. Das Gericht bestätigte den Anspruch des Betriebsrats auf die „Lehrgangsteilnahme der Herrn Meisner und Schubert" zu dem vom Betriebsrat vorgesehenen Termin. Die Argumentation der Geschäftsleitung wurde als nicht stichhaltig bezeichnet. Die Ankündigungsfrist war mit zwei Monaten mehr als ausreichend, um eine Vertretung zu organisieren.

Der Anwalt von denen hat zweimal angesetzt mit solchen Erklärungen wie: Der Betrieb ist ja „noch gar nicht darauf eingestellt"; der Herr Meisner sei ja „als Einrichter nicht so einfach zu ersetzen" und so weiter. Unsre Anwältin war ja gut vorbereitet. Sie meinte dann, wieso der Herr Meisner denn als Einrichter schlecht zu ersetzen sei. Die Firma habe doch gerade als eine Folge der Betriebsratswahl ausgerechnet die Betriebsräte und Betriebsratskandidaten von den Einrichtertätigkeiten weg auf schlechtere Plätze versetzt. Da hat der Arbeitsrichter aber aufgehorcht. Und als die Anwältin noch hinzugesetzt hat, dass wahrscheinlich demnächst wieder ein Verfahren wegen unrechtmäßiger Versetzung anstehe, weil hier Betriebsratsmitglieder strafversetzt werden, da hat es dem Richter mal wieder gereicht. Er will nichts weiter davon hören. „Das ist nicht Gegenstand dieses Verfahrens" und er will zum Schluss kommen. Ob denn die Gegenseite noch was zur Sache vorzubringen hat. Den Anwalt von denen hat er aber schnell unterbrochen, als der nur gejammert hat, wie schwer so eine Vertretung zu organisieren ist.

Und was ist jetzt konkret rausgekommen? wollte Volker wissen.

Na ja, die Beratung des Gerichts war denkbar kurz. Wir haben Anspruch auf Teilnahme an diesem Lehrgang, aber weil es das erste Mal war, dass die Geschäftsleitung damit zu tun hat, gestehe das Gericht der Geschäftsleitung zu, dass für die nächste Woche kein Ersatz gefunden werden muss. Im Grunde hat das Gericht die Verzögerungstaktik der Hohen Herrn hingenommen. Andererseits hatte ich den Eindruck, dass der langsam auch die Faxen dicke hat von dem Verhalten der Geschäftsleitung. Jedenfalls hat er klar gestellt, dass jeder Termin danach von der Geschäftsleitung zu akzeptieren ist. Unsere Rechtsanwältin wollte wissen, wer jetzt das Ausfallgeld bezahlt. „Das hat ohne Zweifel die Firma zu übernehmen. Denn der Betriebsrat konnte aufgrund seiner frühzeitigen Anmeldung davon ausgehen, dass der Teilnahme nichts im Weg steht."

Also ein halber Sieg für uns? kam es von Volker.
Das kann man so sehen. Jedenfalls müssen wir nicht persönlich das Ausfallgeld bezahlen. Ich war anschließend noch bei der Gewerkschaft, um zu klären, ob es demnächst einen anderen Lehrgang gibt, der für uns in Frage kommt. Sascha hat einen rausgesucht, der zwar weiter weg ist, in Nordhessen, aber er hat mich beruhigt, dass die Geschäftsleitung gerade vor dem Hintergrund des heutigen Verfahrens keine Möglichkeit hat, uns die höheren Fahrtkosten anzulasten. Die haben das ja selbst verursacht. Ich denk', da gehen wir kein Risiko ein. Der Lehrgang beginnt am 27. Februar.
Na, do seid ihr jo wenischstens bei de Fassnacht widder zerick. Schee fir eich war Haralds wichtige Anmerkung.

Heike wollte schon wieder ansetzen, um ihn zurechtzustutzen, aber Uwe berichtete ganz schnell weiter. Sascha muss das Verfahren als einen richtigen Erfolg betrachtet haben, was er an der Kostenübernahme für das Ausfallgeld festgemacht hat. Sascha habe da schon andere Erfahrungen gemacht. Wenn der Lehrgang noch nicht von der Geschäftsleitung genehmigt ist, darf man sich theoretisch nicht anmelden und Kosten verursachen. Aber der Richter hat wohl klar die Verzögerungstaktik erkannt und dem Betriebsrat zugestanden, dass er aufgrund der frühen Anmeldung und der nicht vorhandenen objektiven Hinderungsgründe von einer Genehmigung ausgehen durfte.

Hundert Prozent formal korrekt war aber das Vorgehen des Betriebsrats nicht.

Später erzählte mir Petra, dass sie am Abend bei sich zu Hause den Brief an die Geschäftsleitung schreiben wird, um den neuen Termin für den Betriebsratslehrgang von Uwe und Maik mitzuteilen. An ihrem Schreibtisch im Einkauf will sie das nicht mehr machen und der Betriebsrat hat ja noch keine Sachmittel. Ich betonte, dass das nicht richtig ist, aber sie nahm diese Zusatzarbeit nicht so tragisch. Sie hofft ja, dass es in wenigen Tagen einen Betriebsratsschreibtisch mit den entsprechenden Geräten gibt. Anschließend fragte ich sie, wie sie die Süßigkeiten fand. Das hätte ich Dummkopf besser nicht gemacht. Nach einer Schrecksekunde und anschließendem Luftschnappen schrie sie mich nämlich an:
Von dir hätte ich so was aber nicht erwartet. Du weißt doch genauso gut wie alle anderen auch, dass ich mit dem Maik zusammen bin. Bist du auch so ein geiler Bock? Ich denk', du bist verheiratet ....
Nee, das war nicht von mir. Ich bin unschuldig. Ich hab' nur davon gehört.
Von wem?
Na, der Roland hat's erzählt.

Au weia, dem geb ich's, dem Idiot. Ich hab' ihm extra gesagt, dass er die Klappe halten soll, weil sonst der Maik ....
Ja, leider wissen es inzwischen fast alle, aber ich glaub', der Maik weiß nix davon.
Wahrscheinlich nicht. Der wär'sonst schon längst bei mir gewesen. Ich will nur hoffen, dass er nicht doch noch was davon erfährt. Dann kann sich der Roland aber warm anziehen.

15.2.
Jetzt hatten wir gerade mal gestern ein paar halbwegs positive Nachrichten und schon haut es wieder richtig rein. Inzwischen bin ich ja in der Frühstückspause fast immer in der Kantine. Da bekomme ich mehr mit, als wenn ich im Werkzeugbau bleibe. Moser hatte sich zwar etwas gewundert, dass ich seit einiger Zeit immer pünktlich um neun Uhr meine Tasche nehme und verschwinde, aber meiner Erklärung, dass die Werkbank eigentlich kein Essenstisch sein sollte, konnte er nichts entgegensetzen.

Klaus kam in die Kantine reingestürzt, richtig fertig. Seit Ende der Woche wird bei den Schneckengetrieben nur gejammert, weil die Leute ihre Abrechnung bekommen haben und sie jetzt schwarz auf weiß sehen, was die Abgruppierung ausmacht. Die wollten jetzt auch von Klaus wissen, was denn der Betriebsrat jetzt macht. Gestern schon müssen sie sehr aggressiv gewesen sein und heute hat's ihm gereicht. Er hat ihnen gesagt, dass sie ihn „alle mal können". Maik redete auf ihn ein, dass er sich dafür entschuldigen soll, und:
Betriebsräte müssen die Ruhe bewahren.
Ich glaub, das wird dem Klaus sehr schwer fallen, der konnte sich in der ganzen Frühstückspause nicht mehr einkriegen. Maik meinte, dass er das „unsrem Vorsitzenden" erzählen muss. Ob das in dem Moment die beste Idee war, weiß ich nicht. Jedenfalls meldete Uwe sich nach der Frühstückspause bei Urbahn ab. Er müsse dringend was klären. Den Einwand von Urbahn, dass doch gar keine Betriebsratssitzung sei, kommentierte Uwe nicht weiter und zog los, aber für Urbahn klar erkennbar nicht in Richtung des vorläufigen Betriebsratsbüros, sondern in Richtung Schneckengetriebe. Die anderen erzählten, dass Urbahn ihm kurz nachschaute und danach an's Telefon ging.

Klaus berichtete in der Mittagspause, dass er den Auftritt von Uwe richtig gut fand. Uwe hatte sich von Klaus die größten Meckerer zeigen lassen und ging zu ihnen hin, um mit ihnen zu reden. Die haben das wohl auch jeweils als eine Anerkennung ihrer Person gesehen. Bei dem zweiten Kollegen aber tauchte schon Schneider auf und wollte wissen, wieso „Herr Meisner" (nicht Kollege Meisner) die Leute von der Arbeit abhält. Der muss ihm wohl nur kurz geantwortet haben, dass man auch reden kann während der Arbeit und dass er niemanden aufhält, und er lasse sich nicht von seiner Betriebsratstätigkeit abhalten. Den Schneider hat es wohl unheimlich gewurmt, dass Uwe sich nicht von ihm hat einschüchtern lassen. Als Uwe bei der dritten Kollegin war, es waren noch keine zehn Minuten vergangen, tauchten Koch und Getzschmann auf, und zwar gemeinsam. Klaus konnte sich richtig darüber amüsieren, dass Getzschmann, der ja der offizielle Geschäftsführer ist, nur dabeistand und zuhörte, wie Koch unsren Uwe anging.

Uwe kam zu spät zur Mittagspause und erst da bekamen wir mit, warum. Er war für um elf Uhr zu Koch hochbestellt worden und war über eine Stunde lang von ihm in die Mangel genommen worden. Die Hälfte der Zeit hatte Koch auch noch Mühleisen dabei. Das Pausenzeichen hat die Hohen Herrn überhaupt nicht gestört, so als gäbe es gar keine Pause. Uwe war richtig geschafft. Sein erstes Wort:

Nie mehr geh ich allein da hoch. Die haben schon wieder mit einer Abmahnung gedroht. Die wollten die ganze Zeit von mir die Erklärung, dass ich mich nicht mehr zu den Schneckengetrieben begebe. Nur so könnten sie „von einer Abmahnung absehen". Ich habe ihnen erklärt, dass ich mich ordnungsgemäß bei meinem Meister abgemeldet habe und dass es das gute Recht des Betriebsrats ist, mit den Leuten zu sprechen. „Ja, aber nicht in anderen Firmen." Ich hätte das Werksgelände verlassen und dafür hätte ich abstechen müssen. Zu den Schneckengetrieben hätte ich kein Zutrittsrecht. Der Getzschmann würde mir noch ein Hausverbot erteilen. „Das ist schon in Vorbereitung", wollte sich der Mühleisen hervortun. Aber in Wirklichkeit hat der Koch die Linie vorgegeben.

Du meinst, in Wirklichkeit hat der Chef die Linie vorgegeben.

Ja, natürlich. Aber der Koch ist der Prinzregent oder der Kronprinz oder wie man das nennt. Jedenfalls habe ich keine Erklärung in ihrem Sinn abgegeben ....

Bravo!

...aber es war mir zwischendurch ganz schön mulmig. Es wäre mir lieber gewesen, wenn noch jemand dabei gewesen wäre. Wenn die da von zwei Seiten aus auf dich einhauen, weißt du gar nicht, wo dir der Kopf steht, wie du reagieren sollst. Bis du dir eine Antwort überlegt hast, hat der andere von den beiden schon wieder einen neuen Vorwurf auf dem Tablett beziehungsweise dir an den Kopp geworfen. Die wollten ständig, dass ich denen unsre Geschäftsordnung vorlege.

Volker: *Was geht die denn das an?*

Abgesehen davon, dass wir noch gar keine haben, wäre ich natürlich auch nicht bereit gewesen, ihnen das zu geben. Die wollten ständig darauf hinaus, dass sie den Rahmen abstecken, in dem wir uns bewegen dürfen. Meine Feststellung, dass das Gericht doch gerade entschieden hat, dass wir bis auf weiteres ein Betrieb sind und ich deswegen auch bei den Schnecken Zutritt hab', hat die gar nicht interessiert. Die haben die ganze Zeit so getan, als wäre schon längst geklärt, dass sie im Hauptsacheverfahren Recht bekommen.

Mein Einwurf „Ich denke, unsre Anwältinnen sind sich sicher, dass..." wurde gar nicht zu Ende angehört und schnell übergangen, weil sich Uwe und die anderen inzwischen anscheinend doch nicht mehr sicher sind, dass wir in dieser Sache gewinnen werden, von der Abgruppierung ganz zu schweigen.

Volker wollte wissen, ob Uwe jetzt eine Abmahnung bekommt. Die meisten waren sich sicher, dass sich die „Hohen Herrn" im Moment nicht an eine schriftliche Abmahnung machen werden, weil das beim Gericht schlecht aussehen würde, jedenfalls jetzt kurz nach der gerade erfolgten einstweiligen Verfügung. Sie zielen jetzt auf eine Einschüchterung und Knebelung, aber möglichst nur über mündlich erteilte Anordnungen. Und alle waren sich in einer Sache einig: Nie mehr darf einer allein hoch gehen. Egal, wie harmlos die Sache zuerst den Anschein hat oder wie sicher man sich fühlt. Nie!

Wieder kam ich zu spät von der Pause zurück, alle anderen von der Fenstergruppe natürlich auch, aber soweit ich es überschauen kann, ist von den anderen keiner angemacht worden. Mich sah Moser nur mahnend an und deutete auf die Uhr. Wieso er nicht mehr draus machte, weiß ich im Moment nicht. Vielleicht sieht er sich mit den „Hohen Herrn" sowieso schon auf der Siegerstraße und sieht den Betriebsrat als weitgehend erledigt an. Vielleicht denkt er, dass für uns die Luft jetzt sowieso immer dünner wird, denn garantiert hat er mitbekommen, dass Uwe oben getriezt worden ist.

Später, am Kaffeeautomat, kam Wolli vorbei und regte sich auf, dass auch Urbahn noch mal auf Uwe eingehauen hat. Sie sind aber zu dritt – Wolli, Roland und Volker – hingegangen und haben Uwe unterstützt. Urbahn hat es bald sein lassen.

Siehst'e, so muss mer's mache. Was die könne', könne' mir ach.

Noch wichtiger wäre natürlich, dass die Leute, die nicht im Betriebsrat sind, sich auch mal rühren und den Betriebsrat verteidigen. Schließlich geht es doch um sie.

Da kannste bei uns noch lang warte'. Du kennst unser' Belegschaft noch net. Da is' einfach nix drin. Meckern, wenn die Chefs net da sind. Aber, wenn einer von de' Hohe Herrn da ist, dann kuschen se. Das war hier schon immer so. Und das wird auch immer so bleibe. Da wird sich nix än'ern.

Du bist ja ganz schön pessimistisch. So kenn' ich dich ja gar nicht! Wir könne' jetzt nicht zurück. Da müsse' wir jetzt durch und versuche', dass wir den Betriebsrat behalte, und zwar möglichst für das ganze Haus. Aber das war's dann auch. Die Leut' mache net mit. Die ham' alle Schiss in de Hos'.
Das kannst du doch so auch nicht sagen.
Doch, die begreife noch net emal, dass wir net einfach die Abgruppierung abschaffe könne, wenn sie sich net selbst bewesche. Die haue ja noch auf uns druff. Sie kapieren des noch net emal. Obwohl: Der Klaus hat vorhin erzählt..
Welcher Klaus?
Na unser Klaus, der von de Schnecke, net euern Klaus. Der ist schon in Ordnung, aber der sacht doch nie was. Nee, unser Klaus hat erzählt, dass, als der Uwe und die Hohen Herrn weg waren, einige zum ihm gekomme' sin' und gesagt habbe', dass der Uwe Recht hat. Der soll sich von dem Koch net einmache lasse und vom Getzschmann erst recht net. Die müssen inzwischen schon ganz schön sauer auf den Getzschmann sein. Der ist von obbe eingesetzt, hat aber von den Schneckengetriebe' kaum Ahnung. Und bei Beschwerden über Mayer oder Schneider geht er der Sach' nie nach. Der Klaus freut sich so richtig über die Niete Getzschmann. Aber das Wichtigste: Zumindest einige scheinen zu verstehen, dass der Betriebsrat nur wenig Möglichkeiten hat. Wahrscheinlich jetzt nur, weil der Koch zusammen mit dem Getzschmann den Uwe vor versammelter Mannschaft angemacht hat. Da haben sie jetzt erst mal gesehen, wo die Fronten verlaufen.
Ich denk' auch, dass sich die Hohen Herrn mit ihrer Aktion zumindest bei den Schnecken keinen Gefallen getan ham'.
Wie redest du denn über die Leute?
Du weißt schon, wie das gemeint ist. Fachlich sind das ja meistens ganz gute Leut', aber bisher waren sie ja immer sehr ignorant, wenn es um die Interesse' der Gesamtbelegschaft gegangen is'.
Das stimmt aber nicht so ganz. Bei der Betriebsratswahl haben sie sich gut beteiligt.
Stimmt, aber das Meckern in den letzten Tagen muss unsern Klaus ganz schön mitgenommen ham'.
Vielleicht haben sie ja heute einiges begriffen.
Ja, vielleicht ein paar von denen. Ob das anhält, weiß ich nicht.

22./23. 2

Eine gute Woche ist vergangen und beide Seiten, die „Hohen Herrrn" und der Betriebsrat, haben nichts groß bewegt. Am nervigsten ist die

ständige Auseinandersetzung um die Betriebsratsbüroeinrichtung. Einen anderen Raum bekommt der Betriebsrat nicht. Das ist jetzt klar Fakt. Und nur mühsam kommt etwas Einrichtung zusammen: Zwei große Tische, um die sich alle setzen können, ausreichend Stühle und einen Schrank. Mit dem PC dauere es noch, weil man „ja erst einen besorgen" muss. Dabei werden fast jeden Tag neue Rechner oder Drucker oder dergleichen für die verschiedenen Abteilungen im Haus angeliefert. Über das Internet bekommst du solche Geräte praktisch von einem Tag auf den nächsten.
Aber Horst hat ganz andere Probleme. Der Betriebsrat wartet seit Wochen auf eine schriftliche Stellungnahme der Geschäftsleitung auf die Aufforderung des Betriebsrats, die Versetzung von Horst rückgängig zu machen. Gestern erklärte er mir, er wolle mit Koch sprechen.
Das darfst du aber nicht alleine machen!
Wieso? Ich bin doch alt genug, oder?
Nee, weißt du denn nicht, wie sie letztens den Uwe fertig gemacht haben?
Ja, aber hier geht es ja nicht um den Betriebsrat oder um eine Betriebsratstätigkeit während der Arbeitszeit ....
Bist du denn naiv? Entschuldige bitte, aber wie naiv bist du denn? Natürlich geht es hier um eine Betriebsratsangelegenheit. Du wärst doch nie versetzt worden, wenn ....
Ja, das stimmt schon. Aber wenn ich jemand mitnehme, denkt Herr Koch doch, dass ich Angst habe.
Es geht nicht um Angst, es geht darum, dass sie dich nicht reinlegen und dass du vor allem auch Zeugen hast.
Wieso Zeugen?
Ich kenn' das aus meinem alten Betrieb. Wenn du keine Zeugen hast, waren plötzlich alle Versprechungen nicht wahr.
Da hast du allerdings auch wieder Recht. Vielleicht nehme ich doch jemand mit.

Als ich Horst heute morgen am Kaffeeautomat traf, fluchte er erst mal darüber, dass er immer den „weiten Weg" gehen müsse. Oben in der Entwicklungsabteilung haben sie einen eigenen Automat und da kostet auch der Kaffee nichts, weil sich dort auch die Geschäftsleitung bedient, aber seit er bei den Schneckengetrieben ist ....
Du wolltest doch gestern zum Koch.
Ich habe ihn auch angerufen, aber er hatte keine Zeit. Zumindest hat er das gesagt. Die Zweifel kommen mir nur, weil er zuerst wissen wollte, worum es ging. Ich werd' nachher noch mal anrufen.
Hast du ihm gesagt, worum es ging?

Na klar.

Das solltest du nicht machen. Du darfst nur sagen, dass du was Persönliches hast, was nichts für's Telefon ist, oder so ähnlich. Sonst kriegst du nie einen Termin. Aber jetzt wissen sie es ja. Ich kenne das aus meiner alten Firma. Da hatte ich wochenlang eine Beschwerde vorzubringen, die Geschäftsleitung wusste schon längst alles, aber die hat mich einfach am ausgestreckten Arm verhungern lassen.

Na, du bist aber brutal in deiner Ausdrucksweise.

Ja, das war auch brutal, weil die zwei absoluten Pfeifen, die meine Vorgesetzten waren, jeden Mist vertuscht haben und das auf die „lieben Mitarbeiter" abgeschoben haben. Und als ich gemerkt hab', dass die Geschäftsleitung nur ihre Meister deckt, hat es mir gereicht und ich hab' gekündigt. Die Kündigung habe ich aber erst abgegeben, als ich hier die Zusage hatte. Solche Erfahrungen hatte ich bisher nicht.

Aber du müsstest inzwischen doch gespürt haben, dass der Koch ein harter Knochen ist. Und der Chef guckt sowieso nur, dass für uns kein Tarifvertrag gilt und so weiter. Ich kann dir nur empfehlen: Nimm jemanden mit, wenn du hoch gehst.

Vielleicht hast du Recht.

In der Mittagspause erzählte uns Uwe, dass er mit Horst bei Koch war. Horst hatte vor seinem Anruf bei Koch Uwe gefragt, ob er mitkommt. Zum Glück hatte der ihn aber ermahnt, dass er nichts von seiner Begleitung sagen soll, sonst wäre wieder nichts draus geworden.

Zuerst wollte er mich ja wegschicken. Aber Horst war richtig geistesgegenwärtig. Wenn der mal länger im Betriebsrat dabei ist, wird der vielleicht noch richtig gut. Jedenfalls waren wir dieses Mal zu zweit und Koch allein. Er wollte sich aber auch nicht die Blöße geben und Mühleisen oder sonst jemand dazuzitieren.

Habt ihr was erreicht?

Nein, wirklich erreicht haben wir noch nichts, aber der Koch war nicht sehr aggressiv. Er wollte uns immer mit der Ausgliederung kommen, aber die Versetzung war ja kurz vorher und außerdem hatte man dem Horst damals ja erklärt, dass er drüben gebraucht würde. Das Gute war ja, dass der Koch im Grunde gar nicht genau weiß, was der Horst drüben macht. Das weiß der Horst natürlich. Der Koch hat sich nämlich nie dort blicken lassen. Für den war Horst bei den Schneckengetrieben einfach nicht existent. Wenn der Koch drüben war, dann nur, um irgendwas mit Getzschmann auszukungeln, aber nicht, um sich bei Horst zu erkundigen, wie es läuft.

Hat der Horst ihm das vorgehalten?

Der hat das sehr geschickt gemacht. Der hat so getan, als wüsste der Koch über seine ganze Arbeit Bescheid und hat ihn zu Details gefragt, ob er bei der Frage der dritten Lagerstelle in dem neuen Schneckengetriebe anders verfahren wäre. Am besten fand ich, wie er den Koch gefragt hat, wie der die dritte Lagerstelle dimensioniert hätte. Als der Koch ablenkte und darauf nicht antworten wollte, meinte der Horst nur ganz trocken. „Herr Koch, könnte es sein, dass es sie nie interessiert hat, was ich bei den Schneckengetrieben gemacht habe?" Der Koch ist dann kurzzeitig ausfallend geworden und wollte den Horst angehen, aber der hat dann gerade noch eins drauf gesetzt: „Hätten Sie denn bei der Montage, die ich die letzte Woche versucht habe, lieber eine Sinterbuchse genommen?", also gerade wieder so, dass er dem Koch und mir – also unter Zeugen – vorgeführt hat, dass die Hohen Herrn sich gar nicht dafür interessiert haben, was der Horst überhaupt macht. Hauptsache ist natürlich für die Geschäftsleitung: Der Horst ist aus der Entwicklungsabteilung draußen und muss über kurz oder lang mit einer heftigen Abgruppierung rechnen.

Damit hat sich der Horst aber bei dem Koch nicht gerade beliebt gemach, so Volker.

Natürlich nicht, aber dem Horst hat es nach den ersten zehn Minuten richtig gereicht. Du hast gemerkt, dass er jetzt nur noch nach vorne gehen kann. Ducken und um Vergebung bitten, dass er so frech war, für den Betriebsrat zu kandidieren, wird nicht funktionieren. Das weiß er wohl jetzt. So schnell würden die das nicht vergessen. Deswegen ist es schon richtig, dass er sich bei diesem Gespräch positioniert hat.

Ja, was ist denn jetzt rausgekommen?

Der Koch hat nix Verbindliches von sich gegeben. Aber er konnte auch nicht mehr so tun, als ob der Horst drüben „dringend gebraucht wird". Eigentlich hatte er ja seit gestern genug Zeit gehabt, sich von Getzschmann in Sachen Horst auf den neuesten Stand bringen zu lassen. Das hat er versäumt, wahrscheinlich weil er gar nicht mit einem so selbstbewussten Horst gerechnet hat. Und auch nicht mit einem Zeugen bei dem Gespräch. Der Horst ist wahrscheinlich deswegen so forsch, weil der ja sicher nicht lange arbeitslos wär'. Ingenieure werden zurzeit im Maschinenbau dringend gesucht. Und der ist ja auch kein Anfänger mehr.

Und wie geht's weiter?, wollte ich wissen.

Am Ende hab' ich das Wort ergriffen und gesagt: „Herr Koch, wenn der Betriebsrat bis Anfang der kommenden Woche keine zufriedenstellende Antwort hat, werden wir Klage einreichen". Da hättet ihr mal den Koch hören müssen, wie der in dem Moment explodiert ist. „Was fällt Ihnen ein? Das geht Sie doch gar nichts an. Das ist auch keine Sache des Betriebsrats…" „Doch!", hab' ich ihn unterbrochen. „Das ist eine Benachteiligung eines Betriebsratskandidaten und danach eines Betriebsrats." Da ist er aufgesprungen und hat geschrien, wir würden nur Kosten verursachen und die Firma in den Ruin treiben. Ich hab' mich umgedreht und hab' den Horst mitgezogen. Er hat erst nicht verstanden, wieso, aber er ist mitgegangen. Draußen hab' ich ihm erklärt, dass es in solchen Situationen gefährlich ist, weil du dich leicht provozieren lassen kannst. Und dann kommt die nächste Abmahnung. Habt ihr gut gemacht! kam es von allen. Die Truppe verabredete sich für morgen in Sachsenhausen, leider ohne mich.

Miriam und ich wollen morgen Nachmittag und Abend Claudias Geburtstag vorbereiten: Miriam will mit der Laubsäge ein Hufeisen als Glücksbringer für das Geburtstagskind aussägen, dann anmalen, einen Trockenstrauß binden usw. Das geht nur am Abend, wenn Claudia mit ihren Kolleginnen im Theater ist. Künftig muss ich mich sowieso drauf einstellen, dass sie mindestens einmal im Monat im Theater ist. Sie ist jetzt in das Abonnement ihrer Freundin eingestiegen, die nicht mehr gehen will. Miriam hatte zu mir gemeint, nicht nur ich dürfe abends weggehen.

Die Mama hat auch ihre Freundinnen, nicht nur du. Claudia und ich mussten uns einen grinsen. Spätestens in zwei Jahren wird Miriam die Zweideutigkeit einer solchen Formulierung merken.

Und außerdem – so belehrte mich Miriam – *übertreibst du mit deinem Schreiben ganz schön. Die Mama muss immer die Küche machen, wenn du an deinem verliebten Tagebuch bist.*

Das stimmt zwar nicht so ganz, aber ein bisschen ist schon was dran. Ich habe es ja schon eingeschränkt. Jeden Tag oder jeden zweiten Tag, das ging einfach nicht so weiter.

MÄRZ

6.3.
In der vergangenen Woche waren Uwe und Maik auf dem Lehrgang. Der Betriebsrat hat in dieser Zeit nicht getagt und auch sonst habe ich nicht viel mitbekommen. Gestern, am ersten Tag nach dem Lehrgang waren Uwe und Maik richtig aufgedreht. Wir hätten ja bisher so viel versäumt. Wir müssten anders mit der Geschäftsleitung umgehen. *Schön gesagt! Dann mach' mal,* meinte Volker, der inzwischen nicht mehr so leicht aufbraust wie noch im Herbst. Die anderen waren da auch etwas skeptisch, aber der Betriebsrat wurde sofort für den Nachmittag zur Sitzung einberufen. Die müssen bis fünf Uhr getagt haben. Urbahn blieb extra länger, er geht sonst um vier Uhr nach Hause, in der Regel als letzter. Aber er hat die Stellung gehalten, um den „Hohen Herrn" berichten zu können, was der böse Betriebsrat wieder macht. Einzelheiten hat er natürlich nicht erfahren. Die aufgedrehte Stimmung bei den beiden Lehrgangsteilnehmern hatte er allerdings schon am Morgen mitbekommen.

Heute erzählte Wolli, was sie alles beschlossen haben. Petra musste gestern Abend zu Hause mehrere Briefe schreiben und Wolli gab mir voller Stolz eine Kopie des Briefs, den er als den wichtigsten erachtete. Dort heißt es: „Sehr geehrte Herren der Geschäftsleitung, …. mussten wir feststellen, dass der Kollege Horst Hoffmann immer noch nicht an seinem normalen Arbeitsplatz sitzt. Einer kurzfristigen Versetzung von bis zu vier Wochen kann der Betriebsrat in aller Regel zustimmen, aber diese Versetzung von Kollege Hoffmann ist nicht sachlich begründet. Die lange Dauer widerspricht sowohl den Zusagen, die man ihm bei seiner Versetzung am 17.11. machte, wie auch den Zusicherungen von Herrn Koch bei unsrem Gespräch am 23.2. d. J.. Aus dem Gesamtzusammenhang und aus der Tatsache, dass Herr Hoffmann bei den Schneckengetrieben gar nicht wirklich gebraucht wird, in der Entwicklungsabteilung aber viel Arbeit auf ihn wartet und auch keine Beschwerden über seine fachliche Kompetenz oder seinen Arbeitseinsatz bekannt geworden sind, ergibt sich für den Betriebsrat, dass wir seine anhaltende Versetzung als eine Strafversetzung werten müssen. Dies steht im krassen Gegensatz zu Ihren gesetzlichen Verpflichtungen und ist als grober Verstoß gegen die Bestimmungen des § 78 BetrVG zu werten. Wir werden deswegen ein geeignetes Beschlussverfahren einleiten und zu diesem Zweck unsren Rechtsbeistand beauftragen, unsere Interessen vor dem Arbeitsgericht zu vertreten. Mit freundlichen Grüßen U. Meisner, Betriebsratsvorsitzender."

Da habt ihr aber schwer geschossen. Hat die Geschäftsleitung das Schreiben schon?

Na klar, das war die erste Amtshandlung heut' Morgen.

Ob die Kollegen das gut finden, wenn der Betriebsrat schon wieder vor Gericht zieht?

Das weiß ich auch nicht, aber zuerst müssen wir uns ja mal verteidigen, und länger warten können wir nicht. Das müssen die Lehrgangsleiter unseren beiden klipp und klar so erklärt haben. Aber wir haben noch zwei andere Schreiben beschlossen. Die hat die Petra noch nicht geschafft, das macht sie aber heut' Abend. Das kriegen die Hohen Herrn dann morgen.

Nämlich?

Einmal werden wir ihnen jetzt in Sachen Betriebsratsbüro eine Frist setzen. Wenn wir bis Ende der nächsten Woche kein funktionsfähiges Büro haben mit allen dazugehörigen Geräten und Programmen, werden wir noch ein Verfahren einleiten.

Meinst du nicht, dass ihr übertreibt?

Übertreiben? Die schikanieren uns doch. Wenn wir jede Woche nur neu betteln, halten die uns noch jahrelang hin. Nee, da gibt's gar nix. Jetzt müssen wir andre Seiten aufziehen.

Wenn ihr meint.

Wir wollen ja auch ein anderes Büro haben, näher an der Montage, aber da waren die Lehrgangsleiter von Uwe und Maik anscheinend nicht so zuversichtlich, dass wir da was erreichen. Dort, wo das Büro zurzeit ist, wird es wahrscheinlich nicht als unzumutbar bewertet. Da haben wir vor Gericht wenig Chancen.

Blöd ist es aber schon, wenn man beim Gang zum Betriebsrat an den ganzen Büros von den Hohen Herrn vorbei muss.

Wem sagst du das? Aber da ham' wir wenig Chancen. Die Petra muss noch ein anderes Schreiben machen. Wir wollen Einsicht nehmen in die Lohn- und Gehaltsliste. Und wir wollen voll informiert werden über anstehende Investitionen und Umstrukturierungen.

Da habt ihr aber was vor.

Ja, ich weiß nicht, ob das alles in ein Schreiben passt. Vielleicht macht Petra daraus auch zwei Schreiben. Sie hätte also insgesamt noch drei Schreiben zu erledigen.

Da habt ihr euch aber wirklich viel vorgenommen.

Wir haben ja auch lang genug getagt gestern. Du weißt ja, dass ich einen weiten Weg hab. Um viertel nach sechs bin ich heimgekommen. Meine

Frau war stinke-sauer, weil ich mich wieder überhaupt nicht um die Kinder gekümmert hab'.
  Hast du denn nicht angerufen?
  Doch, aber es ist immer länger geworden, und ich wollte nicht jede halbe Stunde noch mal anrufen. Ich musste ja immer das Handy von Uwe benutzen. Meins find' ich ja nicht mehr. Das steckt bestimmt daheim in irgendeiner Hose, aber ich weiß nicht in welcher. Mein letztes Handy hat meine Frau mitgewaschen. Da war es natürlich futsch.
  Das war aber nicht der Fehler Deiner Frau.
  Nee, das war natürlich mein Fehler. Ich kann einfach mit so Dingern nicht umgehen.
  Später wollte ich von Maik wissen, wie er den Lehrgang fand. Er war vollauf begeistert und erklärte, dass sie sehr viel gelernt haben. Ihm sei auch jetzt noch klarer als vorher, warum die Geschäftsleitung sie nicht auf den Lehrgang gehen lassen wollte und warum die Geschäftsleitung auch überhaupt keinen Betriebsrat haben will. Aber die Probleme, die wir haben, sind gar nicht so außergewöhnlich. Gerade das mit den Neueingruppierungen ist wohl auch bei den tarifgebundenen Betrieben nicht so einfach.
  Auch dort, wo es das Entgeltrahmenabkommen – also ERA – gibt, wurde in vielen Fällen bei der Einführung abgruppiert. Diese Kollegen sind aber wenigstens so abgesichert, dass sie erst mal nichts verlieren.
  Also anders als bei uns?
  Im Prinzip schon. Nur wird halt bei den künftigen Tariferhöhungen ein Teil verrechnet und damit die Ausgleichszulage abgeschmolzen.
  Und mit der Büroausstattung?
  Das haben die natürlich alle. Das können wir auch durchsetzen. Das ist das Unproblematischste. Schwieriger ist es mit den Auskünften zu Investitionen und so weiter. Da erfahren die meisten erst dann etwas, wenn es eh nichts mehr zu verheimlichen gibt.
  Weshalb schreibt ihr dann einen Brief?
  Wir müssen doch nachhaken! Das ist doch unsre Pflicht!
  Fragt sich nur, ob die Kolleginnen und Kollegen das auch so sehen. Wenn ihr mit den Briefen nichts erreicht, werden die Leute in der Montage es euch nicht danken.
  Da hast du natürlich einen Schwachpunkt angesprochen. Zunächst schreiben wir mal. Dann sehen wir weiter.
  Und sonst? Wie war der Lehrgang?
  Super! Blendend! Das nächste Mal schau ich aber, dass ich mit Petra zusammengehe.
  Das kann ich mir vorstellen.
  Was willst du damit sagen?

Nichts, rein gar nichts. Nur dass ich verstehe, wenn man mit seiner Liebsten zusammen sein will. Das Wort Eifersucht habe ich lieber nicht in den Mund genommen. Maik, der sonst so umgänglich ist, muss doch ganz schöne Angst um seine Petra haben.

In der Mittagspause war der Fenstertisch wie auch gestern schon von mehreren Kolleginnen umringt. Das sind alles Leute, die nicht essen gehen, sondern abends daheim kochen. Deswegen können sie auch mit der Stulle in der Hand auf den Betriebsrat einreden. Aber ich habe den Eindruck, die hätten auch ihr Essen stehen gelassen, wenn es sonst nicht gegangen wäre, so erregt waren sie, auch heute wieder. Und für sie ist der Betriebsrat gleichbedeutend mit Uwe. Da er und Maik die letzte Woche nicht da waren, haben sie nicht mit dem Betriebsrat gesprochen. Die anderen Betriebsratsmitglieder zählen anscheinend nicht. Nach dem, was ich von meinem Tisch aus raushören konnte, ging es wieder um die Abgruppierungen (natürlich!), aber nicht nur. Mit Urbahn haben sie wohl große Probleme, weil sie Neubewertungen und Weiterbildungsmaßnahmen verlangen. In den ersten Wochen nach den Abgruppierungen muss Urbahn ihnen erzählt haben, dass sie mit Weiterbildung und mit Neubewertungen auch wieder höher kommen können. Es gäbe ja keine „Einbahnstraße" nach unten. Dieses Wort wurde jetzt ständig benutzt, zum Teil von sehr sarkastischen Bemerkungen begleitet.

Für die Hohen Herrn geht die Einbahnstraße nur nach oben, für uns nur nach unten.

Uwe hat immer nur genickt und wollte wieder erklären, dass der Betriebsrat wenig machen kann. Aber das hat die fünf Frauen und zwei Männer nicht beruhigt.

Ich hatte den Eindruck, dass sie dem Betriebsrat gerne Dampf machen wollten, aber zwei der Kolleginnen waren auch richtig wütend, ich weiß nicht, ob mehr auf den Betriebsrat oder auf die Geschäftsleitung. Uwe musste dadurch auf seinen üblichen Gang raus auf den Hof verzichten, und das obwohl heute der erste schöne Tag im neuen Jahr war. Mindestens zwölf Grad in der Sonne.

Auf dem Weg nach Hause konnte Uwe mich ein Stück mitnehmen. Claudia hatte heute wieder das Auto. Wenigstens die paar Minuten konnte ich jetzt mal kurz mit Uwe sprechen. Er ist längst nicht so optimistisch wie Maik. Er steht natürlich „hinter den Briefen", die jetzt geschrieben wurden oder noch geschrieben werden sollen. Aber das mit den Abgruppierungen und den Beschwerden der Kolleginnen und Kollegen macht ihm doch zu schaffen.

An wirklich wichtigen Dingen kommen wir keinen Schritt weiter. Vielleicht werden wir mit der Betriebsversammlung etwas weiterkommen.

Betriebsversammlung?
Ja, haben die anderen dir das noch nicht gesagt? Ende März wollen wir unsre erste Betriebsversammlung machen. Das scheint mir auch wichtig. Aber ich weiß nicht, wie wir das durchziehen sollen. Wir haben keine Erfahrung damit.
Ihr könnt doch jemand von der Gewerkschaft dazuholen.
Das ist nicht so einfach. Der einzige, der sich in unsren Verhältnissen ein bisschen auskennt, ist der Sascha, aber der hat ja Hausverbot.
Bleibt das bestehen?
Ich sehe nicht, dass die Geschäftsleitung davon wieder abrückt. Sascha meint auch, dass er da gerichtlich wenig Chancen hat, weil er die Vorwürfe der Gegenseite – von wegen Hausfriedensbruch – nicht widerlegen kann.
Ihr solltet die Versammlung aber machen und halt jemand anderes holen.
Das ist einfach gesagt. So oder so, müsste ich ja die Versammlung leiten und damit habe ich keine Erfahrung ....
Irgendwann fängt man immer an...
Du hast gut reden. Du kennst aber den Koch noch nicht. Meinst du, der lässt sich so einfach von uns in die Enge treiben?
Ihr macht das schon.
Ich musste aussteigen. Schade, dass Uwe so unsicher ist mit der Betriebsversammlung. Das scheint mir im Moment das beste Mittel, die Belegschaft wieder etwas in Bewegung zu bringen.

9.3.
Endlich konnte ich gestern mal wieder an dem Sachsenhausener Treff teilnehmen. Wir waren allerdings nur zu fünft. Harald, der keinen Kneipentreff auslässt, Maik, Petra, Roland und ich. Wie üblich habe ich Funda vermisst, sie kommt ja nur bei außergewöhnlichen Anlässen.
Inzwischen sind auch die anderen Schreiben der Geschäftsleitung übergeben worden. Maik wurde noch mal von allen ausgequetscht, wie der Lehrgang war. Harald wollte wissen, ob im Haus auch eine Kegelbahn ist, dann würde er auch gerne dorthin gehen. Maik musste verneinen, aber das hat Harald nicht abgehalten, weiter nachzufragen: Wie war das Essen? Und so weiter. Die anderen verzogen schon die Gesichter. Anscheinend ist bei ihnen auch wenig Bereitschaft da, Harald mit einem Beschluss des Betriebsrats überhaupt auf einen Lehrgang zu schicken. Ich habe Harald darin bestärkt und gemeint, dass das sicherlich jeden weiterbringt. Petra sah mich zweifelnd an, aber ich ließ mich nicht abbringen. Harald ist ein Kämpfer und deshalb muss man ihn auch integrieren und inhaltlich weiterbringen,

auch wenn er sich oft nur sehr schlecht ausdrücken kann. Man sollte nicht aufgeben.

Später wies mich Petra darauf hin, dass Harald als Ersatzmitglied nicht auf einen Betriebsratslehrgang geschickt werden kann. Wenn schon, dann müsste er das hessische Bildungsurlaubsgesetz in Anspruch nehmen.

Das wird ja fast nie in Anspruch genommen. Bei uns schon gar nicht. Er wäre dann der erste und ich trau ihm auch zu, dass er die Anmache vom Urbahn durchsteht und das wirklich in Anspruch nimmt. Ein Kämpfer ist er ja. Ich musste ihr Recht geben.

In der Bewertung der Erfolgsaussichten der Briefe war Maik viel zuversichtlicher als Uwe, der schon seit Tagen auf mich einen sehr pessimistischen Eindruck macht. Auch in Sachen Betriebsversammlung hatte Maik im Gegensatz zu „unsrem Vorsitzenden" keine Bedenken. Die anderen machten sich eh wenig Sorgen. Alle verließen sich auf Uwe und wollten lieber heute als morgen die Betriebsversammlung haben. Aber als ich konkreter nach dem Ablauf fragte, stellte sich raus, dass noch gar nichts feststand. Keiner hatte einen Plan und es sollte auch noch nicht im Betrieb bekannt gemacht werden. Die Geschäftsleitung soll erst so spät wie möglich davon erfahren, damit sie nicht wieder sabotieren kann. Von wegen „Ganz plötzlich muss die Kantine renoviert werden" oder dergleichen.

Roland kamen bei meinen Nachfragen doch die ersten Zweifel. Er bestätigte, dass es ohne einen Vertreter der Gewerkschaft schlecht gehen wird. Dafür ist der Betriebsrat noch zu unerfahren. Auch Petra schwenkte ein und erzählte uns erst mal was von der speziellen Art, mit der Koch in Auseinandersetzungen geht.

Ein knochenharter Hund. Der wird nicht einfach sein. Wenn der Chef auch noch dabei ist, dann haben wir es total schwer.

Maik: *Willst du gar keine Versammlung machen?*

Das hab' ich nicht gesagt, aber es wird nicht einfach. Da hat der Robert Recht. Wir müssen in jedem Fall einen Erfahrenen dabei haben.

Harald: *Mir misse doch den Chef net oilade. Der is doch gar kon Gescheftsfihrer.*

Petra: *Wenn er kommen will, kommt er. Da muss er uns nicht fragen.*

Ich drängte darauf, dass wir hier die Betriebsversammlung schon mal durchplanen sollten. Davon wollten Maik und die anderen erst mal nichts wissen. Dies sei Sache des Betriebsrats. Das müssten wir nicht in der Kneipe machen: *Wir haben jetzt Privatzeit.*

Das ist doch Kokolores! Wir reden doch hier am wenigsten über Privates. Die meiste Zeit geht es doch sowieso um den Betrieb. Und im Betriebsrat könnt ihr eine solche Vorbesprechung doch gar nicht machen, ohne dass das spätestens am nächsten Tag die Geschäftsleitung weiß. Oder ist die Moser nicht mehr dabei? Das überzeugte sie alle, auch wenn sie immer noch nicht richtig dran wollten, wenn Uwe nicht dabei ist. Meiner Bemerkung, dass wir uns doch nicht von Uwe abhängig machen sollten, konnten sie nicht widersprechen. Also gingen wir an die ersten Planungsschritte. Klar war allen, dass das Thema Abgruppierung ganz oben stehen muss. Aber keiner hatte eine Vorstellung davon, wie wir das so rüberbringen können, dass allen klar wird, dass der Betriebsrat nichts versäumt hat und dass die Geschäftsleitung der „Übeltäter" ist.

Roland: *Zu dem letzte Punkt brachst'e dir ka Sorsche mache. Ich hab' mir de Mund fusselig geschwätzt. Inzwischen kapier'n sie's ach. Ob sie's daraus ach Konsequenzen ziehe', waß ich net.*

Ich denk, dass wir den Punkt dem Gewerkschaftssekretär übergeben sollten. Der kann doch sagen, was Tarif ist, was die Leute bekommen müssten und so weiter.

Stimmt Robert, das ist ne gute Idee, meinte Petra. *Aber das müssen wir trotzdem vorbereiten, mit ihm zusammen. Aber ich weiß nicht, wer da kommen kann. Zum Glück können die ja nicht jedem ein Hausverbot erteilen. Das müssen wir klären. Aber was haben wir sonst noch?*

Roland: *Ei, des mit de' Weiterbildung in der Montage. Der Urbahn blockt doch alles ab.*

Ja stimmt, das könnte das zweite Thema sein.

Wir sammelten eine Reihe von weiteren Punkten und Petra schrieb mit: Überstunden bei den Schneckengetrieben, Überschreiten der zulässigen Arbeitszeiten der Vorarbeiter (vor allem von Mayer und Schneider, die sich anscheinend an keine Vorschriften halten), Putzen der Sozialräume, das zu heiße Essen, die fehlenden Parkplätze, der Gestank in der Lackiererei und noch diversen Kleinkram.

An einer Stelle waren wir uns nicht einig: Sollen wir Horsts Versetzung zur Sprache bringen oder nicht? Roland äußerte die Vermutung, dass das die Leute nicht interessiert und dass das zu sehr wieder nur den Betriebsrat in den Mittelpunkt stellt. Ich war genau entgegengesetzter Meinung und Petra schloss sich eher Roland an, dass nämlich ihm, Horst, das Thematisieren auf der Betriebsversammlung nur schaden könne. Der werde dann erst recht nicht zurückversetzt. Wir einigten uns darauf, dass wir das mit ihm besprechen müssen (ohne ihn, beziehungsweise gegen seinen Willen geht es sowieso nicht, da waren sich alle einig).

Noch einmal sehr kontrovers wurde es an der Frage: Einrichtung des Betriebsratsbüros. Roland war strikt dagegen, dass wir das ansprechen. Ich konnte ihn verstehen. Auch hier kam es zu keiner Einigung.

Bei der Frage des Termins gab es von uns fünf Leuten fünf verschiedene Vorschläge: Petra war da völlig leidenschaftslos, Maik wollte so früh wie möglich, Roland frühestens in vier Wochen. Harald in drei Wochen und ich in zwei Wochen. Ich musste aber einsehen, dass zwei Wochen viel zu kurz sind. Erst recht, wenn man noch keine Erfahrung hat und wenn der Termin mit der Gewerkschaft abgesprochen werden soll. Wir einigten uns darauf, dass wir dem Betriebsrat vorschlagen: Ende März/Anfang April. Maik meinte noch:

Wenn wir künftig wirklich vier Betriebsversammlungen im Jahr durchführen wollen, wie es das Gesetz vorsieht, dann müsste die erste noch im ersten Quartal, also Ende März sein.

Petra: *Das heißt aber auch, dass wir uns mit der Vorbereitung beeilen müssen. Das sind nur noch knapp drei Wochen.*

O. k., dann wisst ihr ja auch alle, was zu tun ist. Also ran an die Arbeit – ab Montag, und jetzt: Hoch das Gerippte!
Prost!
Lucy, noch en Bembel!

15.3.

Uwe konnte nicht alle unsre Vorschläge für die Betriebsversammlung teilen. Vor allem passt ihm der Terminplan nicht. Das setzt ihn anscheinend ganz schön unter Druck. Bei der gestrigen Betriebsratssitzung – der Betriebsrat tagt jetzt jeden Mittwoch – wurde das Thema Betriebsversammlung offen diskutiert. Frau Moser war dabei, aber das lässt sich ja schlecht verhindern. Zum Thema Anwesenheit eines Gewerkschaftssekretärs haben sich unsre Betriebsratskolleginnen und -kollegen auf der Sitzung völlig bedeckt gehalten. Das wird nur außerhalb der Sitzung, also ohne Frau Moser beredet.

Aber auch so gab es wohl eine längere Diskussion über die Themen und den Zeitpunkt. Frau Moser – Petra sagt übrigens „Kollegin Moser" zu ihr – wollte anscheinend am Anfang noch für eine Verschiebung auf die Zeit nach dem Gerichtstermin vom 10. Mai. Nach ihrem Kalkül würde es in dem Fall wahrscheinlich gar keine Betriebsversammlung geben, weil der Betriebsrat danach aufgelöst sein wird, hofft sie wohl. Wolli erklärte mir und Ali, dass alle anderen sich nur angeschaut haben. Schließlich haben sie gerade damit erst recht begriffen, dass es darauf ankommt, „noch vor der Ge-

richtsverhandlung uns so zu etablieren, dass möglichst wenig Zweifel an der Rechtmäßigkeit dieses Betriebsrats existieren."
Ali war empört:
Dieser Betriebsrat unternimmt praktisch nur Schritte zur Selbstverteidigung.
Da hast du vielleicht Recht.
Aber was bringt das den Kolleginnen und Kollegen? Alis Nachfrage konnte Wolli nicht beantworten. Schlimmer noch: Was er über die weiteren Themen berichtete, die sie auf der Sitzung als Tagesordnungspunkte für die Betriebsversammlung beraten hatten, erschreckte auch mich: Der Schwerpunkt lag anscheinend auf Beschwerden – beziehungsweise dem Bejammern –, wie unfair die Geschäftsleitung den Betriebsrat behandelt, wie er nicht die Mittel bekommt, die ihm zustehen, und so weiter. Ali wurde immer erregter:
Das wird den allermeisten Besuchern der Betriebsversammlung am A ... vorbeigehen.
Hier musste Wolli ihm nach kurzer Überlegung zustimmen und fügte hinzu, dass der Betriebsrat sich für dem TOP „Verschiedenes" schon einige Punkte überlegt hat: „Qualität des Kantinenessens", „Zu heiß aufbereitet", „Gestank in der Lackiererei", „Fremdvergabe des Putzens an den Hausmeisterservice Schammerl". Ali betonte, dass das der Belegschaft in jedem Fall relevanter erscheinen wird als das Gehacke zwischen Betriebsrat und Geschäftsleitung:
Die wichtigste Frage bleibt die der Abgruppierung. Und das wird damit nicht geklärt.
Da hast du recht. Das konnten wir nicht wirklich klären. Da waren wir auch unter uns nicht einig. Die Moser hat zu dem Punkt geschwiegen, aber für uns ist natürlich klar – das haben wir vorher in der Fraktionssitzung noch schnell abgesprochen –, dass wir diesen Punkt dem Gewerkschaftssekretär überlassen werden.
Der kann vielleicht Ergänzendes erklären, aber die Hauptsache müsst doch ihr selbst darstellen. Ihr dürft nicht so defensiv sein. Wenn ihr nicht klarmachen könnt, wer die Übeltäter sind, dann ist die ganze Betriebsratsinstitution für die Katz'.
Du bist ganz schee hart in deiner Beurteilung und du hast gut redde!
Ich sage ja nicht, dass ich alles perfekt machen würde, aber ihr müsst wenigstens die wichtigsten Themen von euch aus anpacken und in den Mittelpunkt stellen.
Das wisse' mer ach. Abber da brauchste ach e bissje die Unnerstützung von de Leit.
Je erregter Wolli wird, um so mehr verfällt er in's Hessische. Ich hatte langsam den Eindruck, dass wir uns im Moment im Kreis dre-

hen, und beendete von mir aus den Plausch am Kaffeeautomaten. Ali redete weiter auf Wolli ein.

Der muss bald danach Uwe von unsrem Gespräch erzählt haben, denn der kam – was ganz außergewöhnlich ist – in der Mittagspause direkt auf mich zu und führte aus, dass der Ali sicher nicht unrecht habe, aber dass das alles nicht so leicht ist. Ich solle doch nächste Woche in Sachsenhausen bei der Vorbereitung dabei sein. Dem Ali habe er das auch schon gesagt. Diese Woche ist kein Treffen.

Wann ist denn überhaupt der Termin von der Betriebsversammlung?
Das haben wir noch nicht offiziell beschlossen. In Anwesenheit von der Moser haben wir nur gesagt, in ungefähr drei Wochen. Nächste Woche wollen wir den offiziellen Beschluss fassen für den 29. März.
Das ist ein Donnerstag, wenn ich das richtig überblicke.
Genau. Freitag ist schlecht, weil da um 12.00 Uhr die meisten gehen, Gott sei's der Fünfunddreißig-Stunden-Woche gedankt.
Aber ist das nicht etwas kurzfristig? Im Grunde ist das ja kaum mehr als eine Woche Ankündigungsfrist?
Für die Kollegen ist das egal ....
Und für die Kolleginnen?
Fängst du jetzt schon wieder so an wie Heike und Petra? Also für die Leut' ist das egal. Nur die Geschäftsleitung wird motzen ....
Und wenn von denen keiner kann?
Die Hannover-Messe ist erst später. Ende März müssten alle da sein.
Und wenn einer nicht da ist, ist uns das auch egal. Die werden schon jemand haben, der sie vertritt.
Und wenn sie sagen: „Das geht nicht."?
Dann wird notfalls verschoben, aber dann haben wir in jedem Fall noch für das erste Quartal angesetzt. Ich will ja auch, dass wir vier Betriebsversammlungen im Jahr machen.
Aber ihr müsst die wichtigen Dinge in den Mittelpunkt stellen. Das erwarten ja auch die Leute von euch.
Wem sagst du das? Aber ich weiß noch nicht, wie wir den Leuten verklickern sollen, dass wir gar nicht viel machen können.
Du musst in jedem Fall erst mal die Sache klarstellen und die Geschäftsleitung auffordern, die Abgruppierung rückgängig zu machen ....
Du weißt doch genau, was da kommt: Kostendruck und all der Kram.
Ihr habt doch Informationen über die Verwendung des Betriebsergebnisses?
Haben wir gerade nicht, du Greenhorn. Meinst du, die geben uns die wirklichen Zahlen? Bis jetzt haben wir sogar noch überhaupt keine Zahlen. Aber unser Essen wird kalt, lass es dir schmecken.

Ein bisschen sauer war ich schon, dass ich auf einmal wieder ein Greenhorn war. Vielleicht war es auch nicht so gemeint, aber offensichtlich kommt der Betriebsrat nicht wirklich voran. Ich glaube, Ali hat Recht. Im Mittelpunkt stehen immer noch die „eigenen Sorgen", die Belegschaft hat noch nichts von dem Betriebsrat – und wird es vielleicht nie haben.

23.3.
Gestern in Sachsenhausen floss relativ wenig Alkohol. Vielleicht lag es daran, dass dieses Mal Harald nicht dabei war, sehr ungewöhnlich für ihn, aber er hatte wohl Besuch von der Tochter, die bei der Mutter wohnt. Vielleicht lag die ernstere Stimmung auch an der Anspannung vor der Betriebsversammlung. Am Mittwoch wurde der Termin der Geschäftsleitung mitgeteilt, also gerade mal eine Woche vor dem Neunundzwanzigsten. Koch hat versucht, sich unwissend zu stellen, aber er muss ja von Frau Moser längst über die Planung der Betriebsversammlung Bescheid gewusst haben. Und der Termin kann ihn auch nicht so gewaltig überrascht haben. Seltsamerweise hat er nicht versucht, den Termin rauszuschieben, von wegen Verhinderung aller Geschäftsführer. Zur Anwesenheit des Chefs auf der Betriebsversammlung konnte er nichts sagen. Er verfüge auch nicht über dessen Terminkalender und er wolle sich auch nicht danach erkundigen. Wenn wir, das heißt, der Betriebsrat, das wissen wollten, müssten wir ihn selbst fragen.

Dieses Mal war unser Treffen recht geschäftsmäßig. Uwe übernahm die Berichterstattung und Petra nahm nur geordnete Wortmeldungen entgegen, was normalerweise nicht nötig gewesen wäre, denn wir waren nur zu siebt. Petra erklärte dies zu Anfang so, dass wir uns „in geordnetem Sitzungsverhalten üben müssen". So, wie das die beiden letzten Male auf der Betriebsratssitzung gelaufen sei, könne es nicht weitergehen.

Aus dem Bericht von Uwe ging schon mal klar hervor, dass die unwichtigeren Dinge nach hinten verschoben werden sollen. Am Anfang sollte auf jeden Fall der Punkt Abgruppierung stehen.

Wollt ihr nicht am Anfang die Ehrung der Verstorbenen vornehmen?
Ehrung der Verstorbenen?
Ich kenne das so aus meinem alten Betrieb. Da wurde am Anfang immer der im letzten Quartal Verstorbenen gedacht. Der Betriebsrat fordert alle auf, sich von ihren Plätzen zu erheben und liest die Namen und den Todestag der Verstorbenen vor. Ich finde es sogar besser, wenn man zu den Verstorbenen noch ein paar Worte verliert, aber das geht nicht immer, weil manche ja schon lange weg sind und ihr sie kaum noch kennt oder gar nicht gekannt habt.

Wir haben doch gar nicht die Namen ...
Das muss euch doch die Personalabteilung auf Anfrage mitteilen.
Und woher hat die Personalabteilung die Namen?
So viel ich weiß, ist doch bei euch die Betriebsrente erst vor zehn Jahren „geschlossen" worden. Das heißt, fast alle Rentner haben doch ...
Und Rentnerinnen!
Gut, also praktisch alle Rentner und Rentnerinnen müssen doch Betriebsrente beziehen. Folglich bekommt der Betrieb es doch automatisch mit, wenn von denen jemand stirbt.
Das stimmt natürlich.

Auch wenn es also keine objektiven Hindernisse zur Umsetzung meines Vorschlags gab: Ich hatte eine vollkommen unerwartete Störung in die Besprechung eingebracht. Die Diskussion drehte sich mehr als eine halbe Stunde lang nur darum, ob die Leute das gut finden oder nicht, ob die Personalabteilung die Daten rausrückt, wie weit zurück wir das beim ersten Mal überhaupt machen können oder sollen .... Schließlich waren aber doch (fast) alle davon überzeugt, dass es dem Betriebsrat und der Betriebsversammlung einen etwas „offizielleren" Anstrich gibt, was uns in der ungesicherten Existenz des Betriebsrats erst mal nur nutzen kann. Petra zog die Leinen an und stellte sicher, dass wir endlich zu den wesentlichen Punkten zurückkamen.

Wir einigten uns darauf, erst mal anzuhören, wie Uwe sich seine Rede vorgestellt hat. Er hatte sie handschriftlich aufgesetzt und tat fast zehn Minuten lang so, als wären wir die Belegschaft auf der Betriebsversammlung. Seine Darstellung wurde von allen begrüßt, Heike war richtig happy. Nur die Einteilung, wann der Gewerkschaftssekretär sprechen würde, war völlig umstritten. Jeder hatte eine andere Idee: direkt nach dem Punkt Abgruppierung oder am Ende von Uwes Rede oder nach der Stellungnahme der Geschäftsleitung .... Volker plädierte dafür, den Gewerkschaftsvertreter erst unter Verschiedenes zu Wort kommen zu lassen. Er meinte, die Leute empfänden einen Außenstehenden als „Einmischung", als einen Gast, der zwar zuhören darf, der aber nicht die großen Reden schwingen soll.

Petra: *Dem Volker kann ich überhaupt nicht zustimmen. Im Ortsfrauenausschuss berichten die Kolleginnen immer von ihren Betriebsversammlungen und da ist fast immer ein Gewerkschaftssekretär dabei. Und der redet immer, grundsätzlich. Ich habe noch nie gehört, dass der nicht reden durfte oder dass die Leute ihn nicht hören wollten.*

Volker: *Aber bei uns ist das was anderes. Hier sind es die Leute nicht gewöhnt ....*

Uwe: *Papperlapapp! Es geht doch nicht darum, ob sie es gewöhnt sind. Es geht darum, ob sie es gut finden, was er zu sagen hat. Wir brauchen in jedem Fall seine Unterstützung und ich plädiere ganz klar dafür, dass er nicht erst am Ende unter Verschiedenes spricht.*
Petra: *Das kommt in keinem Fall in Frage ....*
Volker: *Der ist aber doch ein Betriebsfremder ....*
Uwe: *Du sprichst ja schon wie die Moser ...*
Das ist ja eine Unverschämtheit!
Petra: *Beruhigt euch doch mal.*
Uwe: *Also gut, nicht wie die Moser, aber doch viel zu ängstlich. Dazu haben wir keine Veranlassung ....*
Hört!Hört! kam es von Ali. *Erinnert euch doch nur mal daran, wie der Sascha bei unsrem kleinen Warnstreik vor dem Werkstor gesprochen hat und die Leute haben aufmerksam zugehört und auch geklatscht.*
Volker: *Das war was anderes, da ging es um die Abgruppierung ....*
Geht es doch jetzt auch!
...jedenfalls wussten die ja nicht, wer sie da draußen erwartet.
Das wissen sie ja jetzt auch nicht. Wir sollten nicht zu ängstlich sein und vor allem die Leute auch nicht für dumm halten oder zu unreif, selbst zu entscheiden, ob sie dann das Gehörte gut finden. Die sind doch nicht von vornherein dagegen, dass jemand von der Gewerkschaft spricht.
Die Moser schon!
Die ist aber nicht repräsentativ.
Petra zog einen Schlussstrich und übergab die Klärung der Reihenfolge dem Vorbereitungsgespräch, das Uwe am Anfang der kommenden Woche mit dem ersten Bevollmächtigten der IG Metall-Verwaltungsstelle haben wird. Vielleicht kommt der sogar selbst, hat er dem Betriebsrat mitgeteilt. Eine Beteiligung der IG Metall an der Betriebsversammlung hat er jedenfalls verbindlich zugesagt.

Anschließend ging es um die Anordnung der übrigen Punkte, die noch zweimal in ihrer Reihenfolge umgestoßen wurden, aber ich hielt das für völlig zweitrangig. Uneinig war man sich aber wieder in der Frage, wie die Geschäftsleitung zu Wort kommen wird. Ich berichtete von meiner Erfahrung, dass die Geschäftsleitung sich an den Ablaufplan halten muss.
Dein Wort in Gottes Gehörgang.
Der letzte Punkt war die Ankündigung am Schwarzen Brett. Klar war zwar, dass der Aushang am Montag raus muss, was drauf sollte, war wieder völlig umstritten. Ich schlug vor:
Könnt ihr das nicht im Betriebsrat bereden?
Nein, die nächste Sitzung ist erst am Mittwoch, das ist einen Tag vor der Betriebsversammlung, das ist zu spät.

Na gut, dann schreibt doch einfach: *Tätigkeitsbericht des Betriebsrats, Stellungnahme der Geschäftsleitung und die freie Aussprache.*
Und der Gewerkschaftssekretär?
Das müssen wir doch nicht ankündigen. Das hat der Betriebsrat in meinem alten Betrieb auch nie gemacht.
Müssen wir denn nicht die einzelnen Punkte auflisten, die wir vortragen?
Nein, warum denn? *Nur, damit sich die Geschäftsleitung besser vorbereiten kann?*
Aber die wollen doch wissen, was dran kommt.
Die wissen doch selbst, was sie verbrochen haben!
Da hast du allerdings Recht.
Volker, der eine Zeit lang geschwiegen hatte, meldete sich wieder zu Wort: *Aber die Leute wollen sich doch auch ein bisschen vorbereiten.*
Uwe: *Das kannst du bei unseren Leuten vergessen. Ich bin froh, wenn die überhaupt auf die Versammlung kommen. So desinteressiert, wie die an unsrer Arbeit sind.*
Petra: *Na komm, jetzt mach' die Leute nicht so schlecht. Mal' nicht so schwarz.*
Ali: *Dass die Leute von der Betriebsratsarbeit nicht viel halten oder noch nicht viel halten, ist doch erst mal nicht verwunderlich. Bisher haben sie doch auch noch keine Ergebnisse gesehen. Bisher ist der Betriebsrat doch nur mit sich selbst beschäftigt...*
Das ist eine Unverschämtheit, meinte Heike.
Das ist kein Angriff auf euch, aber das ist bis jetzt die Bilanz. Leider!
Petra: *Der Ali hat schon irgendwo Recht. Das wird sich aber hoffentlich bald mal ändern. Die Geschäftsleitung hat ja jetzt auf unsere ultimative Forderung nach unverzüglicher Bereitstellung der Büroeinrichtung erste Schritte unternommen: Der PC ist jetzt da ....*
Aber noch nicht eingerichtet und noch nicht an's Internet angeschlossen.
Das kommt sicherlich. Am Montag soll das Faxgerät kommen. Sie halten uns zwar immer noch hin, aber sie bringen jetzt gerade so viel, dass wir bei einem Gerichtsverfahren keine großen Argumente mehr hätten ....
Ja eben, sie halten uns hin! rief Heike, und die anderen stimmten zu. Irgendwie war die Stimmung jetzt nicht mehr so gut wie am Anfang unsres Kneipentreffs. Es gab erkennbar Spannungen, mindestens zwischen Volker und Heike, und zwischen Uwe und Petra, und ein bisschen zwischen Ali und den meisten anderen. Kein sehr gutes Zeichen für die letzten Vorbereitungen zur Betriebsversammlung. Besser ich erzähle Claudia nichts davon. Sie regt sich bei solchen Sachen viel zu sehr auf und will mich nur wieder davon abhalten, künftig freitags nach Sachsenhausen zu fahren. Dabei mache ich es ja im Schnitt höchstens zweimal im Monat. Allerdings wird's an solchen Abenden

jeweils recht spät und sie ist dann schon im Bett. Das heißt, sie geht schon gleich in ihr Zweitbett in ihrem Arbeitszimmer. Am Morgen ist sie ja meistens wieder versöhnt, denn ich gehe ja – wie heute früh auch – jeden Samstagmorgen Brötchen holen und koche Cappuccino.

29.3.

Der Ablauf der Betriebsversammlung war doch etwas anders, als die meisten von uns gedacht hatten. Die Aufregung fing schon am frühen Morgen an. Maik hatte entdeckt, dass die Aushänge zur Betriebsversammlung an den vier Schwarzen Brettern (in den fünf Gebäuden auf dem Werksgelände) alle entfernt waren. Er ging zur Zentrale und überrumpelte Frau Reininger, indem er ganz unschuldig fragte, wie denn die Sprechanlage funktioniert. Es war recht einfach (Hebel nach oben und einfach reinsprechen). Dann schob er sich an ihr vorbei, schaltete das Gerät ein und verkündete über die Lautsprecheranlage: „Achtung, eine Durchsage: Um neun Uhr fünfzehn findet die Betriebsversammlung in der Kantine statt. Vielen Dank." Wir schreckten alle auf, jedenfalls die Leute in und um den Betriebsrat herum. War das erlaubt? Welche Folgen würde das haben? Die anderen, die keine Betriebsratsmitglieder sind, dachten sich gar nichts dabei und gingen wie selbstverständlich davon aus, dass das seine Richtigkeit hat, das heißt: mit der Geschäftsleitung abgesprochen ist.

Dass dem nicht so war, haben zumindest die Kollegen im Versand schon wenige Minuten später mitbekommen, als Koch dort reingestürzt kam und Maik zur Schnecke machen wollte. Der blieb aber recht cool, wie Jochen vom Versand nachher erzählte. Koch war auf hundertachtzig. Wer denn dem Herrn Schubert erlaubt habe, sich solche Kompetenzen anzueignen? Ob er nicht mehr bereit sei, das Direktionsrecht der Geschäftsleitung anzuerkennen? (Das ist wohl Kochs Lieblingswort.) Maik kam am Anfang gar nicht zu Wort. Koch muss dabei immer lauter geworden sein und gedroht haben, dass er sich arbeitsrechtliche Konsequenzen vorbehalte, wenn Herr Schubert sich noch einmal anmaße, Mitarbeiter von ihrem Arbeitsplatz zu verdrängen. Maiks Antwort, dass er niemanden verdrängt habe, sondern nur auf das Abhängen des Betriebsratsaushangs reagiert habe, beantwortete Koch mit „Sie haben Frau Reininger beiseite geschubst. Handgreiflichkeiten werde ich künftig zur Strafanzeige bringen", drehte sich um und ging. Richtigstellungen oder Argumentationen interessierten ihn natürlich nicht. So kennen wir ihn ja.

Maik gestand mir nachher, noch vor der Betriebsversammlung, dass ihm beim Anblick vom tobenden Koch die Knie doch ganz schön ge-

schlottert haben, aber er hat sich, wie er hoffte, nichts anmerken lassen.
Jedenfalls hab' ich es versucht. Zu Wort kommst du bei dem sowieso kaum beziehungsweise gar nicht.
Die Versammlung selbst fing planmäßig an. Uwe bat alle Anwesenden, sich zu erheben und las die Namen von zwei ehemaligen Kollegen vor, die im Januar verstorben waren. Nähere Ausführungen machte er nicht, ich nehme an, weil er sie selbst kaum gekannt hatte. Erst als sich alle wieder setzten, nahm Mühleisen den Gewerkschaftssekretär vom IG Metallbezirk wahr und beugte sich zu Koch rüber und wollte schon zur Unterbrechung oder zur Störung ansetzen. Koch winkte ab und Uwe erklärte uns später, dass sich Klaus Willer vom Bezirk beim Betreten des Gebäudes der Geschäftsleitung angekündigt und kurz vorgestellt hatte. Koch hatte darauf bestanden, ihn selbst zu sehen, bevor er in die Kantine geführt wird, aber Willer hatte ihm nur sein Kärtchen gegeben und sich nicht weiter in ein Gespräch verwickeln lassen. Gut so!
Die Begrüßung der Belegschaft und der Geschäftsleitung war kurz. Als Gast wurde kurz Klaus Willer vorgestellt, der sich kurz erhob und wieder setzte. Die allgemeine Vorstellung des Betriebsrats durch Uwe fand ich gut. Er las die Namen alphabetisch vor, die Kollegen erhoben sich kurz und Uwe fügte bei Maik, Petra und ihm selbst die jeweilige Funktion im Betriebsrat hinzu. Seine Erklärung
Ich hoffe auf eine allgemeine gute Zusammenarbeit, auch mit der Geschäftsleitung wurde allerdings mit geteiltem Echo aufgenommen. Seltsamerweise kam aus dem Eck der Schneckengetriebe das größte Gebrummel. Die Worte waren nicht zu verstehen. Dafür aber um so deutlicher der Zwischenruf von Mühleisen:
Da müssen sie sich aber noch ganz schön anstrengen! was immer wir uns darunter vorstellen sollten. Das wäre noch nicht so schlimm gewesen, wenn nicht sofort danach Koch, ohne dass ihm das Wort erteilt worden wäre, angesetzt hätte.
Sie wissen doch, dass Sie überhaupt nicht rechtmäßig im Amt sind. Das Verfahren vor dem Arbeitsgericht ist erst im Mai. Wieso setzen Sie überhaupt eine Betriebsversammlung an? So was kostet nur Zeit und Geld. Wollen Sie für den entstandenen Schaden aufkommen?...
Erst bei diesem letzten Satz kam Unruhe in der Belegschaft auf, die sofort in mindestens zwei Lager gespalten war. Die einen machten auf mich einen verunsicherten Eindruck, so, als wüssten sie plötzlich nicht, ob sie überhaupt zurecht da sitzen durften. Allergrößte Zweifel durften sie eigentlich nicht haben, denn sonst hätten ja die Meister und die Geschäftsleitung ihnen den Zutritt verwehrt. Andere in der

Belegschaft schienen leicht entrüstet, manche schüttelten den Kopf, die große Mehrheit ließ sich nichts anmerken. Zum Glück ließ Uwe an dieser Stelle schon mal – unplanmäßig – Klaus Willer zu Wort kommen.

Sehr geehrter Herr Koch, liebe Kolleginnen und Kollegen. Ich möchte gerne zu diesem Punkt zwei Dinge klarstellen. Im Verfahren um eine einstweilige Verfügung, das die Geschäftsleitung angestrengt hat, ist der Betriebsrat in seinem Amt bestätigt worden. Auch in dem nächsten Verfahren, in dem es um die Berechtigung des Betriebsrats ging, sich für seine Aufgaben entsprechend zu schulen, so wie das Gesetz es vorsieht, hat das Arbeitsgericht dem Betriebsrat uneingeschränkt Recht gegeben und deutlich gemacht, dass es nicht in Kürze ein neues Verfahren wünscht, in dem es über die Sachmittel entscheiden soll, die dem Betriebsrat zustehen. Dieses Recht steht laut Arbeitsgericht völlig außer Zweifel. Wie viel Bestätigung will die Geschäftsleitung überhaupt noch bekommen, dass dieser Betriebsrat rechtmäßig gewählt ist und rechtmäßig im Amt ist?

Genau! rief einer aus der Belegschaft. Schwer festzustellen, wer das war.

Ja, ich muss hinzufügen: Liebe Kolleginnen und Kollegen, das Infragestellen der Rechtmäßigkeit dieses Betriebsrats ist eine scharfe Missachtung eurer demokratischen Rechte, denn ihr habt diesen Betriebsrat gewählt und jetzt will die Geschäftsleitung eure Stimmen in die Tonne treten ....

Stimmt! und *Genau!* kam es von mehreren Stellen aus der Belegschaft, am lautesten aus dem Eck, aus dem vorher schon mal gerufen worden war. Jetzt hakte Koch ein: *Es geht hier nicht um die Rechte der Belegschaft, sondern um die Zeit- und Geldverschwendung, die die Herren da vorne ....* Aber da war Klaus gewappnet.

Herr Koch. Zügeln Sie Ihre Worte. Erstens sind das nicht die Herren da vorne, sondern es ist der gewählte Betriebsrat, der dem Gesetz entsprechend die erste Betriebsversammlung einberufen hat. Das ist nicht in das Belieben des Betriebsrats gestellt. Diese Aufgabe ist ihm vom Gesetz her auferlegt.

Hier horchten einige Kolleginnen und Kollegen erkennbar auf, und als Klaus das merkte, fügte er hinzu:

In § 43 Betriebsverfassungsgesetz heißt es: Der Betriebsrat hat in jedem Quartal eine Betriebsversammlung einzuberufen, also „muss", nicht „darf"!

Nach der Kunstpause, mit er das erst mal sacken ließ (er ist wirklich ein Profi!), fuhr er fort:

Zweitens besteht der Betriebsrat nicht nur aus „Herren", wie Sie sich ausdrücken, sondern auch aus sehr engagierten Kolleginnen.

Genau! kam es jetzt von Heike. Kopfnicken von einigen aus der Belegschaft.

Und außerdem möchte ich Sie bitten, nicht ständig zu unterbrechen (geteiltes Echo in der Belegschaft, anscheinend halten einige zu Koch). *Bitte halten Sie es so, wie die Geschäftsleitungen in anderen Betrieben es auch halten, dass Sie jeweils denjenigen oder diejenige, der oder die gerade das Wort hat, nicht unterbrechen.* (Kopfschütteln bei Koch) *Ich wollte noch was Anderes klarstellen. Sie betonen so gerne, dass man unnötige Kosten vermeiden sollte. Den besten Beitrag dazu hätten Sie leisten können, indem Sie nicht die überflüssigen Verfahren beim Arbeitsgericht eingeleitet oder verursacht hätten.*
Genau! rief jetzt Harald ganz laut, andere nickten.
Sie mussten doch wissen, dass Sie damit keine Chancen haben. Und wenn Sie jetzt noch was zur Kosteneinsparung beitragen wollen, ziehen Sie Ihren Antrag für das Verfahren im Mai zurück!
Das könnte Ihnen so passen!, kam es jetzt von Mühleisen, der sich auch mal wieder hervortun wollte. Klaus gab Uwe ein Zeichen und setzte sich wieder. Uwe ging endlich an seinen Tätigkeitsbericht. Ins Zentrum setzte er die Abgruppierung, aber er kam nicht weit mit der Erläuterung, was dies für die einzelnen Kolleginnen und Kollegen bedeutet. Sofort kam Koch wieder, ohne dass er das Wort erteilt bekommen hätte:
Wir wollen doch alle, dass wir auch noch morgen unsre Getriebe verkaufen können. Wir würden Ihnen ja gerne alle mehr bezahlen, aber der Kostendruck erlaubt es einfach nicht. Sie wollen doch auch nicht, dass wir in Kürze pleite gehen ....
Höchstens pleite wege' eure dicke Autos! kam es aus dem hintersten Eck und wurde mit allgemeiner Heiterkeit quittiert. Der Ruf war schon wieder aus demselben Eck wie am Anfang der Versammlung gekommen. Ich saß vorne auf der Seite und konnte es keinem Kollegen zuordnen, aber Mut hatte derjenige in jedem Fall. Er muss doch damit rechnen, dass sein Meister ihn an der Stimme erkennt. Von vorne erkennbar nickten zwar nur einige, aber selbst das fand ich schon mutig. Das passte auch gar nicht in das Bild, das ich sonst so von den meisten hatte, bisher jedenfalls. Die Wut muss doch größer sein, als ich angenommen hatte. Wobei: Die Frauen, die öfter in der Mittagspause zur Fenstergruppe kamen, waren ja auch nicht gerade ruhig geblieben. Aber erfahrungsgemäß machen die Kolleginnen und Kollegen bei einer Betriebsversammlung fast nie den Mund auf. Da haben sie doch meistens viel zu viel Schiss. Denn der Meister (oder sonstige Vorgesetzte) hat doch viel Macht, nicht nur, was die Zuteilung unterschiedlicher Arbeiten angeht. So kenne ich es jedenfalls aus meinem alten Betrieb und hier ist es ja offensichtlich auch nicht anders.

Uwe tat so, als habe er den Zwischenruf nicht gehört. Er wiederholte jetzt die Worte von Klaus, dass es ganz schön wäre, wenn die Geschäftsleitung den jeweils Vortragenden nicht unterbrechen würde.

Herr Koch, wenn Sie weiterhin unterbrechen, dauert alles nur noch länger. Das kann nicht in Ihrem Sinne sein.
Reden Sie nicht so lange, kommen Sie zum Schluss!
Je weniger Sie mich unterbrechen, desto schneller kommen wir zur Sache. Ich muss ja darstellen können, welche Folgen Ihre Abgruppierungspolitik hat.
Koch: *Unverschämtheit!*
Wir haben es mal überschlagen und kommen bei den betroffenen Kolleginnen und Kollegen auf einen durchschnittlichen Nettoverlust von dreihundertzwanzig Euro jeden Monat. Bei einigen ....
Wir haben eine gerechte Neubewertung vorgenommen. Sie müssen natürlich auch mal dagegenrechnen, was wir für diejenigen mehr bezahlen, die höher gestuft wurden.
Herr Koch, da kommen wir schon zum nächsten interessanten Thema. Wie der Betriebsrat gerade gelernt hat, haben wir ja einen Anspruch auf Einsichtnahme in die Lohn- und Gehaltsliste.
Das könnte Ihnen so passen.
Wie bitte? rief jetzt Klaus Willer.
Nicht so lange der Betriebsrat nicht rechtmäßig im Amt ist.
Uwe übergab Klaus das Wort: *Herr Koch, Sie wissen doch ganz genau, dass Sie es sich nicht aussuchen können, ob Sie dem Betriebsrat die ihm zustehenden Rechte einräumen oder nicht. Damit wir uns also nicht falsch verstehen und Sie nicht morgen überrascht sind: Ich werde in der anschließenden Betriebsratssitzung dem Betriebsrat empfehlen, unverzüglich einen Rechtsanwalt einzuschalten, der den Betriebsrat bei der Durchsetzung seiner Interessen unterstützt und dazu ein entsprechendes Beschlussverfahren einleitet, damit er die ihm zustehenden Informationen bekommt.*
Das ist alles, was Sie von der Gewerkschaft können! Die Leute aufhetzen und Kosten verursachen. Ohne Sie hätten wir heute Morgen problemlos zweihundert Getriebe montiert und könnten pünktlich ausliefern. Wenn wir Sie nicht hätten, würden wir auch nicht riskieren, dass Konventionalstrafen ausgesprochen werden ....
Herr Koch, unterbrach ihn jetzt Uwe. *Sie wollen den Leuten nur Angst einjagen, aber Ihre Hausaufgaben machen Sie nicht. Sie sollten sich um neue Aufträge kümmern und nicht auf der Gewerkschaft rumhacken und gleichzeitig den Leuten das Einkommen kürzen ....*
Herr Meisner, wenn Sie sich so um Ihre Arbeit kümmern würden, wie ich mich um meine kümmere, dann wären wir schon längst weiter. Statt-

dessen treiben Sie sich in der Weltgeschichte rum und machen sich ein paar schöne Tage in Nordhessen ....
Jetzt reicht es aber, fuhr jetzt Petra dazwischen. So energisch kann sie sein! *Herr Koch, können wir uns darauf verständigen, dass der Kollege Meisner jetzt endlich mal seinen Tätigkeitsbericht fertig macht?* Keine Reaktion von Seiten der Geschäftsleitung. *Können wir uns darauf verständigen? Ich wollte von Ihnen wissen, Herr Koch, ob wir uns darauf verständigen können. Am besten so, dass wir uns nicht gegenseitig unterbrechen.* Das war geschickt gemacht, aber von der Geschäftsleitung kam immer noch keine Reaktion. Deren Kalkül war bisher nur zum Teil aufgegangen. Bei der Behauptung „Rumtreiben in der Weltgeschichte" hatte es einige Verwunderung bei Teilen der Belegschaft gegeben (fragende Gesichter und Nachfragen bei den jeweiligen Nachbarn). Die meisten verstanden in dem Moment natürlich nicht, worauf angespielt wurde. Die meisten blieben sehr still und warteten gespannt ab. Alle Köpfe des Betriebsrats waren vom Podium aus zum Tisch der Geschäftsleitung – Koch, Mühleisen, Getzschmann und Salewski – gerichtet. Uwe hielt einfach inne und wartete richtig ab. Das fand ich stark. Jetzt drehten sich auch immer mehr Köpfe aus der Belegschaft zum Tisch der Geschäftsleitung. Die Spannung war zum Knistern. Koch muss es gewurmt haben, aber er konnte nicht einfach „ja" sagen. Er versuchte natürlich, noch eins draufzusetzen:
Hauptsache, Sie fassen sich kurz.
Das werden wir in der gebotenen Kürze tun, aber den Bericht will ich schon zu Ende halten. Darauf haben die Kollegen ein Recht.
Die Kolleginnen auch! kam es von Heike und Petra gemeinsam. Der Saal lachte. Die Stimmung wurde etwas gelöster. Uwe trug die anderen Punkte vor: Das schlechte Putzen der Sozialräume seit der Vergabe dieser Arbeiten an den Hausmeisterservice Schammerl; zu heißes Essen beim Mittagstisch („Wir haben das schon mehrmals angemahnt, aber immer noch wird der Konvektomat zu heiß eingestellt, wahrscheinlich auf über 160 Grad Celcius"); Gestank in der Lackiererei. Hier hakte auf einmal Urbahn ein, natürlich ohne sich vorher zu melden:
Wir sind doch hier nicht in einem Sanatorium! In jeder Lackiererei gibt es Dämpfe. Das lässt sich doch gar nicht vermeiden. Wollen Sie denn die Getriebe roh ausliefern. Allgemeines Gelächter über das Wort „roh". Er korrigierte sich: *Unlackiert! Wollen Sie das?*
Darum geht es nicht. Es geht um eine bessere Absaugung. Die Rohre sind zugesetzt, der Ventilator ist zu schwach. Da muss einfach mal mehr investiert werden.

Mühleisen: *Ich habe mir die Lackiererei angeschaut. Das sind keine unzumutbaren Arbeitsbedingungen. Das Geld für neue Investitionen muss erst mal verdient werden.*

Das steckt doch in euren Staatskarossen! kam es wieder von hinten. Wer hatte nur so viel Mut? Das war ein einzelner. Mühleisen tat so, als habe er es nicht gehört. Er beschwerte sich nur noch über die Materialverschwendung, die bei der Handhabung der Fette eintrete. Hier könne sowohl Geld gespart werden als auch die Waschanlage entlastet werden und zu guter Letzt auch die Luft verbessert werden. Das wurde mit erkennbarer Skepsis aufgenommen, aber Mühleisen hatte mal einen Punkt gemacht. Ob Koch davon groß beeindruckt war, weiß ich nicht.

Uwe sprach die Überstunden von Mayer und Schneider nicht an. Das hätte mich ja schon interessiert, wie die Geschäftsleitung darauf reagiert. Wie Wolli mir später erklärte, hatte Klaus Willer davon abgeraten. Da müssten mehr Fakten geklärt werden. Der Betriebsrat müsse erst mal von der Geschäftsleitung genaue Zahlen anfordern und auf Einhaltung der Arbeitszeitbestimmungen drängen, bevor einzelne Kollegen vor versammelter Mannschaft in die Pfanne gehauen werden. Ich bezweifle, dass man bei Schneider und Mayer von „Kollegen" sprechen kann, aber das ist im Moment ja nicht unsere wichtigste Baustelle.

Es war schon eine dreiviertel Stunde rum, als Klaus endlich das Wort bekam. Wieder fuhr Koch dazwischen, aber Klaus unterbracht ihn ganz ruhig:

Herr Koch, wenn ich mich nicht irre, hat der Betriebsratsvorsitzende, der ja bekanntlich diese Versammlung leitet, gerade eben mir das Wort erteilt. Wenn Sie sich melden, werden Sie selbstverständlich auch das Wort erhalten. Niemand wird Sie unterbrechen, aber haben Sie einfach mal so viel Anstand, dass Sie auch andere nicht unterbrechen. Danke schön! (Recht geschickt!)

Liebe Kolleginnen und Kollegen, die Neubewertung eurer Arbeiten und die darauf erfolgte neue Eingruppierung ist im Prinzip nichts vollkommen Ungewöhnliches.

Eben! rief Mühleisen dazwischen. Klaus blieb ruhig und beachtete ihn gar nicht.

Wir haben das mit der Einführung von ERA, also dem neuen Entgeltrahmenabkommen, das die IG Metall mit Hessenmetall abgeschlossen hat, sogar flächendeckend gemacht. Aber da gibt es doch zwei ganz wesentliche Unterschiede zu dem, was bei euch im Betrieb gelaufen ist. Erstens haben wir tariflich abgesichert, dass keiner Geld verlieren wird, auch diejenigen nicht, die nach dem neuen Kriterienkatalog etwas schlechter abschneiden. Sie bekommen eine Ausgleichszahlung, die nur zum Teil und nur langsam mit späteren Tariferhöhungen verrechnet wird. Keiner verliert also Geld. Und zweitens ist tariflich geregelt, dass die Gesamtsumme der Löhne und Gehälter, es gibt ja dann nur noch Entgelte, in dem jeweiligen Betrieb nicht niedriger sein darf als vorher. Die Umstellung kann also nicht zur Lohneinsparung genutzt werden. Sie erfolgt lediglich deshalb, weil wir die Lohn- und Gehaltstabellen den heutigen Berufsbildern anpassen mussten und wir dabei berücksichtigen, dass es nicht nur auf das früher mal Gelernte ankommt, sondern auf das, was sich die Kolleginnen und Kollegen zusätzlich an ihrem Arbeitsplatz angeeignet haben. So haben auch KollegInnen ohne Berufsausbildung ihre Chance, das anerkannt zu bekommen, was sie inzwischen an Kenntnissen und Fertigkeiten einsetzen.

Nichts anderes haben wir gemacht, behauptete wieder Mühleisen.

Na, gerade nicht, warf Uwe ein. *Wir haben doch gesehen, dass fast alle deutlich abgruppiert wurden. Die wenigen, die besser abschneiden, sind doch für die anderen kein Trost.*

Genau!

Richtisch! kam es aus verschiedenen Ecken. In diesem Moment kam der Chef rein, alle drehten sich um, es wurde mucksmäuschenstill. Aber der Chef wartete nicht lange, sondern legte – an Klaus Willer gewandt – sofort los:

In der Montagehalle warten die Aufträge. Statt dass Sie sich hier über ERA und sonstige betriebsfremde Dinge auslassen, sollten Sie uns arbeiten lassen. Wir haben dringende Aufträge im Haus. Die werden nicht von allein erledigt. Wenn wir kein Geld verdienen, können die Mitarbeiter auch nichts nach Hause bringen. Bleiben Sie bei Ihren Angelegenheiten und wir bei unsren.

Damit ging er auf die andere Tür zu und hob von unten her beide Handflächen mehrmals nach oben. Nicht alle konnten das sehen, aber die meisten. Es war klar als Aufforderung zu verstehen, sich von den Sitzen zu erheben und die Versammlung zu verlassen, ohne dass er es offen aussprach oder eine Order gab. Unsre Nerven waren bis zum Zerreißen angespannt. Verschiedene Kolleginnen und Kollegen schauten sich an, aber nur Frau Heinrich, die Sekretärin der Geschäftsleitung, stand auf und folgte dem Chef zur anderen Tür hinaus. Die „Hohen Herrn" der Geschäftsleitung blieben sitzen, wahrscheinlich weil sonst niemand aufgestanden war. Sie wollten natürlich nicht die Versammlung uns allein überlassen. Klaus, der immer noch stand und einen Moment lang verdutzt war – anscheinend hat er so etwas auch noch nicht erlebt –, blieb ganz ruhig und rief dem Chef hinterher (aber der war schon zur Tür raus):

Sie können gerne an der Versammlung teilnehmen. Leider hat er nicht auf meine Antwort gewartet. Wenn ich es richtig sehe, war ich immer noch dran. Ich darf euch versichern, dass die Verhaltensweise eures Chefs schon etwas extrem ist, aber es geht hier nicht um die Verhaltensweise auf der Betriebsversammlung. Uns, der Gewerkschaft, geht es um das Prinzip. Wir wollen, dass die Beschäftigten angemessen am Betriebsergebnis beteiligt werden. Und das geschieht bestimmt nicht dadurch, dass man euch das Einkommen kürzt! Der Betriebsrat ist ja noch am Anfang seiner Tätigkeit, aber er wird sich um die nötigen Infos kümmern, die er braucht. Eines muss ich euch aber an dieser Stelle auch sagen: Der wirklich Erfolg versprechende Weg für eine Angleichung eurer Entgelte an die Bedingungen des Flächentarifvertrages ist der Kampf mindestens für einen Haustarifvertrag oder einen Anerkennungstarifvertrag. Euer Betriebsrat wird euch über die ....

Schüren Sie nicht schon wieder Unruhe. Sie sind doch ein Brandstifter, kam es von Koch.

Den Brand haben Sie doch gelegt, warf jetzt Uwe ein. Starker Beifall von einigen Kolleginnen und Kollegen aus dem hinteren Eck.

Es folgte ein weiteres Hin und Her, aber die Mienen der meisten Anwesenden wurden mit der Zeit säuerlich. Anscheinend haben sie schon in etwa verstanden, worauf Klaus hinauswollte, aber da wollen sie – zumindest mehrheitlich – überhaupt nicht hin. Ich glaube, so viel Arsch haben die meisten ja nun wirklich nicht in der Hose. Und eine Minderheit kann bekanntlich nichts durchsetzen.

Zum Glück begriff Uwe, dass die Stimmung dabei war, völlig zu kippen. Er übernahm wieder, sprach ein kurzes Schlusswort und bedankte sich für die Aufmerksamkeit. An dieser Stelle schaltete Harald. Er klopfte laut auf den Tisch, nicht wenige machten den Applaus mit, so dass der Ausklang gar nicht mal so betrüblich war, zumindest akustisch.

Wir gingen an unsre Arbeit und der Betriebsrat in seine Sitzung, zusammen mit Klaus Willer. Die Sitzung lief den ganzen Nachmittag. Mal sehen, was sie uns morgen davon erzählen werden.

APRIL

6.4. (Karfreitag)
Aus dem Erzählen am nächsten Tag wurde nichts. Ich hatte an der Fräse Crash gefahren und war sogar in der Pause damit beschäftigt, das wieder auszubügeln, damit Moser möglichst nichts davon merkt. Ich hoffe nur, dass Arschkriecher Peter ihm nichts davon erzählt. Das wäre für den Meister ein gefundenes Fressen, um auf mir rumzuhacken, obwohl Peter viel öfter Mist baut als ich. Du brauchst halt nur einmal in der Z-Achse zu wenig Sicherheitsabstand einzugeben und schon kann's krachen. Zum Glück konnten wir, Manfred und ich, die Spindel ohne Ersatzteile neu ausrichten, gerade noch rechtzeitig vor dem Wochenende.
   Am Montag drauf war Moser für zwei Tage in Urlaub. Danach fiel kein Wort über die Fräse. Es kann also gut sein, dass er nichts mehr davon erfahren hat. Aber wer weiß? Ich war jedenfalls an diesem Freitag so fertig, dass ich abends nicht nach Sachsenhausen gekonnt hätte.

Erst gestern, am Karfreitag, konnte ich wieder in der Äppelwoikneip' dazustoßen. Tagelang hatte der kleine Kreis – letztendlich die Gewerkschaftsfraktion im Betriebsrat (das sind alle außer Frau Moser) – in der Zwischenzeit darüber gestritten, wie die Betriebsversammlung zu bilanzieren war. Wolli und Maik gehörten zu den Optimistischeren, Uwe zu den sehr Skeptischen. Petra war etwas geknickt, kein Wunder, denn sie hat sich anscheinend mit ihrer Intervention auf der Betriebsversammlung eine sehr schlechte Stimmung bei ihrem Chef eingehandelt. Der muss wohl gegenüber Koch beweisen, dass er auch ein harter Hund sein kann – beziehungsweise ist – und dass auch er aufmüpfiges Verhalten, zumal auf einer Betriebsversammlung, ahndet.
   In groben Zügen hatte ich diese Bewertungen und Einschätzungen in den letzten Tagen mitbekommen. Auch dass Roland in den Senkel gestellt wurde, aber der hat das anscheinend gut weggesteckt. Anderes war neu für mich, besonders das von Markus. Die anderen wunderten sich, als ich nachfragte: „Wieso Markus?"
   Maik: *Ei, haste' denn net mitgekriegt, dass seit der Betriebsversammlung der Urbahn jeden Tag mindestens zweimal bei ihm unten ist. Der hat sich früher nie in der Lackiererei oder an der Waschanlage blicken lassen. Jetzt will er ständig das eine oder das andere vorgezogen bekommen. Die Termi-*

ne der Kunden hätten sich geändert und so weiter. Inzwischen ist der Helfer vom Markus befördert worden und soll die komplizierteren Getriebegehäuse lackieren. Das durfte sonst nur der Markus ....

Was haben die denn mit dem Markus?

Na, der hätt' halt auf der Betriebsversammlung nicht so laut dazwischenrufen dürfen.

Ach, der war das?

Roland: Ja, du kennst ihn halt noch net lang genug. Der Urbahn kennt ihn aber. Wir auch. Aber der Markus ist unverbesserlich. Der hat ja auch vor Jahren bei uns in der Halle, in der Montage, den Urbahn angemacht. Der Urbahn hat sich erst nach Wochen wieder beruhigt. Aber jetzt ist die Reaktion hammerhart. Der Urbahn wird so schnell nicht lockerlassen, dem Markus auf die Füß' zu trete'. Das muss er allein schon dem Koch gegenüber beweise'. So was wollen die Hohen Herrn net hör'n und da hat der Urbahn dafür zu sorgen, dass sich das net wiederholt.

Und der Markus ist jetzt fertig?

Volker: Nee, der nimmt das wahnsinnig gelassen. Ich hab' den Eindruck, der ist sogar ein bisschen stolz ....

Uwe: Der soll mal nicht so stolz sein! Wenn er nicht aufpasst, findet der Urbahn was, um ihm am Zeug zu flicken. Das Dumme ist, dass der Heiner jetzt die Messer wetzt ....

Der Heiner?

Uwe: Das ist der Helfer, der jetzt auf den Posten vom Markus scharf ist. Der kann das noch lange nicht alles, der hat noch viel zu viele Probleme bei schwierigen Teilen, aber der Urbahn macht ihm anscheinend Hoffnungen. Leut', wir müssen jetzt endlich mal eine richtige, eine gemeinsame Bilanz ziehen, das können wir im Betriebsrat nicht, das können wir nur hier. Und dann klären wir, welche Schlüsse wir ziehen müssen. Wie soll es jetzt weitergehen?

Volker: Du klingst immer noch geknickt. Ich fand die Versammlung nicht schlecht.

Heike: Ich auch nicht!

Offensichtlich hatte ich nur Bruchstücke ihrer bisherigen Debatten mitbekommen, so dass ich nicht in der Lage war, sinnvoll über die Schlussfolgerungen mitzudiskutieren. Deswegen drängte ich erst mal auf eine Zusammenfassung. „Möglichst etwas systematisch, wenn es geht", und schaute dabei zu Petra. Die legte auch ohne Umschweife los, offensichtlich auch im Interesse aller anderen, die wohl auch – möglichst geordnet – alles auf dem Tisch haben wollten. Und das trauen sie offensichtlich Petra am ehesten zu. Nichts gegen Uwe, aber Petra wäre von ihrer Ausgeglichenheit, ihrem Überblick und ihrer Rechtssicherheit bestimmt die bessere Betriebsratsvorsitzende. Und vor allem ist Uwe nur ein Pflichtgewerkschaftsmitglied, längst nicht so engagiert wie Petra, die auch außerhalb des Betriebs aktiv ist.

In Petras Zusammenfassung schälte sich für mich heraus, dass die Reaktionen der Kolleginnen und Kollegen offensichtlich sehr verhalten waren. Nur wenige hatten sich ausgesprochen positiv geäußert, was vor allem Uwe zwischendurch immer wieder hervorhob. Die meisten waren eher zurückhaltend in der Bewertung: Petra bilanziert folgendermaßen:

Kaum einer oder eine steht jetzt entschiedener hinter dem Betriebsrat als vorher. Aber wirklich gepunktet haben die Hohen Herrn auch nicht.

In der Zwischenzeit hat die Geschäftsleitung den Betriebsrats-PC in Gang gebracht und an's Internet angeschlossen. Das Fax funktioniert auch. Also will die Geschäftsleitung hier keine neue Baustelle vor dem Gericht riskieren. Infos zur Lohn- und Gehaltsliste gibt es immer noch nicht. Die Einsicht ist dem Betriebsrat zwar nicht offen verweigert worden, aber angeblich müssten die Listen erst erstellt werden. Aus datenschutzrechtlichen Gründen könnten nicht die Listen der Lohnbuchhaltung vorgelegt werden. Hier wird wieder auf Zeit gespielt und der Betriebsrat wird „beschäftigt", was alle Anwesenden wieder zu Zwischenrufen bewegte, aber Petra blockte konsequent ab.

Sie selbst fand es sehr traurig, dass die Kolleginnen und Kollegen aus der Dreherei so desinteressiert sind. Erstens seien von dort nur die drei Frauen vollzählig auf der Betriebsversammlung anwesend gewesen, die Männer nur zur Hälfte. Und zweitens haben sich die Befragten überhaupt nicht geäußert zu dem Ergebnis der Versammlung. Schockierend fand sie, dass die ständigen Unterbrechungen durch Koch nicht als schlimm angesehen wurden. Das fanden die Kolleginnen und Kollegen anscheinend „normal".

Das ist ja doch ein schwaches Bild, das die Dreherei da abgibt. Aber ich weiß halt immer noch nicht, ob wir von einer Kamera ausgehen müssen.

Kamera? Ich war verwundert.

Na, hast du denn nicht mitgekriegt, was der Chef da gebracht hat?

Doch. Aber, was hat das mit einer Kamera zu tun?

Der hat doch dem Klaus Willer vorgeworfen, über ERA zu faseln oder wie er sich ausgedrückt hat, aber der Chef war ja bis zu seinem Auftritt gar nicht im Saal gewesen. Wieso wusste er denn überhaupt davon, dass der Klaus von ERA gesprochen hat?

Erst mal eine gute Frage, aber ist nicht jemand zwischendurch rausgegangen, um ihm zu berichten, oder hat ihn jemand angerufen?

Uwe: *Wir sind uns alle einig, dass keiner von den Hohen Herrn angerufen hat. Keiner von denen hat das Handy gezückt. Es wäre auch aufgefallen, wenn jemand ins Handy gesprochen hätte. Wir sind uns nur nicht*

mehr sicher, wann die Heinrich rausgegangen ist und wie lange sie draußen war. Sie hat jedenfalls mittendrin mal die Kantine verlassen. Und sie ist ja auch später wieder da gewesen und ist dann mit dem Chef gemeinsam raus. Wir haben natürlich nicht verfolgt, wann sie gegangen und wann sie gekommen ist. Was geht uns schon die Chefsekretärin an? Vielleicht war sie nur mal Pipi machen. Aber das mit ERA war ja gerade mal ein, zwei Minuten vorher gefallen, bevor der Chef reinkam. Da ist es kaum möglich, dass einer rausgegangen ist, berichtet hat und .....
Und da macht ihr euch jetzt Gedanken?
Uns kann es nicht egal sein, ob die Versammlung gefilmt wird und unsre Reden illegal aufgezeichnet werden.
Sicher nicht. Aber der Chef erfährt doch sowieso alles, habt ihr immer erzählt. Der ist doch immer bestens informiert. Der hat doch, wie Uwe sagt, zig Zuträger ....
Mensch, kapierst du denn nicht. Es ist doch ein Unterschied, ob er das erzählt bekommt oder ob er direkt mitverfolgt, was da geschieht.
Ja, da habt ihr Recht. Aber verwerten kann er es nicht.
Heike: *Kann er schon. Wenn er ....*
Petra: *Er kann es natürlich nicht gerichtlich verwerten, aber es gibt ihm mehr Infos, als jeder Bericht ihm geben wird. Und er kann mit den Infos auch seine Geschäftsführer unter Druck setzen. Es fragt sich, ob die Geschäftsführer wissen, wie er zu den Infos kam. Vielleicht rätseln die genauso wie wir.*
Uwe: *Oder sie haben das mit ihm gemeinsam eingefädelt.*
Und jetzt? wollte ich wissen.
Uwe: *Ich habe den Willi angehauen. Entweder der weiß wirklich nichts oder der hält nur einfach dicht, weil er vom Chef entsprechend vergattert worden ist und ihn nicht verraten will.*
Heike: *Der Willi doch nicht. Der lässt sich für so was nicht benutzen.*
Na ja, als Betriebselektriker ist er der erste, der für den Einbau einer Kamera zuständig ist. Aber vielleicht war das dem Chef zu unsicher und er hat eine außenstehende Firma beauftragt.
Heike: *Einen Privatdetektiv.*
Ich hab' ihn jedenfalls gefragt, wo denn so was installiert wäre, wenn es denn vorhanden ist. Er meint, am ehesten in den Feuermeldern beziehungsweise in einem Scheinfeuermelder. Dort fällt es nicht auf, weil die entsprechende kleine Öffnung wie die Öffnung für einen Rauchsensor aussieht. Aber ich kann jetzt schlecht die Rauchmelder genau inspizieren. Wenn nämlich eine Kamera da ist, sieht der Chef natürlich sofort, wonach ich such'. Willi meint ja auch, dass das schon ein verdammt gutes Mikrofon sein muss, aber das Mikrofon muss noch nicht mal an der selben Stelle angebracht sein.

Roland: *Das ist wie im Krimi.*
Petra: *Nur ist das hier kein Krimi, sondern eine betriebliche Überwachung, wie es sie auch in vielen anderen Betrieben gibt. Lidl, und so weiter. Jedenfalls möglicherweise hier auch gibt...*
Volker: *Was wisst ihr denn von Überwachung? Ich hab' das drüben erlebt. Die Stasi hat uns total überwacht. Dagegen ist das hier doch die größte Freiheit.*
Uwe: *Also jetzt mal Ruhe. Ob da an dem Verdacht was dran ist, weiß ich nicht. Wir können es im Moment nicht überprüfen. Am besten ist, wenn der Chef von unsrem Verdacht nichts erfährt. Nur dann können wir vielleicht mal dahinterkommen. Ich hab' jedenfalls dem Willi eingebläut, dass er meine Fragen nicht rumerzählt. Wir haben jedenfalls nichts davon, wenn jetzt Revolvergeschichten kursieren und man uns dann vorwirft, wir setzen unbewiesene Geschichten in die Welt. Wir haben eh schon einen schlechten Stand bei der Belegschaft.*

Jetzt fängst du schon wieder damit an, regte sich Heike auf. Roland pflichtete ihr bei und Ali schloss sich dem an. Endlich kamen wir zu den Schlussfolgerungen. Wie sollte es weitergehen? Uwe hatte keine Lust mehr auf eine weitere Betriebsversammlung, die ja kalendermäßig für den Juni ansteht. Andere waren genau der entgegengesetzten Meinung. Aber keiner hatte ein Rezept, wie die Belegschaft aktiviert werden kann oder zumindest dazu gebracht werden kann, klarer hinter dem Betriebsrat zu stehen. Wenn nicht wenigstens das gelingt, ist alles andere Schall und Rauch. Für diesen Fall bräuchten wir auch gar nicht mehr von einem Haustarifvertrag oder dergleichen zu träumen. Nach einer Stunde ergebnisloser Suche nach den nächsten Schritten blieb nur der Blick auf die Gerichtsverhandlung am 10. Mai, also in einem guten Monat. Es wurde vereinbart, dass Petra und Uwe zusammen zur Gewerkschaft und danach zur Rechtsanwältin fahren, um die Verhandlung vorzubereiten. In der Betriebsratssitzung dürfen nicht alle unsre Argumente auf den Tisch, damit Frau Moser nicht zu viel ausplaudern kann.

17.4.

Die Osterferien sind rum und damit auch die acht Tage im Bayrischen Wald. Miriam ist nur sehr widerwillig mitgefahren. Ihre Eltern sind ihr einfach zu langweilig. Sie hatte leider keine ihrer Freundinnen dabei. Samira wäre gerne mitgefahren, durfte aber von den Eltern aus nicht. Wir wissen nicht, warum. Es kann sein, dass sie nicht in unsrer Schuld stehen wollen, was ich für Quatsch hielte, aber Claudia ist ziemlich sicher, dass das der Grund war. Wenigstens konnten wir den Eltern abringen, dass Samira bei unsrer nächsten Fahrt, über Fronleichnam – wenn ich den Brückentag freibekomme! – mitfahren darf.

In der Woche nach Ostern ist anscheinend nicht so viel passiert, aber gestern gab es in der Dreherei auf einmal Stunk. Viel Gemotze, ohne dass wir Näheres erfuhren. Stefan Marxer, mit dem ich von der Arbeit her ja öfter zu tun habe, meinte nur, dass sich „die Mitarbeiter" zu sehr aufregen, wenn mal eine Untersuchung gemacht wird. Es passiere doch nichts. Mich hat gestern der Begriff „Mitarbeiter" schon ganz schön aufgeregt, das ist die Sprache der Geschäftsleitung und von denen, die gerne dazugehören wollen. Dabei ist Stefan Marxer selbst doch nur ein kleiner Pimpf!

Heute wurde es klarer. Maik, der von der Warenannahme aus mehr Möglichkeiten hat, auch mit einigen Kollegen aus der Dreherei ins Gespräch zu kommen, berichtete heute in der Frühstückspause, dass dort ein neuer „Stopper" aufgetaucht ist. Dem bisherigen Beauftragten aus der Dreherei, Rosenfeld, habe die Geschäftsleitung anscheinend nicht mehr genug getraut. Der war wohl zu verständnisvoll für die Kollegen. Der Neue muss ein Beschäftigter der Unternehmensberatungsfirma sein. Worum es genau geht, konnte Maik nicht in Erfahrung bringen, aber der „Stopper" muss sich verplappert haben: *Alles steht auf dem Prüfstand.*

Die Kollegen befürchten natürlich jetzt, dass bei ihren Akkordarbeiten schlechtere Zeiten rauskommen. Dann verlieren sie natürlich Geld oder sie müssen mehr rödeln.

Ali lief ganz erregt rum: Uwe muss sich sofort einschalten. Er muss die Geschäftsleitung fragen, was es damit auf sich hat, was das Ziel ist und so weiter. Um zehn Uhr stand Uwe bei Koch auf der Matte, natürlich unangekündigt, und zum Glück hatte er Maik dabei. Koch redete sich mit „keine Zeit" raus. „Sie werden rechtzeitig informiert." Das war natürlich wieder eine Frechheit. Aber hier hat Maik gut geschaltet. Er hat einen vergleichsweise guten Draht zu Salewski. Er ging auf dem Rückweg bei ihm vorbei, tat so, als wäre nichts Besonderes und fragte ihn, was denn die Unternehmensberatung schon wieder im Haus wolle. Er denke doch, dass die eigentlich fertig sind.

Nein, nein, es werden doch alle Abteilungen im Haus untersucht. In der Dreherei wollen wir schauen, ob wir auf den Akkord verzichten können. Ich habe mit meinem Programm alle abgerechneten Akkordzeiten der letzten zwei Jahre ausgewertet. Wir haben damit festgestellt, dass zu oft Unterbrechungen sind, dass diese Zeiten eigentlich nicht akkordfähig sind.

Liegt das nicht an den unzureichenden Bearbeitungsprogrammen oder an den Bohrern, zu billigen Drehblättchen und so weiter?

Nein, das hängt doch sehr von den Mitarbeitern ab, wie sich aus der Untersuchung ergeben hat. Wir müssen überlegen, wie wir auf Stundenlohn umstellen können. Dazu brauchen wir neue Zeitaufnahmen und einen Vergleich der Zeitaufnahmen zwischen mehreren Mitarbeitern. Dann wissen wir, wo wir mit den Stundenlöhnen liegen müssen.

Maik brach das Gespräch ab. Zum Glück, sonst hätte er womöglich dem „Hohen Herrn" zu schnell verraten, dass er den Braten riecht. Natürlich geht es auch in der Dreherei um eine Einsparung von Lohnkosten. Und das müssen die Kollegen dort schon längst begriffen haben, obwohl sie sicher nicht mit Salewski gesprochen haben.

Noch bevor Maik uns in der Mittagspause informierte, hatte er bei zwei Kollegen in der Dreherei ein paar Andeutungen fallen lassen, ohne seine Quelle zu nennen. Sehr präzise durfte er nicht sein, denn sofort wäre klar geworden, dass er sich aus Salewskis Äußerungen einen bestimmten Reim gemacht und den dann gestreut hat.

Petra bestand darauf, dass der Betriebsrat sofort zusammenkommen und ein Gespräch mit Koch fordern muss. Je eher, desto besser. Die Begründung muss die Aufregung der Kollegen in der Dreherei sein, nicht das, was Salewski gesagt hat. Den sollten wir uns als Quelle behalten.

Uwe: *Der wird sich natürlich ganz schnell seinen Teil denken und sich in Zukunft bedeckt halten. Aber egal wie: Für dieses Mal war es gut, und es ist gut, dass die Kollegen in der Dreherei durch Maik schon mal etwas mehr wissen. Ich bin jedenfalls einverstanden, dass wir eine Sondersitzung machen müssen. Begründung: Koch hat uns nicht informiert. Wir brauchen ein offizielles Gespräch, so dass er sich nicht rausreden kann, wir hätten uns ja nicht angemeldet.*

Petra: *Ob angemeldet oder nicht. Er hätte ja vorher informieren müssen, bevor er schon wieder die Beratungsfirma in's Haus holt.*

Das stimmt natürlich, aber das wird sich so schnell nicht ändern. Die wollen uns doch immer dumm halten. Wir sind es jedenfalls den Kollegen in der Dreherei schuldig, dass wir jetzt ....

Volker: *Denen? Ich denk', die sind so wenig an uns interessiert.*

Des sin' doch ach Kollesche!, meinte Harald und bekam ganz ausnahmsweise sogar von Heike mal recht. Am meisten drängte Ali: *Zumindest nachfragen und nerven müssen wir sie.*

Schließlich unterstützte auch ich das Bestreben nach schneller Reaktion. Uwe vermutete, dass der Verlauf der Betriebsversammlung und das Desinteresse der Belegschaft in der Dreherei die Geschäftsleitung gerade noch ermutigt hat, jetzt auch noch dort zuzulangen.

Heike: *Jetzt ist die Betriebsversammlung schon mehr als zwei Wochen her und die lässt dir immer noch keine Ruhe. Woher weißt du denn, dass die nicht auch ohne Betriebsversammlung an die Dreherei gegangen wären?* Dem stimmten die anderen größtenteils zu. Die Mittagspause war rum. Später, als ich nach der Arbeit zum Auto ging, sagte Wolli, dass in der Dreherei sehr heftig diskutiert wird. *Die Leut' sind richtig sauer. Mal sehen, was morgen bei dem Gespräch mit der Geschäftsleitung rauskommt.*

MAI

7.5.
Natürlich erfuhr der Betriebsrat von der Geschäftsleitung nichts Brauchbares. Der neue Stopper war inzwischen mehrfach da und hat an sechs verschiedenen Maschinengruppen diverse Zeitaufnahmen gemacht. Inzwischen hat er damit aufgehört, ist aber weiterhin fast jeden Tag im Betrieb. Es wird offensichtlich intensiv beraten. Der Betriebsrat hat schon überlegt, wie er die Herausgabe von Infos erzwingen kann, was wohl schwer ist, wenn man nicht beweisen kann, dass es überhaupt „Infos" gibt. Koch redet sich die ganze Zeit nur damit raus, dass nur der aktuelle Stand angeschaut werde. Man wisse nicht, was die Ergebnisse sein werden, und erst recht nicht, ob was geändert werden soll.
Die Unruhe bei den Kollegen in der Dreherei hat sich nicht gelegt. Am unruhigsten sind die drei Frauen. Aber auch einige von den Drehern sind richtig nervös geworden, andere versuchen, mit dem Meister zu reden. Aber entweder weiß der nichts oder er hält einfach nur gut dicht.

Letzte Woche bei der Kundgebung vom Maifeiertag habe ich nur Petra, Maik und Heike gesehen. Sonst war aus der ganzen Belegschaft niemand dabei. Schwaches Bild. Dafür habe ich heute bei den Schneckengetrieben, wo ich seit Monaten wieder das erste Mal was zu tun hatte – genauer: etwas tun durfte – ein kleines Aha-Erlebnis. Zwei Frauen, die neben der Bohrvorrichtung arbeiten, sprachen mich an und fragten, wann denn die Gerichtsverhandlung sei.
Welche Gerichtsverhandlung?
Wo es um euern Betriebsrat geht.
Ach so. Na ja, das ist nicht „euer Betriebsrat", das ist unser aller Betriebsrat. Ja, das ist diese Woche am Donnerstag.
Hoffentlich setzt ihr euch durch! Der Mayer kackt nämlich inzwischen ganz schön ab.
Wieso?
Das können wir dir ein anderes Mal erzählen. Da hinten kommt er schon wieder und mit ihm der Getzschmann. Den könnt ihr auch in der Pfeife rauchen!
Später erläuterte mir Klaus, dass die Leute immer stinkiger werden, weil das Geld nicht stimmt und kein einziger Weiterbildungslehrgang genehmigt wurde. Als ich das in der Mittagspause Uwe erzählte, die

anderen standen dabei, wollte er nichts groß davon wissen. Für die könne man nichts machen, weil sie „ja den Arsch nicht hochkriegen". Da bekam er aber Zunder von Petra. Heike griff ihn scharf an und vertrat die Meinung, dass er nur deswegen jetzt nicht aktiv werde, weil es sich um Frauen handele. Uwe wurde richtig laut, aber er merkte schnell, dass keiner von den anderen zu ihm hielt.
Roland: *Du musst doch zugeben, dass die vor einem halben Jahr uns so etwas nicht erzählt hätten.*
Vielleicht war es damals ja auch nicht so schlimm bei denen.
Nee, nee. Der Mayer war schon immer ein Antreiber und der Schneider ist auch nicht besser. Aber die haben das immer alles geschluckt.
Ja, aber nur, weil sie gemeint hatten, dass es ihnen besser geht als uns. Dass sie mit ihren verdammten Schneckengetrieben was Besonderes sind. Aber inzwischen sind sie abgruppiert ....
Petra: *Da hast du ja Recht. Das ist natürlich der eigentliche Grund, weshalb die meisten Leute jetzt nicht mehr so gut auf die Hohen Herrn zu sprechen sind. Aber du musst ja auch mal anerkennen, dass sie uns, beziehungsweise Robert, vor einem halben Jahr nicht angesprochen hätten.*
Und du meinst, da hätte die Betriebsversammlung was bewegt?
Jetzt lös dich doch mal von deiner Betriebsversammlung! Wir haben sie nicht so schlecht gefunden. Aber das Entscheidende ist doch, dass wir uns um die Leute kümmern müssen. Wenn die doch eine Weiterbildung wollen und der Mayer alles abblockt, dann müssen wir uns doch wenigstens mal einschalten und nachhaken. Bei der Abgruppierung können wir nichts machen, aber ....
Eben das ist es ja. Bei der Abgruppierung können wir nix machen. Also bei der wichtigsten Sache kann der Betriebsrat grad' gar nix machen. So lang die Belegschaft sich nicht bewegt ....
Ja, ist ja schon gut. Geh' mal rüber und sprich mit den Leuten, aber auch mit dem Mayer und dem Getzschmann!
Vor der Gerichtsverhandlung bestimmt nicht. Ich muss heut' Abend schon wieder in die Stadt rein. Dieses Mal zur Rechtsanwältin. Für was andres hab' ich jetzt keinen Nerv.
Eigentlich hatte ich die Nachfrage der Kolleginnen von den Schneckengetrieben zur Gerichtsverhandlung als etwas sehr Positives empfunden. Aber wie du es drehst und wendest: Der Betriebsrat ist entweder mit zweitrangigen Fragen beschäftigt oder damit, sich selbst zu verteidigen. Und wenn du nach den Gründen für die Veränderungen des letzten halben Jahres suchst, dann stößt du letztendlich immer wieder auf das Dilemma der Abgruppierung. Die wäre nur mit einer sich bewegenden Belegschaft rückgängig zu machen. Und sie bewegt sich nun mal nicht. Das steht wohl fest.

10.5.

Es war für alle von uns klar, dass wir mit dem Ende der Kernzeit, also um vierzehn Uhr, verschwinden würden.

Petra hatte erklärt: *Glücklicherweise ist der Termin überhaupt erst um 14.00 Uhr angesetzt, so dass wir noch das meiste mitbekommen werden. Mit einer halben Stunde Fahrt müssen wir zwar rechnen, aber mindestens den Schluss, also das Wichtigste, werden wir mitbekommen.*

Wir machten zwei Autos voll: Klaus, Volker, Roland, Harald, Petra, Heike, Ali und ich. Uwe und Maik waren natürlich schon vorgefahren.

Petra: *Mit etwas Glück werden wir zehn Leute sein. Das ist nicht schlecht für einen Prozess beim Arbeitsgericht.*

Wir kamen zwar erst um zehn vor drei im Gerichtssaal an, aber Maik ließ uns wissen, dass wir, aufgrund einer Verzögerung vom Vormittag, gerade mal zehn Minuten verpasst hatten. Uwe saß vorne neben unsrer Anwältin auf der Seite der „Beklagten". Neben dem Anwalt der Gegenseite („Klägerin") saß Koch, hinter ihm Mühleisen und Salewski. Getzschmann war nicht zu sehen, dafür aber noch die Tochter des Chefs, wie mir Maik erklärte. „Wahrscheinlich als Berichterstatterin."

Der Richter beugte sich gerade nach rechts und nach links zu seinen zwei Beisitzern. Maik erklärte mir, dass es immer noch um Verfahrensfragen ging. Von der eigentlichen Sache war noch gar nicht die Rede gewesen.

Der Richter wandte sich an die „Klägerin" mit der Frage, ob die Klägerseite Ihre Argumentation zur falschen Terminierung der Wahl aufrecht erhalte und ob dies weiter „Klagegegenstand" sei. Deren Anwalt wollte nach dem eindeutigen „Ja" weitere Ausführungen machen, aber der Richter unterbrach ihn mit der Feststellung, dass das Gericht sich zu einer kurzen Beratung zurückziehe.

Das ist jetzt schon das zweite Mal, erklärte mir Maik. *Vorhin ging es um die Frage des Mandats für die Schneckengetriebe GmbH. Getzschmann ist ja nicht da. Anscheinend haben die Geschäftsführer parallele Klagen eingereicht, aber der Anwalt vom Koch war überrascht, dass der Anwalt von den Schneckengetrieben nicht da ist. Auf den Getzschmann könnte das Gericht ja gut verzichten, aber normalerweise eigentlich nicht auf den Rechtsvertreter. Unsre Anwältin wollte dies gleich für einen „Beweisantrag" nutzen – sie hat das anders genannt, aber das klang so ähnlich –, um feststellen zu lassen, dass allein die Vertretung nur durch Koch und seinen Anwalt ja schon deutlich macht, dass es sich um einen gemeinsamen Betrieb handelt und damit der wesentliche Klagepunkt ja schon erledigt ist. Aber der Richter hat das nicht akzeptiert. Jedenfalls kamen der Richter*

*und die Beisitzer aus der Beratung mit dem Ergebnis wieder rein, dass weiterverhandelt werden kann. Die Anwältin hat in der Pause erklärt: „Je nachdem, wie der Richter jetzt entscheidet, haben wir entweder die Sache schon halb gewonnen oder halb verloren."
Demnach haben wir die Sache eigentlich schon halb verloren, oder?
Die Anwältin wird natürlich weitermachen. Die eigentlichen Fragen sind ja noch gar nicht angesprochen worden. Bisher ist das ja alles nur Vorgeplänkel.
Aber anscheinend doch wichtiges Vorgeplänkel?
Kann sein. Die Anwältin schätzt das wohl so ein, dass der erste Beschluss zum Weitermachen und zur Ablehnung des „Beweisantrags" zeigt, dass der Richter zur Unternehmensseite neigt. Aber der kann sich ja auch nicht über alle unsre Argumente hinwegsetzen.*

Das Gericht kam wieder rein und der Richter verkündete, dass die Argumentation zur Terminfrage der Betriebsratswahl im ersten Verfahren „ausreichend gewürdigt" worden sei. Die Durchführung der Wahl zu dem damaligen Zeitpunkt sei im Januar vom Gericht an keiner Stelle beanstandet worden, weil nämlich keine Verfahrensfehler festgestellt worden waren. Ob denn die Klägerseite neue Beweise vorbringen könne, wollte er wissen.

Deren Anwalt setzte erneut an mit Erklärungen und wieso dies beim ersten Verfahren „nicht ausreichend gewürdigt" worden sei, es sei ja damals nur um eine einstweilige Verfügung gegangen.

*Das tut nichts zu Sache, Herr Anwalt. Wenn es keine weiteren Belege für Verfahrensfehler gibt, ist dieser Punkt damit erledigt. Wir werden hier nicht das Verfahren vom Januar wiederholen. Heute geht es ausschließlich um die Frage, ob es sich um einen Betrieb oder um mehrere Betriebe handelt. Das betrifft die Zuständigkeit des Betriebsrats, aber vor allem auch die Wahlberechtigung und die Wählbarkeit. Dies hätte natürlich Auswirkungen auf die Rechtmäßigkeit der Wahl. Aus den Unterlagen geht hervor, dass offensichtlich Beschäftigte aus allen Unternehmen an der Wahl teilgenommen haben und dass es auch zwei Betriebsratskandidaten aus einem der beiden ausgegliederten Unternehmen gab, die zudem auch gewählt wurden. Ich frage die Beklagte, ob das den Tatsachen entspricht oder ob die Klägerseite in ihrem Schriftsatz einen Fehler gemacht hat.
Ja und nein, Herr Vorsitzender.
Was denn nun?
Es stimmt zwar, dass alle Betriebsteile zur Wahl aufgerufen waren und Beschäftigte aller Abteilungen an der Wahl teilgenommen haben, aber nur ein Kollege aus der Schneckengetriebe GmbH war Kandidat. Der andere gehört zur Entwicklungsabteilung und war nur vorübergehend versetzt, wie die Klägerseite kürzlich erst erneut zugeben musste. Wir werden in unsren*

Ausführungen zur Sache darlegen, dass dieser Kollege wegen seiner Kandidatur strafversetzt wurde und ....
Dies ist kein Klagegegenstand. Wenn dieser Mitarbeiter Klage einreicht oder der Wahlvorstand in dieser Sache Klage einreicht, kann dies Gegenstand eines weiteren Verfahrens sein ....
In dem Moment unterbrach er sich selbst, weil hinten recht laut die Tür aufging. Als wir uns umdrehten, sahen wir, was den Richter zum Stocken gebracht hatte. Hinter uns waren – was ich nicht bemerkt hatte – schon vier weitere Kollegen eingetroffen, und jetzt kamen in einem riesigen Schwung mindestens zehn weitere Kolleginnen und Kollegen rein. Maik und ich sahen uns nur an und grinsten über beide Ohren. Wie war das denn nur möglich? Von dem wussten wir ja gar nichts! Jetzt waren wir schon mehr als zwanzig Kolleginnen und Kollegen im Gerichtssaal. Der Richter sah ungeduldig nach hinten, bis sich alle gesetzt hatten. Er konnte sie ja schlecht des Saales verweisen, schließlich ist die Sitzung ja öffentlich. Aber man sah ihm an, dass er diesen Ansturm – oder diese Störung, wie er es wahrscheinlich nennen würde – überhaupt nicht gut fand.
Frau Rechtsanwältin, das ist also hier kein Verfahrensgegenstand. Herr Rechtsanwalt, was tragen Sie zur Sache vor?
Da kam – wie zu erwarten – wirklich nichts Neues. Nach fünf Minuten Geschwafel zur „völlig anderen Produktgruppe der Schneckengetriebe" und warum angeblich ein eigenständiger „Betrieb Schneckengetriebe" erforderlich ist, ging auf einmal wieder die Tür auf, noch lauter als vorher. Alle drehten sich um. Eine ganze Meute von mindestens zehn Kolleginnen (nur Frauen) kam rein, aber nicht alle fanden einen Platz. Es entstand richtig Unruhe. Der Richter war mehr als konsterniert, bekam aber erst mal kein Wort raus. Inzwischen waren wir gut dreißig Kolleginnen und Kollegen im Raum, mehrere mussten stehen. Die Geistesgegenwart unsrer Rechtsanwältin war bewundernswert:
Herr Richter, wenn ich einen ungewöhnlichen Antrag stellen darf: Ganz offensichtlich ist das Interesse der Belegschaft außerordentlich groß. Nicht alle können einen Platz finden, aber wenn das Gericht die Öffentlichkeit weiter gewährleisten will, was ja sehr zu begrüßen und in aller Interesse ist, dann beantrage ich, dass die Verhandlung in einen größeren Saal verlegt wird.
Das können wir schlecht. Wir haben nur einen größeren Saal und der ist bestimmt belegt.
Aber wir könnten es doch erst mal klären, bevor wir weitermachen. Es ist den Besucherinnen und Besuchern ja nicht zuzumuten, dass sie die ganze Zeit stehen ....

Frau Rechtsanwältin, ich benötige keine Belehrungen. Es ist den Besuchern zuzumuten, dass sie während der Verhandlung stehen oder sich abwechselnd setzen ....

Jetzt gab es großes Gebrummel in der Zuhörerschaft. Ali saß neben mir in der dritten Reihe, drehte sich um und machte den anderen Zeichen zum weiteren Rumoren.

Die Rechtsanwältin meldete sich wieder, wurde aber vom Richter erst mal nicht wahrgenommen, ob absichtlich oder unabsichtlich, war schlecht festzustellen. Sie legte auch gar nicht einfach los, sondern freute sich offensichtlich über das Gebrummel im Saal. Uwe ließ inzwischen ein breites Grinsen erblicken. Maik und ich stießen uns an. Jetzt sah ich, dass Heike in einem Pulk von Frauen aus der Montage saß. Hinter ihnen waren Kollegen und Kolleginnen von den Schneckengetrieben. Auch einen der Dreher konnte ich ausmachen. Uwe sprach kurz mit der Anwältin. Der Richter wollte mit seinem scharfen Blick die Leute zur Ruhe bewegen, aber die Unruhe legte sich kaum, nur ganz allmählich. Jetzt redete die Anwältin drauf los, ohne auf ein Zeichen vom Richter zu warten:

Herr Richter, wie sich inzwischen herausstellt, sind Kolleginnen und Kollegen aus allen Abteilungen des Hauses vertreten, das Interesse ist offensichtlich so groß...

Das sagten Sie schon...

Und da kamen schon wieder Kolleginnen und Kollegen an. Sie blieben draußen vor der geöffneten Tür stehen. Harald war zur Tür gegangen und von ihm hörten wir jetzt:

Ei, ihr Leit, ihr kennt noch net noi. Es is' noch kahn Platz. Mer misse wate, bis noch e paar Stihl geholt sin, und dann gibt's da draiße e Laudsprecherölaach. Do wird' dann alles übertraache. Abbe mer wolle nadierlich ach en große Monidor. Mer wolle ja ach was sehe! Oddä?

Da mussten alle Kolleginnen und auch unsre Rechtsanwältin richtig lachen. Toll. So was hätte ich Harald nicht zugetraut! Der hatte ja Humor, beziehungsweise er war einfach gewitzt. Dem Richter fiel die Kinnlade runter. Das Gesicht unsrer Rechtsanwältin war ein einziges Grinsen. Koch und sein Rechtsanwalt berieten intensiv. Was sie sagten, war nicht zu hören, dazu war es im Saal auch viel zu laut. Erst langsam fing sich der Richter wieder, räusperte sich zweimal richtig laut und erklärte, dass sich das Gericht um einen anderen Saal bemühe, er könne das aber nicht versprechen. Keine Seite der Verfahrensbeteiligten habe ihm vorher signalisiert, dass ein größerer Raum benötigt würde.

„Ein kleines Einlenken", sagte ich zu Maik, der mir zustimmte. Wie viele Kolleginnen und Kollegen vor der Tür standen, war jetzt nicht mehr zu erkennen. Es drängte sich jedenfalls eine Menge ganz dicht an der Tür und Harald spielte den Ordner. Auf einmal war er eine sehr wichtige Person, das gefiel ihm ganz offensichtlich. So gut hatte ich ihn aber auch noch nie erlebt. Er war regelrecht in Hochstimmung, auch ohne Alkohol!

Der Richter verließ den Saal und ließ die ehrenamtlichen Richter einfach sitzen, so als ginge er nur mal gerade auf die Toilette. Jetzt war High Life im Saal. Keiner musste mehr flüstern. Uwe kam jetzt zu uns zurück und fragte, wer das organisiert hatte. Keiner wusste es. Maik, Roland und Petra waren genauso verdutzt. Heike schaute etwas schelmisch, weshalb wir sie fragten, ob sie dahinter steckt.

Nee, ich hab' nur die Kolleginnen angesprochen, die hier in der vierten Reihe sitzen. Von den anderen weiß ich nichts.

Der Richter kam wieder rein und bedauerte, dass der große Saal nicht frei sei und dass wir so weiter machen müssten. Unsre Anwältin tat jetzt die Beleidigte und Empörte, schaltete aber flott auf „versöhnlich" um und bat alle Prozessbeteiligten so laut zu sprechen, „dass auch die offensichtlich große Zuhörerschaft draußen vor der Tür alles mitbekommt."

Der Richter war immer noch nervös, räusperte sich wieder zweimal richtig laut und ermahnte die Zuhörerschaft zur unbedingten Ruhe, damit die Verhandlung nicht gestört werde.

Der Anwalt der Gegenseite war zwar eigentlich noch gar nicht fertig, aber er bestand gar nicht darauf, weiter zu sprechen. Stattdessen beriet er sich lieber mit Koch. Der Richter wurde ungehalten, und als der Anwalt immer noch keine Anstalten machte, durfte unsre Anwältin reden.

Sie wiederholte ihre Feststellungen vom Verfahren im Januar und legte dar, dass alle Abteilungen, jetzt drei verschiedene Gesellschaften, einen gemeinsamen Betrieb bilden, weil sie auf dem Markt gemeinsam auftreten, weil das Kapital weiter mehrheitlich in einer Hand ist (der des Chefs) und dass
– das möchte ich ganz besonders betonen – keiner der Geschäftsführer *wirklich eigenständig handeln kann.*

Gibt es denn eine Vereinbarung zur gemeinsamen Geschäftsführung? wollte der Richter von ihr wissen.

Natürlich nicht! kam es von Koch, der gar nicht gefragt war und dafür vom Richter gerügt wurde: *Ich werde die Klägerseite zur gegebenen Zeit fragen.*

Unsre Anwältin: *Einer solchen Vereinbarung bedarf es nicht in schriftlicher Form. Es reicht, dass alle Geschäftsführer seinen Vorgaben folgen.*

Können Sie denn das beweisen?

Ja, dafür haben wir eine ganze Reihe Beweise, wie es ja auch in unsrem Schriftsatz dargelegt ist. Ich verweise auf die Punkte sieben bis fünfzehn. Einen weiteren Punkt möchten wir anführen. Auf der kürzlichen Betriebsversammlung nahm der Kapitaleigner, der Chef und wirkliche Leiter des Betriebs, zunächst nicht selbst teil. Offensichtlich aber erfuhr er auf ganz sonderbare Weise – wir werden der Sache noch nachzugehen haben – (dabei schaute sie Koch ganz scharf an, der sich zu Salewski umdrehte und mit ihm flüsterte) *von dem genauen Verlauf der Versammlung, denn er kam mitten drin rein und sprach drauf los, gut informiert, topaktuell auf dem Laufenden, so als ob er die ganze Zeit dabei gewesen wäre.*
Was hat da mit unsrer heutigen Fragestellung zu tun.
Nun ganz einfach, er hat offensichtlich seinen Geschäftsführern nicht zugetraut, dass sie die Sache allein meistern, sondern hat ....
Frau Rechtsanwältin, ich sehe nicht, worauf Sie hinauswollen. Es ist Herrn Luger natürlich unbenommen, an der Betriebsversammlung teilzunehmen. Gab es Einwände von Seiten der Beklagten?
Nein!
Also gut, dann ist diese Frage für das heutige Verfahren auch nicht relevant. Fahren Sie bitte fort, Frau Rechtsanwältin.
Draußen entstand schon wieder Unruhe. Anscheinend kamen schon wieder Leute aus dem Betrieb und wollten rein. Harald blieb der Ordner. Er war noch nie so wichtig wie heute. Unsre Anwältin freute sich über die Störung und konnte es sich nicht verkneifen, eine kleine Kunstpause zu machen, um wieder „Ruhe einkehren zu lassen", in Wirklichkeit aber, um erneut (wenn auch indirekt) demonstrativ darauf hinzuweisen, dass das Interesse der Beschäftigten am Verfahren riesig ist, ein sicheres Zeichen dafür, dass die Belegschaft hinter dem Betriebsrat steht und nicht zulassen will, dass er kaputt gemacht wird. Haben wir uns da alle getäuscht?
Sie fuhr fort: *Neben dem gemeinsamen Auftreten auf dem Markt und all den anderen Indizien, die wir in unsrem Schriftsatz dargelegt haben gibt es ein weiteres untrügliches Zeichen dafür, dass alles zusammengehört. Erst als die Betriebsratswahl angesetzt wurde, wurde plötzlich die Ausgliederung akut.*
Stimmt nicht, das war schon lange geplant, kam es von Koch.
Herr Koch, Sie sind jetzt nicht dran.
Wieder gab es Unruhe im Saal und als Reaktion darauf auch draußen vor der Tür. Wahrscheinlich weil draußen nicht alles verstanden werden konnte und einer der Kollegen an der Tür jeweils die wichtigsten Sachen weitersagte. Unsere Anwältin fuhr fort:
Es ist nicht nur der Zeitpunkt, es ist auch die Art, wie die Ausgliederung erfolgte. Plötzlich gehörte ein Mitarbeiter, der vorher nur ausgeliehen war,

zu dieser Teilbelegschaft und sollte mit ausgegliedert werden, obwohl er dort überhaupt keinen richtigen Arbeitsplatz hat, und das nur, weil er für den Betriebsrat kandidiert hatte.
  Das sagten Sie schon mal.
  Ja, aber in einem anderen Zusammenhang. Hier ist es ein klares Indiz dafür, dass es sich nicht wirklich um eine schon lange geplante und sinnvolle Ausgliederung dreht, wobei wir uns hier nicht dazu äußern wollen, ob Ausgliederungen überhaupt grundsätzlich sinnvoll oder notwendig sind. In diesem Fall aber folgt sie an keiner Stelle den üblichen unternehmerischen Überlegungen, sondern ist einzig und allein durch die Betriebsratswahl begründet. Normalerweise wird eine Ausgliederung länger angekündigt, mit einem entsprechenden Internetauftritt vorbereitet und so weiter. Ja, das neue „Unternehmen" hat noch nicht mal eine eigene Personalabteilung.
  Stimmt das? wollte der Richter von der Gegenseite wissen. Die verneinte und wollte darlegen, dass die Lohnabrechnung der Schneckengetriebe nach außen vergeben ist.
  Und welche Stelle außen ist denn das?, wollte unsre Anwältin wissen.
  Zurzeit machen wir das noch im alten Lohnbüro bei uns, aber das soll natürlich rausgehen... Jetzt wurde sogar der Richter etwas ungeduldig mit der Gegenseite, die er bisher mit Glacéhandschuhen angefasst hatte.
  Herr Koch, was Sie in Zukunft tun werden, steht nicht zur Debatte. Hier geht es um den Ist-Zustand zum Zeitpunkt der Wahl. Sehe ich das richtig, dass auch nach der Wahl wesentliche Funktionen des Lohnbüros nicht bei der „Schneckengetriebe GmbH" wahrgenommen werden, sondern, wie Sie sagten im „alten Lohnbüro"?
  Noch, ja.
  Danke, erklärte unsre Anwältin, *da sind wir uns doch an ganz wichtigen Stellen schon mal einig. Wenn wir also feststellen, dass die Ausgliederung praktisch überfallartig kam ....*
  Moment mal, Frau Anwältin, die Klägerin hat doch gerade dargelegt, dass es schon lange vorgesehen war!
  Ja, das behauptet sie jetzt, aber sie kann es nicht beweisen, alle Indizien, von der Mitausgliederung des Strafversetzten, der dort gar keine Arbeit hat – es ist ein Ingenieur der Entwicklungsabteilung –, bis zur Frage des Lohnbüros, des Marktauftritts...
  Moment mal, Frau Anwältin. Jetzt müssen wir erst mal klären, wie der Betriebsübergang stattfand. Die Mitarbeiter hatten doch ein Widerspruchsrecht. Kann ich mal sehen, mit welchem Schreiben die Mitarbeiter auf ihr Widerspruchsrecht nach § 613a BGB hingewiesen wurden?
  Ja genau. Dieses Schreiben gibt es gar nicht.
  Wie? Herr Anwalt stimmt das? Wann und wie wurde die Belegschaft über ihren Betriebswechsel informiert?

Der Anwalt drehte sich hastig zu Koch und beide flüsterten. Im Saal wurde es jetzt wieder laut, richtig laut. Von hinten rief einer, wahrscheinlich von den Schneckengetrieben:
Wir sind nie gefragt worden, ob wir ausgegliedert werden wollen.
Der Anwalt räusperte sich: *Die Beschäftigten der Schneckengetriebe GmbH sind frühzeitig darüber informiert worden, dass ihre Abteilung ein selbstständiges Unternehmen wird. Leider ist Herr Getzschmann heute verhindert, so dass wir Ihnen das im Moment nicht sagen können, wann das war.*
Ein Schriftstück haben Sie nicht?
Es ist liegt uns im Moment nicht vor. Wir müssten nachschauen, aber die Firma ist seit dem 29. November im Handelsregister eingetragen, wir können gerne einen Auszug ...
Herr Anwalt, es besteht kein Zweifel, dass die Firma eingetragen ist. Das bestreitet wohl auch die Beklagte nicht. Hier geht es aber um die Widerspruchsverfahren nach 613a BGB.
Da meldete sich unsre Anwältin. *Wenn ich noch ergänzend darauf hinweisen kann: Herr Getzschmann ist der Belegschaft auch erst nach der Schnellausgliederung als Geschäftsführer vorgestellt worden und ....*
Frau Anwältin, Schnellausgliederung ist kein juristischer Begriff. Bitte unterlassen Sie jegliche Polemik. Jetzt wurde es wieder laut im Saal und der Richter schien auf einmal zu merken, dass ihm in seinem Verhalten zugunsten der Geschäftsleitung die Argumente ausgegangen waren. Unsre Anwältin fuhr fort, ohne das Wort „Schnellausgliederung" zurückzunehmen.
Ich darf in diesem Zusammenhang darauf hinweisen, dass ein Schreiben, das den Beschäftigten die Ausgliederung ankündigt und sie auf ihre Rechte nach Paragraf 613a BGB hinweist, entweder vom Chef oder wenigstens von Herrn Koch hätte kommen müssen, der ja der wichtigste Geschäftsführer des ganzen Hauses war und immer noch ist. Der Verweis der Klägerseite auf den abwesenden Herrn Getzschmann ist deshalb vollkommen fehl am Platz.
Frau Anwältin, da haben Sie einen wichtigen Punkt gemacht. Will die Klägerseite auf diese Ausführungen antworten?
Wir können nur betonen, dass das Unternehmen Schneckengetriebe GmbH eigenständig agiert. Das ist auch eine Voraussetzung, um neue Kunden zu bekommen, denn der Markt ist mit Getriebeanbietern voll, und wir...
Bitte zur Sache, Herr Anwalt. Haben Sie noch etwas zu ergänzen.
Im Moment nicht.
Leichtes Gejubel von den hinteren Rängen. Einer rief noch:
Das ist auch gut so.

Der Richter: *Das Gericht zieht sich zur Beratung zurück.*
Sofort sprangen wir alle auf und gingen zu den Kolleginnen und Kollegen hinten und draußen vor der Tür. Man konnte nicht zählen, aber ich hatte den Eindruck, dass das deutlich über fünfzig Leute waren, fast ein Viertel der gesamten Belegschaft. Uwe konnte es einfach nicht fassen. Er hatte Petra im Verdacht, hier etwas ohne sein Wissen organisiert zu haben, aber Petra wies alles zurück. Sie sei selbst überrascht. In unsrer Runde – Roland, Maik, Heike, Petra, Uwe, Ali und ich – waren wir uns aber schnell einig, dass diese riesige Beteiligung nicht nur Koch entsetzt hat. Auch der Richter war irgendwie von der Rolle. So was hat der wohl auch noch nicht erlebt, nicht in seinem Gerichtssaal. Von daher hat auch Kochs Anwalt gar nicht erst versucht, dem Gericht weiszumachen, dass die Belegschaft gar nicht an dem Betriebsrat interessiert sei, wie Koch gegenüber Uwe und Maik mehrfach behauptet hatte. Wir fühlten uns deutlich besser als zu Beginn der Verhandlung, aber es war natürlich nicht klar, ob es heute zu einem Urteil kommen würde, und erst recht nicht, zu welchem. Wir fragten die Anwältin, wie sie die Sache einschätzte.

Normalerweise lässt sich ein Gericht Zeit mit der Urteilsverkündung. Das geht bei einer solchen Sache normalerweise nicht am selben Tag. Aber heute ist alles ein bisschen anders. So ein Verfahren hatte ich auch noch nicht. Mich überrascht, dass sich das Gericht zur Beratung zurückgezogen hat. Normalerweise wird bei einer so kniffligen Sache nur festgehalten, dass das Urteil dann und dann bekannt gegeben wird.

Uwe: *Ich denke, die Gerichte drängen immer auf einen Vergleich.*

Das tun sie grundsätzlich immer, aber in dieser Frage kann der Richter keinen Vergleich vorschlagen. Das weiß er. Wir können nur akzeptieren, dass es ein Betrieb ist, und die Gegenseite will anerkannt bekommen, dass es letztendlich drei Betriebe sind. Das, was ihr Montage nennt, die Entwicklung und die Schneckengetriebe.

Zur Montage gehört ja auch die Dreherei, das Lager, das Büro und der Werkzeugbau. Und der ist ja auch für alle im Haus genauso wichtig wie die Lackiererei, die Waschanlage und so weiter.

Ja, selbstverständlich, aber ihr wisst doch, was ich meine. Aber kann der Richter nicht auch vorschlagen, dass wir akzeptieren, dass es verschiedene Betriebe sind, dass wir aber bis zum nächsten ordentlichen Termin der Betriebsratswahlen, also in jetzt nur noch etwas mehr als einem Jahr, im Amt bleiben?

Das wäre für euch nicht akzeptabel. Denn in dem Fall wäre es danach endgültig aus mit dem gemeinsamen Betriebsrat.

Das stimmt natürlich.

Und bei dem Andrang, der heute hier herrscht, denke ich, dass der Richter die Sache bald vom Tisch haben will. Er ist ja am Schluss etwas umgeschwenkt und hat die Gegenseite nicht mehr groß ausführen lassen. Inzwischen weiß er auch, dass die ganze Ausgliederung keine normale unternehmerische Entscheidung war. Das wurde klar, als er den 613a ins Spiel gebracht hat.
Warum hatten wir das denn nicht eingebracht?
Mir war vor dem heutigen Termin nicht so wohl bei diesem Punkt, weil es uns nicht darum gehen kann, dass nur der 613a eingehalten wird. Dort heißt es zwar, dass die Information in Textform zu erfolgen hat und dass die Beschäftigten einen Monat Zeit haben, zu widersprechen. Aber wenn wir das von uns aus in's Spiel bringen, dann meint der Richter noch, wir wollen nur, dass dieser Mangel behoben wird, also der Fehler „geheilt" wird, wie wir Juristinnen und Juristen sagen. Ich denke, der Richter ist auf den 613a gekommen, weil ihm die Sache insgesamt zu unangenehm war. Am Anfang der heutigen Verhandlung hätte ich nicht mit einem solchen Zug gerechnet. Aber ihr habt mit euren Kolleginnen und Kollegen die Sache ganz schön durchgewirbelt.

Da schaltete ich mich ein: *Angeblich war das keiner von uns. Wir werden noch rausfinden müssen, wer dahinter steckt, aber ich könnte mir gut vorstellen, dass die Leute keinen Anstifter gebraucht haben.*

Alle schauten mich zweifelnd an, aber keiner konnte widersprechen. Die normalen „Drahtzieher" hatten schließlich alle die Verantwortung abgestritten. Normalerweise wären sie ja froh gewesen, behaupten zu können, dass sie die Leute angesprochen und zum Kommen bewegt haben.

Inzwischen hatte sich auch Harald bei uns eingefunden. Er strahlte über das ganze Gesicht und wollte uns berichten, was die Leute draußen alles diskutieren, aber da kam der Richter rein und Harald stieß nur noch raus:

Weg do, schnell, ich muss widder an moin Platz. Er war richtig stolz über seine Ordner- und Berichterstatterfunktion. Wie viel er jeweils nach außen transportiert hatte, konnten wir nicht mitbekommen.

Der Richter war knapper, als ich dachte:
Das Gericht hat beraten. Es ergeht folgendes Urteil. Die Betriebsratswahl vom 7. Dezember 2011 bleibt gültig. Die vom Betriebsrat vertretene Belegschaft umfasst alle Mitarbeiter, die vom Wahlvorstand auf die Wählerliste gesetzt worden waren.

Jubel im Saal. Das Räuspern des Richters bewirkte erst mal gar nichts. Es dauerte Minuten, bis er weitermachen konnte.
Die Begründung erfolgt schriftlich am sechzehnten Mai. Die Verhandlung ist geschlossen.

Wir fielen uns in die Arme. Das Einzige, was uns nach dieser Verhandlung noch blieb, war die Verabredung für den nächsten Tag: Dieses Mal soll in Sachsenhausen richtig gefeiert werden!

Beim Rausgehen stieß mich Ali an und deutete auf eine Gruppe von mindestens zehn Kolleginnen und Kollegen.

Na was sagst du zu meinem Mobilisierungserfolg?
Du? Steckst du dahinter?
Nur zu einem kleinen Teil, aber auch. Sehr viel musste ich nicht machen. Bei so wichtigen Sachen kapieren die Leute mehr als so mancher Gewerkschaftssekretär. Ohne die aktive Teilnahme der Kolleginnen und Kollegen wäre das doch anders ausgegangen. Meinst du nicht?
Ja, das denke ich. Auch die anderen denken das. Vielleicht hast du Recht. Ich dachte immer, wenn wir einen Betriebsrat haben, dann...
...dann kann der auch ganz schnell in der Luft hängen, wenn die Belegschaft sich nicht bewegt.
Ja, aber ohne Betriebsrat können wir doch gar nichts machen....
Umgekehrt: Ohne aktive Belegschaft kannst du auf Dauer nichts machen. Wer hat denn überhaupt trotz Hindernissen den Betriebsrat gewählt? Und wer war heute wichtiger? Unser Gewerkschaftssekretär oder die Belegschaft?
Ja, aber ohne Gewerkschaft...
Das ist doch hier gar nicht die Frage: Natürlich brauchen wir eine Gewerkschaft, aber die muss halt auch auf Bewegung setzen und nicht nur Mitglieder für einen Versicherungsverein werben.
Ich weiß nicht.

Wir verabschiedeten uns und Ali ging mit seiner „Basis" zu den Autos. Die Einladung von Harald, den Sieg zu begießen, schlug ich aus. Ich musste erst mal über Alis Worte nachdenken.

11.5.

Die Stimmung im Betrieb am nächsten Tag, am gestrigen Freitag, war natürlich super. Wolli erzählte mir, dass Urbahn „ganz klein" war. Harald muss ihm laut durch die Halle nachgerufen haben: „Den Betriebsrat krie't ihr nemmer los." Diese Einschätzung finde ich zwar etwas übertrieben, aber es war schon gut, dass er seiner Freude Ausdruck verlieh. Die Kolleginnen und Kollegen waren wohl nicht zuletzt deswegen sehr munter, weil sie den Sieg vom Vortag auch und gerade als ihren Sieg feiern konnten. Ali hat, glaube ich, Recht: Keiner kann mit Sicherheit sagen, wie das Verfahren ohne ihre massive Anwesenheit beim Gericht ausgegangen wäre. So was kommt sicher nicht alle Tage vor. Schon bei dem spontanen Streik für Uwe, dann bei der Wahlbeteiligung und erst recht bei dem überraschenden Auftauchen im Gerichtssaal hatten wir die Belegschaft falsch eingeschätzt. Wir alle, außer Ali!

Sogar bei uns im Werkzeugbau, wo keiner außer mir der Verhandlung beigewohnt hatte, war man gut gestimmt. Moser hielt sich von mir fern und suchte mal nicht in den Krümeln, was er in der letzten Zeit fast jeden Tag gemacht hatte. Manfred meinte, dass „unser Meister" sich erst mal ein paar Tage bedeckt halten wird. *Der wird zwar bald wieder seinem Namen alle Ehre machen*, aber das solle mich nicht kümmern. Ich hätte ja jetzt einen Betriebsrat, der mich notfalls verteidigen könne.

Gegen Mittag kam Wolli zu mir in den Werkzeugbau rübergestürzt. Ich hatte ihn hier noch nie gesehen. Mir war sofort klar, dass etwas Besonderes passiert sein musste. Moser sah ihn zwar kommen, hängte sich aber nicht in das Gespräch rein, was er an einem anderen Tag garantiert gemacht hätte.

Stell' dir vor, Robert. Die Moser ist zurückgetreten!

Was?

Ja, sie hat vorhin dem Uwe ihre Austrittserklärung aus dem Betriebsrat übergebbe'!

Ich fass' es nicht!

Ja, Klasse! Jetzt rückst du nach und dann können wir endlich im Betriebsrat offen sprechen und müssen net immer alles zweistöckig machen.

Ich kann's nicht glauben. Wieso ist sie denn zurückgetreten?

Schriftlich hat sie es nicht erklärt. Nur einen mageren Satz hat sie geschriebe', wie der Uwe erzählt. Und als der nachgefragt hat, hat sie erklärt, dass der Betriebsrat nicht mit der Geschäftsleitung zusammenarbeitet. Das kann sie net weiter unterstütze'. Sie will kein Aushängeschild sein. Dafür wär' sie sich zu schad'.

Na, das freut uns aber. Ich bin ja in der Tat der erste Nachrücker. Darauf hat mich ja auch Horst schon hingewiesen. Übrigens: Wo war der denn gestern bei der Gerichtsverhandlung?

Der wäre vielleicht gekommen, denk' ich. Aber der hat gestern und heut' Urlaub. Irgendwas mit der Tochter, vielleicht krank oder so.

Weißt du nichts Näheres?

Das werden wir nächste Woche erfahren. Aber jetzt freu dich doch mal, dass du jetzt im Betriebsrat bist.

Ja, ich freue mich, aber unser Meister wird sich nicht freuen. Weiß er das schon?

Garantiert weiß der das. Die Moser macht das doch net', ohne dass sie das mit ihr'm Mann abspricht.

Und die Geschäftsleitung?

Der wird es vielleicht nicht gefallen, weil sie damit eine Infoquelle verloren hat, aber der Moser war das mit der Zeit bestimmt zu blöd. Die hat doch auch begriffen, dass wir die wichtigen Sachen im Fraktionstreffen vorbereiten. Und viel helfen konnte sie ja der Geschäftsleitung wirklich nicht. Das muss ihr spätestens gestern Abend klar geworden sein.
Hat sie die Entscheidung des Gerichts noch gestern erfahren?
Davon gehe ich aus. Aber das ist auch egal. Selbst wenn sie des erst heut' Morgen erfahren hat, reicht das, um jetzt Schluss zu machen. Sie hat ja oben einen PC, einen Drucker und so weiter. Die wird spätestens in der Frühstückspause mit ihrem Mann gesprochen haben.
Na gut. Am Mittwoch könnt ihr mich zur Sitzung einladen. Ihr müsst' die Veränderung aber auch der Geschäftsleitung mitteilen und einen Aushang machen für die Kollegen.
Na klar. Das muss die Petra machen. Nächste Woche kriegen wir ja auch – angeblich! – unser Schwarzes Brett.
Nur eins?
Nee, drei Stück, das reicht.
Manfred hatte die Unterhaltung mitbekommen, Klaus kam am Schluss auch dazu. Beide grinsten sie wie Honigkuchenpferde. Peter tat so, als ob er nichts gehört hätte. Und Moser kam aus seiner Meisterbude nicht raus, obwohl Wolli gut fünf Minuten bei uns stand.

Beim Mittagessen hätte ich mich ja endlich mal gerne zur Fenstergruppe dazugesetzt, aber dort ist kein Platz mehr. Alle acht Stühle sind einfach belegt. Am Nachmittag waren sehr viele Kolleginnen und Kollegen noch im Betrieb, obwohl es Freitag war. Sie mussten die fehlenden Stunden vom Donnerstag reinholen, weil sie für ihren Gerichtsbesuch schon um vierzehn Uhr, Ende der Kernzeit, aufgehört hatten.

Der Abend zum Feiern beim Äppler war ein Vergnügen, nicht nur weil wir zum ersten Mal draußen sitzen konnten, das Wetter war gestern einfach super, die Stimmung noch besser. Zuerst wurde mal auf mich angestoßen, weil ich jetzt nachgerückt bin, danach stießen wir gleich mehrmals auf den Ausgang des Gerichtsverfahrens an. Uwe erklärte uns, dass er die Anwältin auch eingeladen hatte. Wir würden ihr auch einen ausgeben, aber sie hatte keine Zeit. Sie habe „ja auch ein Privatleben", hat sie Uwe erklärt.

Es war zwar keine große Runde, wir waren zu siebt, aber wir mussten ja nichts mit vielen Leuten beratschlagen. Wichtig schien uns nur, dass wir den Ausgang gleich bewerten und ein, zwei Schwerpunkte für die nächste Zeit beschließen. Der Rest kann auf den ordentlichen Betriebsratssitzungen beraten werden. Dafür sind wir ja Betriebsräte.

Dennoch traten Differenzen zutage. Ali eckte mit den meisten richtig an. Uwe hatte nämlich vorgeschlagen, sich jetzt auf die Frage der Investitionen und der „weiteren betrieblichen Änderungen" zu konzentrieren. Auf unsre Nachfrage hin, worin denn diese Änderungen seiner Ansicht nach bestehen werden, erklärte er, dass er mit weiteren Ausgliederungen rechne.

Und die bisher gelaufenen werden sie so umstricken, dass sie bei der nächsten Betriebsratswahl wasserdicht sind, das heißt, dass diese Unternehmen auch als eigenständige Betriebe gelten.

Petra: *Aber das sind doch ungelegte Eier.*

Die Eier sind vielleicht noch nicht gelegt, sind aber schon in der Pipeline. Da bin ich absolut sicher. Der gestrige Sieg bei Gericht ist für mich nur ein vorübergehender. Mehr nicht.

Nur Maik stimmte ihm zu. Die anderen fanden das nicht so schlüssig und sahen auch nicht, was wir da überhaupt jetzt machen können. Am heftigsten widersprach Ali:

Ich denke, wir brauchen einen ganz anderen Schwerpunkt. Wir müssen uns um das kümmern, was den Leuten am meisten unter den Nägeln brennt. Und zwar jetzt unter den Nägeln brennt.

Was denn? wollte Roland wissen.

Das ist ganz eindeutig die Abgruppierung.

Da hast du allerdings Recht.

Ich bin sicher, das ist auch der Hauptgrund, weshalb die Belegschaft an dem Betriebsrat festhält und nicht will, dass er untergeht.

Jetzt sprang endlich Petra ein: *Da kannst du Recht haben.*

Die anderen, außer Roland und Petra, hielten sich bedeckt.

Ali: *Wenn wir es nicht schaffen, uns hier so zu engagieren, dass die Belegschaft Licht am Ende des Tunnels sieht, dann ist die Unterstützung für den Betriebsrat natürlich bald zu Ende.*

Volker: *Und was willst du machen?*

Das weiß ich auch nicht. Das müssen wir ja wohl gemeinsam überlegen, oder?

Uwe: *Wir können doch nichts machen, das musst du doch inzwischen längst wissen.* Jetzt kamen Heike und Petra unsrem Ali zu Hilfe, danach auch Roland. Sie bestätigten der Reihe nach, dass wir den Kolleginnen und Kollegen mit allen anderen Sachen fernbleiben sollen, so lange die Abgruppierungen nicht rückgängig gemacht sind. Uwe, Volker und Maik wurden stiller, dafür Heike um so lauter:

Ich weiß ja net, wie ihr das schafft mit dem weniger Geld, aber die Kolleginnen in der Montage verdienen doch sowieso schon net viel. Was denkt ihr, warum die zum Gericht gefahren sind? Die wollen doch, dass jetzt was passiert!

Uwe: *Dann soll uns doch der Ali mal sagen, was wir machen sollen.*

Heike: *Das ist nicht fair. Wir alle müssen das überlegen. Wieso der Ali? Der hat wenigstens kapiert, was jetzt Vorrang hat.*
Petra: *Das denk' ich auch. Die wichtigsten Büroeinrichtungen haben wir jetzt.*
Uwe: *Aber noch ein Scheißbüro, bei euch da oben!*
Petra: *Jetzt reg dich mal ab. Wir beißen nicht. Und du musst doch vor den Hohen Herrn keine Angst haben! Jetzt doch nicht mehr.*
Genau, kam es von Heike.

Hier schaltete ich mich ein und sofort kam die zweite große Differenz des Abends zum Vorschein, was aber sicher mit der ersten zusammenhängt oder die tiefere Ursache der ersten Differenz ist:
Ich weiß zwar nicht genau, was wir machen können und wie wir das anpacken, aber klar ist für mich wie für Ali, dass der Betriebsrat zwei Dinge machen muss: Zum einen müssen wir die Belegschaft kontinuierlich darüber informieren, was wir in Sachen Abgruppierung von der Geschäftsleitung erwarten beziehungsweise was wir von denen wollen ....
Was wollen wir denn von denen? fragte Maik.
Zum Beispiel eine komplette Lohn- und Gehaltsliste ...
Die kriegen wir doch gar nicht, wir haben keinen Anspruch auf ....
Aber wir haben doch ein Einsichtsrecht, wie Petra und auch der Gewerkschaftssekretär erklärt haben.
Petra: *Stimmt.*
Also müssen wir Einsicht nehmen, wir müssen fordern, dass die Qualifizierungen bei den Schneckengetrieben laufen, was die Leute die ganze Zeit versprochen bekommen ....
Und davon versprichst du dir was?
Erst mal nichts, aber wir müssen hier nachhaken. Das andere, das Zweite, was wir machen können und müssen, ist die Belegschaft so zu ermuntern, dass richtig Unruhe entsteht und die Geschäftsleitung lieber zum alten Zustand zurückkehrt.
Uwe: *Du hast doch totale Illusionen. Die Belegschaft bewegt sich nicht. Das kannst du vergessen.*
Ali: *Und was war gestern?* Absolute Stille bei Uwe und Maik. Feurige Zustimmung bei Heike und Petra, etwas verhaltener bei Roland. In dem Moment kam Harald dazu, der allerdings sofort zustimmte, auch wenn er den ersten Teil nicht mitbekommen hatte. Das war aber noch mal das Stichwort für Ali:
Eine aktive Belegschaft kann ohne Betriebsrat was erreichen, aber ein Betriebsrat ohne aktive Belegschaft ist doch ganz schnell am Ende seines Griechisch.
Seines Lateins korrigierte ich. *Inzwischen hat mich Ali ja überzeugt. Der hat von Anfang an die Rolle der Belegschaft betont. Und zu ihrer Aktivität*

hat er ja von uns allen am meisten beigetragen. Und was noch wichtiger ist: Wenn mich nicht alles täuscht, hat die Belegschaft gestern tatsächlich einiges bewiesen, sogar ohne, dass die Kollegen Meisner und Schubert ihnen Vorschläge gemacht hätten. Ich ziehe daraus den Schluss: Sie bewegt sich doch!
Prost, kam es von Harald und alle anderen mussten mitprosten. Uwe und Maik hoben auch die Gläser, waren aber still. Ich bin sicher: Ali hat sie längst nicht überzeugt. Mich hat er zum Nachdenken veranlasst.

16.5.
Meine erste Betriebsratssitzung! Moser war natürlich alles andere als erfreut, als ich mich abmeldete. Aber was wollte er machen? Direkt nach der Mittagspause ging es los.
Zunächst stand die neue Aufgabenverteilung auf der Tagesordnung. Akkordfragen, Sicherheitsfragen und so weiter. Uwe und Maik hatten sich dazu einen Plan gemacht und – angeregt von ihrem Lehrgang – sich für jeden und jede eine spezielle Funktion oder Aufgabe ausgedacht. Das Dumme daran: Niemand zog mit. Alle weigerten sich, künftig die ihnen zugedachten Aufgabengebiete zu beackern. Sicher nicht ohne Grund, denn niemand hat sich bisher zu einem dieser Themen schlau machen können. Erfahrungsschatz gleich Null.
Nach anderthalb Stunden waren wir nicht weiter und Petra hatte die glänzende Idee, doch erst mal einen Lehrgangsplan aufzustellen. Hier waren zwar auch nicht alle begeistert, am wenigsten Klaus, aber für alle anderen wurden im IG-Metall Seminarplan Termine ausgeguckt und vorläufig festgelegt. Maik und Petra gehen im Herbst auf den Betriebsratslehrgang II, ich schon im September auf den Einführungslehrgang (BR I). Uwe macht seinen BR II im Spätherbst (wenn seine Frau Urlaub nehmen kann, damit das Kind versorgt werden kann). Roland soll sich für die Akkordfragen qualifizieren und auf den Lehrgang Lohngestaltung fahren. Nur für Horst, der sich für den Wirtschaftsausschuss qualifizieren soll, haben wir noch nichts gefunden.
Bei dem TOP „Berichte aus den Abteilungen" kam eine halbe Stunde lang nur Gedöns und ich fing an, mich zu langweilen. Als ich einwarf, dass Ali wohl Recht hat, wenn er behauptet, dass wir uns nur mit zweitrangigen Fragen beschäftigen, wurden Uwe und Maik sauer.
Uwe: *Kaum bist du hier dabei und schon meckerst du.*

Das stimmt nicht. Ich meckere nicht nur. Aber was interessiert mich das Gezanke zwischen den Akkordlern und den Wechslern?
Hast du vielleicht was Wichtigeres?
Zum Beispiel die schlechte Luft bei uns im Werkzeugbau. Wenn die Schleifmaschine in Betrieb ist, bist du nur am Husten, und das im Sommer!
Wie wär's denn mal mit einer Absaugung?
Der Moser sagt, das geht nicht.
Horst: *Das kann ich mir nicht vorstellen. Für so etwas gibt es immer eine Lösung. Wenn er nicht die Kostenfrage in's Feld geführt hat, dann hat er schlechte Karten, seine Weigerung aufrecht zu erhalten. Leidet er denn nicht selbst unter der schlechten Luft?*
Nein, der sitzt doch die meiste Zeit in seiner Meisterbude oder ist im Haus unterwegs.
Dann müsste ich mir das mal anschauen.
Uwe: *Hast du von so was Ahnung?*
Ich war in meiner früheren Firma zwar keine offizielle Sicherheitsfachkraft, habe aber zwei Lehrgänge besucht und ....
Uwe: *Das sagst du jetzt erst? Dann bist du doch wie geschaffen für diese Fragen. Du bist jetzt unser Sicherheitsbeauftragter.*
Heike: *Das bestimmst du doch nicht. Wenn er das gar nicht will, kannst du ihn nicht einfach dazu ernennen. Wir haben da ja auch noch ein Wörtchen mitzureden.*
Uwe: *Ich will ja nur, dass es vorangeht. Horst, würdest du das machen?*
Eigentlich wollte ich überhaupt keine Funktion übernehmen, sondern mich darauf konzentrieren, dass ich wieder an meinen alten Platz zurückkomme.
Maik: *Mit Wohlverhalten und „an keiner Stelle auffallen" wirst du das jedenfalls nicht durchsetzen. Wir müssen Stärke zeigen, nicht wegducken.*
Jetzt schaltete ich mich ein: *Auf einmal. Das hört sich ja schon fast wie Ali an. Horst, sag mal: Auch wenn du jetzt hier kein dauerhaftes Mandat übernehmen willst: Würdest du dir denn mal bei uns die Schleifmaschine anschauen und sagen, welche technische Lösung es da gibt?*
Das könnte ich natürlich machen.
Bravo! Toll! kam es von Heike und Petra.
So langsam renkte sich in dem Betriebsratsgremium wieder etwas ein. Die Mitteilungen an die Geschäftsleitung wegen der Lehrgangsteilnahmen wurden geschrieben, die von Petra vorbereitete Geschäftsordnung wurde diskutiert und mit kleinen Änderungen angenommen. Ich verabredete mich mit Horst für die nächste Woche Dienstag, damit wir uns die Schleifmaschine anschauen können und dann verschwand ich um kurz vor fünf.

6.6.

Ich habe inzwischen einigen Grund, etwas beruhigter in die Zukunft zu schauen, nicht nur weil wir morgen (Fronleichnam) zum Kurzurlaub in das Fränkische Seenland fahren (dieses Mal darf Samira mitfahren und meine Miriam ist schon ganz verrückt danach).

An meiner Arbeit hat Moser noch eine Zeit lang nach meinem Nachrücken in den Betriebsrat rumzumeckern versucht, aber Manfred hat sich zweimal eingeschaltet (da hatte Moser einfach nicht gut genug aufgepasst, dass Manfred weg war), und beide Male konnten wir sehr gut nachweisen, dass es keinen Grund zur Beanstandung gab.

Damit hat Moser sein Pulver erst mal verschossen (zumindest vorläufig), denn er muss damit rechnen, dass ich wegen Mobbing ähnlich aktiv werde wie Horst. Für den hat der Betriebsrat tatsächlich ein Verfahren nach § 78 Betriebsverfassungsgesetz (Benachteiligung eines Betriebsratsmitglieds) eingeleitet, und letzte Woche gab es ein Gespräch zwischen Koch, Horst und Uwe, bei dem Horst in Aussicht gestellt wurde, nach der Sommerpause in die Entwicklungsabteilung zurückzukommen. Im Betriebsrat hatten wir zwar darüber gestritten, ob wir uns darauf einlassen sollen (und die Klage zurückziehen sollen), weil das Wort vom Koch nichts bedeuten muss, aber Horst wollte keine weitere Zuspitzung. Uns allen war ja klar, dass Koch einlenken musste, aber er wollte halt sein Gesicht wahren und tat so, als gäbe es objektive Gründe für die Versetzung von Horst bis zur Sommerpause.

Die größte Genugtuung in letzter Zeit verdanke ich ja nun wirklich Horst. Unmittelbar nach der Betriebsratssitzung vom 16. Mai hatte ich Moser noch mal auf die schlechte Luft an der Schleifmaschine hingewiesen und um Abhilfe gebeten. Seine stereotype Antwort „Da kann man nichts machen" war sein Pech, denn am Dienstag drauf sah sich Horst die Schleifmaschine im Einsatz an und hatte sofort eine Lösung parat: Zwei Plexiglasscheiben hinten und an der linken Seite und oben drüber eine Absaugung hängen. Seine überschlägige Kostenkalkulation kam alles in allem auf circa dreitausend Euro. Zu Moser sagte er zum Abschluss:

Das zahlt die Firma aus der Portokasse. Ich bringe Ihnen morgen ein paar Anschriften von Firmen mit, die eine solche Absaugung anbieten. Ich hatte in meiner früheren Firma als Sicherheitsfachkraft öfter damit zu tun.

(Da hat er etwas auf den Putz gehauen, aber Moser war geplättet.)

Seitdem ist Moser mir gegenüber noch vorsichtiger geworden. Er lässt mich in Ruhe und hat mir inzwischen sogar wieder eine halbwegs normale Arbeit gegeben (zwei ältere Werkzeuge generalüberholen).

13.6.
Mit Moser komme ich jetzt aus. Am meisten hilft mir in meiner Stellung die Tatsache, dass ich mit Manfred ein richtiges Team bilde. Das ist ideal für mich, denn von ihm kann ich am meisten lernen. Was meine Arbeit angeht, muss ich wohl nichts mehr festhalten. Wenn ich es genauer betrachte, war diese Seite meiner betrieblichen Aufzeichnungen ja schon lange in den Hintergrund getreten. Für mich ist jetzt erst mal das Wichtigste, dass es in gut zwei Wochen ab nach Kroatien geht. Das Tollste für Miriam: Nach den guten Erfahrungen von Fronleichnam dürfen wir auch ihre Freundin Miriam mitnehmen. Der Sommer ist also gesichert und ich habe erst mal keine Sorgen auf der Arbeit, allerdings nur, was meine berufliche Stellung angeht. Mögliche Abgruppierungen in den anderen Abteilungen – und damit auch im Werkzeugbau – schweben ja weiter über uns wie ein Damoklesschwert. Und an ein Rückgängigmachen der Lohnkürzungen in der Montage und bei den Schneckengetrieben ist gar nicht zu denken.

Zur heutigen Betriebsratssitzung brachte die agile Petra einen Entwurf für ein Schreiben an die Geschäftsleitung mit:

.... erwartet der Betriebsrat umgehend dreiseitige Gespräche – Geschäftsleitung, Betriebsrat und IG Metall – zur Klärung der Frage, in welcher Weise die Firma die Regelungen des Flächentarifvertrages der Hessischen Metall- und Elektroindustrie übernehmen kann [...] In der Zwischenzeit sollten allerdings die alten Eingruppierungen wieder zur Anwendung kommen ....

Wir waren leicht amüsiert, auch wenn niemand von uns wirklich die Hoffnung hat, dass Koch darauf eingehen wird. Wichtig war uns, dass wir die Kopie an unsere drei neuen Schwarzen Bretter hängen wollen, damit die Belegschaft sieht, was wir überhaupt wollen. Den Kampf um die Köpfe haben wir wenigstens noch nicht aufgegeben.

15.6.
Kleine Krisensitzung in der „Äppelwoikneip": Die Reaktion der Geschäftsleitung hat nämlich den Betriebsrat wirklich geschockt, obwohl wir ja eigentlich nicht überrascht sein durften. Koch hat gestern sofort nach Erhalt des Schreibens den Betriebsratsvorsitzenden hochgerufen (zum Glück ging Maik mit und hat das nicht Uwe allein überlassen). Koch und Mühleisen haben unsre Vertreter regelrecht zur Schnecke gemacht, vor allem mit kaum verhohlenen Drohungen: Versetzungen, Tagesberichte, die bestimmte Mitarbeiter künftig abliefern sollen, Urlaubssperren und so weiter.

Und – es war natürlich kein Zufall! – dann kam auch noch der Chef rein, ließ sich das Schreiben zeigen und legte auch noch los. Unsere Leute kamen gar nicht zu Wort. Hätten die Hohen Herrn gewusst, dass wir Kopien unseres Schreibens an die Schwarzen Bretter hängen wollen (was wir inzwischen gemacht haben), wäre es wohl noch ekliger geworden.

Die Antwort der Geschäftsleitung war knallhart: An den neuen Eingruppierungen, für die sie sich „viel Mühe gemacht haben, um niemand zu benachteiligen" (welch ein Hohn!), wird nicht gerüttelt. Der Kostendruck lasse „das nicht zu". Und außerdem gebe es keine Veranlassung, sich mit der Gewerkschaft an einen Tisch zu setzen, die wollten ja nur Unruhe stiften. Die Antwort komme auch noch schriftlich.

In der Kneipe anwesend waren alle Betriebsratsmitglieder sowie Ali und Harald. Wie nicht anders zu erwarten gingen die Meinungen, wie auf die schroffe Ablehnung und auf die Drohungen reagiert werden soll, extrem weit auseinander. Uwe war richtig geschafft und hat sich die meiste Zeit überhaupt nicht geäußert. Maik wollte erst mal sehen, wie die Belegschaft auf den Aushang unseres Schreibens reagiert, aber sofort kam der Einwand von Roland:

Ihr glabt doch net, dass die Geschäftsleitung dann ihr Schreibe net aach aushänge' werd! Wenn dann die Leit die Argumentation von den Hohe Herrn lese und die neue Drohungen, dann wer'n die Leit noch mehr oigeschichtert soi.

Jetzt platzte Ali, der erst mal noch zugehört hatte, der Kragen:
Was stellt ihr denn den Leuten für ein Zeugnis aus? Meint ihr net, dass die selbst bewerte' könne', was da abgeht? Die Geschäftsleitung schlägt doch nur wild um sich?

Stimmt! kam es von Harald und auch Heike und Petra stimmten mit ein. Uwe verzog nur das Gesicht.

Horst: *Sollten wir nicht mal vorschlagen, dass ein Moderationsgespräch stattfindet, bei dem ....*

Wolli: *Sag mal, wo lebst du denn? Hast du noch nicht genug Erfahrungen gesammelt, wie die drauf sind? Die lassen sich doch auf so was nicht ein. Die fühlen sich doch stark!*

Dem stimmte Klaus zu und kurz darauf sprachen alle durcheinander. Meine Versuche, auch was zu sagen, gingen völlig unter. Aber auf einmal pfiff Harald so laut, dass alle verstummten:

Hört e mol, der Ali hat mir grad was gesaat, des solle alle mitkrie'e. Ali widderhol'mal!

Ich hab' den Eindruck, dass ihr gar nicht merkt, wie die Belegschaft wirklich denkt. Die haben ja gestern Nachmittag und heut' Morgen unser

Schreiben am Schwarzen Brett gelesen. Die finden das richtig und meinen auch, dass wir nicht locker lassen dürfen.
Uwe: *Und was stellen die sich jetzt vor, was wir machen sollen? Wir müssen halt Druck erzeugen. Auf einen Brief allein reagieren die Hohen Herrn natürlich nicht. Da muss mehr passieren.*
Roland: *Und was? Wir sind doch viele und noch gehören wir ja mit den Kollegen der Schneckengetriebe ....*
Heike und Petra: *und mit den Kolleginnen der Schneckengetriebe ... ja, also mit allen Kolleginnen und Kollegen, die von Abgruppierungen betroffen sind, zusammen. Wenn wir gemeinsam in Aktion treten, ...*
Uwe: *Du willst also streiken? Vergiss es!*
Ali: *Wenn jetzt die Gisela da wär, die würd' euch jetzt sagen, was ihr seid: Hosenscheißer*
Harald: *Stimmt! Hosescheißer sind se.*
Ali: *Wenn jetzt vor den Sommerferien nix passiert, dann könnt ihr sowieso alles vergesse'!*
Petra: *Irgendwo hat Ali ja Recht. Ich weiß zwar nicht, was wir machen können, ohne dass wir uns die Finger verbrennen, aber nichts tun ist in keinem Fall richtig.*
Roland: *Jetzt seid doch mal realistisch ....*
Ali: *Wisst ihr was? Ihr könnt mich mal. Komm', Harald, wir geh'n!*
Harald: *Jo, mer geh'n in e anner Kneip. Mit dene is jo nix los.*
Weg waren sie, obwohl ich mir nicht vorstellen konnte, dass Ali noch große Lust hatte, die nächste Kneipe aufzusuchen. Unsere Mann- und Frauschaft ist jedenfalls jetzt richtig gespalten.
Nach dem Abgang der beiden hieben Heike und Petra so richtig in die Kerbe, die Ali geschlagen hatte, eigene Vorschläge hatten sie allerdings auch nicht. Uwe sagte gar nichts mehr. Horst war völlig verunsichert, Volker hielt zu Uwe ... Zwanzig Minuten später haben wir uns ins Wochenende verabschiedet. Mehr als missmutig.

19.6.

Gestern, nach dem Wochenende, gingen die Diskussionen in der Fenstergruppe genauso heiß weiter, wie sie am Freitag in der Kneipe abgebrochen worden waren. Mit einem kleinen Unterschied: Ali beteiligte sich gar nicht mehr, sondern sprach nur noch mit anderen Leuten.
Manfred fragte mich, wieso denn Harald in der Frühstückspause bei den Schneckengetrieben war. Meine Vermutung: Er hat wohl seinen alten Kumpel Willi, den Betriebselektriker, gesucht.

*Ja stimmt, der ist im Moment bei den Schneckengetrieben. Aber ich hab'
die beiden nicht zusammen gesehen.*
Haben sich dann wohl verpasst.

Heute hat Ali unseren Betriebsratsvorsitzenden und seinen Stellvertreter direkt nach dem Klingeln zur Frühstückspause mit einer Versprechung in den Hof gelockt: Es gebe draußen bei dem schönen Wetter eine kleine Geburtstagsfeier, da wird einer ausgegeben und dann müssten sie als offizielle Vertreter der Belegschaft auch ein paar Worte sagen.

Als sie dann draußen waren, kamen die ersten Frauen und ein paar Männer aus der Montage und pflanzten sich vor ihnen auf. Als ich das sah, rannte ich sofort raus, weil klar war, dass hier was im Gang war. Die ersten Äußerungen bekam ich nicht mit, aber was ich hörte, kam Schlag auf Schlag von praktischen allen, die aus der Montage rausgekommen waren:

Wann passiert endlich mal was gegen die Abgruppierung?
Wollt ihr nur noch Briefe schreiben?
Sollen wir uns alles gefallen lassen?
Wofür haben wir euch überhaupt gewählt, wenn ihr nix unternehmt?
Wir wollen von euch endlich mal eine klare Auskunft.

Uwe und Maik kamen gar nicht zu Wort. In der Zwischenzeit kamen immer mehr Kolleginnen und Kollegen aus der Montage raus. Allen Betriebsratsmitgliedern wurde jetzt klar, dass das eine abgesprochene Sache war, aber keinem von uns aus dem Betriebsrat war das vorher bekannt. Mein Blick rüber zu Ali, der nur breit grinste, machte mir klar, dass da seit Tagen die Suppe am Dampfen gewesen sein muss und dass er anscheinend mitgeschürt hat. Harald kam von den Schneckengetrieben an und hatte zwei Leute im Schlepptau, die sich allerdings ein wenig abseits hielten.

Nach dem ersten Schock und als sie endlich zu Wort kamen, meinte Uwe:

Ich versteh ja euren Unmut, aber wir tun doch, was wir können.
Nix macht ihr! Meint ihr, euer Brief an die Geschäftsleitung wird irgendwas bewegen?
Und was sollen wir denn eurer Ansicht nach tun?
Wenn wir keine Getriebe montieren, können die doch auch keine Geschäfte machen. Die brauchen uns doch, oder?
Wollt ihr einen wilden Streik?
Was heißt hier wild? Wild ist doch der Koch, der uns das Geld wegnimmt.
Wenn der Betriebsrat zum Streik aufruft, wird er gerichtlich belangt: Schadensersatz und ....
Papperlapp kam es von Harald.

Ja, das ist doch Quatsch! kam es von anderen.

Uwe: *Wer von euch stellt sich öffentlich hin und ruft in seinem Namen zum Streik auf?*

Ali: *Das müssen wir doch gar nicht! Wir arbeiten nur einfach so lange nicht, bis die Hohen Herrn die Abgruppierung zurücknehmen.*

Uwe: *Das geht doch nicht auf Kommando. Wer die Sache in die Hand nimmt, ist doch sofort dran, auch wenn er das nicht einen Streikaufruf nennt und ...*

Ali: *Die Leut' sind doch schon hier und arbeiten nicht mehr. Guck' dich doch mal um! Fast die ganze Montage ist jetzt draußen und es hat auch schon geklingelt. Die Pause ist rum. Gleich kommt der Urbahn. Mal sehen, ob du als Erster rein rennst.*

Uwe: *Ich renne nicht rein. Aber wie habt ihr euch das vorgestellt? Ihr braucht doch einen Grund, jetzt nicht in der Halle zu sein.*

Harald: *Ei des schene Wetter!*

Heike: *Klappe! Du Schwätzer.*

Sibylle: *Wir wollen von euch Infos haben, deswegen sind wir hier.*

Uwe, der immer noch nach einem Ausweg aus der für ihn unübersichtlichen Situation suchte: *Für Auskünfte gibt es bekanntlich die Sprechstunde des Betriebsrats und dann können wir ....*

Wolli: *Wir haben doch noch gar keine Sprechstunde festgelegt!*

Uwe: *Dann legen wir halt eine fest und ....*

Ali, der jetzt langsam erregt wurde: *Habt ihr denn immer noch nicht begriffen, dass die Leute hier und jetzt Infos wollen? Was wiegelst du dann ab? Bist du jetzt auf die andere Seite gewechselt?* Beifall von allen anderen, einschließlich Wolli, der sich inzwischen offensichtlich neu orientiert hatte. Maik zögerte noch.

Uwe: *Das verbitte ich mir. Ich will ....*

Petra, die ich bis jetzt gar nicht bemerkt hatte: *Die Kolleginnen und Kollegen haben ja irgendwo Recht. Erstens gibt es ja noch gar keine Sprechstunde, und zweitens können wir es den Leuten gar nicht zumuten, durch das ganze Gebäude und hoch in den Bürobereich in das hinterste Eck zu laufen, wo das Betriebsratsbüro ist.*

Harald: *Un' außerdem will jo der Chef net, dass mir mit unsern dreckige Schuh über de Tebbischbode lafe!*

Stimmt! Genau! kam es von verschiedenen Seiten.

Herr Meisner, ich fordere Sie hiermit unmissverständlich auf, sofort diese ungenehmigte Versammlung aufzulösen und die Leute an die Arbeit gehen zu lassen kam der laute Ruf von Urbahn über den Hof. Wie zur Drohung hielt er das Telefon hoch, was so viel bedeuten sollte, wie: Wenn wir nicht sofort alle verschwinden und an die Arbeit gehen, ruft er die „Hohen Herrn", sprich Koch und den Chef.

Alle Nerven waren bis zum Zerreißen angespannt. Mucksmäuschen Stille.

Uwe: *Wir führen hier gerade eine Sprechstunde des Betriebsrats durch. Es kann noch ein Weilchen dauern.*

Urbahn: *Was unterstehen Sie sich? Das ist illegal. Das ist betriebsschädigend, das ist Sabotage. Ich rufe die Geschäftsleitung an.*

Seltsamerweise blieben alle stehen, außer den beiden von den Schneckengetrieben, die schon vorher wieder gegangen waren. Es war klar, dass die Konfrontation sich jetzt zuspitzen würde. Aber keiner aus der Montage und auch keiner vom Betriebsrat – inzwischen waren alle da – wollte den Hosenscheißer geben. Urbahn verschwand in der Halle und langsam kamen die Gespräche wieder in Gang, aber nur in kleinen Gruppen. Petra redete auf Uwe ein, Wolli stritt sich mit Volker ..., aber es dauerte noch keine drei Minuten und Koch stand vor uns.

Herr Meisner, Sie haben doch von Herrn Urbahn eine klare Aufforderung bekommen. Wenn Sie nicht sofort diese ungesetzliche Versammlung auflösen, kann Sie niemand mehr vor arbeitsrechtlichen Konsequenzen schützen und Sie werden nicht der Letzte sein, der ....

Harald: *Jetzt droht der jo schon widder mit Entlassung! Das ham mer doch schon mal gehabt!*

Uwe. *Herr Koch, das Informationsbedürfnis der Belegschaft ist so groß, dass wir hier eine Infostunde abhalten mussten und ....*

Genau! Richtig! kam es von verschiedenen Seiten.

Koch: *Für Fragen an den Betriebsrat steht das Betriebsratsbüro zur Verfügung. Sie haben doch jetzt eins.*

Ja, im hintersten Eck, rief Ali dazwischen und Harald setzte nach: *Do passe mer ja gar net alle noi!* Viel Applaus und Rufe:

Genau!
Stimmt!
Und die arme Teppiche!

Koch: *Herr Meisner, ich gebe Ihnen eine letzte Chance, mit einem blauen Auge davonzukommen. Lösen Sie die Versammlung auf und kommen Sie sofort in mein Büro ....*

Das könnte Ihnen so passen! platzte Markus dazwischen. Wieder kamen Bravo-Rufe. Uwe hatte sich inzwischen wohl entschieden, den Stier bei den Hörnern zu packen:

Der Betriebsrat hat gerade festgestellt, dass die Infostunde nicht ausreicht. Es sind zu viele Fragen aufgetaucht und Ihre Einlassungen haben deutlich gemacht, dass wir noch mehr zu erörtern haben als die zuerst aufgetauchten Fragen. Wir müssen jetzt eine außerordentliche Betriebsversammlung durchführen, bei der all die Fragen ...

Koch, der inzwischen ganz nahe an Uwe herangetreten war, ohne dabei die Lautstärke seiner Worte zu drosseln. Im Gegenteil, er wurde noch lauter: *Das ist illegal und wird weitreichende arbeitsrechtliche Folgen haben, nicht nur für Sie Herr Meisner. Ich denke dabei in erster Linie an Ihre Betriebsratskollegen, die ...*
Heike: *und –kolleginnen!*
Koch, leicht verunsichert, dass jemand wagte, ihn zu unterbrechen, drehte sich drohend um, sah aber gar nicht, wer das gewesen war, und fasste sich wieder: *Ich erwarte Sie in drei Minuten in meinem Büro. Die anderen: Gehen Sie sofort wieder an die Arbeit, wenn Sie nicht mit arbeitsrechtlichen Konsequenzen rechnen wollen!*
Immer noch wollte keiner sich die Blöße geben, als Erster einzuknicken. Als Koch merkte, dass er sich hier – vielleicht zum ersten Mal in seiner Laufbahn – eventuell nicht als der große Zampano beweisen konnte, drehte sich um und ging rein. Da fing Harald an zu klatschen, was Uwe überhaupt nicht gefiel, aber einige – vor allem Wolli und natürlich Ali – klatschten mit. Koch ließ sich nichts anmerken und verschwand. Sofort stieg die Stimmung bei den anderen und alle redeten wieder durcheinander, bis Petra das Wort ergriff:
Ihr glaubt doch nicht, dass ich jetzt hoch an meinen Schreibtisch gehe! Aber als Betriebsratsmitglied kann ich auch schlecht sagen, dass ich vom Betriebsrat Infos brauche. Wir müssen also Nägel mit Köpfen machen. Dafür bleibt nur der Weg der außerordentlichen Betriebsversammlung, aber dazu müssen wir auch alle anderen dazu einladen, sonst können wir uns nicht mit der außerordentlichen Betriebsversammlung rausreden.
Genau!
Gut so!
Volker: *Gibt es denn überhaupt so etwas wie eine „außerordentliche Betriebsversammlung"?*
Uwe: *Ja, das ist im Betriebsverfassungsgesetz geregelt ....*
Maik: *... in Paragraf 43 vom Betriebsverfassungsgesetz, das haben wir auf dem Lehrgang gelernt.*
Ali: *Na also, ihr könnt doch, wenn ihr wollt!*
Uwe: *Dazu müssen wir eine Tagesordnung festlegen und auch die Geschäftsleitung einladen.*
Harald: *Aber des mache mer hier auf'm Hof!*
Genau!
Hier ist es am besten.
Das Wetter ist super! Was wollen wir in der dunklen Kantine?
Heike: *Der Roland soll ein paar Einladungen schreiben, die wir an die Schwarzen Bretter hängen. Der hat die schönste Schrift.*

Uwe: *Na gut, machen wir das so. Offizieller Beginn ist dann um 10.00 Uhr und ...*

Das ist ja schon in zehn Minuten!

Uwe: *Inzwischen weiß doch sowieso schon das ganze Haus, dass wir hier draußen sind.* Formal haben wir dann alle eingeladen und wer dazukommen will, kommt halt. Auf jeden Fall können dann Petra und Robert und so weiter dabeibleiben. Wir bleiben also erst mal hier und um kurz nach zehn Uhr fangen wir an.

Die Gespräche in den Kleingruppen waren noch erregter als vorher. Die Spannung war zu spüren. Auf einige, die verunsichert waren, sich aber andererseits auch nicht abseilen wollten, wurde eingeredet. Oben an den Bürofenstern hingen wieder die Neugierigen. Nach wenigen Minuten kamen Harald und sein Trupp (zwei Kollegen aus der Montage, die ich nicht vom Namen her kannte) und brachten vom Versand große Faltkartons und die Leute setzten sich drauf.

Maik kam freudestrahlend an:

Wir brauchen keine Aushänge mehr und der Geschäftsleitung braucht ihr auch nicht extra Bescheid geben: Ich hab' die Ankündigung über die Sprechanlage durchgesagt. Alle wissen jetzt Bescheid.

Superaffengeil!

Ihr seid ja doch zu was zu gebrauchen!

Uwe: *Natürlich weiß jeder, dass das ...*

Heike: *...und jede!*

Uwe: *... wissen alle Bescheid, dass es sich hier faktisch um einen Streik handelt. Aber ihr Leut: Wie lange halten wir das durch? Vor allem, wenn dann der Koch kommt und euch mit seinen Drohungen einschüchtert?*

Petra: *Ich sage voraus, dass der gar nicht kommt, so schnell jedenfalls nicht. Der kann im Moment gar nicht abschätzen, was hier abgeht. Der war doch vollkommen überrascht, genauso wie wir übrigens, das muss ich ja ehrlich zugeben. Der Koch wird sich nicht in eine Lage begeben, wo er nicht von Anfang sicher ist, dass er als Sieger vom Platz geht. Der kommt nicht.*

Volker: *Und wenn der Chef kommt?*

Petra: *Der wird sich erst mal mit dem Koch beraten. So was hat der ja auch noch nicht erlebt. Ich könnte mir vorstellen, dass der auch nicht kommt.*

Klaus: *Ihr dürft den Chef nicht unterschätzen. Ich kenne ihn schon lang genug, seit er damals noch der Junior war. Der scheint im Moment nicht im Haus zu sein. Sein Auto ist nicht da. Ich hab' grad' geschaut.*

Uwe: *Dann fangen wir in wenigen Minuten offiziell an. Macht es euch in der Zwischenzeit mal bequem.*

Der weitere Ablauf der „außerordentlichen Betriebsversammlung" war recht bunt. Denn die vielen Wortmeldungen (Uwe machte im Prinzip nur den Versammlungsleiter) bezogen sich längst nicht nur auf die Abgruppierung: Es ging um die ungerechte Arbeitsverteilung in der Montage, um den einseitigen Speiseplan in der Kantine, die willkürliche Ablehnung von Urlaubsanträgen, Fehler bei der Akkordberechnung usw.

Plötzlich merkten wir alle: Wenn die „Hohen Herrn" nicht dabei sind, gibt es auf einmal viel zu berichten und zu kritisieren. Wenn sie doch nur auf der normalen Betriebsversammlung mal den Mund aufgemacht hätten! Da gab es doch bei der freien Aussprache genug Gelegenheit. Aber natürlich hatten wir heute eine andere Situation, nicht nur, weil die „Hohen Herrn" nicht dabei waren.

Spannend wurde es um kurz vor zwölf, als Harald vorschlug, dass wir aber dieses Mal alle essen gehen („schließlich ham' mer bezahlt"), und nicht hier draußen bleiben und uns extra Pizzen holen. Nach kurzer Beratung waren sich fast alle einig, dass Harald Recht hat, denn wir waren ja nicht im Streik, sondern auf einer Betriebsversammlung und es war nicht damit zu rechnen, dass Koch in der Kantine versuchen würde, „den Aff' zu mache'".

Und es hat geklappt: Alle, die sonst in der Kantine essen, gingen rein, und kamen auch ausnahmslos wieder raus. In der Montage waren von den normalerweise insgesamt circa achtzig Kolleginnen und Kollegen ganze vier, die überhaupt nicht rausgekommen waren, darunter Heuer, der Stellvertreter Urbahns, und Silvia. Die beiden anderen kenne ich (noch) nicht.

Um kurz vor zwei bat Uwe für eine wichtige Ansage um allgemeine Aufmerksamkeit:
Kolleginnen und Kollegen ....
Heike: *Der lernt ja doch noch dazu.*
...ich muss euch wirklich meine volle Bewunderung aussprechen. Was ihr heute hier gemacht habt, ist aller Ehren wert. Ihr habt die Hohen Herrn so kalt erwischt, dass sie anscheinend nicht wissen, was sie im Moment machen sollen. Andererseits muss uns ja auch klar sein, dass wir noch nichts durchgesetzt haben. Der Koch setzt jetzt darauf, dass die Sache abbröckelt, dass wir nicht lange durchhalten und dann wird er zuschlagen und uns zur Schnecke machen. Wir können jetzt nicht einfach einknicken, sondern müssen weiterkämpfen, bis wir was erreicht haben.
Ali: *Stimmt!*
Deswegen gibt es nur die eine Möglichkeit: Wir müssen morgen weitermachen und zwar in der Form der Betriebsversammlung, der außerordentlichen Betriebsversammlung. Damit das nicht schon aus formalen

Gründen in die Hosen geht, müsst ihr also nicht nur nachher ganz normal abstechen, wenn ihr nach Hause geht, sondern ihr müsst auch morgen früh als Erstes anstechen und erst dann kommt ihr hier raus auf den Hof. Ist das klar?
Harald: *Mir sin'doch net blöd, oder?*
Heike: *Klappe!*
Petra: *Kommt, regt euch mal nicht auf. Das Wichtige ist, dass ihr also heute keine Miesen macht und so lange bleibt, wie ihr normalerweise arbeiten würdet.*

Alles klar riefen einige und die Ersten brachen um kurz nach vierzehn Uhr auf, andere blieben noch, obwohl es keine Ansprachen mehr gab und die Gespräche nur noch in kleinen Gruppen liefen. Um 15.00 Uhr erklärte Uwe die Betriebsversammlung für unterbrochen und forderte noch mal alle auf, am nächsten Tag auch wieder genauso zahlreich zu erscheinen.

Wenn ich ehrlich bin: Selbst auf dem Heimweg ging mir noch die Muffe. Mal sehen, wie dieses Wagnis morgen weitergeht. Das kann noch bitterbös enden.

20.6.
Selbstverständlich war ich heute früher im Betrieb als sonst. Und natürlich habe ich zuerst angestochen und bin dann raus auf den Hof. Moser kommt immer erst um sieben Uhr und gestern hat er mich ja auch nicht reinholen wollen. Dieses Geschäft hat er Koch überlassen, und wenn der schon nichts erreicht, ...

Kurz nach halb sieben waren wir wieder so viele wie gestern, aber gegen sieben tat sich was Neues: Von den Schneckengetrieben kam ein ganzer Pulk von mindestens dreißig Kolleginnen und Kollegen raus und wollte hören, was es auf der Betriebsversammlung Neues gibt. Sie wurden mit viel Beifall empfangen. Klaus schätzte, dass damit mehr als die Hälfte der normalerweise bei den Schneckengetrieben Anwesenden draußen war.

Und noch was war anders als gestern: Petra hatte von der Gewerkschaft ein Megafon mitgebracht. Damit konnte sich dann der Betriebsrat bei der Beantwortung von Fragen bequem bei allen verständlich machen. Nach meiner Schätzung waren wir jetzt deutlich mehr als hundert Leute: fast alle aus der Montage, der größere Teil der Kolleginnen und Kollegen von den Schneckengetrieben und von den anderen Abteilungen – Lager, Versand, Waschanlage usw. – waren auch einzelne Kollegen oder Kolleginnen da; aus der Dreherei war niemand da, und aus dem Bürobereich nur Petra. Aber das war nicht weiter beunruhigend (nur von den Drehern hätten wir uns gerne noch welche gewünscht). Hauptsache, die bis jetzt von der Abgruppierung Betroffenen sind mehrheitlich draußen, und Hauptsache, die Produktion liegt tatsächlich weitgehend still, sodass die Hohen Herrn unter Druck geraten.

Bis zur Frühstückspause konzentrierte sich der Betriebsrat darauf, den neu Angekommenen die wesentlichen Ereignisse von gestern zu schildern und all die Infos noch mal zusammenzufassen, die gestern zusammengetragen worden waren. Dazu las Petra aus ihren Aufzeichnungen vor (ich hatte gestern gar nicht mitgekriegt, dass sie mitgeschrieben hatte, aber vielleicht hat sie es erst am Abend zusammengefasst). Einzelnes wurde dann ergänzt und dann bekamen die neu Dazugekommenen die Gelegenheit, Missstände aus ihrem Bereich zu schildern. Mich wunderte ja gar nicht, dass sie sich dabei vor allem über ihre beiden Möchtegernabteilungsleiter – Mayer und Schneider – aufregten. Einer wurde als so inkompetent wie der andere dargestellt – was mir stellenweise übertrieben vorkam, aber es drückte wohl vor allem die Wut über die Abgruppierungen und die Einkommensverluste aus, die die beiden ja als „unvermeidbar" gerechtfertigt haben. Aber auch an Getzschmann wurde kein gutes Haar gelassen. Petra schrieb eifrig mit. Schließlich sollte nichts untergehen.

Nach der Frühstückspause kam Ali auf eine glorreiche Idee:
Wir sollten die Zeit hier auch etwas produktiv nutzen und denjenigen, die nicht dabei sind – dabei deutete er auf die Fenster des Bürobereichs, wo immer mal welche wieder runterschauten – *zeigen, was wir wollen. Wir sollten ein paar Transparente oder wenigstens ein paar Kartons bemalen.*
Gute Idee!
Her mit den Kartons!

Innerhalb einer Stunde waren mindestens dreißig Kartons bemalt (mehr konnte der Versand nicht rausrücken, bevor Urbahn das unterband):
Abgruppiert? Nein danke!
Tarifvertrag jetzt!
Her mit dem Geld!
Wir sind keine Sklaven!
Wir wollen unser Geld wieder! und so weiter.

Kurz vor der Mittagspause kam Urbahn und versuchte es auf die sanfte Tour, so als sei das nicht mit Koch abgesprochen:
Ihr Leut', ich kann ja den Unmut verstehen, ich würde auch net gern Geld verlier'n, aber ihr müsst doch auch an die Wettbewerbsfähigkeit denke'. Pfiffe und Buhrufe. *Ich kann euch versprechen, wenn ihr jetzt wieder*

an die Arbeit geht, dann wird der Chef noch mal ein Aug' zudrücke' und keine Kündigungen ausspreche', vorausgesetzt, ihr erklärt, dass ihr so was net wieder macht. Wieder Pfiffe und Buhrufe. *Ihr Leit,* (das war mir dann doch zu kalkuliert, wie er zunehmend in's Hessische überging) *seid verninftisch und bleibt mit de Fies auf'm Bode. Ihr wollt doch net, dass die Firma moije Konkurs macht, oder?*
Als jetzt die Pfiffe und Buhrufe kein Ende nahmen, drehte er sich sichtlich resigniert um und schlich von dannen. Jetzt ergriff Ali das Megafon:
Ihr Leut', das war wirklich stark, was wir dem da gezeigt haben. Heute ist der zweite Tag, an dem der größte Teil der Produktion ausfällt, heute sogar auch bei den Schneckengetrieben. Ist euch eigentlich mal aufgefallen, dass der „Geschäftsführer" Getzschmann überhaupt nicht aufgetaucht ist? Da zeigt sich doch, dass der darauf wartet, dass der Koch das regelt. Und der ist jedenfalls dann am Ende des Lateins, wenn wir zusammenhalten.
Stimmt!
Genau!
Ali: *Was ich also sagen will: Morgen müssen wir so weiter machen, wie heute. Bleibt also bitte bis mindestens zwei Uhr hier draußen und geht erst rein, wenn ihr absteht und nach Hause geht.*
Harald: *Wird gemacht!* Beifall von allen anderen.
Das Mittagessen ging wieder problemlos, mit einem Unterschied, dass jetzt einige aus der Dreherei sich zwar nicht der Betriebsversammlung anschlossen, aber wissen wollten, was da so abging. Zwei von ihnen gingen dann auch erst verspätet wieder rein. Wollen wir hoffen, dass dort jetzt auch die Gespräche zunehmen, auch wenn sie selbst von den Abgruppierungen (noch!) nicht betroffen sind. Schließlich drohen ihnen ja mit den Zeitaufnahmen und der Umstellung auf Zeitlohn mit verdeckten Vorgabezeiten ebenfalls Einkommensverluste.
Um kurz vor halb drei fing es an zu tröpfeln, was dann das allgemeine Signal war, die Betriebsversammlung erneut zu „unterbrechen". Heute war ich auf dem Rückweg nach Hause nicht mehr so angespannt wie gestern.

21.6.

Schon als wir am frühen Morgen auf dem Hof zusammenkamen, war allen von uns klar: Ganz ohne Zweifel muss bald etwas passieren. Wir haben seit Dienstag, als alles losging, von Koch nichts Neues erfahren. Er will natürlich nicht nachgeben, aber mit so viel angestauter Wut hat er wohl nicht gerechnet. Mindestens bis gestern, den zweiten Tag, hat er sicher damit gerechnet, dass die Truppe abbröckelt und dass er dann die Produktion, wenn auch gedrosselt, aufrechterhalten und uns draußen aushungern kann. Heute waren wir wieder genauso viele wie die beiden letzten Tage, nicht mehr, aber auch nicht weniger! Ein Unterschied nur: Heute war auch Gisela dabei, die vorher Urlaub hatte. Eigentlich hat sie auch noch heute und morgen Urlaub und fängt erst am Montag wieder an, aber sie kam aus Solidarität. Urbahn hat sie nicht anstechen lassen (er hat ihr den Zugang zum System verwehrt), aber das hat sie nicht daran gehindert, zu uns raus zu kommen. Sie wurde mit großem Applaus empfangen und als sie von dem Vorkommnis in der Halle berichtete, schlugen die Wellen wieder hoch:

Harald: *Das derf der doch gar net.*

Petra: *Ja, das darf er wirklich nicht. Er braucht sie zwar nicht vorzeitig wieder arbeiten zu lassen, aber sie hat immer, auch im Urlaub, das Recht, auf eine Betriebsversammlung zu kommen, und die Zeit dafür muss bezahlt werden. Auch wenn du im Urlaub bist. Dafür wird dann der Urlaub „unterbrochen".*

Maik: *Woher weißt du das denn?*

Petra: *Vom Ortsfrauenausschuss meiner Gewerkschaft. Wir tauschen uns eben aus, was so in unseren Betrieben läuft und dadurch lernen wir halten einiges.*

Uwe: *Alle Achtung!*

Dann durfte, nein musste Gisela, die Autoritätsperson, ans Megafon:

Ja, Kolleginnen und Kollegen, ich muss mein Urteil über euch – auch über den Betriebsrat, von dem ich ein wenig enttäuscht war – korrigieren: Ihr seid doch keine Sesselfurzer und Hosenscheißer! Ihr habt Mut und Ausdauer bewiesen. Als mich gestern Abend euer Harald angerufen hat ....

Ach der war das!

Ja er hat mich angerufen und anschließend war auch noch der Kollege Ali bei mir, aber das wäre nicht nötige gewesen. Ich wäre auch so gekommen, nachdem ich gehört habe, was ihr hier macht und ....

Bravo!

...jedenfalls finde ich das ganz toll, dass ihr euch wehrt. Ihr wisst doch. Wer sich nicht wehrt, lebt verkehrt.

Tosender Beifall. Wenige Minuten später kam Frau Reininger vom Empfang über den Hof zu uns und hielt ein Päckchen in der Hand, das sie Uwe übergab, und sofort verschwand sie wieder, ohne ein erklärendes Wort. Uwe war völlig überrascht und alle hielten die Luft an. Als Uwe das Päckchen (ohne Absender, adressiert an den Be-

triebsratsvorsitzenden) geöffnet hatte, entfleuchte ihm ein „Ach so!" der Erleichterung:
Keine Angst, nichts Schlimmes, nur eine Unterstützungsmaßnahme für uns. Dies ist ein Flyer der Gewerkschaft, die natürlich von unserer Aktion gehört hat. Der Sascha Eilmann, der für uns der zuständige Sekretär ist, darf ja nicht auf das Betriebsgelände, wie ihr wisst, ...
Sauerei!
...ja, ihm hat man ja ein Hausverbot erteilt, obwohl normalerweise ein Beauftragter der Gewerkschaft zumindest den Betriebsrat aufsuchen darf und auch auf Betriebsversammlungen dabei sein kann – und das hier ist ja eine –, aber gegen einzelne Personen der Gewerkschaft darf ein Hausverbot erteilt werden. Das ist jedenfalls die „gängige Rechtsprechung" wie mir Sascha erklärt hat, aber wie gesagt: Da er nicht selbst hier sein kann, bis auf Weiteres jedenfalls nicht, hat er uns ein paar ermunternde Worte geschrieben, die wir erst mal hier verteilen können. Wenn ich das richtig abschätze, sind das deutlich mehr als zweihundert Stück, wir können also praktisch jedem und jeder hier im Haus ein solches Flugblatt in die Hände drücken. Wenn wir also später zum Essen gehen, sollten wir die Gelegenheit nutzen und allen Leuten in der Kantine welche geben. Petra kann sie sicher im Bürobereich streuen.
Jetzt gib endlich mal her, wir wollen lesen, was drin steht.

Die Belegschaft der Luger GmbH gibt die richtige Antwort!

Die anhaltende außerordentliche Betriebsversammlung ist der richtige Schritt, um auf die Zumutungen der Geschäftsleitung zu reagieren. Seit rund einem halben Jahr sind die Einkommen der Kolleginnen und Kollegen der Montage und der Schneckengetriebe empfindlich gekürzt. Die Verluste betragen bis zu 400 Euro im Monat.
Für diese einseitige Maßnahme der Unternehmensleitung gibt es keine Rechtfertigung. Die Ausrede mit der „Marktlage" überzeugt weder die Belegschaft noch die Gewerkschaft. Nach unserem Überblick sind die Umsätze der Luger GmbH in den letzten Jahren ständig gestiegen. Es kann nicht sein, dass die Kapitalseite immer größere Gewinne einfährt und die Belegschaft in die Röhre schaut, ja sogar noch Geld abgenommen bekommt.

Wir fordern deswegen die Firmenleitung auf, unverzüglich – wie auch vom Betriebsrat angemahnt – mit der Gewerkschaft in Gespräche zur Übernahme der Tarifverträge einzutreten. Und den Beschäftigten rufen wir zu: Wer kämpft, kann verlieren. Wer nicht kämpft, hat schon verloren.

V.i.S.d.P. Sascha Eilmann, IG Metall

Das war jetzt das erste Mal, dass ich bei den Reaktionen der Kolleginnen und Kollegen keine ablehnenden oder abfälligen Kommentare zur Gewerkschaft hörte. In der Mittagspause haben wir dann tatsächlich die Flyer verteilt und an verschiedenen Stellen gut sichtbar liegen gelassen. Der schlaue Maik (hier muss ich ihn ja mal loben) hat sogar den Flyer auf dem Kopierer der Warenannahme auf A 3 hochkopiert und dann an den Schwarzen Brettern ausgehängt. Da wird es sicherlich nicht lange gehangen haben (wir wissen es jedenfalls nicht), aber so oder so wird damit der Druck erhöht. Denn allein die im Haus jetzt rumgehenden Flyer werden der Geschäftsleitung nicht verborgen bleiben.

22.6.

Der Tag heute fing noch besser an als der gestrige: Alle stürzten sich auf die Zeitung, in der die Meldung von der „außerordentlichen Betriebsversammlung" stand. Es war zwar kein großer Artikel, aber die Sache war auch nicht entstellt. Von der Wortwahl her mussten wir annehmen, dass das weitgehend auf eine Pressemitteilung der Gewerkschaft zurückzuführen ist (vieles erinnert an den gestrigen Flyer).

Petra. *Auch darüber wird sich die Geschäftsleitung ganz schön freuen! Kommt genau richtig!*

Wir mussten ihr zustimmen. Besser konnte es nicht laufen: Immer noch war die ganze Mannschaft/Frauschaft auf dem Damm. Uns gingen zwar die Themen für irgendwelche Durchsagen über das Megafon aus, aber keiner empfand das als Mangel. Toll war jedenfalls, dass das Wetter mitspielte und wir nicht in die Kantine mussten, aber das hätten wir inzwischen wohl auch hinbekommen.

Um zehn Uhr wurde Uwe vom Urbahn reingerufen, der Chef wolle ihn sprechen. Zusammen mit Maik zog er los und wir wussten sofort, dass jetzt was Entscheidendes passieren würde – in die eine oder die andere Richtung. Wo der Chef überhaupt so lange gewesen war – keiner hatte in den letzten drei Tagen sein Auto gesehen – wissen wir immer noch nicht. Es gab die wildesten Spekulationen, an denen sich der Betriebsrat zum Glück nicht beteiligte. Das hätte nur abgelenkt. Zwanzig Minuten später kamen beide raus und hatten eine sehr ernste Miene. Aber schon nach wenigen Sekunden konnten sie sich nicht mehr halten und es platzte aus Maik raus:

Sie nehmen die Abgruppierungen zurück, und ....

Der Jubel kannte keine Grenzen. Wir fielen uns in die Arme. Maik konnte gar nicht weiterreden. Das hatten sie sich beim Rauskommen wohl anders zurechtgelegt. Erst nach einigen Minuten konnte Uwe erläutern:

Sie wollen ein neues Eingruppierungssystem erarbeiten, das immer noch das Ziel hat, gerecht zu sein, aber die alte Lohn- und Gehaltssumme vom letzten Herbst soll nicht unterschritten werden.

Volker: *Was soll das denn? Dann werden nur einige abgruppiert, andere nicht? Werden wir damit gespalten?*

Uwe: *Wie sie sich das im Detail vorstellen weiß ich nicht, aber wir haben klar erklärt: Wir beenden die Betriebsversammlung erst, wenn er verbindlich erklärt, dass mit dem neuen System niemand schlechter gestellt wird.*

Bravo!

Richtig so!

Und wir haben hinzugefügt, dass wir zur Überprüfung seiner Zusage den vollen Einblick in die Lohn- und Gehaltsliste brauchen. Das wusste er natürlich und er tat so, als hätte er von der Weigerung vom Koch gar nichts gewusst. Auch daran sieht man, dass sie im Moment ein Spiel mit verteilten Rollen spielen.

Maik: *Und wir haben erklärt, dass wir bei einer Neubewertung, die die wesentlichen Zusagen von heute nicht einhält, sofort wieder eine außerordentliche Betriebsversammlung einberufen, ...*

Rischtisch!

Das habt ihr ja mal gut gemacht!

Nur so!

Jetzt wollte Gisela von sich aus an Megafon:

Ihr Leutscher, ich muss uns allen gratulieren. Das haben wir, nein vor allem ihr – mir kann ja in meinem Alter nicht mehr so viel passieren, ich bin schon auf der sicher'n Seit' – das habt ihr alle, vor allem die jungen Leute, sehr gut gemacht. Ich kann nur wiederholen. Wer sich nicht wehrt, der lebt verkehrt!